한민족문화학회 창립 20주년 학술논문 선집

한민족 문학 · 문화연구의 동향과 전망

_ 영화 · 문화

한민족문화학회

국학자료원

목 차

카프 영화인 서광제의 전향 논리 연구

이효인* · 김정호**

1. 머리말

본고는 일제시대 영화평론가 서광제에 대한 연구이다. 연구의 초점은 일제시대 거의 유일하게 전업 영화평론가로서 독보적인 활동을 했으며, 좌익 계열인 카프 영화인으로서 기존 영화인들의 영화에 드러난 비민중성을 가차없이 비판했던 서광제의 전향 논리에 관한 것이다. 즉 서광제가 어떤 계기와 논리적 기반 위에서 일제의 통치 정책을 찬양하면서 최초의 친일영화라고 할 수 있는 <군용열차>(1938)를 감독했으며, 일제의 통제 정책에 의해 생성된 조선영화인협회에 능동적으로 참여했고, 국민총력조선연맹 근로문화인으로 활동하게 되었는가를 연구하고자 하는 것이다. 그간 '일제 36년'이라는 치욕적인 역사의 경험과 다사다난했던 한국 현대사의 흐름 위에서 친일 문제는 곧 민족 배신의 문제였으며, 단죄의 대상이었다. 따라서 친일 문제 연구는 그러한 기준으로부터 벗어나기 힘들 수 밖에 없었다. 대부분의 세상사가 그 시대적 조건과 한계를 벗어나기 힘들

* 경희대학교
** 경희대학교

듯 역사적 사건이나 사물을 보는 것 또한 그 시대적 관점으로 부터 벗어나기 쉽지 않았기 때문일 것이다. 본고에서는 서광제의 친일 협력 행위 그 자체를 밝히고 비판하는데 역점을 둔 것이 아니라 그 행위가 나오게 된 개인 사상의 내재적 맥락을 찾는 동시에 그를 변하게 한 일제의 사상동화 정책의 일단 또한 파악하고자 한다. 민족적 비난을 무릅쓰고 민족의 자존심과 생존권에 반대되는 행동을 하게 된 배경과 사정을 이해하는 것 또한 의미있는 일이라고 보았기 때문이다. 따라서 그러한 전향에는 대부분 역사적 맥락이 있고, 개인적 성향 또한 작동했을 것이라고 추측할 수 있다.

또한 이러한 태도의 전향은 과거만이 아니라 현재와 미래에도 그 시대적 정황 속에서 일어날 수 있다고 보기 때문에, 서광제의 전향에 대한 연구는 현재적 의미 또한 가질 수 있을 것이다. 그간 한국의 일제시대 전향에 관한 연구는 주로 역사학, 정치학, 문학비평의 영역에서 다뤄왔으며 그 구체적 대상은 친일 행위에 대한 것이었다. 이는 당시 좌익 계열 민족운동가들의 전향 문제를 실증적으로 다루거나,[1] 일본의 전향에 관한 연구를 토대로 접근하거나,[2] 친일 행위 그 자체에 대한 발굴과 분석 및 그 내재적 논리 연구[3] 등으로 세분할 수 있다. 이러한 연구들은 거의 대부분이 좌익 정치인, 운동가, 문예인 등이 일제 천황군국주의에 협력했던 것을 그 대상으로 삼고 있다.[4] 본고에서는 이러한 선행 연구를 토대로 그 장

---

1) 홍종욱(2000), 『중일전쟁기(1937~1941) 사회주의자들의 전향과 그 논리』, 서울대 석사논문 등을 들 수 있다.

2) 吉本隆明, 최영호 옮김(1985), 『藝術的 抵抗と挫折』,東京: 未來社, 鶴見俊輔, 『전향, 쓰루미 슌스케의 전시기 일본정신사 강의 1931~1945』, 논형, 2005. 思想の 科學研究會 編(1957), 『共同研究, 轉向』, 東京: 平凡社, 1965. 藤田省三,「召和十五年を中心とする轉向の狀況」, 本多秋五 『轉向文學論』, 동경 : 未來社, 등이 있다.

3) 한도연, 김재용(2003), 「친일문학과 근대성」, 『친일문학의 내적논리』, 역락. 장성규(2008), 「카프 문인들의 전향과 대응의 논리」, 『상허학보』, 22집 등이 있다.

4) 쓰루미 슌스케(鶴見俊輔)의 경우 비 좌익계열 인사들이 어떤 논리와 맥락에 의해 천황군국주의에 매진하게 되었는가도 연구 대상으로 삼아야 더 균형잡힌 시선으로 역사를 볼 수 있다고 주장한다.

단점을 취사선택한 후에 일제시대 독보적인 평론가였지만 연구 대상으로서는 독자적으로 다뤄지지 못했던 서광제의 평론들 중 주제에 맞는 것들을 대상으로 분석하면서 그의 전향 논리를 해석하고자 한다. 우선 그의 전향 문제를 논하기 위해서는 동시대적 관심사이자 연관된 역사적 경험을 가진 일본의 전향에 관한 풍부한 연구 성과를 서술에 포함시키지는 않았지만 염두에 두었고, 당시 한국적 상황 속에서 서광제의 평론 활동과 그 전향의 맥락을 다루고자 한다. 본고에서는 서광제의 이러한 족적 중 카프 평론 활동을 할 때부터 해방 직전까지의 평론 등을 검토하면서 그가 어떤 논리와 계기에 의해 사상과 행동의 변화를 일으켰는가를 분석 대상으로 삼았다. 더 나아가 이 연구는 서광제 개인에 대한 연구를 넘어서서 1930년대 후반 한국 영화사를 구성하는 작동 원리 중의 하나를 이해하는 데 기초 연구가 되기를 희망한다.

2. 전향 문제

일본의 전향 연구자 요시모토 다카아키(吉本隆明)의 분류에 의하면, 전향의 첫 번째 유형은 내발적인 의지에 의한, 즉 대중으로부터의 고립감에서 오는 전향이다. 두 번째 유형은, 전향이라고 할 수 없는 불가피한 전향의 경우인데 새로운 투쟁을 향한 전향이어서 '불가피한 전향'이라고 요시모토 다카아키는 명명했다.[5] 세 번째 경우는. 전향을 거부하는 경우인데 요시모토 다카아키는 이들 비전향의 사람들에게도 눈에 보이지 않는 '전향의 심리'가 어쩌면 무의식 속에 배태되어 있었는지도 모른다고 보았다.

5) 吉本隆明(1985),『藝術的 抵抗と挫折』, 東京: 未來社, 175쪽. 노상래(2000),『한국 문인의 전향 연구』, 영한, 61쪽에서 재인용.

일제 시대 한국에서 일어난 전향은 일본 제국주의적 억압과 불가분의 관계에 있지만 '조국 해방'이라는 과제의 유무에 의해 차이가 있는 것도 사실이다. 따라서 당시 한국 전향 인사들의 전향 심리에는 일본을 대상으로 한 논리가 있었는데, 이에 대해서는 본론의 '신체제론'이나 '동양론' 등에서 다루기로 한다.

일본의 전향자처럼 한국의 전향자들이 자신의 프롤레타리아적 세계관을 포기하거나 일제에 저항하던 태도를 바꾸어 친일 협력의 길로 들어서게 된 배경은 조선총독부의 구금, 고문, 회유, 협박 등을 떠올리지 않고 생각할 수 없다. 이러한 전향자들 중에는 문화예술인들도 다수 있는데 그것은 그들이 한반도 내의 여론 형성에 영향력이 있었기 때문이기도 하지만 그들 역시 사회적 생명의 유지 혹은 생계 문제로부터 자유로울 수 없었기 때문이기도 하다. 문화예술인들의 친일 협력은 이광수, 김동인, 최남선 등의 비공산주의 계열 인사들에게서도 일어났지만 이를 전향이라고 부르지 않는 것은 학문적 관습에 의한 것으로 보인다. 이에 대한 사려깊은 연구 역시 필요하지만 본고에서는 공산주의자를 자처했던 프롤레타리아 문화예술인 서광제를 중심으로 보고자 한다. 이 전향은 카프(Korea Artista Proleta Federation, 조선 프롤레타리아 예술가 동맹)와 밀접한 관련을 갖는다. 1923년 신경향파 문학의 탄생과 1925년 카프의 결성, 1927년 카프 방향전환, 1931년 카프의 제 1차 검거, 1934년의 카프 제 2차 검거 등을 거친 후 1935년 5월 임화, 김기진, 김남천 등이 카프 해산계를 경기도 경찰국 제출 등 일련의 사건 속에서 전향은 일어났으며, 1937년 이른바 '신체제 문학'이라는 명제로써 마무리된다. 서광제의 전향은 바로 여기에 속한다. 일제시대에 '친일을 동반한 전향'인 동시에 일반적으로 사용되는 전향의 개념에 속하는 것이다. 이러한 경우는 앞서 언급한 요시모토 다카아키의 전향의 세 분류 중 어디에도 속하지 않지만 구태여 분류하자면 첫 번째의 경우인 '내발적인 의지'에 의한 분류라고 할 수 있을 것이다. 하지만 일본의 내발적 의지에 의한 전향자들이 '대중들로부터의 고립감'에서 발생한 것이라면, 서광제의 경우는 피식민지 지식인이라는 지위와 영화인이라는 특수한 신분에서 비롯된 생존 도모 혹은 출세 욕구에서 발생한 것이라고 볼 수 있다.

좌익 계열의 인물들이 자신의 이념과 신념 체계를 거두면서 그 노선의 실천에 거리를 두거나 혹은 정반대의 노선을 걸을 때, 우리는 이를 전향이라고 일반적으로 부른다. 이광수, 최남선 등을 전향했다고 말하지 않는 것도 이러한 이유 때문일 것이다. 전쟁 시기 일본 좌익들의 규모와 국민적 영향력 그리고 전선 등의 차원에서 비교할 때 한국의 좌익 계열들은 뚜렷한 차이를 지니고 있다고 볼 수 있다. 일본 공산당의 지도자였던 사노 마나부(佐野學), 나베야마 사다치카(鍋山貞親) 등은 동경대 법대 출신인데, 동경대 법대 출신은 시험도 없이 바로 중앙 관료가 되는 국민적 엘리트였다. 그리고 공산당의 규모, 사회주의 이념을 받아들인 시기와 수준 등에서 한국의 좌익들과는 사뭇 다른 위치였다. 더욱이 한국의 좌익들이 사회주의 건설을 내세우지만 민족 해방이라는 과제를 가진 것과는 달리 일본의 그들에게는 그러한 과제가 주어지지 않았다. 이러한 이유들로 인해 일본의 전향과 한국의 전향은 차이를 지닐 수밖에 없게 된다. 따라서 박영희 등처럼 전향을 공개 선언하거나 임화 등처럼 카프 해산계(전향서)를 제출하거나 무명의 많은 인사들이 일제에 구금되어 전향서를 쓰는 행위 등을 한 것처럼 뚜렷한 전향적 공식 행위가 없더라도, 과거 프롤레타리아 조직에 속하거나 그 노선을 공개적으로 언명하거나 실천한 자가 과거를 부정하거나 친일 행위를 했을 경우 이를 '전향'이라고 부르는 것은 타당하다고 보는 것이다. 서광제의 전향 문제의 경우에는, 그가 평론가였던만큼, 그의 여러 발언 속에서 그러한 점들을 찾아볼 수 있을 것이다.

3. 서광제와 그 전향의 시대적 배경

서광제(徐光霽, 창씨명 達成光霽, 1906~?)는 1906년 서울에서 태어나서 남대문 상고를 졸업하고 보성전문학교를 중퇴했다. 여러 신문과 지면에 영화평을 싣는가 하면, 이후 영화 감독도 하였다. 1927년에 이경손, 안종화 등이 주도한 조선영화예술협회 연구생으로 김유영, 임화, 추용호 등과 함께 교육을 받으며 영화계로 진출하였으며, 김유영 감독 영화 <유랑> (1928)에 출연하기도 했다. 1929년 프롤레타리아 문예 운동 조직인 카프의 영화 부문 계열에 속하는 신흥영화예술가동맹을 김유영 등과 함께 조직했으며, 1930년 카프 재조직 시기에 카프 영화부 가입 권유를 거부하고 독자적으로 활동하여 임화 등으로부터 공개 비판을 받기도 하였다. 이 시기 그는 조선일보 지면에 나운규의 <아리랑 후편>(1930)을 신랄하게 비판하는 등 프롤레타리아 문예 운동 입장에서 평론을 하였다. 1931년 이효석, 안석영, 서광제, 김유영이 공동으로 각본을 쓰고 김유영이 연출한 영화 <화륜>(1931)이 검열에서 필름이 많이 잘려나가고 흥행도 실패한 후 서광제는 김유영과 함께 1932년 5월에 일본의 경도 동활 키네마로 유학을 떠난다. 이후 1935년에 영화 '기업화론'의 맹아라고 할 수 있는 논리를 주장한다. 그리고 1938년 일본에서 '신체제론'이 공식적으로 언명되자말자 불과 십 수일 만에 영화 '신체제론'을 주장하였고, 누구보다 먼저 최초의 친일영화라고 볼 수 있는 <군용열차>(1938)로 감독 데뷔까지 하게 된다. 이후 1940년에 발족한 친일단체인 조선영화인협회 평의원, 조선영화제작주식회사 연출과원, 국민총력조선연맹 근로문화인등으로 활동하였다. 그리고 해방이 되자 조선영화동맹의 중앙집행위원으로 다시 좌익 계열의 편에 선다. 이때 그는 다시 과거 카프의 본류라고 할 수 있는 조선영화동맹 서기장이었던 추 민과 노선을 둘러싼 갈등을 일으켰으며,

1948년 무렵 월북 후 1950년대 말에 남한 출신 북행 인사들이 숙청될 때 함께 숙청된 것으로 추측된다.

서광제의 전향은 언급한 1932년 교토 유학 이후의 변화를 통하여 알 수 있다. 우선 그의 평문이 달라지기 시작하는 것으로 그 전향의 조짐은 나타나기 시작한다. 예를 들어 1935년 박기채 감독의 <춘풍>에 대한 평문을 들 수 있다. 2회에 걸쳐 길게 다뤄진 이 평문[6] 속에서 과거 평에서 볼 수 있었던 좌익적 언사는 일체 사라지고 없으며, 아리스토텔레스의 3막 구조를 언급하는가 하면, 영화 작품 내부의 비평에만 몰두할 뿐 전혀 영화의 사회적 책임 등에 대해서는 쓰지 않았는데, 이러한 변화는 그 외의 비평이나 글에서도 계속 이어진다. 이러한 변화는 이후 당시의 시대적 배경과 맞물리면서, 점차 노골적인 친일 행위로 변모하게 된다. 당시의 시대 상황이란 일제의 탄압 강화, 일제가 아시아에서 득세하는 상황를 말하는데, 이는 서광제 뿐만 아니라 많은 저항적 경력의 인사들에게 시대의 대세를 새롭게 자각하도록 하는 계기가 되었을 것이다.[7]

1932년 일본은 자국 내에서 치안유지법 재개정을 검토하여 1933년 4월 내각 사상대책위원회에서 사상문제에 대한 대책을 수립하고 국내 치안을 확보할 총동원 정책을 구사하였다.[8] 한편 한국에서는 일제 조선총독부가 1919년에 공포한 '정치에 관한 범죄처벌의 건'과 1925년 실시한 '치안유지법' 그리고 1926년에 시행한 '폭력행위 등에 관한 처벌법' 등을 시행한다. 이어서 1928년에는 치안유지법을 일부 개정하여 민족운동과 사회운동 탄압에 박차를 가했으며, 1930년대 만주사변을 준비하기 위하여 사상탄압을 더욱 강화하였다. 1932년에는 국체를 강화하기 위한 국민

6) 서광제, 「영화 '춘풍'을 보고」, 『동아일보』, 1935년 12월 5일, 12일. 김종욱 편저(2002), 『실록 한국영화총서(상)』, 국학자료원. 950쪽 재수록.

7) 이에 대해서는 5장에서 구체적으로 언급될 것이다.

8) 전상숙(2005),「일제 파시즘기 사상통제정책과 전향」,『한국정치학회보』제 39집 3호, 한국정치학회. 201쪽.

정신문화연구소를 설립하고 '국체명징의 선언'을 공포하면서 사상범 보호관찰법을 시행하였으며, 1936년 미나미 총독이 부임하면서 엄청난 탄압과 구금이 이루어졌다. 구금자 수는 1928년 796명, 1929년 1,088명, 1930년 1,888명, 1931년에 1,445명, 1932년 1,628명, 1933년에는 2,796명 등으로 폭발적인 증가세를 보였다.[9)]

이런 상황 변화에 따라 일본 및 한국의 좌익 계열 인사들의 상황 인식 및 생각의 변화가 있었는데, 서광제만 이로부터 자유로왔을 것이라고 생각하기는 어렵다. 일본인 전향 공산주의자들은 일본 국민들의 정치적 판단력과 기호를 감안할 때 공산 혁명은 도저히 불가능하다고 판단하며 전향을 하였다. 반면 한국의 전향 민족운동가와 공산주의자들은 객관적 정세 판단으로 볼 때 민족해방은 불가능할 뿐 아니라 운동 자체가 조선 민족에게 오히려 더 큰 불행한 탄압을 가져올지 모른다고 판단하고 전향을 하였다.[10)] 또 당시의 프롤레타리아 문예 운동 자체가 가진 문제점 또한 상황 변수로 작용했다. 운동 자체가 지닌 지나친 정치주의적 이론의 강요와 거기에서 파생된 조직의 경직성이 바로 그것이다. 일부 전향 작가들은 그러한 명분에 기대어 전향을 하기도 했다.[11)]

하지만 다른 각도에서 볼 수도 있다. 1931년, 1938년, 1942년 등을 기준으로 일제의 통치 방침의 변화 및 한국인들의 반응 혹은 저항의 변화에도 주목하자는 것이다. 1931년 만주사변, 1937년 중일전쟁에서 파생된 '동아신질서의 수립', '협화적 내선일체론' 등과 함께 '동양론(아시아주의)'이 당시 인텔리들 사이에도 설득력있게 받아들여졌던 상황이 바로 그것이다. 이는 '신체제론'과 연결되는 논리이기도 했다.(이에 대해서는 서광제를 중심으로 이후에 자세하게 언급할 예정이다.) '내선융화'가 진화한

---

9) 임중빈, 박성희(2005), 「한일 전향문학을 통해서 본 나카노 시게하루(中野重治) 전향문학」, 『일어교육』, 한국일본어교육학회, 223쪽.

10) 長崎祐三, 「思想犯防 二」, 12쪽. 임중빈, 박성희, 같은 글 224쪽에서 재인용.

11) 위의 글, 225쪽.

'내선일체론'은 '진실한 의미의 내지연장주의'에 의해 조선인의 차별이 사라질 것이라는 기대까지 낳았으며, 이는 일본과 공존공영하는 대등한 관계론으로 인정되기에 이르렀고 결국 '협화적 내선일체론'으로 더욱 발전하여 그 이전 시기보다 급격하게 전향자를 포섭하게 된 계기가 되었다.[12] 하지만 1942년이 되자 상황은 바뀌게 되는데 5월에 새로 부임한 조선 총독이 '내선 일체의 이념은 내선의 평등 내지는 내선 상호의 정신적 연합을 의미하지 않고, 그것은 조선인을 황국신민으로서 육성하는 것을 내용으로 하여 성립되었다고 밝힘'[13]으로써 조선은 완전한 속국이라는 사실이 공공연히 표명된 것이 바로 그것이다. 일본이 생각하는 동아협동체의 구성원은 일본, 만주, 중국뿐이었다. 이후 치안유지법 위반자의 구검자 수가 1940년에 최소치를 보이다가 1941년을 지나면서 격증하는 것을 보아도 일본의 태도 변화와 가중된 수탈에 대한 저항이 다시 미미하나마 시작된 것으로 볼 수 있다.[14] 따라서 "식민지 저항의 역사에 '굴곡'이 있었음을 간과해서는 안된다고 생각했다. 저항이 마지막까지 필사적으로, 친일이 언제나 한결같이 실행된 것은 아니라는 점이다."[15]

이런 점을 볼 때 '친일'이든 '저항'이든 그것을 한결같이 행했다고 판단하는 것으로부터 좀더 면밀한 분석으로 나아갈 필요성이 제기된다. 또 한

---

12) 이영미(2007), 「송영의 전향에 대한 분석」, 『한국언어문학』 61집, 280－281쪽. 전향자 문제에 대해서는 '홍종욱(2000), 『중일전쟁기(1937－1941) 사회주의자들의 전향과 그 논리』, 서울대 석사논문, 23쪽'을 참고하여 다음과 같이 제시된다. 1938년 후반기와 1939년 전반기에는 '사변에 따른 시국인식'이 41.2%, 63.1%였고, '이론상 오류와 개심'이 각각 23%, 22.1%였던 것에 반해, 1939년 후반기에는 '사변에 따른 시국인식'이 22.6%, '국민적 자각'이 32.3%였다. 즉 1938년 11월에 일어난 본격적인 정책 변화가 가져온 결과라고 판단할 수 있고, '국민적 자각'이라는 요소에 주목할 필요가 있다.

13) 미야다 세츠코, 이형랑 역(1997), 『조선민중과 황민화 정책』, 일조각, 175쪽.

14) 홍종욱, 같은 글, 61쪽. 1940년 298명, 1941년 1,386명, 1942년 955명 등으로 구금자 수는 증가하였다.

15) 이영미, 같은 글, 281쪽.

인간에 대한 평가에서 극단적인 칭송이나 비판 역시 재고될 필요가 있다는 것도 인식하게 된다.

> "(전향 문제에 관한) 연구들은 공통적으로 특정 시기의 문제로 전향의 문제를 한정시키고 있다. 즉 카프 2차 검거 사건이나 중일전쟁의 발발 등을 기점으로 전향 논의가 '갑자기' 진행된 것으로 설정하고 있다. 그러나 카프 문인들에 대한 전향논의에 대한 접근은 기본적으로 이들이 전향 이전에 지녔던 사상적 지향의 연속성 속에서 이루어져야 한다. (중략) 이러한 관점에서 제국이라는 절대적 존재에 대한 동의와 거부의 이분법으로 환원되며 식민지 지식인이 보여주는 제국과의 다양한 교섭 양상은 무시된다."[16](괄호안 인용자)

이는 저항과 친일이라는 이분법적 설정으로부터 벗어나는 태도일 뿐 아니라 탈식민주의 이론이 지니고 있는 '제국을 절대화하여 언제나 대타적으로 보는' 방식을 극복하는 역사주의적인 방식이라고 생각한다. 따라서 전향을 변절과 같은 개념으로 취급하는 민족주의적 관점이나 내적 자발성의 논리 차원에서 '주체적인' 전향으로 바라보는 관점 모두가 당대의 인물들에게 제각각 적용될 수 있겠지만 당대의 인물 전부를 그렇게 바라보는 태도는 지양될 필요가 있는 것이다. 즉 일본의 제국 이데올로기의 폭력에 정면으로 대항하지 않으면서도 그 작용에 나름의 반응을 하면서, 식민 이데올로기를 내파한 부분도 살펴 볼 필요가 있는 것이다.

이런 맥락에서 본다면, 서광제의 친일 협력 행위는 일차적으로는 점점 강화되는 탄압적인 정국의 변화에 기인한 것으로 볼 수 있고, 이차적으로는 카프의 정치우선주의에 대한 반감과 불화와 더불어 저항이 불가능한 상황에서 '내선일체론'을 받아들임으로써 자치적인 정치적, 사회적 활동이 가능할 것이라는 그의 판단을 들 수 있을 것이다. 평소 예술(영화)의 독

---

16) 장성규(2008), 「카프 문인들의 전향과 대응의 논리」, 『상허학보』, 22집, 346쪽.

자적인 길을 모색했던 그로서는 일제의 탄압과 회유를 받아들임으로써 자신의 길을 찾아 나섰던 것으로 보인다. 여기에 부차적으로는, 곧이어 언급할 자기중심적이고 포용력이 부족한 개인적 성향도 작용한 듯하다.

4. 좌익 평론에서 친일적 전향으로의 이동

한국의 초창기 영화 평론에는 신문 지상의 영화 소개 및 선전에 가까운 간략한 품평 등으로 시작해서, 최초의 영화 평론가로 부를 수도 있는 이구영(1901-1973, 감독, 시나리오 작가, 배우, 평론가)이 일본인 감독(早川孤舟)의 <춘향전>(1923)에 대한 평 등이 있었다.[17] 당시 영화 평론은 두 부류의 사람들이 썼는데 이경손, 안종화, 이필우 감독 등 영화인들 부류와 윤기정, 임화, 서광제, 김유영, 박완식, 만년설(한설야) 등 카프 계열 문인 및 영화인들 부류였다. 이 중 1938년 <군용열차>로 감독 데뷔하기 전까지 순수하게 영화 평론만 한 사람으로는 서광제가 유일하다시피 했는데, 그는 1928년부터 1932년 사이에 중앙 일간지 등에 가장 많은 평문을 기고하였다. 따라서 짧은 기간 활동했던 박완식 등도 있긴 하지만 일제 시대 순수 평론가로 볼 수 있는 거의 유일한 사람이 서광제가 아닌가 한다.[18] 그의 1932년 이전까지의 평론은 집요할 정도로 프롤레타리아 문예 이론의 입장에서 이뤄진 것이었다. 그 예로 나운규가 만든 <아리랑 후편>(1930)에 대한 평의 일부를 옮기면 다음과 같다.

---

17) 이구영,「조선영화의 인상」,『매일신보』, 1925년 1월 1일. 이 외에도 이구영이 쓸 글로는「영화계 1년」,『동아일보』, 1926년 1월 2~4일. 등이 있다.

18) 임화,「조선영화발달 소사」,『삼천리』, 1941년 6월호. 재수록, 김종욱 편저,『실록 한국영화총서(상)』, 국학자료원, 2002. 77쪽 재수록. "조선서 처음으로 영화이론과 비평이라는 것이 생기어 서광제 씨 같은 이가 활발히 활동한 것도 이 시기다."

"영화라는 것은 무엇이냐, 적어도 영화는 그 사회의 반사경이 되지 않으면 아니된다. 적어도 그 사회 일부에서 발생하는 처참한 사회적 애환을 반영하여 놓지 아니하면 아니된다. (……) 예술이 인류문화의 하나인 이상 **그 비평은 유물사관에 의한 것이 정당할 것이다.** (……) 아리랑 후편을 보러간 팬 대중 중에서 **프롤레타리아 대중 중에서 포케트에서 나온 돈**이 얼마나 되는가를 아는가! (……) 나군이여, 영화를 촬영한다면 **적어도 노동자, 농민의 조그마한 생활의 에피소드**나마라도 박아라. 가능한 범위 안에서 말이다. (……) 우리 영화 노동자여 속속히 탐구하자 …**의식적 분열 … 영화 노동자의 의식적 분열!**"19) (괄호안 중략 및 굵은 활자는 인용자)

전문을 옮기지는 않았지만 서광제는 이 글에서 자신의 영화예술관, 비평기준과 방법, 실천적 태도와 현실 인식력을 고스란히 드러내 보이고 있다. 특히 영화 노동자들의 '의식적 분열'을 주창하는데 이는 대중 조직으로서가 아니라 전위적이며 전문적인 조직으로 전환해야 한다는 당시의 카프 논리 즉 '방향전환론'의 영화계 표현이기도 하다. 이런 비판적 평문은 이필우, 안종화 등의 재반박을 불러일으켰고, 급기야는 거친 인신모독적 표현까지 서로 오가게 된다.

이런 식의 정서적 한계를 지닌 인물이지만 영화 예술의 사회적 의미를 환기하고 새로운 자극을 끊임없이 제공했던 그의 역할까지 부인하기는 어려울 것이다. 당시 일제 강점에 대한 직접적인 저항적 언사가 불가능한 가운데 그가 노동자와 농민을 위한 영화를 자주 언급한 것 역시 영화가 민족적 저항 의식을 가져야 한다는 것의 다른 표현이었다는 것을 아는 것 역시 어렵지 않기 때문이다. 그가 누구로부터 정치적 영향을 받았으며 어떤 경로로 카프의 흐름에 동승하게 되었는가는 현재의 자료로서 알 수 없지만 그가 카프 본류와는 어느 정도 거리가 있었다는 것은 신흥영화예술

---

19) 서광제, 「아리랑 후편」, 『조선일보』, 1930년 2월 20~22일.

가동맹을 창설한 것만을 두고도 알 수 있다. '정치적 영화'보다 '영화의 사회성과 정치성'을 더 우위에 두었다는 것은 그 당시로서는 독특한 위치였다. 이런 점이 바로, 앞서 인용하였듯이, "카프 문인들에 대한 전향논의에 대한 접근은 기본적으로 이들이 전향 이전에 지녔던 사상적 지향의 연속성 속에서" 보는 것이라고 생각한다.

이러한 태도는 훗날 '기업화론'과 '동양론' 등 그의 친일 협력 행보에도 그대로 이어진다. 이후 서광제의 한국영화에 대한 평론은 「영화화된 <화륜>과 <화륜>의 원작자로서－영화평론」[20]을 마지막으로 한 동안 보기 어렵게 된다. 그와 신흥영화예술가동맹을 같이 했으며, 여러 행동을 같이 했던 감독 김유영의 한국영화에 대한 평이 1932년 이후 꾸준히 보인 것에 반해 서광제의 평론은 해외 영화 소개, 한 해 총평 등에 국한되어 뜸하다가 1934년 「조선적 예술운동의 재출발」[21] 등을 비롯하여 1935년에서야 본격적인 평문을 다시 내놓게 된다.[22] 「조선영화계의 일년, －방랑적 영화인을 어떻게 구할까?」에서 서광제는 무성영화와 유성영화의 클로즈업 사용에 대한 자신의 견해를 밝히는가 하면, 과거 같으면 '계급'이라고 썼을법한 곳에 '직능'이라고 표현하였고, 과격한 언사나 프롤레타리아 등의 단어는 자제된다. 하지만 냉소적이며 공격적인 문투는 정도의 차이만 있을 뿐 여전하다. 물론 이 평문을 두고 서광제가 전향했다고 주장할 수는 없다. 서광제의 공식적이지만 간접적으로 전향의 태도를 엿볼 수 있는 것은 춘사 나운규가 1937년 8월 10일 타계한 후 나운규에 대해 쓴 글과 나운규의 마지막 작품인 <오몽녀> 합평회[23]를 통해서 엿볼 수 있다. 이 글

20) 서광제, 『조선일보』 1931년 4월 11~13일.
21) 『조선일보』, 1934. 10. 3.
22) 서광제, 「조선영화계의 일년, －방랑적 영화인을 어떻게 구할까?」, 『신동아』 제50호, 1935년 12월호. 정재형 편저(1997), 『한국 초창기의 영화이론』, 집문당, 1997. 155~161쪽 재수록.
23) <'오몽녀' 합평>, 서광제, 김유영, 안석영 외, 『조선일보』, 1937년 1월 29~31일.

에서 서광제는 앞서 인용한 <아리랑 후편>을 포함하여 나운규의 작품 대부분에 가했던 비판에서 태도를 바꾼다.

> "'오몽녀' 합평회 때 다른 사람들이 나를 욕할 만치 군의 최후 작품인 '오몽녀'를 칭찬하였다. 아마 이것이 10년 동안 그대의 작품을 혹평하던 나로서의 최후의 제스츄어인가 보다", "조선영화계의 초기의 개척자는 선각자인 나운규군의 요절이야말로 전체의 조선 영화계의 크나 큰 일대 손실인 것이다."[24]

이런 말을 하기 앞서 같은 글의 전반부에 서광제는 자신의 과거 평론 활동 및 카프 활동 전체를 부정하는 글을 써둔다.

> "나도 그때 카프의 회원이었던 만큼 그의 여러 개의 작품을 비판할 때에도 그 당시의 예술비판의 규준이었던 '모든 예술의 기술이 누구를 위하여 써졌는가?'에 중점을 두어 개개의 기술 비판 같은 것은 오히려 반동적 비판에 기울어지는 것이라 하여 그 작품의 이데올로기만을 가지고 써왔다.", "그때 카프 영화부의 활동이라는 것은 이데올로기 영화를 제작하지 못하는 반면 다른 조선 영화의 소위 반동성을 집어내는 것으로써 일을 삼았다."[25]

이상의 인용문을 보건대 서광제가 1937년 경에는 확실하게 과거 카프 활동 혹은 좌익적 태도와 결별한 것으로 판단할 수 있다. 이러한 서광제의 '친일을 동반한 전향 활동'은 동료 및 신진 영화인들의 영화계 진출 및 시대 상황의 변화(1937년 중일전쟁 등)와 맞물리면서 본격화된 것으로

김종욱 편저, 같은 책(하), 33~39쪽 재수록.

24) 서광제, 「고 나운규 씨의 생애와 예술」, 『조광』, 제24호, 1937년 10월호, 김종욱 편저, 같은 책(하), 67, 68쪽 재수록.

25) 위의 글, 김종욱 편저, 같은 책(하), 64쪽 재수록.

볼 수 있다. 앞서 언급하였듯, 그는 좌익 인텔리들이 주도한 카프 운동과 약간의 거리를 두고 있었기에 때로는 그들로부터 공격도 당했으며, 영화계 내에서도 경향 영화인으로 분류되어 이필우, 이창용, 안종화 등이 주도하는 영화계 주류에 포함되지 못한 상태였다. 게다가 방한준(<살수차>, 1935), 신경균(<순정해협>, 1937), 최인규(<국경>, 1939) 등의 신인 감독들이 차례차례 데뷔를 준비하고 있으며, 대부분의 카프 맹원들조차 전향을 한 마당에 서광제가 사회적 존재를 유지하기 위해 할 수 있는 일은 무엇이었을까? 특히 좌파 계열 화가, 작가, 평론가, 영화인으로서 천재로 불리던 안석영이 <춘풍>(박기채, 1935)의 원작과 각색을 맡은 것은 서광제에게 약간 충격적이었으며 시기심을 불러일으킨 듯하다. 서광제는 "최근에는 소위 문단에서 영화계에 나간다는 자들 중에서 절(節)을 굴(屈)하여 가며 어용(御用)을 배수하려 하는 자들까지 생기게 되었다."[26] 고 비난하는데, 말하자면 과거 논리를 훼절하여 멜로 드라마 제작에 참가하였다는 것을 '어용'이라고까지 표현하며 안석영의 시류 부응을 비난한 것이다. 하지만 그는 곧 뒤따라 '절을 굴하여 가며 어용을 배수'하게 된다. 일제의 절대적인 탄압 아래 무기력한 상황에서 그의 독선적이며 비타협적인 성격, 영화 평론의 독자성 고수 심리, 신진 영화인들의 대거 진출, 경쟁자였던 안석영의 영화계 본격 활동 등 이런저런 정황이 그로 하여금 전향을 서두르게 한 것이다. 결국 그는 누구보다 앞서서 친일영화 <군용열차>를 만들어 '좌익 평론가 서광제'에서 '친일 감독 서광제'로 전향하게 된다.

26) 서광제, 「조선영화계의 일년, —방랑적 영화인을 어떻게 구할까?」, 『신동아』 제50호, 1935년 12월호. 정재형 편저(1997), 『한국 초창기의 영화이론』, 집문당. 157쪽 재수록.

5. 서광제의 전향 논리
– '신체제론'과 '기업화론', '동양론'과 '동화일체론'

좌익 평론가 서광제는 1932년 일본 방문 후 차츰 변화를 보이다가 1937년에 오면 자신과 카프 진영의 행위 전부를 부정하는 듯한 태도를 보임으로써 전향의 모습을 본격적으로 보였다. 이러한 변화를 가능하게 했던 그의 전향 논리를 앞서 말한다면, 그것은 '신체제론'과 '기업화론' 그리고 '동양론'과 '동화일체론' 등이었다.

기업화론이란 구멍가게식의 영화사 운영을 탈피하여 제대로 된 투자–제작–배급 구조를 만들자는, 영화인이라면 할 수 있는 당연한 주장이라고 할 수 있다. 하지만 당시 한국 영화계의 기업화론은 다른 논리와 맞닿아 있는 것이기도 했다. 기업화론이 본격적으로 제기된 것은 1930년대 중반 이후 이창용 등의 활동과 여러 영화인들의 주장에 통하여 알 수 있다.[27] 이 시기는 일제의 탄압에 의해 카프의 2차 검거 및 카프의 해소(1935년)가 일어났던 무렵이었으며, '협화적 내선일체론'으로 내달리던 시기 즉 '신체제'를 받아들일 수밖에 없던 시기이기도 했다. 이 시기 영화계의 '기업화' 문제는 영화계 내부의 문제와 함께 태도로는 강압적이면서 내용으로는 유화적인 정책인 '신체제'와 맞물려서 영화에서 가치와 이념을 걷어내는 것을 내포하고 있었다. 임화조차 "토키 시대의 조선영화가 이 이상의 발전을 위하여는 기업화의 방향을 가지지 아니하면 아니 되는 사정과 병행되는 것이다. (……) 주위의 제 사정이 여하간에 자기의 예술적 성격의 획득과 기업화의 길은 의연히 조선영화 금후의 운명을 결정하는 것"[28]이라며 '기업화'를 강조하였다.

---

27) 이화진(2007), 「'대동아'를 꿈꾸었던 식민지의 영화기업가, 이창용」, 『고려영화협회와 영화 신체제』, 한국영상자료원, 200~203쪽.
28) 임화, 같은 글, 김종욱 편저, 같은 책, 80쪽에 재수록.

서광제가 좌익 계열의 활동을 하다가 1937년을 전후로 전향한 후 '신체제론'에 동조하는 과정에는 '기업화론'이 놓여있었다. 앞서 본 임화의 글은 1941년에 쓰여진 과거 회고적인 것인 반면 서광제는 이미 1935년에 그것을 강력하게 주장하고 있다. "돈 있는 자를 감언이설로 속이어 영화를 만들어내면 돈이 많이 남는다고"하여 제작을 유도하거나 "돈 있는 청년을 주연을 시켜준다"고 하거나 "여배우를 미끼로 전주를 끌어 영화를 만들"거나 하는 것이 조선 영화계의 현실이라고 개탄하면서 그는 이러한 행동을 하는 영화인들을 '방랑적 영화인'이라고 규정한다. 하지만 이는 전적으로 영화 제작자나 방랑적 영화인에게만 전적으로 책임을 물을 수 없는 "조선의 문화정도가 그렇게 유치"했기 때문이며 이의 극복을 위해서는 "큰 회사가 조직되어 그들을 갖다 쓰거나 그렇지 않으면 기업적으로 조직된 대회사에서 신인을 모아서 조선영화를 제작하는 것이 월등이 현재의 표준보다 높아지고 그들의 그림자는 저절로 없어질 것"이라고 본 것이다.[29] 이러한 '기업화론'은 '신체제론'과 결합하면서 일제 강점 상황을 피할 수 없는 현실로 받아들일 뿐만 아니라 찬양하는 논리로까지 비약하게 된다.

> "아직까지 조선영화계는 가장 수공적인 조직체도 갖지 못했고 자본주의적 사회의 특징이었던 생산조합같은 것도 갖지 못했었다. (……) 문단인의 단순한 친목기관 하나 갖지 못한 조선의 문단인을 볼 때 오히려 조선영화인협회의 조직이 조선영화계에서 늦은 감이 있다하더라도 조선합체의 문화인 가운데에서 이러한 집단을 먼저 가졌다는 것을 자랑할 수도 있다. (……) 그러면 우리는 역사적 조직체로써 조선영화인협회라는 것을 소화 14년 8월 12일에 갖게 되었다. 물론 이러한

29) 서광제, 「조선영화계의 일년, -방랑적 영화인을 어떻게 구할까?」, 『신동아』 제50호, 1935년 12월호. 정재형 편저(1997), 『한국 초창기의 영화이론』, 집문당, 156~157쪽 재인용.

조직체가 단순한 영화인 자체의 손으로 조직 못 된 것은 모든 영화인 자신이 부끄러워하여야 할 바이나 시국이 시국이요 시기가 또한 10월의 영화령을 앞둔만큼 당국의 지도와 원조 밑에서 조직된 데에 대하여 오히려 개인영웅시대에 있든 조선영화계에 집단적 우위성을 보여 준 데 대하여 사의를 표하는 바이다."[30]

조선영화인협회가 일제의 강제에 의해 조성된 단체임에도 불구하고 이렇게 표현할 수 있었던 배경에는 '기업화론'에 대한 맹신이 있었다. 이런 '기업화론'은 '신체제론'에 대한 신뢰를 바탕으로 한 것이기도 했다. 그는 더 나아가 조선영화인들을 친일의 길로 독려까지 하는데, 조선영화인협회가 결성되고 영화령이 공포되던 시기에 "새로운 신념 아래에서 능동적이며 눈밝은 예술가의 새로운 예술활동과 제작자들의 신체제의 완전한 이해와 확고한 목표와 새로운 활동의 시작이 없이는 조선영화의 존재의 이유를 자기들이 거부하고 마는 것이다."[31]라며 일제의 방침에 순순히 따를 것을 앞장서서 주장하였다. 당시 일본 시장에 진출하는 것이 조선영화의 살 길이라고 주장되던 당대의 '기업화론'과 연관된 과제는 사실상 내선일체, 신체제 이념을 기반으로 더욱 강화될 수 있었던 것이다. 물론 '기업화론'은 일제의 강점과는 관계없이 제기될 수 있는 문제였다. 건실한 영화 기업과 합리적인 시스템에 대한 요구는 해방 이후에도 언제나 제기되었던 문제였기 때문이다. 하지만 다음의 글을 본다면 그의 내면 속에서 '신체제 수용 – 차별로부터의 탈출 – 일본 영화사와 제휴 – 기술 발전 및 일본 내지 시장 확대 – 영화 속의 로컬리즘 구현' 등 상호 영향을 미치는 요소들이 결집된 논리 구조를 파악하는 것은 어렵지 않을 것이다. "일본 영화사와 제휴를 통해 일본 시장을 두드렸던 <군용열차>와 <어화>

30) 서광제, 「조선영화계의 신질서 – '영화령'과 '영화인협회' 조직에 대하여–」, 『조광』, 1940, 5권 10호.

31) 서광제, 「신체제와 영화」, 『인문평론』, 1940년 11월호, 26쪽.

가 그 뒤를 이으면서, 일본 내에서도 서서히 조선영화에 대한 관심이 생겨나기 시작했다. 때마침 일본문화계에 소위 '조선 붐'이 불면서, 일본 영화계는 이제까지 철저히 무관심했던 태도를 바꾸어 조선영화를 계몽하고 지도해야 할 책임을 스스로에게 부여하기까지 했다."[32] 는 견해까지 포함하여 서광제의 논리를 정리하자면 다음과 같다. 조선영화계의 제작 현실을 비판함으로써 새로운 영화제작 시스템을 추구하는데(기업화론), 이는 당국의 지도에 의해 부끄럽지만 체계적인 조직체(조선영화인동맹 찬성=신체제론=차별로부터의 탈출)를 갖추게 되어 극복의 출발을 하게 되었는데, 일본영화사와 제작 혹은 배급에서 제휴함으로써(일본영화사와 제휴) 소위 '조선 붐'이 일어남으로써(영화 속의 로컬리즘 구현) 한국영화의 미래가 열린다는 것이었다.

하지만 이는 이론상으로는 비합리적이었으며 현실적으로도 역부족인 논리였다. 겉으로는 내선일체를 주장했지만 실제 조선 총독 미나미는 1942년 총독 사임 후 천황 임석 하에 열린 추밀원 회의에서 추밀고문관 자격으로 내선 행정 일원화를 꾀하는 정책에 대해 반대하면서 조선인은 "그 사상, 인정, 풍속, 습관, 언어 등을 달리하는 이민족인 것은 엄연한 사실"[33]이라며 차별할 것을 주장한다. 조선인 내선일체론자들은 백일몽을 꾼 것이었다. 제국의 압박에 대해 '협상의 능동성'이라는 방식을 통하여 대응한 셈이었지만 제국주의의 행위는 '동화'를 강요하면서도 '차별'하는 것이었다. 당시 영화계에서의 '기업화론'과 '신체제론' 역시 그러한 작용과 반작용의 관계에서 파악하여야 할 것이다.

서광제의 '기업화론—신체제론'이라는 쌍의 논리는 거의 확신에 가까운 미래 전망예측과 가치관의 변화에 기인한 것이라고 추측하는 것은 어

32) 이화진, 같은 글, 241쪽.
33) 미야다 세츠코(宮田節子), 이영랑 역(1997), 『조선민중과 '황민화' 정책』, 일조각, 175쪽.

려운 일이 아니다. 그는 영화계의 외부적 규제 조건인 조선영화령에 대해서도 적극적으로 부응하게 되는데, "스스로 조선영화령을 옹호하는 담론을 자생적으로 만들어"[34]내는 지점에 다다르게 된다. "'신체제'라는 말은 1940년 10월 16일 조선 총독 미나미 지로가 행한 임시 도지사 회의 연설 이후에 공식적으로 사용된 말"[35]인데 서광제가 불과 십 수일 만인 1940년 11월호 『인문평론』에 「신체제와 영화」라는 글을 발표한 것 또한 그런 추측을 더하게 하는 근거이다. 서광제의 '신체제론—기업화론' 논리가 이런 맥락에서 수립된 것이라고 한다면, 그 근저의 생각이나 합리화 근거는 무엇이었을까? 그것은 바로 '동양론'이라는 사상과 '동화일체론'이라는 전략이었다.

동양론이란 신체제론을 낳은 세계사를 바라보는 새로운 인식을 말한다. 즉 1940년 10월 일본이 중국의 남경을 함락하고 왕정위의 '신국민정부'를 세운 것을 통하여 "동양의 부상과 파리 함락으로 상징되는 서양의 몰락은 상승작용을 하면서 구체제와 신체제로 대비되었다."[36] 1940년 6월 파리가 독일에 의해 몰락하자 서구 문학의 전통 속에서 파시즘과 맞서 싸울 수 있는 원천이 있다고 믿었던 많은 문학인들은 좌절하게 되는데, 최재서가 친일 파시즘에 적극 협력하게 된 맥락도 여기에 둘 수 있다. 반면 좌익 문학 평론가였다가 전향하게 된 백철은 남경 정부의 수립을 보면서 봉건에 대한 근대의 승리로서 중일전쟁을 보게 되었고 친일 파시즘으로 분명하게 넘어가게 된다. 이런 현상은 더욱 더 적극적이며 능동적인 생각으로 바뀌게 되는데, 최재서와 백철 등은 일제의 중일전쟁 승리와 파리 함락을 보면서 서구 근대의 개인주의를 극복하는 차원에서 '동양론'을 수용하였고, 서정주는 서양의 정신세계에서 탈출하여 동양의 정신을 찾

34) 강성률(2007), 『친일영화의 내적 논리 연구』, 동국대 박사논문, 2007, 65쪽.
35) 한도연, 김재용(2003), 「친일문학과 근대성」, 『친일문학의 내적논리』, 역락, 41쪽.
36) 위의 글, 45쪽.

으려 노력하는 것이 '근대 극복'의 길이라고 보았던 것이다.37) 이처럼 조선 인텔리들의 '동양론'은 일본이 주장하는 논리에 수동적으로 흡수된 것이 아니라, 근대 수용에 대한 고민과 세계사적 맥락 속에서 일제의 강압 체제에 시달리던 한국 지식인들이 능동적으로 수용한 사고의 전환이기도 했다. 이런 맥락에서 서광제 역시 '동양론'을 영화인의 한 사람으로서 적극적으로 수용하며, 일제 협력의 길에 노골적으로 앞장서게 된다.

> "내가 중학교 시절에 서양 지리를 배우면서 영국이란 나라가 어찌나 큰가하고 놀란 적이 한두번이 아니다. (……) 그때 어린 마음에도 자기의 본토는 눈꼽데기만한데 세계의 요지를 어떻게 집어먹었을까 하고 조그마한 홍분을 느꼈다. 그것이 지금 우리의 힘으로 한군데 한군데씩 ○○의 빛깔을 칠해나갈 때에 일본신민으로 태어난 것을 전 세계에 자랑하는 영광을 가진 것을 오로지 어룽위의 힘이시라고 다시금 감사한다."38)(괄호는 인용자)

이러한 '동양론'이 실제로 관철되기 위해서는 전략적 논리 근거가 필요했는데, 서광제가 취한 것은 바로 '동화일체론'이었다. '동화일체론'이란 '평행제휴론'과 함께 당시 사회주의자들의 전향 논리로 쓰인 두 가지 전략 중의 하나라고 볼 수 있다. '평행제휴론'은 일본 천황 중심의 동아신질서 구상에 적극 참여함으로써 반자본주의적인 사회주의 신념을 유지할 수 있다는 논리인데, 일본 공산당 지도자로서 전향한 사노와 나베야마의 천황사회주의와 비슷한 맥락에서 이해할 수 있는 것이다. 반면 '동화일체론'은 완전한 내선일체의 구현을 통하여 식민지 조선인으로부터 제국의 주체로 거듭나고자 하는 식민지 지식인의 욕망을 드러낸 것이었다. 즉 제국과의 동일시를 통해서 식민지인의 위치를 넘어서려한 시도라고 볼 수 있

37) 위의 글, 43~45쪽.
38) 서광제, 「어룽위의 덕」, 『매일신보』 1942년 2월 23일.

다.[39] 하지만 이는 앞에서 본 대로 '동화와 차별'을 반복하는 식민지 정책에 의해 결코 이뤄질 수는 없는 논리였다. 서광제의 "우리는 충분히 국가 이념을 파악하고 국민영화건설에 매진한다면 우리들은 훌륭한 국민이요 훌륭한 전사"라는 주장이나 "조선민족이 황국신민으로서 얼마나 행복스럽고 즐겁게 살아나가는가"를 보여주는 것은 불가능한 것이었다. 이처럼 '동양론'이라는 세계관 위에서 세운 '동화일체론'이라는 전략은 '신체제론'을 잉태한 모태였으며, 현실 영화인 서광제에게는 구체적으로는 '기업화론'으로 달려가게 한 모태이기도 했다.

6. 맺음말

서광제는 일제시대 독보적인 영화평론가로서 카프 계열에서 활동하였다. 이후 최초의 친일영화인 <군용열차>(1938)의 감독을 했을 뿐 아니라 많은 친일 협력의 글들을 발표하였고, 실제로 신념에 찬 친일협력자의 길을 걸었다. 본고는 서광제의 그러한 행적을 친일 협력 행위 그 자체를 밝히고 비판하는데 역점을 둔 것이 아니라 그 행위가 나오게 된 개인의 내재적 맥락을 찾는 동시에 그를 돌변케 한 일제가 구사한 사상동화 정책의 일단 또한 파악하고자 하였다. 한 개인이 민족의 자존심과 생존권에 반대되는 행동을 하게 된 데는 역사적 맥락이 있고, 개인적 성향 또한 작동했다고 본 것이다.

그가 친일 협력의 길을 내딛게 된 첫 번째 이유는 일제의 무자비한 탄압과 그 탄압에 대응할 현실적 힘을 갖지 못한 당대 엘리트들의 처지에서 비롯된 것이었다. 또 일본이 만주사변과 청일전쟁에서 승리한 상황에서

39) 장성규, 같은 글, 351쪽.

강압적이면서도 내용적으로는 회유적인 논리에 피식민지 운동가와 지식인들이 논리적으로 굴복하거나 타협했다는 요인 또한 무시 못 할 큰 이유이기도 했다. 그 논리란 바로 '신체제론'과 이를 사상적으로 뒷받침하는 '동양론'과 그 전략이라고 할 수 있는 '동화일체론' 등이었다. 서광제는 일본의 중국전 승리를 보면서, 또 파리가 나치에 의해 함락되는 것을 보면서 현재의 무기력을 극복하는 동시에 '조선의 자치'가 보장될 수 있는 '동양론'과 '동화일체론' 그리고 '신체제론'을 적극적으로 수용하였고 또 누구보다 앞장서서 실천하였다. 하지만 이는 제국주의의 지배 논리인 '동화와 차별'의 순차적 적용에 의해 결코 이루어질 수 없는 것이었다. 좌익 영화인이었던 그가 전향을 하게 된 것은 이런 큰 흐름 외에도 당시 영화계의 열악한 구조를 개선하고, 개인의 사회적 생명을 유지하기 위한 노력과 함께 이루어졌다. 그것은 바로 '기업화론'이었다. 이 논리는 그 자체로는 이념적으로 무색무취한 것일 수도 있지만 '신체제론' 등과 어울리면서 친일 협력의 길을 걷는 매개체가 되기도 했다. 이런 맥락에서 서광제는 최초의 친일영화 <군용열차>(1938)을 감독하게 된 것이다.

본고에서는 서광제의 이러한 행보를 논리적으로 이해하기 위해 전향에 대한 선행 연구를 하였고, 당시 조선 문예인들의 행적 속에서 또 강점 정책의 변화라는 큰 틀 위에서 살펴보고자 하였다. 그럼으로써 국가가 강탈당한 상황에서 역사와 개인의 관계, 국가라는 집단과 개인의 관계, 정치와 예술의 관계에 대해 간접적으로나마 객관적으로 이해하고자 하였다. 동시에 이를 통하여 어떤 행위에는 반드시 역사적, 개인적 맥락이 있으며 또 누구라도 역사적 오류를 언제나 반복할 수 있다는 것을 드러내고자 하였다. 그럼으로써 본고는 아직 채워지지 않은 일제 강점기 기간의 한국 영화사 연구에 작은 기여를 하길 원하며, 엄격한 의미에서 '전향'이라고 부를 수는 없겠지만 현재와 미래의 여러 영화적 경향의 변화와 영화작가의 세계관의 변화 등을 파악하는 하나의 사례로서 쓰이길 희망한다.

현존 한국무성영화 연구

– 중간해설 자막과 촬영미학을 중심으로

신원선*

1. 머리말

한국 무성영화를 논함에 있어 가장 큰 한계는 당시 제작된 영화의 실체를 볼 수 없다는 것이다. 따라서 실증적인 검증을 통한 영화 연구가 불가능하고 단지 문헌 자료에 의지한 연구를 벗어날 수 없다는 문제점이 있다. 그럼에도 불구하고 당시의 신문이나, 잡지 그리고 동시대를 살았던 영화인들의 구술 또는 기록 자료들은 이들 유실된 영화의 평가를 가능하게 해 주는 기초 자료의 역할을 하고 있다.

현재 우리나라에 남아 있는 무성영화 시절에 제작된 현존하는 무성영화는 2008년 5월 한국 영상자료원에서 복원 공개 상영된 <청춘의 십자로>[1] 가 유일하다. <청춘의 십자로>가 발견되기 이전까지 현존하는 유

---

* 동덕여자대학교

1) <청춘의 십자로>는 금강 키네마사 1회 작품으로 1934년 9월 21일 조선극장 개봉작이다. 그동안 필름이 유실된 채 간단한 줄거리만 전해지다 2007년 7월 8개의 녹슨 캔 안에 비닐에 싸인 채 들어있던 낡은 필름으로 발견되었다. 30년 전 주인이 열어봤다던 여덟 캔 중 하나에는 필름 대신 산화된 하얀 필름 가루만 남아 있어 영화를 구성하는 8개의 롤 가운데 한 토막은 사라져버린 채였다. 따라서 복원 공개된 영화

일한 무성영화였던 <검사와 여선생>은 그 제작년도가 1948년으로 유성영화[2]시기에 대중들의 기호에 편승해 만들어진 무성영화였다. 따라서 이 작품을 통해 한국 무성영화의 촬영기법이나 미학적 수준을 가늠하기에는 사실상 한계가 있었다.

그럼에도 불구하고 현존하는 이 두 무성영화는 당시 우리나라 무성영화의 실상을 추정하는데 매우 중요한 자료가 되고 있다. 그러나 아쉽게도 이 두 영화의 시나리오나 콘티 자료는 현재 남아 있지 않다. 따라서 이 영화들이 어떠한 방식의 시나리오 과정을 거쳐 촬영이 이루어졌는지 정확히 알기는 어렵다. 다만 비슷한 시기의 무성영화의 작업 현황을 비교적 오리지널하게 현존하는 시나리오를 통해 짐작할 수 있을 뿐이다. 이러한 무성영화 당시 영화작업의 흔적을 짐작케 해 주는 대표적 시나리오가 바로 심훈의 <먼동이 틀 때>(1927)이다. 이밖에도 영화화 되지는 못했지만 심훈의 <탈춤>(1926)과 <상록수>(1936) 역시 당시 발표된 시나리오의 형태로 남아 있다. 이밖에도 무성영화 시절의 자막 형태를 그대로 가지고 있는 대표적인 무성영화 시나리오로는 <효녀 심청전>(1925)과 <먼동이 틀 때>(1927), <잘 있거라>(1927), <화륜>(1931), <방아타령>(1931) 등을 들 수 있다.

도 초창기와 달리 완전한 형태를 이루고 있지는 않다. 현재 남아 있는 <청춘의 십자로> 자료 사진을 통해 추정해 보건데 시골에 살았던 주인공 영복의 어머니와 누이에 대한 이야기 부분이 유실된 것으로 보인다. 이 필름들은 오리지널 네가 필름(영화를 찍을 때 쓴 원판 필름)이며, 국내에 한 편도 남아있지 않은 질산염 필름(지금과 같은 아세테이트필름이 나오기 전에 50년대까지 생산된 초창기 필름)이라는데 그 사료적 가치가 있다고 하겠다. <청춘의 십자로>는 2007년 질산염 필름이 발견된 후 복원작업을 거쳐 2008년 5월 일반인들에게 공개되었다.

2) 한국 최초의 유성영화는 이명우 감독의 1935년도 작품인 <춘향전>이다. 이 작품은 경성촬영소에서 제작한 작품으로, 이 영화의 녹음을 담당했던 이필우가 직접 개발한 발성장치가 사용되어 화제가 되기도 했다. (이영일(1982),『한국 영화인 열전 – 이필우 편』, 영화진흥공사, 35쪽.)

본고에서는 한국 무성영화를 논함에 있어 현존하는 무성영화인 <청춘의 십자로>(1934)와 <검사와 여선생>(1948) 등 두 작품과 심훈의 <먼동이 틀 때>(1927)를 비롯해 비교적 원형에 가깝게 전해지는 무성영화 시절의 현존 시나리오를 통해 부족하나마 실증적인 입장에서 한국 무성영화의 특징을 논해 보려 한다. 무성영화 자료의 실체가 거의 유실된 상태에서 현존 자료만을 가지고 한국 무성영화를 논한다는 것이 여전히 한계일 수밖에 없다. 그럼에도 불구하고 앞서 언급한 자료를 통해 한국 무성영화의 특성을 실증적으로 고찰해 볼 수 있다는 점에서 본고는 한국 초창기 무성영화의 형태적 혹은 예술적 특성을 가늠해 보는데 의미 있는 논의가 될 것이다.

본고는 한국 무성영화 특성을 실증적으로 고찰함에 있어 그 형태적인 특성과 미학적 의미를 논해 보려 한다. 이를 위해 첫째, 무성영화의 주요 특성인 중간해설 자막의 의미를 논해 보고자 한다. 당시 무성영화는 변사들에 의해 주로 해설되었기 때문에 영화의 해설 자막이 없이도 충분히 상영될 수 있는 상황이었다. 그럼에도 불구하고 한국 무성영화에는 중간해설 자막이 쓰이고 있음을 알 수 있다. 따라서 한국 무성영화를 이해함에 있어 이 중간해설 자막의 의도를 이해하는 것이 무엇보다도 중요한 일이다. 이를 위해 현존 무성영화의 시나리오 형태를 살펴보고 이러한 형식의 시나리오가 갖는 의미도 함께 살펴보고자 한다.

결론적으로 이러한 일련의 논의를 토대로 한국 무성영화의 촬영미학과 이러한 미학적 수준의 차이가 가지는 의미도 함께 고구해 보고자 한다.

2. 무성영화와 중간해설 자막

현재 우리가 일반적으로 알고 있는 영화의 자막은 외화를 볼 때 외국어를 번역한 한글 자막이 대다수를 차지한다. 이외에도 현재 영화상에 쓰이는 자막은 타이틀 혹은 엔드 크레이트 등에 사용하거나 다큐멘터리 영화에서 인터뷰 대상자에게 묻는 질문 혹은 그 인터뷰 대상자의 신상 등을 밝히는 형식적인 도구의 의미로 사용된다. 그 역할이 좀 더 확장된다 해도 현재 영화에 쓰이는 자막은 영화를 상영하기에 앞서 특정 사실을 관객에게 알리거나[3] 모르는 전문 용어 등을 해설해 주는 용도 등 영화의 기법적인 측면으로 사용될 뿐 무성영화 시절의 중간해설 자막과는 그 역할이 차별화 되고 있다. 다시 말해 현재 영화에서의 자막은 더 이상 등장인물들의 대사를 표시하는 등의 내러티브를 전달하기 위한 역할을 하고 있지 않다는 것이다.

그런데 현재 영화상에 자막의 형태가 남아 있는 <검사와 여선생>(1948), 그리고 영화는 유실됐지만 시나리오 상에 자막의 형태를 보여주고 있는 <효녀 심청전>(1925)과 <먼동이 틀 때>(1927) 등을 통해 미루어 볼 때 무성영화 시절의 중간해설 자막은 관객에게 충분히 내러티브가 전달될 수 있을 정도로 자세했다는 사실을 알 수 있다. 그럼에도 불구하고 이러한 중간해설 자막이 있는 영화에도 무성영화라는 이유로 예외 없이 변사의 해설이 곁들여져서 영화가 상영되었다. 특히 1948년에 제작된 <검사와 여선생>의 경우는 유성영화 시기에 변사의 연행을 즐겨하던 대중들의 기호에 편승해 만들어진 무성영화였다. 그럼에도 불구하고 이 영화 역시 무성영화 시절의 영화처럼 매우 상세한 중간해설 자막의 형태

3) 예를 들어 사극 영화에서 "이 영화의 일부 사실은 역사와 다를 수 있습니다"라는 자막을 내보내는 경우가 이러한 대표적인 사례라고 할 수 있다.

를 보여주고 있다. 결국 역설적이게도 현재 실증적으로 무성영화의 중간 해설자막의 형태를 보여주고 있는 영화는 유성영화 시기에 제작된 <검사와 여선생>이 유일하다. 물론 <검사와 여선생>에서 보여주고 있는 영화의 중간해설 자막의 형태가 무성영화 시기의 중간 해설 자막과 완전히 일치한다고 보기는 힘들다. 그럼에도 불구하고 <검사와 여선생>의 중간자막 형태와 현존하는 무성영화 시절의 시나리오 등을 통해 추정해 볼 때 실제 무성영화 시기의 중간해설 자막 역시 <검사와 여선생>의 형태와 유사했었을 것으로 추정된다. 그런데 1934년도에 제작된 한국 최고(最古)의 영화인 <청춘의 십자로>는 무성영화로서는 특이하게 중간 해설자막의 형태가 보이지 않는다. <청춘의 십자로>가 무성영화에서 유성영화로 넘어가는 접점에서 발표된 영화이기 때문에 이러한 형태를 보여주는 것인지, 아니면 무성영화 시절 당시에도 자막을 넣지 않는 무성영화가 다수 존재했었는지는 별 다른 근거 자료가 없어 그 이유를 정확히 추정하기가 힘들다. 이와 달리 그 제작 년도가 1948년인 무성영화 <검사와 여선생>에는 매 순간 결정적인 극적인 사건 사이에 화면마다 중간해설 자막이 등장한다.

이처럼 현존하는 두 무성영화가 보여주고 있는 영화의 중간해설 자막 유무의 간극을 채워주는 것이 원형에 가깝게 보존된 무성영화 시나리오들이다. 무성영화 시절 제작되었던 <효녀 심청전>(1925), <먼동이 틀 때>(1927)와 <잘 있거라>(1927), <화륜>(1931) <방아타령>(1931) 등의 시나리오를 살펴보면 시나리오 상에 중간해설 자막이 엄연히 존재한다는 사실을 알 수 있다. 뿐만 아니라 1926년 발표된 대표적 한국 무성영화인 <아리랑> 역시 영화 화면에 중간해설 자막을 사용하고 있음을 다음과 같은 문헌을 통해 확인할 수 있다.

> 작품<아리랑>의 개권(개권)은 우선 "고양이와 개"라는 자막으로 시작한다.[4]

> <아리랑>의 서두에는 '고양이와 개'라는 부제격의 자막이 들어 있다.[5]

> "개와 고양이"란 자막이 흐르면서 주인공 최영진과 이 마을 지주의 마름인 오기호가 나타난다.[6]

이상의 자료 등을 통해 추정해 봤을 때 현존하는 최고(最古) 무성영화인 <청춘의 십자로>(1934)와는 달리 한국 무성영화들은 초창기부터 일반적으로 중간해설 자막을 사용하였음을 알 수 있다.

그런데 현존하는 무성영화 중 중간해설 자막이 남아있는 <검사와 여선생>(1948) 그리고 시나리오의 형태로 남아 있는 <효녀 심청전>(1925)과 <먼동이 틀 때>(1927) 등의 중간해설 자막은 사실상 변사의 설명 없이도 영화의 독해가 가능할 정도로 비교적 상세하게 이루어져 있다.

<검사와 여선생>에 등장하는 중간해설 자막은 타이틀과 엔드크레디트 자막을 제외하고 모두 48개로 구성되어 있다. 이중 네 번째 자막에서 시간의 경과를 나타내는 "그 잎은날" 이라는 자막을 제외하고는 모두 주인공들의 음성으로 표현해야할 대사들을 자막으로 표시하고 있다.

몇 가지 구체적 자막의 사례를 소개하면 다음과 같다.

> T1: 할머니 이것잇다 잡수세요
> 學校에 갓다 오게요[7]

---

4) 이영일(2004), 『한국 영화전사』, 도서출판 소도, 초판, 1969년, 개정증보판, 103쪽.

5) 정종화(1997), 『자료로 본 한국 영화사 1』, 열화당, 36쪽.

6) 최창호 · 홍강성(2003), 조희문 해설, 『한국영화사 나운규와 수난기 영화』, 일월서각, 109쪽.

7) 유성영화였다면 주인공 창손을 진료한 의사의 대사

<검사와 여선생의 실제 자막 장면1>

이상의 중간해설 자막은 창손이 학교를 가기 전 병든 할머니를 생각해 죽을 밥상보로 덮어놓는 장면 다음에 나온다. 만약 <검사와 여선생>이 유성영화였다면 위의 대사는 창손의 대사가 되어야 했을 부분이다. 아래의 자막 역시 쓰러진 창손을 치료한 후 의사가 여선생에게 하는 대사를 자막으로 처리한 부분이다.

T2: 그生徒는 너무여러끼 굴멋기 때문에
그러니 先生님이 잘注意를 시켜주십시오.[8]

<검사와 여선생의 실제 자막 장면2>

그런데 이들 자막을 통해 알 수 있는 것은 그 때 당시 한글 표기가 지금의 한글 표준어 표기, 혹은 띄어쓰기 기준과 달랐을 뿐 아니라 한글과 함께 한자가 혼용된 채 쓰이고 있다는 사실이다. 심지어 <검사와 여선생>의 자막 45번에서 확인할 수 있는 바와 같이 거의 한자어를 단어로 하고 있는 자막들은 조사 정도를 제외하고는 모두 한자로 표시되고 있음을 알 수 있다.

T45: 本件은 無罪로 言渡함[9]

---

8) 유성영화였다면 주인공 창손의 대사
9) 유성영화였다면 판사의 대사

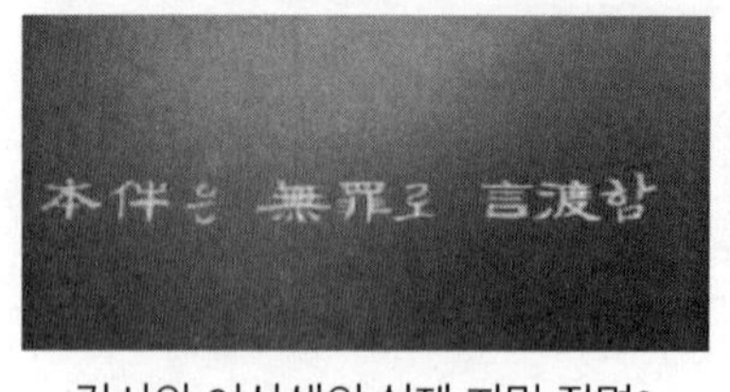

<검사와 여선생의 실제 자막 장면3>

이처럼 <검사와 여선생>을 통해 실증적으로 확인할 수 있는 중간해설 자막의 기본적인 특징은 <검사와 여선생>보다 거의 20여년 전에 발표된 심훈의 시나리오 <먼동이 틀 때>에도 동일하게 드러난다. 아래는 <먼동이 틀 때>에 사용 된 중간해설 자막 중 일부이다.

> T31: 도적놈! 前科者!
> T36: 가, 이놈아, 順伊는 네가 버려 놓았지

그런데 여기서 우리가 좀 더 주목해야할 사실은 1945년 당시 우리나라 문맹률이 78%에 달했다는 사실이다.[10] 한글 문맹률의 통계를 미루어 봤을 때 여기에 한자까지 혼용된 무성영화의 중간해설 자막을 읽을 수 있는 관객들의 수는 이보다 많지 않았을 것으로 추정된다. 뿐만 아니라 당시에는 영화배우보다 변사들의 인기가 높았다는 것을 여러 문헌 자료와 영화인들의 증언을 통해 알 수 있다. 그렇다면 영화 해설 자막만을 통해서도 영화의 이야기를 구성할 수 있을 정도로 자세한 중간해설 자막을 영화 장면 사이에 삽입한 이유는 적어도 문자를 해독할 수 있는 약 20% 정도의 관객을 위한 것이 아니었음을 알 수 있다. 어차피 당시 우리나라 무성영화는 변사들이 해설을 주도했기 때문에 구태여 영화상에 이토록 자세한

---

10) 45년 광복 직후 우리의 문맹률은 78%로 영국식민지였던 말레이시아의 62%(47년), 짐바브웨의 64%(45년) 보다 훨씬 높은 수준이었다. 결국 정치적 · 문화적으로 온갖 굴욕을 당해가면서 35년간 일본의 식민지 결과 1인당 소득은 식민지가 되었을 때보다 낮아졌고, 그나마 그 소득도 지극히 불평등하게 분배되었으며, 대부분의 국민은 문맹으로 남아있었다는 결론이 나온다. 이런데도 일제 지배를 긍정적으로 볼 수 있을까?" – (장하준,「이래도 일제 지배가 긍정적인가」, 중앙일보, 2005. 3. 19.)

해설 자막을 입힐 이유가 없었기 때문이다. 심지어 영화에 자막을 입히는 비용 등을 생각하면 더더군다나 무성영화 사이사이에 중간해설 자막을 넣을 필요는 없었다고 할 수 있다. 그럼에도 불구하고 무성영화 장면 사이사이마다 중간해설 자막이 등장한다. 보통 무성영화의 중간해설 자막은 등장인물들이 대사를 하는 시점에서 중간 자막이 삽입된다. 이어서 등장인물들이 이야기하는 모습을 보여주는 형식을 취하고 있다. 말하자면 하나의 장면으로 이어져야할 것을 두 부분으로 단절시켜 그 중간에 해설 자막을 넣는 형식을 취하고 있는 것이다. 그리고 등장인물들의 입모양을 보면 중간해설 자막에 써있는 해설과 거의 일치하는 대사를 하고 있음을 알 수 있다. 또한 자막 장면이 사용되지 않는 경우에는 주인공이 입을 여는 순간, 인물이 화면에서 자세히 묘사되지 않는다는 사실을 알 수 있다. 그렇다면 영화의 중간해설 자막의 역할은 관객이 아닌 변사의 영화 해설을 위한 시간 끌기의 용이함을 위해 삽입된 것이란 사실을 알 수 있다. 실제 일본에서는 무성영화 변사의 해설 시간을 끌기 위해 무성영화의 제작 단계에서부터 긴 장면을 의도적으로 찍기도 하였다고 한다. 일본의 니카추 영화사에서 일했던 배우 키누노수케의 증언에 의하면, 1920년대의 길고 정적인 장면의 지속은 화면 밖의 변사의 공연에 의해서만 명료하고 재미있는 것이 될 수 있었다고 한다.

> 1917년에서 1919년 사이에 니카추 영화사에서 약 90편의 영화에서 연기했는데 변사가 장면이 최소한 5분 이상 지속되어야 된다고 주장한 이후로는 언제나 똑같은 방식을 따라야 했다. 나는 이런 법칙을 조정하고 싶었지만, 감독이었던 오구치는 내 소망을 들어주지 않았다.[11)]

11) Kinugasa Teinosuke, “Le cinema japonais vers 1920”, Cahiers du cinema 166/7 (May~june 1965): 44, 46. Freda Feiburg, 같은 글 재인용

여기서 우리가 알 수 있는 것은 최소한의 변사의 연행을 위해서는 화면의 길이가 길거나 혹은 그러한 장면을 해설할 수 있는 어떤 장치가 있어야 한다는 사실이다. 결국 한국 무성영화의 중간해설 자막은 일본과 달리 제작과정이 아닌 상영단계에서 변사를 고려한 일종의 기법적인 부분이었다고 이해할 수 있다. <검사와 여선생>은 한국 영상자료원에 보관되어 있는 24프레임의 35미리 프린트와 신출 개인이 소장하고 있는 18프레임의 16미리 프린트의 두 종류가 존재한다. 이 중에서 신출에 의해 변사 연행에 사용되는 것은 18프레임의 프린트로 신출 소유의 영사기를 통해 영사, 연행된다.

그런데 24 프레임의 <검사와 여선생>의 경우에는 자막 장면이 존재하지만 읽을 만큼의 충분한 시간적 여유를 주지 않는다. 자막의 기능이 결국 관중들의 독해를 위한 것이 아님을 증명하는 단적인 예인 것이다.

우리나라의 무성영화는 일본과는 달리 변사를 위한 제작 단계의 배려가 별로 없었던 만큼 의도적으로 영화 중간에 중간해설 자막을 집어넣음으로써 변사가 영화를 연행할 수 있는 시간을 확보하려 했던 것으로 보인다.

이처럼 무성영화의 중간해설 자막이 변사의 연희를 위한 기술적인 효과였을 것이라는 가정이 확실하려면 중간해설 자막이 생략된 현존 최고(最古) 무성영화인 <청춘의 십자로> 같은 자막 부재 무성영화의 의미를 설명해 낼 수 있어야 한다는 생각이다.

<청춘의 십자로>의 영상을 살펴보면 영상과 액션을 통해 사건을 진행시키며, 등장인물들의 발화 장면이 극히 드물고 발화 장면이 나온다 하더라도 매우 짧게 이루어져 있다는 사실을 발견할 수 있다. 또한 등장인물들의 발화시 입모양을 통해 무슨 말을 하고 있는지 추정이 가능하다. 그렇다면 <청춘의 십자로>는 유성영화가 나오기 직전의 영화로 변사가 등장인물들의 입에 맞춰 대사를 했던 미키 마우징 형식의 영화였을 거라

는 추정 가능하다. 실제로 청춘의 십자로가 제작 발표된 다음해인 "1935년 이명우와 이필우 형제에 의해 발성영화 <춘향전>이 제작되었기 때문이다. 이것을 시작으로 기점으로 제작의 기술적 측면에서 무성영화 시대와 달리 발성영화 시대는 영화의 시각적 표현 양식과 영화 감상의 측면에서 중요한 변화를 가져오게 된다."[12]

따라서 이 논문에서는 <청춘의 십자로>를 무성영화와 유성영화 사이의 전환기적 위치에 놓인 과도기적 영화로 보고자 한다. 무성영화와 유성영화의 과도기적 형태인 토키연행을 위해 제작된 영화와 무성영화를 구별짓는 가장 큰 특징은 중간해설 자막의 삽입 유무이기 때문이다.

1948년 제작된 <독립 전야>[13]가 바로 <청춘의 십자로>와 유사한 형태를 띤 영화로 추정된다. <독립전야>가 유성영화로 기획 제작되었다는 사실은 중간해설 자막이 한 번도 등장하지 않는다는 사실에서 분명하게 드러난다. <독립전야>는 <검사와 여선생>이 가지는 변사의 연행을

---

12) 조희문(2002), 『한국영화의 쟁점1:연쇄극 연구』, 서울 집문당, 119쪽.

13) 1948년 고려 영화사가 제작한 최인규 감독의 <독립전야>는 젊은 네 남녀의 원한과 사랑을 통해 격정의 시대를 살아내야했던 당시 우리 민중들의 삶을 묘사한 작품이다. 박옥란(김신재)은 송(최동산)과 함께 아버지를 죽인 전당포 주인 민가에게 원수를 갚기 위해 민가의 주변을 5년째 감시하고 있다. 한편 민가는 반지를 맡기러 온 자신의 친딸인 선희를 알아보지 못하고 겁탈하려한다. 청년 경일(최인규)은 전당포 앞을 지나다가 선희를 구해주고 둘은 근처의 창고로 숨는다. 선희는 민가가 쫓아낸 엄마를 따라 떠났다가 해방이 되서 돌아왔고, 경일 또한 해방을 맞아 누나를 찾아서 한국에 왔다. 송은 선희와 경일을 결박하지만, 옥란은 민가가 원수이지 딸은 아니라며 그녀를 놓아준다. 그리고 둘의 대화를 엿듣다가 경일이 자신의 동생임을 알게 된다. 민가는 시계와 양담배 등을 사러 나왔다가 불량배들을 만나 칼에 찔리고 경일이 그를 도와준다. 그가 아버지라는 것을 알아본 선희는 죽어가는 그를 보며 운다. 함께 있는 옥란을 본 민가는 옥란의 아버지를 죽인 것은 사고였다며 참회하고, 새 정부가 수립되는 날 죽게 된 것을 영광으로 생각한다며 남은 재산을 나라를 위해 쓰라고 유언하고 숨을 거둔다. 네 젊은이는 산에 올라 새로운 희망을 다짐한다. 한국영화 데이터베이스 Kmdb <독립전야> '독립전야' 줄거리 참조.
(http://www.kmdb.or.kr/movie/md_basic.asp?nation=K&p_dataid=00200&keyword=독립전야)

위한 배려의 특징을 전혀 발견할 수 없으며 등장인물의 대화 장면은 정확하게 묘사된다. 이를 미루어 볼 때 <독립전야>는 변사가 등장인물의 입에 맞춰서 인물의 대사를 립씽크하는 방식을 취했던 것으로 보인다. 또한 짧은 화면 길이와 잦은 편집 역시 변사를 염두에 둔 것이 아니라 <독립전야>가 유성영화로 기획 제작되었으며, 제작과정 있어서 녹음기술 혹은 비용의 문제 등으로 인해 한 사람에 의해 더빙되는 형식이 선택되었음을 알 수 있다. 현재 <독립전야>의 녹음본이 남아 있지 않아 형태상으로는 무성영화로 보인다. 하지만 이 영화의 시작 자막에 보이는 다음과 같은 표시는 이 영화가 동일한 해설 대본을 토대로 동일 음악의 연주와 함께 동일 변사에 의해 녹음된 유성영화의 방식을 따른 영화임을 증명한다.

음악: 이용철
해설대본: 최영수
해설: 조효천[14)]

다시 말해 <독립전야>는 완전한 의미의 유성영화는 아니었지만 더 이상 극장마다 변사가 필요 없던 유성영화의 형식을 띤 영화였던 셈이다.

이처럼 <독립 전야>가 한 사람의 변사에 의해 영사되는 인물의 이미지와 정확하게 미키 마우징하는 형태를 띤 유성영화였다면 무성영화 시절의 영화였음에도 불구하고 자막 처리가 되어 있지 않은 <청춘의 십자로> 역시 이와 유사한 형태를 지닌 작품으로 볼 수 있다. 말하자면 영화 상영시 변사의 연행이 아닌 변사의 미키 마우징에 의해 녹음된 소리를 틀었거나 아니면 극장에서 변사에 의해 적어도 인물들의 발화 이미지와 소리가 미키 마우징 되었던 것으로 추정된다. 말하자면 무성영화 시절 간접

---

14) 한국 영상자료원 한국 영화 데이터베이스 Kmdb <독립전야> 동영상 자료.
http://www.kmdb.or.kr/movie/mdpreview_list.asp?nation=K&p_dataid=00200

화법으로 진행되었던 변사의 소리연행이 영화상에 일어난 사건의 시 · 공간에 대한 설명과 사건에 대한 해설이 주를 이루었다면 <청춘의 십자로> 같은 작품은 이와 달리 영상속의 실제 인물이 직접 발화하고 있다는 인상을 주는 식의 연행법을 썼던 것으로 보인다.

<청춘의 십자로>의 이러한 특징은 무성영화의 특징인 자막의 부재에서뿐만 아니라 영화의 시작에서부터 확연하게 구분된다. <검사와 여선생>은 시작부터 변사의 '전설'[15]을 위한 장면이 의도적으로 첨가되어 있는 반면 <청춘의 십자로>에는 이러한 장면이 전혀 보이고 있지 않기 때문이다. <검사와 여선생>은 영화의 타이틀과 제작진 등의 크레딧이 등장한 후 본격적인 영화를 시작하기 전에 등장인물들의 클로즈업이 이어진다. 변사의 연행을 염두에 둔 듯한 이러한 장면은 등장인물들의 클로즈업을 일정한 시간 간격을 두고 나열하는 형식을 취하고 있다. <검사와 여선생>이 보여주고 있는 이러한 특징은 변사의 해설에 의해 영화의 등장인물들을 소개하기 위한 무성영화의 일반적인 특징이었던 것으로 보인다.

아래는 본격적으로 <검사와 여선생>을 시작하기 전 등장인물들을 소개하는 마지막 변사 신출의 연행 부분을 인용한 것이다.

> 여러분, 검사와 여선생이 시작되었습니다. 그러면 이 영화에 나오는 인물들을 소개하겠습니다. 민검사, 민검사가 소년시절의 민창선, 초등학교에 담임여선생 최양춘, 여선생의 남편으로 나오는 박상태, 사람을 죽이고 그래도 딸 하나 때문에 살인까지 하였다는 무서운 탈옥수, 창선이의 집안 내막을 잘 알고 있는, 빵집 점원으로 성공을 했다는 수동이[16]

---

15) 본격적인 영화 시작 전 변사가 영화와 관련된 이런 저런 이야기로 관객들의 흥미를 돋우는 해설 부분, 보통 변사의 해설은 영화가 시작되기 전에 하는 전설과 본격적인 영화 해설인 중설, 그리고 영화가 끝난 후 하는 후설 등으로 이루어져 있다.

16) 대전국립중앙과학관에서 2003년 3월30일 오전 10시에 있었던 변사 신출(신병균)

이와 달리 <청춘의 십자로>는 등장인물의 소개가 아닌 기차의 경성역 도착부터 시작되는 등 영화 오프닝에서부터 역동적인 영상미에 중점을 두는 등 <검사와 여선생>과는 다른 형식미 보여준다. 그렇다면 현존 최고(最古)의 무성영화로 전해지고 있는 <청춘의 십자로>는 무성영화의 형태로는 존재하지만 일반적으로 변사가 연행하는 무성영화와는 다른 형태의 영화였을 거라는 추정이 가능하다.

물론 <청춘의 십자로> 시작 자막에 해설자의 이름이나 음악을 담당했던 사람의 이름이 시작 타이틀로 뜬다면 더 이상 재론의 여지없이 <청춘의 십자로>는 <독립 전야>와 유사한 형태의 영화라고 단언할 수 있다. 하지만 현재 이 영화는 일부 필름의 소실로 앞부분에 대한 타이틀이 남아 있지 않은 상태이다. 그럼에도 불구하고 여러 정황 증거상 본고에서는 <청춘의 십자로>가 무성영화에서 유성영화로 이행하는 과정에서 시도되었던 유성 영화적 시도를 했던 무성영화라고 보고자 한다. 이러한 주장의 근거로는 이미 살펴본 대로 첫째, <청춘의 십자로>에는 무성영화의 일반적인 특징인 자막이 보이지 않는다는 점. 둘째, 일반적인 무성영화와 달리 변사의 영화 소개를 위한 의도된 장면이 없이 영화가 바로 시작된다는 점. 셋째, 변사의 해설이 필요한 장면보다는 변사의 미키 마우징이 필요한 주인공들의 단절되지 않는 대사 장면이 온전히 등장한다는 점 등을 들 수 있다.

물론 <청춘의 십자로>의 상영방식에 대한 자료가 발견되고 있지 않기 때문에 이 영화가 무성영화와 유성영화의 과도기적 형태의 시험적 양식으로 제작된 영화라고 단정지어 말하기는 곤란하다. 하지만 앞서 살펴본 여러 상황적 근거로 인해 이러한 추정이 전혀 타당성이 결여된 주장은 아니라는 것이다.

의 <검사와 여선생>의 연행 중에서.

3. 무성영화 시나리오의 형태와 그 의미

한국 무성영화를 연구함에 있어 가장 큰 어려움은 현전하는 무성영화가 거의 없다는 사실이다. 그나마 어렵게 현전하는 두 편의 무성영화인 <청춘의 십자로>와 <검사와 여선생>는 실사작품의 현전에도 불구하고의 제작 당시의 시나리오가 현재 전해지지 않고 있다. 따라서 그 당시 무성영화의 시나리오는 어떠한 형태를 띠고 있었는지는 실사작품이 없는 무성영화 시대의 현전 시나리오로 유추 재구할 수밖에는 없는 실정이다. 동일 작품의 실사영화와 시나리오가 전해졌다면 당시 무성영화를 이해하는데 더 많은 도움이 되었겠지만 그나마 일부라도 원형에 가까운 당시의 시나리오가 전해지고 있는 것은 그나마 다행한 일이 아닐 수 없다.

그런데 초창기 한국 시나리오는 지금처럼 그 개념이 명확하지 않고 일반대중들은 물론, 시나리오를 쓰는 작가들 간에도 그 개념에 대해 논란의 여지가 많았던 것으로 보인다.

> 현재 우리에게 보여주고 있는 거진 희곡 같은 거라든지, 거진 소설에 가까운 거라든지 심한 것은 영화해설이라든지 또 한편으로는 카메라의 위치까지 지정한 콘티뉴이티에 가까운 것 등등 각인각색의 여러 가지 형식의 시나리오 중에서 대체 시나리오 문학의 새로운 경지를 자부하고 나아갈 형식이 과연 어느 형식의 시나리오야만 될 것인가 하는 문제에 대해서는 아직 아무런 규정도 짓지 못한 채……[17]

영화소설, 영화각본, 영화콘티 등 각종 시나리오 형식의 글들이 문학의 한 장르로서 독자적인 작품의 형식을 갖추기까지 상당동안 혼돈이 계속되었기 때문이다. "우리 영화소설의 효시는 심훈의 <탈춤>이다. 1926년

---

17) 이운곡(1937), 「시나리오론: 시나리오 작가의 지위」, 『조광』, 11월 330~331쪽.

11월9일부터 12월16일까지 34회에 걸쳐 연재 형식으로 <동아일보>에 실린 이 작품을 기점으로 영화소설이라는 전에 없던 문학형식이 문단을 장식하게 된 것이다."[18] 그런데 심훈은 <탈춤>을 영화소설로뿐만 아니라 시나리오의 형식으로도 발표한다. 심훈이 발표한 영화소설과 시나리오 <탈춤>을 비교해 보면 영화소설은 그 형식적인 면에서 요즘 우리가 인식하고 있는 시나리오와는 거리가 있다는 사실을 알 수 있다. 따라서 본고에서는 영화소설 등을 제외한 현재의 시나리오와 유사한 형태를 띤 당시 시나리오 형식의 글들을 본고의 연구의 대상으로 삼았다.

이러한 대표적 시나리오가 바로 심훈의 <먼동이 틀 때>이다. 1927년 계림영화사(鷄林映畵社)가 제작한 <먼동이 틀 때>는 심훈(沈熏)이 시나리오를 쓰고 연출도 직접 맡은 작품이다. [19] 신일선과 강홍식이 주연한 이 영화가 1927년에 단성사에서 개봉하자 <아리랑>(1926) 이후 나온 최고의 명작이자 흥행작이라는 평단의 평가를 받게 된다. 이 영화에는 심훈이 일본에서 배워온 카메라 '이동법'[20]을 사용되어 영화의 흐름이 한결

---

18) 이영재(1989), 『초창기 한국 시나리오 문학연구: 1919년~1945년까지의 현존 작품을 중심으로 한 사적고찰』, 연세대학교 대학원 국어국문학고 석사학위 논문, 23쪽.

19) 나운규(羅雲奎)의 ≪아리랑(1926)≫에 이어 한국영화 개척기의 명작으로 일컬어진다. 이 작품은 누명을 쓰고 감옥살이하던 광진(光鎭)이 출옥하는 데서 시작한다. 그는 수감 중에 헤어진 아내를 찾아 헤매다 식당에서 돈에 팔려온 순이라는 처녀를 알게 되는데 순이에게는 시인인 조영희라는 애인이 있다. 광진은 이들의 처지를 동정하여 순이의 몸값을 갚아주고 두 남녀를 자유롭게 해준다. 그 뒤 광진은 건달패 두목에게 겁탈당할 위험에 빠진 아내를 만나자 건달패 두목을 이층에서 떨어뜨려 죽게 한다. 10년 만에 사랑하는 아내를 만나지만 그는 다시 형무소에 끌려간다. 먼동이 틀 무렵 두 젊은 남녀 순이와 조영희는 사랑과 이상이 있는 미지의 세계를 향하여 떠난다.

20) 안종화의 '한국영화측면비사'에는 심훈의 <먼동이 틀 때>에서 새로운 이동법이 시도되었다고 소개되고 있다. 그 때까지만 해도 이동촬영이라는 것이 주로 자동차에 카메라를 싣고 전진과 후진을 하는 정도여서 정밀하게 앵글을 잡지도 못했다. 그러나 심훈은 일본에서 트랙을 쓰는 법을 배워와서 이 영화에 처음 활용했다고 한다. 안종화(1962), 『한국영화측면비사』, 춘추각, 115쪽.

원활해졌고 미술작업이 뛰어나 배경효과가 훨씬 좋아졌기 때문이다. 특히 <먼동이 틀 때>는 창작 시나리오의 개념이 모호하던 시절 한국인이 창작한 오리지널 창작 시나리오를 토대로 제작된 영화라는 점에서 그 의의가 크다 하겠다.[21]

아쉽게 이 영화의 필름은 현전하지는 않지만 1927년 제작 당시의 시나리오가 전해지고 있다. 이 작품은 심훈의 초기 작품세계를 잘 보여주는 무성영화 시대 한국영화의 대표적 작품으로 꼽힌다. 시나리오 <먼동이 틀 때>는 심훈 스스로 콘티[22]라고 불렀던 것처럼 요즘의 시나리오와는 달리 콘티의 형식을 가지고 있다. 아래는 심훈의 <먼동이 틀 때>의 씬 3에 해당하는 부분이다.

> (S · 3) 廢墟
> 25. 뼈만 세운 日本집(全)(F.I)
> 26. 鎭, 주춧돌에 걸터앉아(背景古材木)
> 27. 鎭, (얼굴이 뵐듯 말듯)(M.O)古材木을 어루만짐
> 28. 鎭과 土方.(F)
> 鎭의 背越로 土方 나온다. 鎭 말한다. 土方 멈칫 鎭을 본다.
> 29. 鎭과 土方
> 土方의 어깨너머로 鎭 말한다.
> (T · 3)
> 「이 집터에 살고 있던 사람 어디로 갔을까요?」
> …중략…

---

21) 평단의 일반적인 호평과는 달리 <먼동이 틀 때>를 두고 임화 등 카프 측에서는 계급의식이 결여 된 작품이 라고 맹렬한 비난을 하고 있기도 하다. <朝鮮映畵가 가진 反動的 小市民性의 抹殺－沈熏 등의 跳梁 에 抗 하여－> 林和 中外日報 1928年 7月 28日～8月4日

22) 사상계의 심훈 30주기 추모 미발표 유고특집에는 <먼동이 틀 때>가 콘티로 소개되고 있다. 심훈의 유고원고에 <먼동이 틀 때>가 시나리오가 아닌 콘티로 표기되어 있었기 때문이다. 사상계, 1965. 10. 256~270쪽 참고.

(T · 5) (F · I)
하염없는 생각은
옛날의 보금자리를 더듬어
34. 鎭, 夢幻(손 注意) (F · B · I) [23]

위의 인용문[24]에서 확인할 수 있는 바와 같이 S3의 컷은 25~34 컷 까지 모두 10개의 컷으로 이루어져 있다. 말하자면 <먼동이 틀 때>의 시나리오는 요즘처럼 씬 중심의 시나리오가 아닌 콘티의 형식를 띠고 있음을 알 수 있다. 촬영이 용이하게 장면을 컷 별로 분리하여 작성했을 뿐만 아니라 카메라 촬영방식이라든가 기법 등이 비교적 상세하게 기록되어 있기 때문이다.

<먼동이 틀 때>가 심훈의 유고 특집으로 실린 1965년 10월 사상계에서는 심훈의 콘티 원고에 표시된 영화 부호에 대해 다음과 같은 해설을 덧붙이고 있다.

(보기)
F.I.L=(Fade in Long scene의 略字) 溶明 遠景
F.S(Full Scene) 全景(原稿에서는 F라고도 했다)
M.S(Medium Shot) 中寫
O.V는 O.L.을 뜻하는 듯 하다. (Over-lap)畵面이 없어지기 전에 새 화면이 겹치고 뒷 畵面이 없어진다.

---

23) 영화진흥공사 기획 · 엮음(1982), 『한국 시나리오 선집 제 1집: 초창기~1955년』, 집문당, 10~11쪽

24) 사상계 1965. 10. 257쪽에는 이 부분의 표시가 M.S로 표시되어 있음 M.O가 아닌 M.S 표시가 맞는 것으로 생각된다. 이외에도 34 컷의 鎭, 夢幻(손 注意) (F · B · I)의 표시도 사상계에서는 (B. F. O)로 표시되는 등 영화 부호가 다르게 표시되고 있다. 필자는 한국 시나리오 선집의 영화 용어 표시보다는 사상계의 표시가 좀 더 설득력이 있는 표시라고 생각한다. M.O나 F · B · I보다는 M.S 나 B. F. O가 영화부호로서는 좀 명확한 부호이기 때문이다.

B=(Bust) 上半身

C=C.U(Close-up) 接寫

T=(Title) 字幕

F.O.=(Fade out) 溶暗[25]

보기를 통해 영화부호가 무엇인지를 표기해야할 만큼 이 콘티 자체에 영화부호가 많이 사용되고 있기 때문이다.

영화화 되지는 못했지만 같은 작가인 심훈의 시나리오 <상록수>와 <탈춤> 역시 초창기 시나리오의 원형을 간직하고 있는 작품이다. 이상의 세 작품 모두 한 작가의 작품이라서 이들 작품이 초창기 한국 무성영화를 대표하는 형태를 간직하고 있다고 단정지어 말하기는 힘들다 하지만 적어도 당시 일반적인 영화 시나리오의 형태의 모습을 간직하고 있는 현전하는 유일한 시나리오의 원형임은 틀림없는 사실이다,

1926년 동아일보에 영화소설로 연재하고 시나리오로 각색한 <탈춤>[26]이나 <상록수>[27]는 인물의 대사가 자막으로 처리된 것을 제외하고는

---

25) 사상계 1965. 10, 256쪽.

26) <먼동이 틀 때>를 영화화하기 전에 먼저 썼던 작품이 바로 <탈춤>이다. 영화 쪽에 흥미를 느낀 심훈이 일본에 건너가 영화제작과 연출에 관한 현장수업을 받고 귀국을 하게 된다. 일본에서 귀국한 심훈에게 <장한몽>을 만들었던 계림 영화사가 영화 한 편을 만들어 달라고 청을 하게 된다. 계림 영화사의 청에 의해 영화화를 시도했던 작품이 바로 <탈춤>이지만 촬영 일주일을 남겨두고 제작비가 많이 든다는 이유로 <탈춤>의 영화화는 무산되고 대신 <먼동이 틀 때>가 급히 제작되기에 이른다. 沈熏, '朝鮮映畵監督苦心談 -『먼동이 틀 때』의 回顧「遺稿」' "조선영화사 제1호", 1936년 10월1일, 44~45쪽. 김다인, "지식인의 본분 다한 멀티플레이어 '상록수'의 심훈-소설 외에 영화감독, 배우 평론가 활동 인터뷰 365, 2008. 09~11 기사 참조.

27) 장편 소설 <상록수>는 1935년 동아일보 창간 15주년기념 현상공모에 당선되어 동아일보에 연재 되었다. 심훈은 1936년 <상록수>를 영화화하려고 스스로 각색한 시나리오를 들고 영화계를 다닌 결과 고려영화사에서 제작을 하기로 하고 전옥, 강홍식, 이승룡 등 주연배우까지 내정한다. 하지만 총독부 검열당국의 방해로 끝내 영화 제작의 꿈을 이루지는 못한다. 현전하는 <상록수>의 시나리오 상에는 자막

현대의 시나리오와 거의 유사한 형태를 띠고 있다. 요즘의 시나리오와 특별히 변별되는 차이점이라고 한다면 시나리오의 각 씬이나 쇼트에는 카메라 포지션, 광학적 처리나 기술적인 기호가 상당히 자세히 표시되고 있다는 사실이다. <탈춤>이나 <상록수> 중 일부를 살펴보면 이러한 특징이 확연히 드러난다. 아래는 <탈춤>의 첫 번째 씬을 인용한 것이다.

S#1 吳의 숙소

(F.I) 아궁이. 불, 불, 시뻘건 불길! D.E 되는 姜의 얼굴(C.U) 大笑, 哄笑, 爆笑! 풍로불을 부치며 웃는 姜(F.S)

T『불을 보면 미쳐나는 사람……姜興烈』부채를 들고 불을 부치며 노래를 부르는 姜.(PAN)

…중략…

姜 약간 冷笑하며 이야기를 하라고 조른다.(O.L)[28]

<탈춤>은 <먼동이 틀 때>와 달리 컷 단위가 아닌 씬 단위로 이루어진 시나리오지만 카메라에 대한 지시가 매우 상세함을 알 수 있다. 시나리오 <상록수> 역시 이와 유사한 형태를 보여준다.

part I 雙頭鷲行進曲

S 啓蒙運動隊員懇親會場

(F.I) 입간판 (C.U)

제3회 下半期學生啓蒙運動隊員懇親會

이 있는 것으로 보아 1935년 최초의 유성영화가 발표되었음에도 불구하고 심훈은 <상록수>를 무성영화로 제작하려던 것으로 추정된다. 심훈은 영화 <상록수> 제작의 좌절 후 장티프스에 걸려 같은 해 9월 16일 36세를 일기로 급서하게 된다. 사상계, 沈熏 三十周忌追慕 (未發表) 遺稿特輯, 사상계 1965년 10월호, 245쪽. 김다인, "지식인의 본분 다한 멀티플레이어 '상록수'의 심훈 – 소설 외에 영화감독, 배우 평론가 활동 인터뷰 365, 2008. 09~11 기사 참조.

28) 심훈(1966),「시나리오 탈춤」,『심훈 문학전집1』, 탐구당, 517~518쪽.

主催 大衆日報社

(PAN→)

입구로 들어가는 학생들의 다리((O.L移動)

계단을 올라가는 學生群

…중략…

웃어대는 女學生群(CUT)

미소하는 編輯局長(CUT)

S君 着席

學生들 拍手

(畵面에서 W해서)

T 再請이요! 再請이요! 마루청을 구르는 다리들

司會者 일어서며 손을 든다. [29]

위 인용문에서 확인할 수 있는 바와 같이 <상록수>의 씬들은 컷 단위 이상으로 카메라 포지션이나 영상기법 등이 매우 상세하고 정밀하게 기록되어 있다. 이러한 시나리오의 특징은 작가였던 심훈이 영화감독을 겸했다는 사실과도 일정부분 상관성이 있어 보인다. 시나리오를 쓸 때부터 영화 제작을 염두에 둔 콘티의 형식에 가까운 시나리오를 썼을 가능성이 있기 때문이다. 따라서 이러한 무성영화 시나리오의 특징을 당시 모든 무성영화 시나리오들의 전반적인 특징으로 단정짓기에는 어느 정도 무리가 따른다고 볼 수 있다.

그럼에도 불구하고 이들 세 작품이 담고 있는 가장 큰 특징은 세 작품 모두 무성영화의 가장 큰 특징인 자막 부분을 원형 그대로 간직하고 있다는 사실이다. 현재 이들 작품 이외에 무성영화 시절의 가장 큰 특성인 자막 형태가 남아 있는 대표적인 작품으로는 소원이라는 필명의 작가가 각색한 1925년 작인 <효녀 심청전>[30]과 1927년 작인 나운규 감독의 <잘

29) 심훈(1966),「시나리오 상록수」,『심훈 문학전집1』, 탐구당, 451쪽.

30) 1925년 단성사가 발행한 영화극 <효녀 심청전>은 笑園이라는 필명의 작가가 각

있거라>, 1931년 작인 김유영 감독의 <화륜>, 1931년인 김상진 감독의 <방아타령>[31]을 들 수 있다. <효녀 심청전>의 시나리오 역시 심훈의 시나리오와 마찬가지로 무성영화 시절의 시나리오의 대표적 특징인 영화 중간해설 자막과 함께 상세한 카메라 촬영기법이나 영상효과 등에 대해 서술되어 있다. 아래는 <효녀 심청전> 시나리오의 첫 장면 중 일부이다.

<映畵劇 孝女 沈淸傳>＝笑園 脚色
M:주요자막(자막)
S:보조(補助)자막
△:삽입부분(揷入部分)[32]

(溶明). (大遠寫). 고대(高臺)의 종각(鐘閣)… 중은 쇠북을 울리어 음울(陰鬱)한 소리가 대지(大地)에 퍼져 흐른다.(二重露出)

M. 푸른 산, 맑은 물! 여기는 몽운사(夢雲寺)이니 부처님은 영험(靈驗이 많아서 시주(施主)하고 빌면 안 되는 일이 없다고 한다.

(近寫). 동사(仝寺) 정문(正門)=몽운사 현판(懸板)=(二重露出)

…중략…[33]

색한 작품으로 알려져 있다. 이 시나리오의 작가와 영화화 여부에 대해서는 두 가지 견해가 주장되고 있다. 이경손 감독의 <심청전>(1925)이 이 시나리오를 바탕으로 제작되었다는 견해와 이 작품이 이경손 감독의 <심청전>과는 별개의 작품이라는 주장이 그것이다. 김종욱 편(2002), 『실록 한국영화 총서(상)』에서는 이 영화가 이경손 감독, 김춘광 각본으로 소개되어 있으며 김춘광=소원이라고 표기되어 있다.

31) 이운방 원작, 이구영 각색, 김상진 감독의 <방아타령>은 신흥프로덕션이 제 1회 작으로 내놓은 작품이다. 박제행, 심영, 김소영이 출연한 이 영화는 대원군의 쇄국정책으로 천주교도들이 수난 받던 시절, 한양성 밖 옥정리라는 작은 마을에서 결혼식을 올리려던 젊은 남녀가 민란으로 말미암아 헤어진 후 40년 만에야 만나게 되는 기구한 삶의 역정을 그린 것이다.

32) 나머지 아래 용어는 대략 다음과 같다. 溶明: 페이드 인, 大遠寫:익스트림 롱 쇼트. 二重露出: 오버랩 또는 디졸브, 近寫:버스트 쇼트, 大寫:클로즈업, 溶暗:페이드 아웃, 이기림, 『1930년대 한국영화 토키로의 전환에 관한 연구』, 동국대 대학원 연극영화학과 석사학위 논문, 2004, 29쪽 참고.

위 인용문에서 확인할 수 있는 바와 같이 <효녀 심청전>의 시나리오는 심훈의 시나리오가 가지고 있는 콘티적 특성과 유사한 형태를 띠고 있음을 알 수 있다.

이 밖에도 <화륜>(1931)과 <방아타령>(1931)시나리오에도 중간해설 자막이 영화 시나리오의 전부이다시피 매우 중요하게 등장하고 있다. 이효석, 안석영, 김유영, 서광제 4인에 의해 1930년 7월25일부터 9월2일까지 중외일보에 연재된 <화륜>은 촬영 시나리오가 아닌 4명의 작가가 제각기 나눠 쓴 문학적인 의미의 신문 연재 시나리오여서 그런지는 몰라도 용명(溶明), 용전(溶轉), 회전(廻轉) 등의 용어를 제외하고는 특별한 카메라 효과나 기법 등이 시나리오 상에 나타나고 있지는 않다. <방아 타령> 역시 중간해설 자막 부분을 제외하고는 특별히 영화제작을 위한 콘티적인 특성을 보여주고 있지는 않다. 현전하는 <방아타령>의 시나리오가 제작 당시의 원형 그대로의 시나리오가 아니라 검열 대본이기 때문에 이러한 형태를 띠고 있는 지에 대해서는 정확한 판단을 내리기는 힘들다. 그럼에도 불구하고 <화륜>이나 <방아타령> 등의 시나리오 상에 중간해설 자막 형태가 원형 그대로 남아 있는 것은 그만큼 무성영화 시나리오에서 중간해설 자막의 중요도가 높았기 때문이다.

당시의 시나리오 문학은 활용목적에 따라 콘티, 영화소설, 독물로서의 시나리오 등 다양한 형식으로 발표되었다. 그리고 실제 영화 촬영을 위한 시나리오의 경우에도 특별히 표준화된 형식은 없었던 것으로 보인다.

그럼에도 불구하고 지금까지 살펴본 현존 무성영화 시나리오를 고구해 보면 무성영화 당시의 시나리오들이 다음과 같은 주요한 특징을 가지고 있음을 알 수 있다.

첫째, 무성영화 시나리오에서는 등장인물들의 모든 대사를 자막을 이

---

33) 김종욱 편, 『실록 한국영화 총서 (상): (1903~1945. 8)』, 국학자료원, 2002, 194~195쪽.

용하여 표기하였으며 그 이외에도 주요 장면의 전환이나 극적 상황 등을 자막을 이용하여 표시하였다.

결국 현존 무성영화 시나리오들이 예외 없이 중간해설 자막의 형태를 사용하고 있다는 사실은 최근 발굴 공개된 <청춘의 십자로>가 일반적인 의미의 무성영화가 아니었을 개연성을 한층 높여주는 부분이라고 할 수 있다.

둘째, 당시 무성영화 시나리오 중에는 콘티의 특징을 가지는 시나리오가 많았던 것으로 보인다. 이러한 시나리오는 복잡한 씬 구성 대신에 쇼트 중심, 또는 짧은 씬 중심의 묘사가 주를 이룬다. 그리고 각 씬이나 쇼트에는 카메라 포지션, 광학적 처리나 영화 기술적인 기호가 표시된다. 무성영화의 이러한 특징은 심훈 같은 시나리오 작가들이 감독을 겸했다는 사실과도 연관될 수 있다.[34] 아울러 이 당시 영화 시나리오의 일반적인 개념은 영화 촬영을 위해 제작된 영화콘티의 개념에 가까웠던 것으로 보인다.

4. 무성영화의 촬영미학과 그 의미

현재 우리나라에 현전하고 있는 무성영화로는 1934년 작 <청춘의 십자로>와 1948년 작 <검사와 여선생> 단 두 편뿐이다. 그나마 2007년

---

34) 그런 의미에서 <화륜>과 <방아타령>이 비교 대상의 다른 영화 시나리오와 달리 특별한 카메라 포지션이나 영화의 기술적인 부호가 표시되어 있지 않은 이유를 영화의 작가와 감독이 다르다는 데서 찾을 수도 있을 것이다. 특히 <화륜>의 경우 원작자가 이효석, 안석영, 김유영, 서광제 4인인 반면 각색에는 서광제, 김유영 2인으로 표기되어 있다. 결국 <화륜>의 경우 신문 연재 시나리오 이외에 또 다른 촬영 시나리오가 있었음을 의미한다.
김종욱 편, 『실록 한국영화 총서 (상): (1903~1945. 8)』, 국학자료원, 2002, 683쪽 참조.

발굴되어 2008년 일반에게 공개된 <청춘의 십자로>는 일부가 필름의 유실로 사라진 채 복원되지 못해 제작 당시의 온전한 모습 그대로 남아 있지 못한 상태이다. 그럼에도 불구하고 발굴 복원된 <청춘의 십자로>는 <검사와 여선생>을 통해 막연하게나마 추정되던 한국 무성영화의 총체적인 예술적 가치와 기술적 수준이 재평가 되어야 한다는 사실을 우리에게 주지시킨다.

<청춘의 십자로>의 근대적 촬영미학은 <청춘의 십자로>가 발굴 복원되기 이전 무성영화의 수준을 짐작케 했던 <검사와 여선생>(1948년작)의 촬영술을 능가하는 기술적, 미적 완성도를 보여주고 있기 때문이다.

<검사와 여선생>이 영상미보다는 내러티브의 전달에 치중하고 있는 반면 <청춘의 십자로>는 영화의 각 장면들을 예술적 경지로 승화시키려는 섬세한 미장센에 치중하고 있다. <청춘의 십자로>가 보여주고 있는 뛰어난 촬영술은 당시에도 세간의 주목을 받았던 것으로 보인다.

> "安鐘和氏監督, 李明雨氏의撮影으로 製作된 金剛키네마의『靑春의十字路』가 二十一日부터 朝劇에서 上映하게되엿는데『스토리』는 屈曲이 적으나 出演者들의 演技와 撮影手法이 제 길을드러선셈이다… 중략… 安鐘和氏의 監督手法이아프로 佳境에 드러갈수잇슴을 미루워보게하며 李明雨氏의撮影은 고심한 자최가만다"35)

당시 조선일보 기사에서는 스토리의 굴곡이 적으나라는 말로 <청춘의 십자로>의 내용적인 면은 폄하하면서도 안종화 감독의 감독수법과 이명우 촬영감독의 촬영기법을 높게 평가하고 있다. 실제로 이명우 촬영감독은 <수일과 순애>(1931)에서 최초로 이동 촬영을 했다고 알려질 정도로 다양한 기법을 통해 정밀하게 카메라의 앵글을 잡은 촬영감독으로 알려

---

35) 조선일보 1934년 9월 21일자 3면 시사실(試寫室) 기사.

져 있다. <청춘의 십자로>를 촬영할 때는 방안에 이동차를 설치할 수 없어서 담요 위에 카메라의 트라이포드를 올려놓고 끌어서 효과를 내려는 시도까지 하였다는 것으로 미루어 보면 이 영화를 촬영하면서 여러 가지 카메라의 움직임이 시도되었음을 알 수 있다.36)

그런데 <청춘의 십자로>가 복원 상연된 후 평단의 놀라움과 함께 극찬을 받았던 거울을 통한 간접 촬영 방식에 대해 감독인 안종화는 다음과 같은 말로 이 장면은 의도가 아닌 어쩔 수 없는 선택이었음을 고백하고 있기도 하다.

> 三年前『青春의 十字路』를 製作할時 격던 一例 올시다마는 자-한마듸 더하기로 합시다. …중략 …하는수없이 세간이 놓이지않은 室內를 하나 골나놓고보니 유리窓으로 새여들어오는 太陽光線이 흩어저서正面으로撮影機를 드리대일수없게 되었읍니다. 不足한電力으로선 그 光을 죽일수도없게되는 形便이니 깟닥잘못하면 畵面이 十年前室內 畵面과 같이 기괴하게될 形便이올시다 그러자 맛침壁에 붙은 큼지막한 거울한개가 있었음으로 臨時묘안으로 畵面을 구성했습니다.…중략… 그作品의 畵面을 볼때 속모르는 親舊로선 멋이라고 生覺하겠으나 實은 그 場面이 그 장소에서 할 수 없는 경우에다닥처 臨時로 生覺해내인것이매……37)

안종화 감독의 말대로라면 <청춘의 십자로>의 촬영미학의 절정으로 극찬받고 있는 거울 촬영장면이 아니러니컬하게도 열악한 촬영현장이 만들어낸 결과물이었던 셈이다. 그럼에도 불구하고 이러한 장면이 결코 우연히 얻어진 것은 아니라는 것이다. 안종화 감독은 스토리의 진행에 장애

---

36) 안종화(1962),『한국영화측면비사』, 춘추각, 115쪽.

37) 安鍾和(1936),「『青春의 十字路』의 回想」, 朝鮮映畵 제1집, 조선영화사, 51~52쪽. 인용문은 조선영화사에 수록된 안종화의『青春의 十字路』의 回想 원문 중 일부를 그대로 옮긴 것임.

를 주지 않으면서도 빛과 조명을 사실적이고 객관적으로 사용하는 방법을 찾기 위해 고심하였다고 고백을 하고 있기 때문이다.

이규환은 당시 조선일보 영화 시평에서 열악한 촬영 환경에도 불구하고 조선 농촌의 풍경과 정서를 서정적으로 표현한 이명우와 손용진 촬영기사의 촬영술을 별 재료 없이 먹음직한 찌개를 끓여내는 주부에 비유하며 높이 평가하고 있다.

<뛰어난 촬영술을 보여주고 있는 '청춘의 십자로'의 장면들>

"萬一여기에 어느主婦한사람이잇서서 別로 材料를 가지지안코 먹음직하게찌개를만들엇다면 世稱曰손맛이잇다고한다 그러면이主婦에게 材料를모아주는때는 얼마나훌늉한料理를만들어낼것인가…중략… 나는只今李孫兩技師의솜씨를 이번 靑春의十字路에서 다시한번 맛을본다 風景이 佳麗한朝鮮農村의情緖와面目을 스크린에다 올녀노흔 兩技師의 撮影術은 斷然히이번에 첫功績을 나타내고잇다 더구나카메라의 沈着性은 監督으로하야곰 만흔 도움을 엇게하엿다"38)

주인공들의 모습과 심리에 따라 카메라를 이동하거나 트랙을 사용하여 촬영한 장면 등 <청춘의 십자로>가 보여주고 있는 화면은 매우 역동적이며 미려하다. <청춘의 십자로>는 주인공 영복의 노동 동선을 따라 촬영하는 트래킹숏을 비롯한 다양한 촬영기법을 동원해 1930년대 당시

38) 조선일보 1934년 9월 30일 석간 2~3면, "영화시평-금강 키네마 작품 청춘의 십자로를 보고(중)".

농촌마을 풍경을 자연스럽게 보여준다. 이러한 촬영기법은 등장인물의 심리를 표현하는데 적극적으로 사용되기도 한다. 몇몇 장면 전환에서 보이는 이중 노출 장면 등을 이용한 화면전환 효과 역시 당시 영화의 기술력이 우리가 생각해 왔던 것 이상이었음을 보여주는 부분이다.[39]

이규환은 당시 조선일보 영화시평에서 <청춘의 십자로>를 촬영한 이명우와 손용진 두 촬영기사에 대해 "엇지해이가티天才的 技術者를 살녀주는 기관이 우리들에게는 업단말인가"[40]라는 말로써 연이어 <청춘의 십자로>가 만들어낸 뛰어난 영상미를 극찬한다. 그만큼 <청춘의 십자로>는 특색 있는 촬영기법을 통해 기존의 영화와는 차별화된 뛰어난 영상미를 보여주었음을 알 수 있다.

그러나 <검사와 여선생>은 <청춘의 십자로>가 이전에 보여준 영상미학보다 진일보한 모습을 보여주기는커녕 도리어 미학적으로 퇴보한 모습을 보여준다. 뿐만 아니라 유성영화 시기임에도 불구하고 그 제작 방식이나 상영방식 역시 무성영화의 제작과 상영방식을 따르고 있다. 따라서 이 영화의 영화적 완성도나 미학적 의미를 논하기에는 많은 제약이 있음을 인정하지 않을 수 없다.

<청춘의 십자로>와 비교해 봤을 때 <검사와 여선생>만의 구성상의 특징이라면 영화 시작 전에 주요 등장인물들이 클로즈업으로 이어진다는 정도이다. 이러한 장면은 영화 시작 전 등장인물들을 소개해야 하는 변사의 연행을 염두에 둔 것으로 보인다. 또 한 가지 이 영화는 페이드 인과 페이드 아웃 대신 검정색 화면의 원이 점점 커지거나 혹은 작아지거나 하는 Iris-in과 Iris-out의 방법을 구사하고 있다. 이러한 Iris-in과 Iris-out 효과는

39) 신원선(2008)「現存 最古 한국영화 <청춘의 십자로>의 의미」,『민족문화논총』 제39집 영남대학교 민족문화연구소, 399쪽.

40) 조선일보 1934년 9월 30일 석간 2~3면, "영화시평–금강 키네마 작품 청춘의 십자로를 보고(중)".

영화의 시작과 회상 등에 모두 사용되고 있다. 그러나 이러한 <검사와 여선생>의 영상효과를 <검사와 여선생>만이 가지고 있는 특별한 영상미학적 발현이라고 보기는 힘들다.

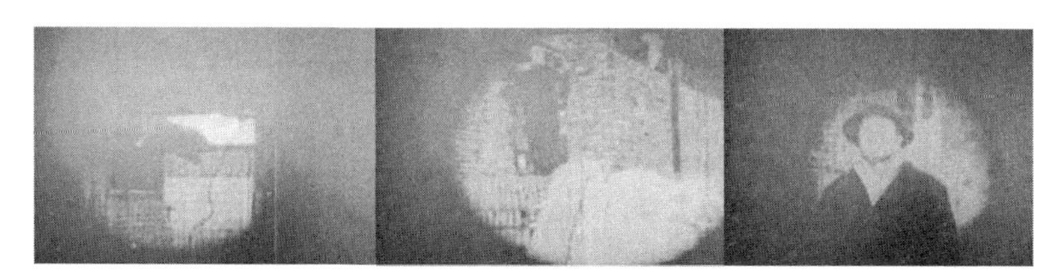

<'검사와 여선생'의 시작과 회상 장면에 쓰인 Iris-in, Iris-out 장면들>

그럼에도 불구하고 이 영화의 역사적 의미가 아닌 예술적 가치를 논해보면 의도적인 촬영미학의 측면보다는 당시 민중들의 소소한 일상 그 자체가 배경이나 인물들의 행동을 통해 잔잔히 드러난다는 점이다. 당시 경성 거리로 보이는 기와집으로 이루어진 일반 가옥들의 모습과 그 사이 사이에 세워져 있는 전봇대 그리고 그 곳을 오가는 물 긷는 남자나 지게를 짊어지고 지나가는 일꾼 그리고 화로에 불을 지피는 아낙네의 모습은 당시 경성 시내의 모습을 서정적으로 담아낸다.

<'검사와 여선생'에 등장하는 당시 경성시내의 평범한 일상 장면들>

특히 이러한 일상의 소소함은 서점에 써있는 "조선말 큰 사전 예약 받는데"라는 서점의 광고성 글에서 더욱 두드러진다.

다시 말해 <검사와 여선생>에는 <청춘의 십자로>처럼 주목할만한 촬영미학을 발휘한 장면이 없는 대신 자연스런 당시의 모습이 소소하고 자연스럽게 드러난다는 사실에 주목할 필요가 있다.

종로의 화신 백화점으로 보이는 도심 거리를 오가는 전차들, 학교를 떠나는 선생님을 배웅하는 소년의 눈에 비친 기차의 모습 등은 화려하진 않지만 일상의 잔잔함을 증폭시키는데 그 기능을 다한다.

<'검사와 여선생'에 등장하는 전차와 기차 장면>

이러한 일상성의 극대화는 다수의 어린 학생들이 운동장에서 뛰어노는 장면에서 절정을 이루어진다. 영화 시작에서부터 어린 학생들은 운동장에서 뛰어 놀고, 때때로 학교 운동장에서 눈싸움을 하고, 스케이트와 썰매를 타는 모습을 보여준다. 영화가 어린 학생들이 운동장에서 뛰어노는 장면에서 시작해서 운동장에서 뛰어 노는 장면으로 끝난다는 것은 그만큼 이 영화가 어린 학생들의 군중씬을 중요하게 생각했기 때문이다.

<'검사와 여선생'에 등장하는 학생들이 운동장에서 뛰어노는 군중씬들>

이외에도 학생들의 군중씬이 여러 군데 등장한다. 장손이 굶주림으로 운동장에서 쓰러졌을 때 운동장에서 뛰어 놀던 학생들이 운집하며, 선생님이 학교를 떠나는 날 학생들이 운동장에서 선생님을 배웅하는 장면도 <검사와 여선생>에 등장하는 주요 군중씬이다. 군중씬은 영화의 리얼리티[41]를 살릴 뿐만 아니라 영화의 역동성을 증진시키는데 매우 유용한 장면이다. 주인공인 몇몇 인물만 카메라로 잡는 것보다 화면상 얼굴이 분명치 않은 군중들일지라도 이러한 군중들의 모습이 영화의 스펙타클한 느낌을 배가시키는 역할을 하기 때문이다. 특히 실제 학교 안에서 학생들을 동원해 찍은 군중씬은 관객들을 영화의 배경과 같은 실제 상황으로 몰입시키는데 충분히 감정을 배가시켜 줄 수 있기 때문이다.

이처럼 <검사와 여선생> 역시 나름대로의 잔잔한 영상미를 간직한 작품으로 평가할 수 있다. 그럼에도 불구하고 <검사와 여선생>은 14년이나 앞서 발표된 <청춘의 십자로>와 비교해 보았을 때 촬영기법이나 미학적 표현에 있어서는 도리어 퇴보한 듯한 모습마저 보여주고 있다.

이러한 모습은 이미 유성영화 시절임에도 불구하고 무성영화를 제작할 수밖에 없는 열악한 당시 한국 영화계의 현실에서 먼저 그 이유를 찾을 수 있다. 그러나 무엇보다도 <검사와 여선생>의 촬영기법이나 미학적인 측면이 <청춘의 십자로>에 비해 상대적으로 떨어지는 이유는 이 영화가 영상 자체로 관객들의 관심을 끌기보다는 변사의 연행을 통해 흥행몰이를 하기 위해 의도적으로 제작된 무성영화라는 데서 그 이유를 찾을 수 있다. 이와 달리 <청춘의 십자로>가 보여주고 있는 역동적이고 미려한 장면들은 이 영화가 변사의 내러티브한 해설에 의존한 순수 무성영화가 아닐 가능성을 한층 높여주고 있는 부분이다.

---

41) 보통 대규모 군중씬은 그 장면을 보게 되는 관객들로 하여금 그 장면이 조작되지 않은 현실감 있는 상황이라고 믿게 하는 경향이 강하기 때문이다. 최수영(2007), 페이크 다큐멘터리 초두효과 기법에 관한 서사적 실감생성에 관한 연구, 한국과학기술원, 58~59쪽 참고

5. 맺음말

지금까지 이 논문에서는 무성영화의 주요 특성인 중간해설 자막과 무성영화 시절의 시나리오 형태가 갖는 의미에 대해 살펴보았다. 아울러 현존 무성영화의 촬영 미학과 그 의미에 대해 논해 보았다. 그 결과 다음과 같은 결론을 얻을 수 있었다.

현존하는 1934년도에 제작된 한국 최고(最古)의 무성영화인 <청춘의 십자로>는 무성영화로서는 특이하게 영화를 해설하는 중간 자막의 형태가 보이지 않고 있다. 따라서 본고에서는 <청춘의 십자로>가 일종의 토키연행을 위해 제작된 영화가 아닌가 하는 가정을 해보았다. 한국 무성영화의 가장 큰 특징은 변사의 해설을 고려한 중간해설 자막이며 이 자막이 부재한 <청춘의 십자로>가 일반적인 의미의 무성영화였다고 보기는 힘들기 때문이다.

지금까지 살펴본 현존 무성영화 시나리오를 고구해 보면 무성영화 당시의 시나리오들의 다음과 같은 일반적인 몇 가지 특성을 추출해 낼 수 있다.

무성영화 시나리오에서는 등장인물들의 모든 대사를 자막을 이용하여 표기하였으며 그 이외에도 주요 장면의 전환이나 극적 상황 등을 자막을 이용하여 표시하였다. 결국 현존 무성영화 시나리오들이 예외 없이 중간해설 자막의 형태를 사용하고 있다는 사실은 최근 발굴 공개된 <청춘의 십자로>가 일반적인 의미의 무성영화가 아니었을 개연성을 한층 높여주는 부분이라고 할 수 있다.

둘째, 콘티의 특징을 가지는 시나리오가 많았던 것으로 보인다. 이러한 시나리오는 복잡한 씬구성 대신에 쇼트 중심, 또는 짧은 씬 중심의 묘사가 주를 이룬다. 그리고 각 씬이나 쇼트에는 카메라포지션, 광학적 처리나 영화 기술적인 기호가 표시된다. 무성영화의 이러한 특징은 시나리오 작가들이 감독을 겸했다는 사실과도 연관될 수 있다. 아울러 이 당시 영화 시나리오의 일반적인 개념은 영화 촬영을 위해 제작된 영화콘티의 개념에 가까웠던 것으로 보인다.

<검사와 여선생>의 촬영기법이나 미학적인 측면이 14년이나 먼저 제작된 <청춘의 십자로>에 비해 상대적으로 떨어지는 이유는 이 영화가 영상 자체로 관객들의 관심을 끌기보다는 변사의 연행을 통해 흥행몰이를 하기 위해 의도적으로 제작된 무성영화라는 데서 그 이유를 찾을 수 있다. 이와 달리 <청춘의 십자로>가 보여주고 있는 역동적이고 미려한 장면들은 이 영화가 변사의 내러티브한 해설에 의존한 순수 무성영화가 아닐 가능성을 한층 높여주고 있는 부분이다.

‘무궁화동산’ 하와이를 경유해 대한민국을 정체화하기

– 한국 최초의 총천연색 기행영화 무궁화동산>을 중심으로

심 혜 경*

1. 들어가며

‘도둑처럼 온 해방’에서부터 한국전쟁이 일어나기까지 미군정과 대한민국 정부는 민족주의를 주조해가면서 국가의 기틀을 마련하는 것과 그 국가의 국민을 소환하는 데에 열중하였다. 제 2차 세계대전이 끝나면서 미소 각 진영은 문화 냉전(Cultural Cold War)[1] 정책에 기대면서 미디어를 핵심적인 도구로 활용하기 시작했다. 이는 각 진영의 지지와 동의의 마음(Hearts and Mind)을 얻기 위해 심리전을 비롯해 미디어 동원에 가능

---

* 고려대학교

1) 조선민주주의인민공화국과 대한민국에 대한 미소 각각의 문화냉전 정책을 분석한 글로 Charles K. Armstrong(2003), “The Cultural Cold War in Korea : 1945~1950”, *The Journal of Asian Studies*, Vol. 62, No. 1., 미국이 대한민국에 대한 공보정책을 꼼꼼히 분석한 것으로 허은(2008), 『미국의 헤게모니와 한국 민족주의 : 냉전시대(1945~1965) 문화적 경계의 구축과 균열의 동반』, 고려대학교민족문화연구원이 있다. 냉전시기 일본 문학과 영화에 대한 미국의 영향력을 분석한 것으로 마루카와 데쓰시(2010), 장세진 역, 『냉전문화론』, 장세진, 너머북스가 있다.

한 문화적 선전 도구들을 모두 사용하는 것이다. 방송과 잡지, 영화 등의 대중매체 뿐 아니라 공연, 미국 여행, 인적교류, 미군부대에서 흘러나오는 각종 하위문화 등이 이용된다.[2] 미군정 점령기부터 한국전쟁이 끝나기까지 대한민국 역시 미국의 이런 문화 냉전 정책 하에서 움직였다. 미군정의 공보기구는 정치 세력을 합법적으로 점령 통제하며 점령 통치의 정당성을 획득하고 설득하기 위한 주요 수단이었기 때문에, 무력 통치 수단만큼 중요한 역할을 했다. 미 점령당국은 한반도에 분단국가 수립이 기정사실로 돼가는 시점에 국가 차원의 공식적 문화 전파 기구, 주한 미공보원을 수립했다. 이들 기구는 내정간섭이란 인상을 주지 않는 한에서 대한민국의 국가 담론 기구의 활동을 지원하면서, 최대한 '미국 민주주의'를 옹호하는 세력을 확대하는 데 일차적인 목적을 두었다.[3] 초국적 냉전구도가 형성되면서 미국의 진영에 속한 남한 단일정부의 권력 정당화 작업에서는 지식 · 지식인과의 직간접적 공모는 중요할 뿐 아니라 필수적이었다. 권력 · 지식의 사회화 경로에서 대중매체를 활용하는 것은 단연 효과적인 방법이며, 그중에서도 영화라는 시청각매체는 도농, 남녀노소, 계급을 막론하고 쉽게 설득할 수 있다는 매력이 있다.

이 글은 미군정과 설립 초기 대한민국이 스스로를 설명하기 위해 영화를 어떻게 사용하고 있는가를 분석하려 한다. 그 분석 대상으로 미국 하와이에 살고 있는 한인 동포들의 생활과 하와이의 풍속 · 자연 등을 담고 있는, 안철영의 기행영화(travelogue) <무궁화동산>(1948)을 삼았다. 이는 그의 미국 할리우드 방문기인 기행문 『성림기행(聖林紀行, 헐리웃드

2) 미국이 대외 문화적 영향력 확대를 위해 주요 수단으로 활용했던 것은 대중영화 외에도 뉴스 영화 <리버티 뉴스(Liberty News)>, 라디오 방송으로 <미국의 소리(Voice of America)>, 출판 매체로 월간 ≪아메리카≫, ≪문화풍속≫과 인적 교류(풀브라이트 협정) 등이 있다. 허은(2008), 앞의 글, 246쪽.

3) 허은(2008), 앞의 글, 75~89쪽.

기행)』(1949)[4]에 기록되어 있는 하와이 방문 부분의 영화 판본이다. 기차를 타고 대륙을 횡단하거나, 배나 비행기 같은 근대의 이동수단을 이용하여 다른 나라를 여행하는 것은 조선 말기에서 시작되어 식민지시기에서부터는 퍽 활발해졌다. 특히 식민지 지배체제를 강화하고 이를 눈으로 확인 · 배포시키기 위해 정부관리, 문화인사, 여론 지도자들을 위해 기획된 여행이 신문이나 잡지에 기행문의 형태로 실리기 시작하면서, 여행은 기행문을 소비하는 대중들에게도 친밀한 일상이 되었다. 유사한 방식으로 해방 이후부터 1950년대까지 미국(미군정)도 미국 여행을 독려하며 수많은 미국 기행문을 양산하였다. 미군정기와 설립초기 대한민국의 영화감독이자 영화행정 관리였던 안철영의 할리우드의 방문기는 우방 미국을 기준으로 삼아 국가의 기틀을 만들고 국민을 계몽하고자하는 목적을 내포한 사찰 여행의 기록이라 할 수 있다. <무궁화동산>은 이 기행문의 일

4) 안철영(1949), 『성림기행(聖林紀行, 헐리웃드기행)』, 수도문화사, 4283년(서기 1949년) 10월 25일, 가격 400원. <무궁화동산>이 하와이에서의 체류만을 기록했다면 『성림기행』은 1947년 9월 23일 오전 7시 30분 문교부 앞에서 출발하여 김포-오사카-요코하마-괌(20일 정박)-하와이(10월 13일 도착, 4개월간 체류)-LA-워싱턴-뉴욕(1948년 2월)-LA-일본(군용 재네랠 · 하아쓰 호(General Hearts 호))으로 돌아오는 일정을 모두 기록했다. 이 기행문은 <무궁화동산>이 개봉된 같은 해인 1949년 10월에 단행본으로 발매되었다. 이 책은 크게 5부분으로 나뉘어있다. 우선 출발하여 하와이에 도착해 하와이에서 <무궁화동산>을 촬영하며 지낸 전후(前後) 4개월, 두 번째로 할리우드로 옮겨 배우 안필립을 만나 메이저촬영소, 극장, 필름 재료상 등 미국영화계를 시찰하고 아카데미영화제에 참석, 워싱턴과 뉴욕을 방문을 적은 부분, 세 번째로 귀국길에 들른 일본 요코하마와 일본의 영화계에 관해 기술한 부분, 네 번째로 맥아더 사령부의 영화정책을 기록하고 다섯 번째 기타 부록 격으로 미국의 각종 영화단체와 영화재료업체, 영화 관련 통계를 적은 부분으로 볼 수 있다. 이 중에서 기행영화 <무궁화동산>은 『성림기행』의 첫 번째 부분을 선택하여 영화화한 것으로 7쪽에서 42쪽까지의 분량이다. 그 부분의 소목차는 다음과 같다. 마중 온 꽃먹거리, 호놀루루항의 부두 / 사진 한 장에 일생을 의탁 / 「씨네 픽 하와이」와 영화계 / 호놀루루교향악단 / 임, 윤 양군의 객원연주회 / 밀리자 · 코올쥬스와 무대예술계 / 「호놀루루 콤뮤니티 테어터어」/ 하와이의 문화계와 2세 / 무궁화동산 / 원주민생활 / 상품화김치.

부분인 하와이 방문 부분을 영화화한 것으로, 영화사적으로는 '대한민국 최초의 천연색 기록영화'[5]라는 의의가 있다. 하지만 이글에서는 '대한민국 최초의 해외 기행영화'라는 점에 더욱 주목하여 강조하고자 한다. 선택된 주체의 시선으로 기록된 근대 초기 기행문과 기행영화는 근대성과 제국주의 지정학의 장에서 작동한다고 할 수 있다. 여기에 3세계 여행자의 경우에는 민족주의에 기반을 둔 국가나 개인의 정체성 문제와 과제를 담고 있기도 하다. 기행영화의 기반이나 역사가 거의 없는 조선영화 · 한국영화의 맥락에서 <무궁화동산>의 위치를 재고하는 것, 미군정과 대한민국에서 영화행정을 담당하던 감독 안철영이 이런 기행영화를 연출한 의미를 분석하는 것, 국가를 만들고 국민을 소환하기 위해 대중매체를 활용함에 있어 이 기행영화의 제작과 상영이 가지는 의미를 문화적으로 상상하는 것이 이 글의 목적이다. 이를 위해 <무궁화동산>을 기행 담론으로 독해하는 문화적 상상의 과정은 미국화(Americanization)의 관점을 견지한다.[6] 초국적 냉전구조 형성기에 미국화에 가담하는 설립초기 대한민국의 지정학을 드러내는 텍스트로서 <무궁화동산>의 다양한 결을 분석할 것이라는 의미이다.

---

5) KMDb에도 이렇게 기록되어 있지만, 이 영화가 온전히 조선영화인의 손으로 제작된 것이 아니기 때문에 논의의 여지가 있다. 통상 한국영화사에서는 16mm로 제작된 1949년 홍성기의 <여성일기>를 한국 최초의 컬러영화, 총천연색영화로 간주한다.

6) 해방 이후부터 진행되어온 한국의 미국화를 어떻게 볼 것인가에 대한 비판적인 흐름이 있다. 미국화에 대한 이론적인 틀이 부재한 상황이지만 현재 합의한 미국화란 '20세기 초반 미국의 다양한 제도와 가치가 새로운 자본주의 질서 재편성과 커뮤니케이션 혁명을 토대로 세계 각 지역에 다양한 방식으로 펼쳐지고, 그 결과 수용 지역에서 자발적이거나 강요에 의해서 그러한 것을 베끼고 따라잡는 현상과 과정'이다. 그리고 미국화를 두고 갈등하는 논쟁점들의 입장은 경제결정론, 음모론, 종속론, 정책론, 근대화론으로 나뉘어 있는데, 대부분 논자들의 입장은 미국화의 효과에 관한 논의에서도 종속이나 충돌보다는 그 과정을 통한 '변종/혼종/잡종(hybridity)' 생성에 주목하고 있다. 김덕호 · 원용진(2008), 「미국화, 어떻게 볼 것인가」, 『아메리카나이제이션 : 해방 이후 한국에서의 미국화』, 김덕호 · 원용진 엮음, 푸른역사, 14~20쪽.

이러한 문제를 탐구하는 데에 이 글은 국문학과 역사학에서 상당 부분 진행된 기행문의 연구 담론에 도움을 얻어 기행영화 <무궁화동산>과 기행문 『성림기행』 일부분의 수행적 효과를 살펴보려 한다.[7)8)] 문학과 역사학에서는 근대 여행이 갖는 의미에 대한 탐구가 진행되어 왔다. 조선 말엽, 식민지시기, 해방기와 한국전쟁 이후 1950년대 등 시기별로 여행과 기행문이 이데올로기적으로 수행하고 있는 효과에 대한 분석이 활발하다. 글로 제공되는 기행문과 시청각적으로 제공되는 기행영화는 매체적 특성에 기인하는 근본적인 변별의 지점이 지적되어 국문학과 역사학에서의 담론을 참고하는 것의 적합성을 문제시할 수 있다. 하지만 여행 당사자의 경험과 감정을 표현하는 기행문의 서술과 문체는 오히려 기행영화에서는 즉각적인 시각화와 내레이션으로 보다 더 그 표현과 수용 효과가 극대화된다는 점에서 강도의 차이를 가진 계열체라 할 수 있다. 서구의 기행영화 담론은 제국주의시기에 시작된 여행을 중심으로 1세계 시민들이 이국적인 볼거리로, 민족지를 탐구하기 위한 계몽의 대상으로서 3세계를 탐구하는 데에서 시작한다. 이러한 논의는 기행영화의 정의와 역사에 연관한 일반적인 참조는 가능하나 3세계 국민국가 설립 초기 영화행정 관료의 1세계 기행영화를 분석하는 데에 있어 적확한 참조점을 찾기 어렵다. 해당 시기 한국영화연구 진영에서 기행영화에 대한 선행 논의를 찾아 볼 수 없다는 점이 문학과 역사학에서의 기행문 담론을 끌어오게 한 안타까운 동력이기는 하나, 한편으로는 적극적인 간학문적 연구의 시도이기도 하다.

---

7) 특히 이글은 해방기, 대한민국 설립초기를 연구한 임종명의 여러 글에 빚지고 있다.

8) 이글은 기행문 『성림기행』보다는 기행영화 <무궁화동산>의 수행 효과 분석에 집중할 것이다. 그러므로 기행문 담론으로 기행영화를 분석하기보다 기행문인 『성림기행』 분석에 보다 집중하는 더 적절한 것이 아닌가하는 의문을 가질 수 있을 것이다. 하지만 국가 담론이 외화(外化)되어 있다고 하는 기존의 기행문 논의들을 적용하는 것 이외에도 다양한 결을 지니고 있어 『성림기행』의 분석은 차후에 논의하고자 한다.

2. 기행문과 기행영화 : '국가만들기와 국민소환하기'의 호명 장치

많은 논자들이 근대의 형성은 여행으로부터 비롯된다고 말한다. 근대인들은 자동차, 기차, 화륜선, 비행기 등의 근대적 운송 수단으로 대륙에서 대륙으로 이동하였고, 다른 공간에 대한 호기심으로 탐색을 시작했다. 그리고 이 여행을 글로 적은 기행문의 합의된 현실은 다음과 같다. 기행문이 서술하고 지시하는 내용들은 그대로 사실성(reality)을 확보하고, 그것이 현실의 기록 그 자체라 인정하게 된다. 그리고 기행문 재현이 이런 식의 오인의 메커니즘을 지녔기 때문에 쉽게 지배 담론 동원의 수사가 되는 것이다.[9)]

이렇듯 지배 담론의 영향권 하에서 생성된 기행문의 논리는 의식적 혹은 무의식적으로 그 담론을 강화하는 방향으로 활용될 가능성이 농후했다. 기행문은 여정, 견문, 감상으로 이루어진다. 여타의 글쓰기도 마찬가지이지만 주체의 실제 경험적 지식을 호출하고 기획하고 유통시키는 매체적 관점이 기행문을 연구할 때에 요구되어만 하는 것이다. 때문에 그 여정이 어떤 이(기관, 단체)의 도움을 받아 선택되었는지, 어떤 관점으로 견문과 감상이 기술되고 있는지를 물어야 한다. 그리고 이는 곧 '여행자의 기술이 믿을 만한 것인가?'라는 질문으로 연결되는 동시에 재현(representation)의 문제를 야기한다. 그리고 주지하다시피 재현은 주관성을 이미 내포하고 있다. 이는 재현의 주체가 누구인가에 따라 달리 기술될 수 있으며, 물론 시대나 문화에 따라 그 양상이 달라진다. 그러므로 기행문이 사실과 허구 사이의 명확한 구분이 가능한가에 대해서는 회의적

---

9) 한민주(2007), 「일제 말기 전선 기행문에 나타난 재현의 정치학」, 『한국문학연구』 제33집, 363쪽.

일 수밖에 없다. 작가가 '환경, 젠더, 인종에 의해 영향 받고 있을 뿐만 아니라 제국주의, 식민주의/탈식민주의, 민속지학 등의 지적 풍토의 결과로 출현하기 때문'이며, 여행의 목적이 시찰에 있었다든지 여행이 기관의 후원에 의해 이루어졌다든지 따라 글은 특정하게 구성될 수 있기 때문이다. 또 작성할 기행문이 특정 성향의 잡지에 기고할 것이라면 그 글을 읽어줄 독자가 어떤 이인가를 상정하고 재현을 구성하기도 한다.[10] 때문에 기고된 기행문은 '독자와 작가의 합의된 재현으로서만 진실의 형식'이라 할 수 있다. 이렇듯 기행문은 믿을 만한 사람(지식인)이 공간을 실제로 방문한다는 경험의 실증성으로 인해 여타의 글쓰기보다 사실성을 담보로 한 근대적 지식-권력관계를 자명하게 전제한다. 기행문이라는 형식의 개인적 경험의 지식이 잡지나 단행본, 영화로의 매개를 포함하는 더 큰 차원의 '공통적, 집단적 멘탈리티 속에 자리 잡는 차원'이 중층적으로 관련되는 것을 더 문제시해야 할 필요가 있는지 모른다.[11]

일본 제국주의와 미군정(이후 미국)은 각각 정치적 기획이 내재된 방식으로 여행과 기행문을 문화적 도구로 사용했다. 그렇게 여행은 일제에 의해 제도화, 일상화되었다. 일상에서 여행은 제국의 논리를 설명하기 위한 기제로 활용되고, 한편으로는 일종의 취향으로서 유행하면서 현대적 삶의 지표로 인식되며 기행문이라는 이야기 형태로 소비되었다. 특히 식민지시기에 관광기행단의 기행문이나 사찰을 목적으로 한 해외 기행문이 보여주는 것은 권력과 지식과의 은밀하고도 분명한 관계이다.[12] 정치·역사적 변화와 함께 교통·통신체계라는 물리적 매체 조건의 변화가 국

10) 한민주(2007), 앞의 글, 341쪽.

11) 차혜영(2010), 「문화체험과 에스노그래피의 정치학: 식민지 시대 서구지역 기행문 연구」, 『정신문화연구』 제33권 제1호 통권118호, 56쪽.

12) 홍순애(2010), 「1920년대 기행문의 지정학적 성격과 문화민족주의 기획 : 『개벽』을 중심으로」, 『한국문학이론과 비평』 14권 4호 제49집, 354쪽.

외로의 여행을 가능하게 했던 것은 사실이지만, 이 외에도 1920~1930년대 문화정치로 선회한 식민정책 아래 다수의 대중 언론 매체가 본격적으로 등장했다는 것을 간과해서는 안 된다.[13] 이러한 기행문을 통해 문화정치 시기 일본 제국의 논리를 불특정다수에게 유포하는 지식의 대중적 사회화 방식이 새로이 형성되는 과정과 분명 연동되어 있다.

국토 기행문의 의미는 사람들에게 '국토'라는 관념을 형성하게 해주고 그들을 '국민'으로 정의해주는 것이다.[14] 어느 시기건 국민은 국가의 기틀을 마련하기 위해 반드시 소환되어야 하지만, 해방 후 출간된 국토 기행문의 대부분 역시 '국토의 대중적 표상과 대중의 국토의식 함양, 나아가 민족주체의 생산'의 역할을 수행하고 있었다.[15] 하지만 국토 기행문뿐 아니라 해외 기행문은 '대지의 노모스'를 확실히 알려주어, 독자로 하여금 보다 더 민족주의 주체로서의 국민을 호명해 하나로 단결할 수 있게 한다. 해외 기행문은 대한민국과는 다른 세계의 어떤 공간, 국경을 넘는 경험을 대리체험하게 하고 자신의 국토를 타 국토와 구별되는 고유의 동질적인 공간으로 상상하게 함으로써 대중의 민족주의적 국토 상상을 촉진한다. 즉, 해외 기행문은 독자로 하여금 민족국가체제(nation-state system)의 일 구성단위로 존재하는 민족국가의 현실을 승인하도록 하는 담론적 기제이다.[16] 그렇게 해외 기행문이 재현하는 지도는 에드워드 사이드의 '심상지리(imaginative geography)'가 말하는 세계에 대한 선택적이고도 주관적인 개념도가 되는 것이다. 이는 실제 지리와는 달리 인간의 역사적 경험의 바탕 위에서 자의적, 상상적으로 구성되어 사후적으로 객관화되

---

13) 차혜영(2010), 앞의 글, 54쪽.

14) 김현주(2004), 『한국근대산문의 계보학』, 소명출판, 128~129쪽.

15) 임종명(2008), 「탈식민지시기(1945~1950) 남한의 지리교육과 국토표상」, 『한국사학보』 30, 213~214쪽.

16) 임종명(2008), 「해방 이후 한국전쟁 이전 미국기행문의 미국 표상과 대한민족의 구성」, 『사총』 제67집, 고려대학교 역사연구소, 58쪽.

는 지리적 인식과 감정과 감각을 총망라한 지리학적 지식체계를 말한다. 특정 공간은 일종의 시적 과정에 의해 감정적, 이성적 판단력을 초래한다. 이는 특정 장소에 대한 지리적 편견뿐 만 아니라 그곳을 방문하는 외부인에 의해 특정한 지리학으로 재구성될 수 있다는 것을 의미한다. 그런데 이 상상적 지리학인 심상지리는 그 지역과 관련된 실제지식이 증가한다고 해서 쉽사리 수정되는 것이 아니다. 오히려 실제적이거나 실증적인 지식과 대립하기는커녕 그런 지식을 창출해내는 능동적인 인식체계라고 말할 수 있다.[17] 때문에 심상지리는 기행문을 통해서 '외부인의 시각으로부터 한 나라에 대한 어떤 관점이 그 외부인에게 하나의 판타지가 되는 방식'을 고려할 수 있게 한다. 기행문으로 쓰인 '서구'는 공간적으로 번역된 것으로 실제 체험이 아닌 문화적 '대형상화(configuration)' 관계에 의해 만들어진 '타자-자기'인 것이다. 때문에 해외 기행문은 대상지역에 대한 표상의 생산이자 동시에 그것을 전유하고 있는 자기를 구성하는 장이라고 볼 수 있을 것이다.[18] 결국 이러한 심상지리를 유포할 수 있는 매체인 기행문·기행영화는 단순한 여행 기록이 아니게 된다. 해외여행의 경험에서 무엇을 선택하여 어떻게 배열하는가, 이는 어떤 매체에 기고되는가는 이처럼 다양한 결을 살피게 한다. 식민지시기에서부터 1950년대까지 해외여행은 주로 국가기관이나 원조기관의 기획, 후원, 허가가 없이는 불가능한 것이었다. 특히 미국여행의 기행문은 대부분 민간사절단으로서 '한미우의(韓美友誼) 증진' 등의 다양한 목적으로 미국을 방문한 국립박물관장, 영화인, 방송·신문언론인, 화가, 문인, 정치인 등 당대의 남한 지배·지식인들, 특히 문화·예술계 인사들이 집필하였다. 이들은 권력이 심고자하는 심상지리적 함의를 은폐할 수 있는 비정치적 외양을 하고 있는 동

17) 에드워드 사이드(2007), 박홍규 옮김, 『오리엔탈리즘』, 교보문고, 97~137쪽.
18) 차혜영(2010), 앞의 글, 50~51쪽.

시에 이미 인지도를 가지고 있어 그들의 기행문이 대중에게 친근하게 다가갈 수 있다는 장점이 있다.[19]

시각이 중심 감각이 되고 이미지가 폭발한 근대에 새로운 교통수단의 출현과 이를 통한 여행 그리고 영화의 등장은 시각 체험을 확장시켜 풍부한 볼거리들을 제공하면서 대중들을 구경꾼으로 만들어 놓았고, 낯선 곳과 낯선 이들과의 만남을 주선한다는 점에서 여행과 영화는 서로 닮아 있었다.[20] 그래서 기차를 타고 대륙을 횡단하는 근대 여행의 시각적 체험은 영화를 관람하는 경험과 유사한 것으로 논의되곤 한다. 근대적 운송수단을 이용해 여행하는 과정을 적은 기행문이 영화적인 경험과 유사하다면 기행영화 그 자체는 어떠하겠는가. 때문에 대중에게 기행영화가 시청각적으로 제공하는 그 현실감이란 글로 이루어진 기행문을 능가하는 수행 효과를 발휘할 것이리라 쉽게 가늠할 수 있다.

영화의 장르로서 기행영화[21] 는 '새로운 장소나 외국의 이국적인 모습을 담은 단편 기록 영화'로 인류학이 관심을 가진 장르이자, 주로 영화사 초창기인 1895년에서 1905년에 제작된 당대의 지배적인 형식이라 할 수

19) 임종명(2008), 앞의 글, 59쪽.

20) 김중철(2010), 「근대 여행과 활동사진 체험의 "관람성(spectatorship)" 연구 : 1920~1930년대 기행문 속 활동사진의 비유적 쓰임을 중심으로」, 『현대문학이론연구』 41권, 331~332쪽.

21) 기행영화의 대명사라고 할 수 있는 여행가 버튼 홈즈(Elias Burton Holmes)의 경우에는 1893년부터 전 세계를 돌아다니며 유리판 슬라이드 위에 찍은 기행 사진들을 이용해 청중이 보고 있는 것을 설명해주는('show and tell') 방식으로 8천 회에 이르는 기행 강연(travel lecture)을 실시하였다. 그는 곧 영화 기계를 구입해 기행영화를 만들어 이를 민족지 교육용으로 활용하였다. 버튼 홈즈의 기행영화들은 낯선 풍경을 영상에 담아 볼거리를 제공했을 뿐 아니라 미개척지에 대한 탐사나 답사 성격을 강하게 풍기면서 미국인들에게 이국의 풍경 · 지리 · 민족에 대한 교육적 내용을 전달했다. 그렇게 되면 관객은 청중석에서 책 대신 영화를 통해 가상의 경험을 하는 의자여행자(armchair traveler)가 되는 것이다. Jeffrey Ruoff(2006), "Introduction : The Filmic Fourth Dimension : Cinema as Audiovisual Vehicle", Jeffrey Ruoff ed., *Virtual Voyages: Cinema and Travel*, Duke University Press, p.6.

있다.[22] 이는 '다큐멘터리 영화'라는 용어가 존 그리어슨(John Grierson)에 의해 최초로 사용되기 이전의 기록영화를 일컫는 용어로 사용되기도 한다. 뤼미에르 형제의 초창기 영화들은 기행영화의 대표적인 예라 할 수 있다. 초기 영화인들은 관광 색채를 띤 기행영화를 제작할 때 촬영지로 아프리카, 일본 아니면 남극이나 북극 등 경이로운 오지를 주로 선택하여 볼거리(spectacle)화 하였다. 이 장르는 이후 1920년대 1930년대에 다큐멘터리 영화와 민족지 영화(ethnographic films)가 결합하게 되는 데에 중요한 역할을 담당했다. 제 2차 세계대전 이후에는 16mm로 널리 배급되기 시작했고, 곧 텔레비전이 보급되면서는 텔레비전 장르로 진입했다. 최근에는 아이맥스(IMAX) 극장과 비상업극장 등에서 특수하게 상영되곤 한다.

제프리 로프에 의하면 기행영화는 그것이 영화의 내재적인 형식을 가지고 있고, 트레블링 쇼트(traveling shot)와 움직이는 그림인 영화(motion picture)와 일치하고 있기 때문에 중요하다. 우선 기행영화는 생생한 요소를 담고 있고, 미디어의 개념에 도전하는 영화적 경험의 실험적이고 수행적인 차원을 안고 있다. 그리고 기행영화의 내레이션은 다큐멘터리와 허구영화의 헤게모니적 서사 형태에 대안을 제시한다. 또 기행영화의 에피소드 형식의 서사는 열린 형식이라 할 수 있는데, 수필가적인 이 형식은 종종 플롯이나 내러티브적인 진전을 고려하지 않고 신(scene)들이 합쳐진다는 장점이 있다. 하지만 그 무엇보다도 기행영화가 중요한 이유는 기행과 영화가 근대의 산물이고 그러한 힘들의 소용돌이의 중심에 있기 때문이라 할 것이다. 재현의 산업화된 형태(사진, 삽화가 그려진 신문, 영화)는 산업화된 운송 수단의 형태들(증기선, 기차, 자동차)과 함께 발생한 것이고, 이런 근대 세계의 다양한 요소들은 분명 여행, 관광, 제국주의와 교차하는 것이다.[23]

---

22) op. cit., p.1.
23) op. cit., p.2, p.11.

이처럼 근대의 산물인 기행영화는 제국주의 국가나 영화 선진국에서 발생했기 때문에 3세계에서 1세계 혹은 3세계의 여행을 담은 기행영화는 찾아보기 힘들다. 마찬가지로 영화가 수입 · 이식된 한국에서 기행영화 장르의 전통을 찾기 어려운 것이 당연하고, 말할 것도 없이 그런 이유로 기행영화에 대한 논의도 부재한다 하겠다. 한국이 기행영화 속의 대상이 된 영화들 즉 한국을 찍은 기행영화로는 앞서 소개한 미국인 여행가 버튼 홈즈가 조선을 기록한 것으로 <한국(Korea)>(1899)이 있다. 이 영화에서는 서양식 모자를 써 보이는 남자, 큰 우산을 쓰고 다니는 아낙네들, 남대문 앞거리, 담배를 물고 인력거를 끄는 남자, 활을 쏘는 노인들의 모습을 볼 수 있다. 한국인이 찍은 것으로 기행영화의 계열이라 할 수 있는, 한국의 '풍물'[24]을 담은 영화는 식민지시기 서울 시내의 주요 도심지를 비롯하여 한강철교 · 장충단 · 청량리 · 월미도 등의 시외풍경을 촬영해서 이것을 시내와 시외풍경으로 나누어놓은 <경성전시의 경(京城全市의 景)>(박승필, 1919)과 <경성 교외 전경>(박승필, 1919)이다. 해방 후 제작된 <제주도 풍토기(濟州島 風土記)>(이용민, 1946)는 제주도 풍물을 촬영한 문화영화[25]로 알려져 있는데, 이 영화가 한국 최초의 기행영화라 할 수 있을 것이다. 허나 이 영화들은 모두 그 필름이나 시나리오 등의 자료가 남아 있지 않아 영화의 구체적인 내용을 확인할 길이 없다.

여행과 기행문의 경우와 마찬가지로, 위의 기행영화들을 포함한 식민지 시기 조선의 영화는 상당 부분이 일제의 기획 하에서 이루어졌고 그렇지 않더라 하더라도 모든 영화는 상영을 위해서 검열이 거쳐야만 했다. 외화가 수입 · 상영되고, 영화가 한국인의 손으로 만들어지기 시작하면서

---

24) 풍물(風物)은 자연이나 지역의 모습을 뜻하는 경치와 같은 의미의 말이다. 그리고 어떤 지방이나 계절 특유의 구경거리나 산물이라는 의미도 가지고 있다.

25) KMDb 참고. 이 영화는 조선영화사에서 제작하였는데 안철영은 이 영화사의 발기에 참여했다.

조선영화는 통제 속에서 국가기관에 흡수 · 합병되었으며 일제의 문화정책과 일본영화(미국영화와 일부 유럽영화)의 영향 아래 놓여있었다. 해방을 맞아 영화인들은 새로운 판에서 새로운 영화를 제작할 희망에 부풀어 있었지만 그들이 자유롭게 영화를 제작할 여건은 쉽게 만들어지지 않았다. 이 시기 미군정은 일제의 문화정책, '활동사진 필름 검열규칙', '조선영화령' 등을 거의 그대로 계승하여 통제적인 정책을 시행했다. 뿐만 아니라 군정청 법령 '68호'와 '115호'를 발표해 상영되는 모든 영화에 대한 검열제를 시행하고 영화 제작 및 영상에 대한 허가제를 실시했는데, 이는 한국영화와 한국영화인을 고려하는 것이라기보다는 미국영화를 직접 수입하는 중앙영화배급사에게 실익을 주는 정책이었다. 미군정은 친미인사에게 적산극장을 불하하여 미국영화 상영 공간을 확보하고, 여기에 이러한 통제적인 영화법령을 공포하여 한국영화와 영화인을 규제하는 방안들을 만들어 두었다.

초국적 냉전구도의 형성기, 남북의 이데올로기 대치상황 속에서 미국진영의 변경으로 미군이 점령하고 있던 해방 후 조선은 이러한 문화 냉전의 실험장이었다. 미국 여행과 그 기행문의 유포, 영화의 제작과 상영은 미군정기의 공보 · 선전 활동에서 은근하면서도 가장 효율적인 도구였을 것이다. 미군 점령의 강력한 문화정책의 협조와 대한민국 정부의 후원 하에 안철영은 영화 장르적으로 문화영화, 기록영화로 분류되며 영화사적으로는 한국 최초의 천연색영화, 최초의 해외 기행영화라는 의의를 지닌 <무궁화동산>을 기획 · 제작한 것이다.[26] 3세계 지식인의 1세계 여행기

26) 이후 극영화 형식으로 만들어진 기행영화로는 1960년대 후반 근대화된 조국의 모습을 전시하고자 하는 목적으로 국립영화제작소에서 만들기 시작한 <팔도강산>(배석인, 1967) 시리즈가 있다. 이 영화의 흥행성공으로 <속 팔도강산–세계를 간다>(양종해, 1968), <아름다운 팔도강산>(강혁, 1971), <내일의 팔도강산–제3편–>(강대철, 1971), <우리의 팔도강산>(장일호, 1972)등이 연속 제작되었다.

인 이 독특한 기행영화에서 우리는 미국의 영향 하에 있던 설립초기 대한민국의 정치 · 문화의 지평 속에서 그 심상지리의 결들을 꼼꼼하게 읽어내야만 할 것이다.

3. 영화행정가 안철영, 그의 미국 여행

안철영(安哲永)은 감리교 목사 아버지 안창호(安昌鎬)와 어머니 최배세의 4남매 중 막내로 1910년 8월 20일 서울 출생이다. 1918년 어머니의 사망으로 아버지는 재혼을 하고, 1926년 하와이로 선교 활동을 떠나면서 그의 가족은 흩어진다.[27] 1929년 배재고보 졸업하고 일본으로 건너가 전수대학 예과를 졸업했다. 1931년에 베를린경제대학 경제과 입학 예정으로 독일로 갔으나 베를린공과대학의 사진화학과를 다녔다. 이후 라이만발성영화연구소에서 영화연구를 하였다.[28] 레니 리펜슈탈(Leni Reifenstahl)의 프로덕션에서 일했다는 설과 우파(UFA)에서 일했다.[29] 1934년 12월에 동아일보에 독일 소식을 전하기도 하고, 1936년 귀국 후에도 독일영화계를 소개하는 글을 동아일보에 기고하며 조선영화계의 과학화를 촉구하기도 했다.[30] 귀국 후에는 2월 서병각, 최영수 등과 극광영화제작소를 설립

27) 김수남(2005), 「한국영화의 과학화를 도모한 실무의 민족주의 영화작가 안철영의 영화인생론」, ≪영화교육연구≫ 제7권, 한국영화교육학회, 27쪽.

28) 서항석(1949), 「서(序)」, 안철영, 『성림기행』, 수도출판사, 10쪽. 서항석(徐恒錫, 1900~1985)은 독문학자 · 연극인 · 예술원 원로회원으로 1958년에 중앙국립극장장을 역임하였다. 안철영이 미군정청 예술과장 시절 국립극장 운영 문제를 가지고 진행한 대담에 함께 참여하기도 한 이력이 있다.

29) 이영일과 김수남이 이렇게 적고 있다. 하지만 김수남은 안철영의 아들 안형주의 구술(2005년)을 토대로 논문을 작성한바 신빙성이 높다 사료된다.

30) 안철영, "예원동의: 수출영화의 현실-장혁우와 개도운부의 글을 읽고", ≪동아일보≫, 1937년 9월 11일에는 자연을 상징하는 천연색영화의 구명'이라는 주제로 3

하고 창립작품으로 <어화>(1938)를 제작, 감독하였다.[31] 1940년부터 1944년까지 요코하마의 독일총영사관 통역으로 근무하다가 해방을 맞았고,[32] 곧 미군정청 예술과장을 맡는다. 재직하면서 1946년 최남주, 이극로, 백인제, 한학수, 이재명 등과 조선영화사[33] 발기인으로 참여, 1947년에는 조선영화사의 취체역으로 일했다. 그리고 그는 과도정부 문교부 예술과장으로 근무한다. 2년여의 근무 후 서울영화사에 관여하면서 1947년 9월 한국최초의 예술 사절로 미국영화계 시찰 기회를 얻어 아버지 안창호 목사가 활동하고 있는 하와이를 방문한다. 이 때 한국 최초의 총천연색 기행영화 <무궁화동산>을 제작하게 된다. 1948년 초 귀국해 문교부 예술과장에 재직하면서[34] 11월에는 대한영화협회 결성에 관여, 그 외 조선영화건설본부, 영화감독구락부 등에도 관여한다.[35] 해방 후 1950년 안철영은 서울영화사의 상무취체역으로 한국영화의 국제적 진출을 위해 6월 중순 동경으로 떠나려하던 중 한국전쟁이 발발해 납북되었다.[36]

『성림기행』의 집필 및 <무궁화동산>의 제작 맥락을 보다 잘 이해하기 위해 먼저 안철영의 이 여행이 가능하게 된 배경과 이 여행의 목적 및

회 게재하였다. 안철영, “독일영화시설은 충실-과학, 전기영화가 특색”, ≪동아일보≫ 1937년 7월 3일자에는 독일영화사 시설을 소개해 조선영화의 과학화를 촉구하는 글을 쓴 바 있다.

31) 이순진(2006), 「안철영」, 강옥희 · 이순진 · 이승희 · 이영미 지음, 『식민지시대 대중예술인사전』, 도서출판 소도, 203쪽.

32) 김수남(2007), 앞의 글, 30쪽과『성림기행』에서도 일본 요코하마에서 해방을 맞았다고 서술하는데, 그는 여기에서 요코하마의 YMCA에서 근무했다고 밝히고 있다. 독일 총영사관과 YMCA 두 곳에서 모두 근무했는지 YMCA에서만 근무했는지는 확인하지 못했다.

33) 조선영화사는 <해방뉴스 8호>까지 제작했고, <제주도풍토기>(이용민, 1947)을 비롯해 몇 편의 문화영화를 제작, 영화제작이 어려웠던 당시 한국영화 제작활동을 주도한 회사이다. 이순진, 앞의 글, 204쪽 참고.

34) “신기획에 기대-우리영화 제작기획진”, 경향신문, 1948년 8월 29일 2면.

35) 이순진, 앞의 글, 204쪽.

36) 김수남, 앞의 글, 34쪽.

종류를 규명할 필요가 있다. 경향신문에서는 이 여행과 <무궁화동산> 제작의 배경을 "서울영화주식회사에서는 이번 동 회사 간부인 안철영 씨가 미주 출중한 기회에 「하와이」 체재 기간을 이용하여 조선동포의 생활을 주제로 한 천연색 장편 기록 영화를 제작키로 되어"[37]로 밝히고 있다.

> 문교 당국의 추천으로 하와이와 미주의 일반문화사업과 시설을 사찰하여 새 조선건설에 대한 문화건설의 중대한 임무를 맡은 것이다. 여행의 일정은 대략 6개월 동안으로 하와이에 거류하는 동안은 일반문화시설을 조사 연구하는 것 외에 우리 동포의 생활 사업 등을 살펴보며 활동사진을 박아 국외 동포사회에 널리 소개를 하고자한 그의 노력의 결실이다.[38]

위에서 보듯이 국민보에 의하면 '출중한 기회'는 그가 미군청청의 예술과장을 역임하면서 미국과 긴밀한 관계를 유지할 수 있었기 때문에 '문교부의 추천'과 '맥아더 사령부'의 도움이 가능했다. 1947년 9월부터 6개월간 하와이와 할리우드를 방문하는 이 여행의 목적은, 우선 미국의 문화사업과 시설사찰을 통해 새조선 건설에 있어 문화정책에 반영할 수 있도록 하는 것이었으며, 또 사적으로는 『성림기행』에서도 밝히고 있듯이 아버지를 비롯한 가족이 하와이에 있기 때문에 가족을 방문하기 위한 것이었다. 두 번째 목적은 하와이에서 <무궁화동산>을 촬영하기 위한 것인데, 이는 순전히 '그의 노력의 결실'로서 '동포의 생활 사업을 살펴' 국외 동포사회에 알리고자 함이었다. <무궁화동산>은 도미(渡美) 이전부터 기획한 것으로, 천연색 영화와 16mm 필름을 효과적으로 사용해보고자 한 그의 욕망의 발현이었다.[39] 이것이 하와이에서 가능했던 이유는 이미 1920

---

37) "천연색 영화 『무궁화동산』(서울영화사 제작)", 경향신문, 1947년 11월 23일 2면.
38) "안철영 선생의 여행", 국민보 1947년 10월 15일자.
39) '작년 10월부터 문교부 예술과장이며 영화감독인 안철영 선생이 하와이에 와서 동

년대부터 하와이 교민 사회에서 종교적으로 신망을 쌓아온 아버지 안창호 목사와 이미 알고 지내던 하와이 교포 사업가 도진호 등의 도움 때문이었다는 것은 능히 짐작할 수 있다.

『성림기행』은 할리우드 영화계 시찰을 목적으로 한 3세계 지식인의 1세계 여행에 해당한다. 1세계 서구인들의 여행의 의미는 '이질적인 공간에 대한 호기심과 탐색의 수준을 넘어 자국의 영토 범위를 규정하고 확장해 스스로 중심이 되고자 하는 욕망의 발현'이다. 이때 서구의 시선으로 대상화되는 동양은 이국적 풍취를 지닌 곳으로 그들의 '살아있는 화석'이 된다. 반면 안철영 같은 3세계 지식인의 여행은 근대인이 공유해야 한다고 상상되는 일상을 재빨리 수용하기 위한 관찰과 학습의 그것이다.[40] 달리 말하면 이러한 서구 여행의 심상지리는 문명화의 강박 하에 '이미 배운 것을 추체험하는 여로'이기도 하다.[41] 안철영의 여행 제1목적은 3세계 지식인의 권력과 특권의 각인이 명백한 것이기에 그것의 문화적 실천은 임무를 통한 의무와 사명감으로 여행자에게 현시된다. 때문에 해외 시찰이나 임무를 띤 이런 여행은 지배담론 편향적일 수밖에 없다는 명백한 한계를 가진다. 기행문과 기행영화는 '과학적 관찰과 감수성의 정치학'을 담론적 도구로 활용할 수밖에 없는 조건을 태생적으로 안고 있는 것이다.[42]

포들의 교회 · 학교 · 농업 각 사회사업 등의 활동을 칼라픽쳐 활동사진으로, 안철영 선생은 먼저 미국 본토의 문화방면과 할리우드를 시찰하고 다시 지난달 이곳에 와서 음악과 여러 가지 어려운 기술문제를 극복하고 하와이에서는 처음인 장편영화 무궁화동산을 완성하였다 한다. 이 영화는 조선사람이 만든 최초의 칼라픽쳐로 본국의 각 학교와 각 극장에서 널리 하와이 동포들을 소개할 것이며, 서울영화사가 4,000여 원을 들여서 만든 것이라 한다.' 국민보, "무궁화동산 완성", 1948년 6월 2일.

40) 곽승미(2006), 「식민지 시대 여행 문화의 향유 실태와 서사적 수용 양상」, 『대중서사연구』 15호, 231쪽.

41) 차혜영(2004), 「지역 간 문명의 위계와 시각적 대상의 창안」, 『현대문학연구』 24.

42) 하지만 차후의 기획으로 보다 더 면밀히 추론하여야 할 것은 이 여행의 두 번째 목적일 것이다. 영화감독이자 행정가로서 일본과 독일 유학을 통해 영화기술의 과학화, 선

4. 대한민국을 정체화하기
: '선구의 혈한으로 개척된' '우리 유민의 제2의 고향' 하와이

문교부추천 총천연색
무궁화동산

서울영화주식회사 제작
안철영 도미 감독 작품
조선영화 최초의 천연색 전발성 호화판!
경이° 감탄° 절찬°

자연미와 인공미가 교*하는 대*** 우리영화.
천연색으로 등장 일제가 **른 진주만은 어떠냐
백로 날느는 항*에 무궁화의 찬란한 **를 보라
야자나무 욱어진 태평양 낙원 하와이
여기 백의동포
50년**의 합창을 드르라 신비, 극미의 도원경 **
참신한 음악효과 선구의 혈한으로 개척된
무궁화산동
백의동포의 제2고향인 하와이 *권의 전모!

고려영화주식회사 배급

* KMDb에 제작사는 '서울영화주식회사'가 아니라 '서울영화사'로 되어 있다. 광고에서 '무궁화산동'은 '무궁화동산'의 오기이다.

<무궁화동산> 광고 1 : 자유신문 1949년 3월 29일 2면

진화를 목도한 그가 늘 숙원 했던 바는 선진모델 습득을 통한 '조선영화의 과학화 · 선진화'였다. 하와이에 인연을 두고 있던 그가 이 여행을 통해 얻고자 했던 것은, 물론 대한민국의 미국예술계 시찰과도 부합하는, 그가 지향하던 세계로 향하는 영화인으로서의 욕망을 실현하고자 하는 것이기도 했던 것이다. 이는 <무궁화동산>보다는 『성림기행』의 곳곳에서, 『성림기행』보다는 안철영의 행적을 추적할 수 있는 외부 활동이나 그가 매체에 기고한 각종 글의 부분들에서 보다 더 잘 읽어 낼 수 있다.

위의 광고 1에서 볼 수 있듯이 영화 <무궁화동산>(34분)은 '경이', '감탄'을 자아낼 조선영화 최초의 천연색 전발성(全發聲)영화로 '절찬' 상영 중이다. 안철영은 이 영화의 감독 · 각본 · 편집을 담당했으며, 제작사는 서울영화주식회사(서울영화사)이고, 당시 한국영화계 최고의 제작 · 배급사인 고려영화주식회사가 배급을 담당했다. 제작자 · 기획은 이재명, 촬영은 틔 · 쬬－지, 현상은 코댁하와이, 총지휘는 도진호가 담당했다.[43] 이 영화는 '자연미와 인공미'가 교차하고, '무궁화가 찬란한' '태평양의 낙원'이자 '극미의 도원경'인 하와이의 전모를 소개한다. 그리고 바로 이 하와이는 백의동포가 오랫동안 기거한 '제2의 고향'이자 '선구(先驅)의 혈한(血汗)'으로 개척한 '무궁화동산'이다. 이 영화의 자세한 내용은 다음과 같다.

· 하와이를 소개하는 기행영화 <무궁화동산> : "세계의 낙원" 하와이 공항에 도착한 안철영 감독을 포함한 일행들을 로우 앵글로 보여주며 시작한다. 하와이 차안에서 찍어 시내를 곳곳을 보여주고 그 화면 위로 하와이 이민사에 관한 내레이션[44]이 흐른다. 여기에서 감독은 이 영화가 하와이와 하와이에 이주한 한국인들을 소개하기 위한 목적임을 분명히 하고 있다.

· 한인 동포들의 성공적인 하와이 정착 풍경 : "세계 각국의 인종 전람회"의 장소인 하와이에서 1902년 사탕수수 농장으로 일하

43) 1948년 6월 2일자 하와이 동포신문인 국민보의 상영광고를 참고하면 음악은 하와이 오케스트라, 미(美)감리교회 쾌이어, 독창 안숙자이며, 무용은 하와이 소녀무용 클럽, 해설은 이상국이다.

44) 내레이션의 내용은 다음과 같다. "하와이. 세계의 낙원. 태평양에 8개의 크고 작은 섬들이 모인 곳. 2000여명의 우리 동포가 개척해서 보금자리를 만든 곳. 돌이켜 생각하면 개발회사에서 모집한 1902년부터 1904까지 교민은 하와이 교민을 거쳐 미대륙과 북아메리카로 분산하게 된 것. 하와이는 이렇게 의의 깊은 가지가지의 추억을 남겨주었다. 하와이동포, 얼마나 우리이게 고마운 정을 자아내는 반가운 분들이냐. 그들의 조국독립을 열심히 갈망하고 40여 년간 그들의 정신과 물질의 협력을 애끼지 않은 사실은 과연 우리 독립운동 역사상에 빛나야 할 것이다. 이 영화는 하와이를 소개하려한다."

러 온 우리 동포들이 성공적으로 하와이에 정착하고 있는 모습을 보여준다. 과학적이고 기계화되어 대량생산이 가능한 선진화된 하와이의 농업, 원예업, 목축업, 상업, 서비스업 등등을 자세히 소개하면서 그것에 종사하고 있는 교포들을 차례로 등장한다.[45] 뿐 만 아니라 하와이에서 직업을 가지고 활발히 활동하고 있는 교포들의 생활상도 상세히 소개한다. 하와이대학의 80여명의 교포2세 학생들, 이들을 돕고 함께 호흡하는 하와이 대학의 교수로는 조선에도 갔던 적이 있던 부총장 리브릭 박사와 한국인 학생과 유학생들에게 한국어와 한국역사를 가르치는 박관두 교수 등이 있다. 하와이 총독부를 드나드는 로버트 최 박사나 영화의 총지휘를 맡은 도진호 씨 역시 하와이에서의 활약이 대단하다고 소개한다. 이승만이 발기한 기독학원에서는 아이들에게 한국어를 가르치고 있으며, 훌라춤을 가르치는 교포 3세 어린이의 유치원과 하와이고등학교 졸업식 풍경도 보여준다. 그러고 나서 안철영이 하와이 교포들의 활동 중 특기할 만한 것으로 소개하는 것은 여성들의 활발한 사교활동, 여성운동, YMCA에서 활동이다. 그녀들의 활동은 하와이에서 동포들이 자리 잡는데 많은 도움이 되었다고 전한다. 그리고 두 번째로 특기할 만한 활동은 하와이에 많은 한인교회의 동포들의 활동이다. 그들은 광화문의 외형을 따온 한인기독교회를 만들기도 하고, 35년간 조국광복을 위해 기도하였다. 안창호 목사와 정희교 목사가 보이는 예배당 감리교회에서는 음악가 안숙자가 지휘하는 성가대의 모습도 보인다. 이러한 하와이의 생활모습은 "평화 그대로의 광경"이기에 교포 어린이 "3세의 똑똑하고 귀여운 얼굴에는 행복, 희망이 차 있"다.

45) 농림화학자 피터 김, 파인애플 농장의 감독 한홍동, 양기정의 카네이션 꽃밭, 진성은의 목장, 김영수의 자동차 수리점, 의학박사 유원생의 진료 장면, 하와이의 명물이 된 김치를 제조 판매하는 '다이아몬드 K' 김치공장의 조 킴(JOE KIM) 등을 보여주고, 이태*의 가구점과 서대로의 임대 아파트 사업, 의학박사 양희찬 집의 저녁식사 풍경, 의학박사 장영복의 저택 등을 소개한다.

- 하와이는 무궁화동산 : 그 다음으로 하와이 어디에나 만발한 무궁화를 소개한다.[46] 이를 시작으로 "조선에선 볼 수도 없는" 오와우(Oahu) 섬의 식목화초들과 조선의 금강산 같은 아름다운 해변에서 해수욕과 일광욕을 즐기는 동포의 모습 등을 보여준다. 하와이 원주민의 생활을 소개하면서 그들 중 원시적 생활을 하는 사람들을 거의 없고 지금은 문화생활을 하고 있다고 덧붙인다. 호놀룰루 해변과 와이키키 해변, 호텔 등지에서 즐기는 하와이인들을 보여주고 풍요로운 하와이의 일상을 소개한다.
- 제2차 세계대전 기념일과 하와이의 알로하 위크(Aloha week) : 하와이에서 열리는 각종 행사와 전람회들을 소개한다. 제2차 세계대전 기념일의 와이키키 거리 행진, 와이키키 공원의 개 전람회, 그리고 미식축구시합이 열리는 100만 명 관중의 호놀룰루 대운동장을 보여준다. 특히 하와이 알로하 축제에서 훌라춤과 조선의 춤을 추는 교포3세 소녀들을 소개[47]하고, 축제에는 중국, 일본, 필리핀, 하와이의 여인들과 조선옷을 입은 여인들 등 각국 사람들이 참가하고 있는 모습을 보여준다.
- 하와이의 대한민국국민회와 애국가 : 하와이의 동포들이 친목을 위해 만든 단체인 대한민국국민회의 인물들과 여기에서 발행하

46) 이 장면에 흐르는 내레이션은 다음과 같다. "하와이는 과연 무궁화동산이라고 불리울 만하다. 어데를 가나 빛 고운 무궁화가 사시를 쉬지 않고 피어있으며, 이는 향기로운 무궁화 만발한 들에 나아가 산보를 즐기는 동포 노사상 씨와 그 가족이다. 무궁화, 말만 들어도 그 얼마나 반가운 꽃이냐. 하와이에는 무궁화는 그 종류가 약 300가지가 있으며 해마다 한 번씩 무궁화전람회도 연다. 하와이와 무궁화는 ** 수 없는 운명 깊은 관계에 있다. 무궁화동산, 하와이."

47) 조선의 유성기판 소리가 흐르면서 교포3세 소녀들이 조선 춤을 추는 이 장면 위로 흐르는 내레이션은 다음과 같다. "조선의 고전 춤도 열심히 배우고 있다. 아버지 어머니들이 조선을 떠나올 적 어렴풋이 머리에 남아있던 기억을 기초로 삼아 옷도 짓고 족두리도 만들어 유성기판에서 흘러나오는 멜로디에 맞춰 창작적인 춤들을 추는 것이다. 이들은 3세로 조선은 구경도 못하고 다만 말만 들은 것이지만 기회 있을 때마다 그 전통의 예술을 상상하고 즐기는 것이다. 또 이들의 춤은 그 템포에 있어서나 기교에 있어서 의논할 여지가 있겠으나 이 모든 것은 대부분 그들의 창의에서 나온 것이라 할 때에 그들의 그 열정과 예술을 아끼는 진정은 과연 찬사를 받기에 합당하다 볼 수 있을 것이다."

는 신문 국민보도 소개한다. 산하 부인회의 활동과 문화운동들, 조선말방송시간을 보여준다. 마지막으로 영화에 등장한 하와이의 풍경과 하와이 동포들을 묘사한 주요장면을 다시 요약적으로 보여주면서 애국가 3절까지 흘러나오고, 하와이에 도착하던 첫 장면이 반복되며 영화는 끝난다.

먼저 당시 <무궁화동산>에 대한 당시의 평으로 이 영화에 대한 이해를 시작하자. 이영준은 이 영화가 미학적, 기술적, 장르적으로도 아쉬운 부분이 많다고 지적한다.[48] 앵글은 조잡한 부분이 많고, 음악은 실패라 할 수 있으며, '조선사람의 천연색영화'를 표방했지만 촬영과 현상은 외국인의 손을 빌어 아쉬웠고, 문화영화 · 과학영화[49]라면 갖추어야 할 지리

48) 이영준, "문화−『무궁화동산』 신영화 단평", 조선중앙신문, 1949년 3월 10일 2면. "일찍이 중배와의 튜라블로 알려진 『무궁화동산』이 이제 겨우 공개되었다. 『무궁화동산』은 안철영 감독이 작년 도미 중 하와이에서 우리 동포들의 이국식 생활과 조국에의 향수를 중샘해서 거기 풍물을 서정시적으로 채록한 작품으로 무엇보다도 그것이 조선사람의 천연색이라는 데에 우리의 홍미와 조선영화의 미래의 **이 걸려 있다 할 것이다. 만약 가능했다면 촬영현상까지 전부 우리의 손으로 완성했더라면 그러한 의미에서 획기적 작품이 되었을 것이다. 극영화와 달리 문화영화라는 것이 광범한 의미에서의 과학적 영화라면 태평양상의 중*도 하와이 풍물의 이러한 서정시적 묘사에는 우선 지리 또는 지*학적 기초에서의 *작 *판과 따라서 어느 정도의 서사가 필요함은 물론인데 지도하나 통계 그라프 하나 없이 그저 서투른 아나운스 설명으로 종시(終始)해버린 것은 천만유감이다. 하와이라면 잊을 수 없는 진주만의 전략적 가치랄지 위도와 해류와의 관계 및 식물과 **과의 분포 그리고 재*동포의 *적 발전과 그 변천 및 각 민족의 소* 등이 그라프 몇 개로써 설명되었다면 이 영화를 본 후의 하와이 제도에 대한 우리의 인식은 **얼마나 확실한 것이 되었을 것인가. 카메라는 천연색 필름의 제약도 있었겠지만 앙글 기타 조잡한데가 많고 특히 음악은 전연 실패이다. 그러나 우리는 이러한 기술적 문제보다도 이 영화가 겪은 중배의 도?을 다시금 제가하고 여하튼 간에 벌써 천연색 단계에 들어서게 된 울히 영화의 보육(保育)에 대한 각오를 다시금 새로히 해야 할 것이다(시공관, 32분)."

49) 문화영화는 상업용 극영화를 제외한 모든 장르의 영화를 이르던 말로, 식민지시기부터 1980년대까지 한국영화에서 통상 사용되던 용어이다. 이는 기행영화, 뉴스영화, 애니메이션 영화, 아동영화, 과학영화, 교육영화, 기록영화 등 거의 모든 장르

적 · 자연적 · 과학적 · 민족지적 정보를 충분히 제공하고 있지 못하다는 것이다. 때문에 이 영화 이후에 천연색영화를 만들 수 있는 요건을 갖추는 데 힘써야 할 것이라고 당부한다. 그의 관점에서 이 영화는 한국영화의 장르 · 미학 · 기술 발전에는 그다지 도움이 되지 않는 영화인 것이다. 하지만 관점을 달리하면 이 영화는 <무궁화동산>은 설립초기 대한민국의 이상향을 제시하는 데에 있어 미국이 우방으로 존재해야하는 이유를 기행영화의 형태를 빌어 효과적으로 재현해 수행하고 있다고 할 수 있다. 한영현은 이러한 관점에서 영화가 지니는 역사적 상상력을 해방 및 국가 형성과 연관하여 모색한 바 있다. 하와이와 한인동포들의 존재방식과 그들의 위치성 그리고 이 영화가 가져온 효과로 환기되는 신생 대한민국의 미래의 초상을 가늠하게 한다는 것이다. 그는 하와이 동포를 존재를 부각시키는 분석틀로 디아스포라를 사용하면서, <무궁화동산>이 하와이 유민들의 이주의 정체성을 본토의 조선인들에게 환기시키고 있기 때문에 이것이 해방과 국가 성립의 과정을 거친 조선의 현실을 재조명하고 나아가야 할 미래상을 가늠하는 데 있어 효과적인 장치 역할을 한다고 주장한다. 특히 이 글은 '하와이=무궁화동산'이 가지는 위치의 의미를 잘 설명하고 있다. <무궁화동산>은 미국 영토라는 '하와이'의 지정학적 위치성뿐 아니라 그 곳에 이주하여 새로운 한국인의 공동체적 삶을 형성한 그들의 위치성도 보여주어, '무궁화'는 하와이에 지천으로 만발한 꽃을 넘어서 한국인의 삶과 정체성으로 대변되는 국가의 상징과도 중첩된다고 분석한다.[50] 그러므로 한영현의 논의에서 보는 것처럼 '무궁화동산'은 현실 공

를 포괄한다.

50) 무궁화는 대한민국의 나라꽃(國花)이다. 1896년 독립협회가 추진한 독립문 주춧돌을 놓는 의식 때 부른 애국가에 '무궁화 삼천리 화려강산'이라는 구절이 있을 만큼 당시 한국인들은 무궁화를 대표 꽃으로 인식하고 있었다. 식민시기에는 한국인이 무궁화를 겨레의 꽃으로 여기자 일본인들은 무궁화나무를 뽑아버리기도 했다. 이

간이라는 지리적 사실보다 대한민국 국민이 거주하게 될 낙토 혹은 새로운 국민국가의 초상으로 전유된 의미가 더 부각된다. '조선(현실)–하와이(이상)–대한민국(국가)'라는 구도 속에서 하와이적 삶과 조선의 삶이 결집되고 착종되며 선망과 혼란, 정체성의 재구조화의 과정이 발생되고 있는 것이다.[51]

광고 1과 2에서도 볼 수 있듯이, <무궁화동산>은 '하와이'라는 공간에 대한 심상지리를 '신생 대한민국=무궁화동산=하와이=우리 유민 제2의 고향'으로 새롭게 구성하고 있다. 하와이는 미국의 영토 일부로만 존재하는 곳이 아니라 우리 유민들이 새로운 삶을 성사시킬 수 있는 행복과 희망을 약속해주는, 이상적인 공간으로 제시 · 묘사된다. 그렇기 때문에 이영준이 지적하는 것처럼 '지도나 통계, 그래프'적이고, '진주만의 전략적인 가치' 등의 인문지리적인 정보의 공개가 이 영화에서는 생략될 필요가 있는 것이다.[52] 하와이는 문명, 국가, 인문지리적인 실제적 위계를 탈피

에 무궁화심기 운동으로 일제에 저항하였다. 1945년 광복 후에는 국기가 법으로 제정되면서 국기봉을 무궁화 꽃봉오리로 정하였고, 정부 · 국회의 표장도 무궁화 도안을 사용하게 되었다. 하지만 실제로 무궁화가 나라꽃으로 여겨지고는 있지만 법률로 제정된 것은 아니다. 그래서 1956년 2월 이승만 대통령의 서울시 개명 담화가 '무궁화 국화자격논쟁'으로 번지기도 했다. 화훼연구가 조동화가 '국화로서 치명적인 결점'이 있다는 글을 발표하고 식물학자 이민재가 이를 거들었다. 이에 사학자 문일평과 수필가 이영하가 무궁화의 역사성과 장점을 들어 무궁화를 옹호하면서 논쟁이 벌어지기도 하였다. 송원섭, "무궁화의 유래와 국화 논쟁", ≪산림≫, 1998년 8월호와 네이버백과사전 참고.

51) 한영현(2011), 「영화 <무궁화동산>과 디아스포라 그리고 신생 대한민국의 초상」, 한국영화학회 춘계 정기 학술 세미나 및 정기 총회, 29~37쪽.

52) 사찰을 목적으로 한 기행문은 과학적 서술을 필수적으로 포함하는데, 현지 종족지에 대한 정보 수집 과정, 그 지역의 식물분포나 수림 등 자연환경에 등을 정리하는 과학적인 분류로 재현되기 마련이다. 한민주(2007), 앞의 글, 362쪽. 이영준이 지적한' 문화영화 · 과학영화라면 갖추어야 할 지리적 · 자연적 · 과학적 · 민족지적 정보'는 성림기행』에는 하와이의 지리적 위치와 역사, 원주민의 생활과 자연환경 등이 상세히 설명되어 있다. 이는 『성림기행』이 식민지시기에서부터 내려오던 사찰

해, 안철영의 눈앞에 그리고 그 화면 묘(妙)를 통해 관객의 눈앞에 감각적으로 현전하는 매력적인 장소가 되는 것이다. 식민지 말기 만주라는 공간이 사회적 신화가 되어 일본의 제국주의 이데올로기가 민족과 국가 전체를 용이하게 지배할 수 있었던 것처럼, 하와이라는 공간에서 한인동포의 성공 신화는 미국의 편이 된 대한민국 정부가 올바른 선택을 했다고 주장하는 대중 선동을 하고 있는 것이다. 실제로 영화에서 1차 산업인 농업에서부터 전문직에 이르기까지 다양한 직업군에 종사하고 있는 한인 교포들의 성공적인 정착 모습을 소개하는 데에는 이런 이유가 있다.

일제 식민지 내내 2등 민족의 정체성을 가지고 살아야 했던 조선인들과 달리 하와이 이주 한인 동포들은 하와이 원주민들을 진료해주고, 농장의 일꾼이나 공장의 직원으로 두고 일할 만큼 미국 시민과 동등하게 재현되고 있다. 하와이의 원주민들도 과거 원시적인 생활을 하였지만 지금은 (미국 정부의 덕분으로) 모두 근대 문명의 생활을 하고 있다. 하와이 호놀룰루는 눈부시게 발전하는 세계인종의 전시장이며, 하와이에서 열리는 제2차 세계대전 종전 기념 축제에서 볼 수 있듯 이곳은 세계 최고의 반제국 · 식민주의의, 평화애호의 인간주의적 선진 문명의 장소이다. 알로하 위크를 통해 알 수 있듯이 하와이는 원주민의 풍속을 지켜나가면서도, 전 세계(사람들)가 서로 만나고, 그들 각자의 현재와 과거가 서로 교차하게 하는 아량을 가진 낙원이다. 이는 곧 우리가 속한 미국이라는 우방의 진면목이자 신생 대한민국과 한민족 미래의 모습일 수 있다는 은유를 내포한다.

기행문적 관행을 잘 참조한 것이기도 할 것이다. 이영준이 지적한 맥락은 여기에서 기인한 것일 터이다.

3 · 1경축특별공개 3 · 1정신 살려 자주통일하자

자유만세는 혁명가의 일생을 그린 영화다
자유만세는 피흘린 선열의 순국사다
자유만세는 민족정의의 발로다
이 비분! 이 감격!
실로 3 · 1절 경축영화다

신판 자유만세
문교부 추천 무궁화동산
동시★상영

한국최초의 총천연색영화 당당등장 안철영 감독

신비의 도원경! 『하와이』는 우리 유민(流民)의
제2고향이다 선구(先驅)의 혈한(血汗)으로
개척된 **무궁화동산**! 원채색의 현란한 풍물시

서울영화주식회사 제작
3월 3일부터 시공관

<무궁화동산> 광고 2 : 조선일보 1949년 3월 4일 2면

당시 여타 미국 기행기가 끊임없이 민족의 현실을 대한민국의 국민에게 환기시키듯 『성림기행』과 <무궁화동산>에서는 1902년부터 현재까지 민족의 경제문제 해결과 정치문제 해결의 원형적 장소-하와이에서 사탕수수농장을 일구어 조선의 경제적 문제에 도움을 주었고, 식민지 시기에는 독립을 위하여 독립운동 자금을 대고 종교인들이 뭉쳐 기도를 드린-로 하와이를 활용한다. 때문에 하와이는 '우리 유민의 제2의 고향'이자 '선구(先驅)의 혈한(血汗)으로 개척'한 '고애(苦哀)의 건투사'를 지닌 대한민국 국민이 우러를 유적의 공간이 된다.[53] 그렇기 때문에 <무궁화동

53) 이 어구는 『성림기행』과 <무궁화동산>에 공통적으로 등장하며, 영화와 기행문

산>은 하와이나 거기에 이주한 한인동포에 대한 영화가 아니라 새로운 대한민국에 대한 영화로 전치되는 것이며, 하와이는 (동포들이 존재하므로) 대한민국의 일부이자 (시간적으로 약간 앞서 있는) 미래로 표상되는 것이다.[54] 안철영이 <무궁화동산>에서 하와이의 일상적인 모습을 현대적인 모습으로서 재현해내는 이유는 서구식 주택에서 삶을 영유하며, 교육, 식생활, 종교생활 등 서구적 삶을 모방하여야 한다는 필요성을 드러내기 위해서다. '미국식=서구적' 삶의 양식에서 비롯된 세계화된 일상으로서의 근대성의 이 이미지는 이제 아주 가까운 미래에 대한민국 국민이 갖추어야 할 형상인 것이다. 기행문에서 국경을 넘는 과정을 상세하게 적는 과정에서 기행문의 필자는 국가와 국가의 경계를 첨예하게 인식하게 되어 자민족의 정체성을 발견하는 계기가 되는 경우[55]가 있는데, 안철영의 기행문 『성림기행』에서 이러한 부분은 전혀 발견할 수가 없다. 게다가 영화 <무궁화동산>에서는 하와이에 도착하는 첫 장면과 하와이를 떠나며 영화가 끝이 나는 마지막 장면은 같은 장면을 사용하여서, 이 장면들은 모두 고국에 돌아와 환영의 인사를 받는 듯한 장면으로 연출되고 있다. 때문에 이는 '대한민국－하와이(미국)'의 관계가 아니라 '대한민국=하와이(미국)'으로 도돌이표처럼 공회전 되는 관계를 은유적으로 설명하는 수행적 효과를 지닌다고 하겠다.

의 광고에도 공히 등장한다.

54) 당시 미국여행기에서 미국은 '앞서 나가는 국가'라는 의미의 시간성을 가진 운동성이 부여되어 있다. 때문에 공간적인 의미에서도 미국은 선진적인 존재로 '지금 이곳'의 대한민국의 존재들과 구별되고 있다는 것이다. 임종명(2008), 「해방 이후 한국전쟁 이전 미국기행문의 미국 표상과 대한민족의 구성」, 『사총』 제67집, 고려대학교 역사연구소, 62~70쪽. 하지만 미국 하와이, 무궁화동산의 우리 한인동포들은 곧 대한민국 국민의 미래 모습이 된다. "독자들에게 국경선으로 나눠진, 그리고 상이한 생활문화와 풍경을 가진 미국의 존재를, 역으로 마찬가지의 한국의 존재를, 나아가 그러한 국가로 구성된 세계의 모습을 상상하도록 한다." 임종명(2008), 앞의 글, 79~80쪽.

55) 홍순애(2010), 앞의 글, 351쪽.

이 영화가 하와이를 묘사하는 영화적 전략은 크게 두 가지로 나눌 수 있다. 우선 하와이의 지정학적 공간은 몽환적이고 판타지로서의 영화적 방식을 사용해 미국이 스며 나오는 정도로만 묘사한다. 두 번째 방식으로는 첫 번째 방식과는 달리 하와이의 비지정학인 부분은 오히려 사실감과 현실감을 강조하는 방식으로 재현하는 전략을 사용하는 것이다. 첫 번째 방식은 빈번한 로우-앵글의 사용을 예로 들 수 있다. 하와이의 작물인 파인애플을 보여주는 단독 숏, 안철영을 비롯한 일행들이 하와이에 도착하는 장면과 하와이를 떠나는 장면, 아이들의 모습을 클로즈-업으로 담아내는 등의 화면 구성은 주변의 지형 · 지리를 지워 미장센을 구성해 하와이의 실제적 위치성을 지우면서 푸른 하늘과 로우-앵글 숏이 목표로 하는 대상만을 보여주어 낙토의 미래를 상상하고 우러르는 효과를 배가시킨다. 파인애플[56]은 사탕수수 농장의 한인 이주노동자의 성공적인 정착을 상징하고, 세련된 서구 복장을 하고 하와이를 드나드는 일행들은 한미관계에 우호를 가진 국민들을 상징하며, 하와이의 3세들은 '하와이=무궁화동산=대한민국'의 다음 세대로 평화 그대로의 광경이자 행복, 희망이 차있는 미래를 상징하는 것이다. 또 하와이가 더더욱 판타지적 공간이자 낙토로 인식되는 이유는 바로 이 영화가 '한국 최초의 총천연색 영화'이기 때문일 것이다. 아래 <무궁화동산>의 일부 장면에서 보는 것처럼 이 영화는 이국적인 풍경의 하와이가 총천연색으로 그려진다. 영화선진국이라 할 수 있는 나라들에서도 '총천연색' 즉, 컬러영화, 색채영화는 1930년대 후반에서야 상용화되었고, 국내에 수입되는 외화들의 경우에도 '총천연색 영화'라는 것이 광고문구의 중요한 부분이 될 정도로 컬러영화의 상영이 빈번하지 않았다. 거의 대부분의 영화가 흑백영화로 상영되고 있었고

56) 사실 한인 이주노동자의 성공적인 정착의 상징물은 파인애플이 아니라 사탕수수였어야 마땅하다. 하지만 미장센의 구성상 사탕수수보다는 성공의 '열매'로서의 파인애플이 더 적절해보였을 것이다.

컬러영화를 접해본 것은 외화를 통해서였을 것인데, 이국적인 풍경 속에 한인동포들이 서구식 생활을 영위하고 있는 모습은 아마 당시 관객들에게는 친숙하지만 낯선 어떤 느낌(uncanny)을 자아낼 수 있었을 것이다. 하와이가 이렇게 '총천연색'으로 재현되었기 때문에 몽환적이고, 이국적인 낙원의 이미지를 달성하기 수월했을 것이다.

<무궁화동산> 장면 : 자료출처 한국영상자료원 한국영화데이터베이스

두 번째 방식은 이 영화가 하와이를 공간적으로 판타지인 듯 장면화하는 반면에 내레이션을 통해서 거기에서 거주하고 있는 교포 한인들의 실명을 불러주어 현실감을 준다. 이 영화에서 미국인 혹은 현지인들은 풍경으로서만 등장한다. '인종전시장'임을 보여주는 퍼레이드의 군인들, 알로하 위크의 참여자들, 시내와 해변의 사람들, 하와이 원주민들의 군중 장면은 하와이의 자연 생태계보다도 덜 중요하게 등장한다. 실명이 나오는 유일한 미국인은 미국교육사절단으로 한국에 다녀온 하와이 대학의 부총장 리브릭 박사뿐인데, 그 역시도 한국의, 하와이 동포의 조력자로서 스쳐지나간다. 흔히 해외 기행문에서 3세계 지식인들이 근대인으로서 동일시하던 1세계의 사람들에 대하여, 결국에는 그 외국인들이 '나와는 아무 인연 없는 세계 사람들'로 분리되는 모습을 목격할 수 있다. 1세계 안으로

들어가면 갈수록 그 속에서 이질성과 긴장이 강화되어 자신이 가진 차이의 정체성이 호명되는 역설이 드러나 버리는 것이다.[57] 그러한 이질성과 긴장을 제거하기 위해서 이 영화에서는 미국인들의 등장이 거의 없다. 반면 한국동포들과 인종적으로 차이가 없어 보이는 하와이 원주민들의 등장은 빈번한데, 이들은 새로운 대한민국을 열망하며 근대적 생활에 접근해야할 고국의 동포들을 연상시킨다. 그러면서 영화에서 꼼꼼히 소개하고 있는 한인 동포들은 모두 직업과 이름을 공개 호명하면서 그들이 삶의 터전에서 생활하고 있는 모습을 실시간인 양 보여 주어 사실감과 현실감은 배가 된다. 그래서 영화 속 하와이에 살며 일하는 이들은 모두 한인동포인 양 보여, 이 무궁화동산은 한민족의 터전으로 재현된다. 게다가 이러한 재현의 가상적 현실감은 이 모든 활동이 동시적으로 진행되는 듯 인지되도록 내레이션 어미를 현재형으로 사용하여 그 신빙성이 가중된다. 이는 기행문 『성림기행』에서의 서술방식과는 다른 점으로 지금 관객의 눈앞에서 현전할 수 있는 영화 장치의 매체 특성을 효과적으로 활용한 것이다. 내레이터가 화면의 움직임과 동조되는 "** 씨가 **하고 있다.", "** 씨의 **하는 광경이다.", "**하고 있는 장면이다." 등의 내레이션을 구사하고 있어, 하와이 유민의 일상은 지구 반대편에서 '일어났던' 일이 아니라 '지금' 대한민국의 국민들과 이 화면 앞에 있는 의자여행자의 현재 함께 진행되는 것이 된다.

<무궁화동산>이 이미 하와이에서 완성을 하여서 동포들을 상대로 시사를 한 바가 있고, 한국에서도 일반 공개에 앞서 시사회를 한 일이 있었지만,[58] 개봉과 관련해 흥미로운 점은 이 영화가 '3 · 1절 경축특별공개'

57) 임종명(2009), 앞의 글, 91쪽.

58) 1948년 6월 2일자 국민보에 <무궁화동산>이 1948년 6월 4일 오후 8시, 하와이 누아누청년회관에서 상영한다는 광고가 있다. 그렇다면 이 영화가 최초 상영된 곳은 하와이인 셈이다. '서울영화주식회사에서 제작한 우리나라 최초의 총천연색영화 『무궁화동산』은 일반 공개에 앞서 28일 상오 9시부터 국도극장에서 유지를 초

로 국민과 만났다는 점이다. 이 영화의 공개를 두고 과거 미군정의 기관과 다름없었던 중앙영화배급사(中央映畵配給社)와 '트라블'이 있었다는 것을 보면 공보정책에서 미국과 대한민국의 견해가 충돌했었다는 것을 짐작할 수 있다.[59] 그런 가운데에서 <무궁화동산>은 '3 · 1절 경축특별공개'로 시공관과 조선극장에서 <자유만세>와 동시상영으로 개봉된 것이다. <무궁화동산> 광고 2를 참고하면 이 영화는 '문교부 추천'이며, 미군정기부터 미군정과 대한민국 정부와 긴밀한 관계를 가지고 협조를 하던 배급사 고려영화주식회사가 배급을 담당하고 있다.

임종명에 의하면 3 · 1은 '유사 이래 최초의 초(超)지역 · 계층 · 계급 · 종교적인 또 성별을 뛰어넘은 민족 전체의 반식민주의 항쟁'으로, 한민족이 전근대라는 '낡은 시공간'과 결별하고 근대라는 '새로운 시공간'으로 진입한 역사적 사건으로 인식되고 있었으며, 이것이 바로 당시 3 · 1의 민족적 합의였다.[60] 이를 이용해 대한민국은 3 · 1을 소환하여 식민시기를 한민족 저항의 시공간으로 전취하고, 남한을 민족적 주체로 재구성하고자 하였다. 대한민국은 많은 비용과 부담을 지출해 3 · 1기념행사를 거행하고 3 · 1을 국가적으로 전유한다. 1949년 3 · 1절을 헌법 전문에 삽입하고, 국경일로 공포[61]하였으며, 3 · 1기념행사의 국가적 독점 등으로 이를 국가화한다. 미군정에 의해 제정된 3 · 1경축일은 '순국열사 제위에게 감

대하여 시사회를 개최하기로 되었다.' "『무궁화동산』 시사", 동아일보, 1948년 8월 28일 2면.

59) 주 48)의 이영준, "문화－『무궁화동산』 신영화 단평"을 참고하라. 그러나 구체적으로 중앙영화배급사와의 이 '튜라블'이 무엇인지는 알 수 없다. 필자는 미국 현지에서 촬영과 편집을 마친 영화이기 때문에 이 영화가 한국제작 영화인가 수입영화인가 등에 대해, 중배와 배급의 문제를 둘러싸고 벌어진 것이 아닐까 추측할 뿐이다.

60) 임종명(2009), 「설립 초기 대한민국의 3 · 1 전용(轉用) · 전유(專有)」, 『역사문제연구』 통권22호, 227～232쪽.

61) 1949년 10월 1일 '국경일에 관한 법률'로 제헌절, 광복절, 개천절과 함께 3 · 1절은 4대 국경일로 공포되었다.

사의 뜻을 표'하고자 제정된 것이었지만 대한민국의 국경일 3 · 1절은 '경사를 기념하는 국가의 날'이었다. 기념식을 독점한 대한민국은 3 · 1을 지방화 · 전국화 · 사회화한다. 각종 기념행사는 운동장 뿐 아니라 일반대중의 삶의 공간으로 연장된다.[62] 기행영화로서 <무궁화동산>은 이러한 계층적 · 공간적 확대를 통해 대한민국이 자신에 의해 구성된 3 · 1을 매개로 자신의 의제를 대중에게 선전하여, 대중의 국가의제 수용을 촉진하고자한 노력에 있어 가장 효과적인 미디어로 작용 가능한 것이었다.

이 영화의 광고에서 볼 수 있는 '문교부 추천'이란 문구 역시 눈여겨볼 필요가 있다. 국가로부터 이런 문구를 수여받은 영화는 국가가 인정하는 영화이자 학생 동원이 가능한 영화라는 의미였다. 더불어 당시 가장 큰 국내영화 배급사인 고려영화주식회사가 배급한다는 것은 그 배급망을 타고 전국으로 상영되며 국민에게 다가가는 최적의 조건을 갖추고 있다는 의미를 가졌다하겠다. 무엇보다도 <무궁화동산>이 대한민국이라는 국민국가의 담론에 충실할, 의미 있는 경축일을 빛나게 할 영화라는 담보는 바로 동시상영 되는 영화 <자유만세>(최인규, 1946) 때문이다. 이 영화는 해방 이후 처음으로 고려영화주식회사에서 가장 큰 규모로 제작 · 상영한 것이자, 광복영화의 시작을 알린 영화이다. <무궁화동산> 광고 2에서 보는 것처럼 해방을 위한 '혁명가의 일생을 그린' '피 흘린 선열의 순국사'로 '민족정의의 발로'가 된 이미 공인된 민족영화의 대명사, 진정한 3 · 1경축 영화이다. 이 두 영화가 나란히 게재되어 있는 광고를 통해서, 일본의 제국주의를 벗어나 우방인 미국의 포용으로 우리의 동포들이 일군 대한민국은 '3 · 1절을 맞아 3 · 1정신 살려 자주통일'의 의지를 표명하고 있다. 그렇기에 <무궁화동산>은 <자유만세>를 등에 업고 새로운 대한민국의 시작을 알리는 '3 · 1절 경축특별공개'로 개봉되어야 마땅한 것이었다.

---

62) 임종명(2009), 앞의 글, 249~250쪽.

6. 나오며

이글은 미군정기와 설립초기 대한민국의 영화행정 관료를 역임한 안철영 감독의 미국 할리우드 사찰 여행 기록인 『성림기행』과 이 여행의 부분이자 기행문 『성림기행』의 일부로 하와이 체류기간에 촬영한 기행영화 <무궁화동산>을 통해, 탈식민의 과제와 민족국가 수립의 과제를 가진 대한민국이 미국화의 과정 하에서 스스로를 어떻게 정체화하는가를 분석하였다. 이를 위해 기행 담론과 기행영화의 일반론 등을 도구로 삼아 안철영의 기행영화 <무궁화동산>이 설립초기 대한민국의 국가만들기와 국민소환하기에 동원된 지점을 읽어내었다. 하지만 여행 글쓰기와 기행영화 만들기는 언제나 미끄러지는 재현이자 번역일 수밖에 없다. 이러한 번역 과정에서 여행 글쓰기와 기행영화 만들기는 언제나 선택과 배제를 거치기 마련이고 세련되든 거칠든 간에 어떤 봉합을 지향한다. 그렇기 때문에 문화 번역의 행위로서의 여행 글쓰기, 기행영화 제작은 '사이 속의 공간'이라는 긴장을 지속적으로 생산한다. 여기에서 '번역'은 하나의 장소에서 다른 장소까지 운반하는 것을 의미하는 것이다.[63] 그래서 우리는 그것이 온전히 옮겨진 것인지 아니면 옮기는 과정에서 손상을 입었거나 다른 것으로 바뀌었는지 등의 과정을 언제나 추적해야 하는 것이다.

이글은 그 세련된 봉합의 외피에 관해 분석했다 하겠다. <무궁화동산>이 텍스트 내부에 가지고 있는 분열의 지점과 텍스트 외부에서 보이는 긴장의 지점을 면밀히 살필 필요가 있다. 이후 『성림기행』을 공들여 분석하여 <무궁화동산>과의 변별점을 들어, 국가의 담론과 영화인으로서 안철영의 개인의 욕망이 서로 부합하지만 차이를 갖고 있으며 그것이 각각 다른 시점에서 발화되고 있다는 균열을 찾는 것에 수고할 필요가 있다.

---

63) 한민주(2007), 앞의 글, 362쪽 주석37) 참고.

하길종 영화 ≪바보들의 행진≫에 나타난 니힐리즘과 비극성

함 종 호*

1. 하길종과 1970년대 영화계

1970년대 한국영화사를 논의하는 자리에 있어서 반드시 빼놓을 수 없는 영화감독 중 하나는 하길종이다. 그는 유학을 마치고 귀국하여 ≪화분≫(1972), ≪수절≫(1973), ≪바보들의 행진≫(1975), ≪여자를 찾습니다≫(1976), ≪한네의 승천≫(1977), ≪속 별들의 고향≫(1978), ≪병태와 영자≫(1979) 등의 영화작품을 만들고 38세의 나이로 요절했다. 그가 남긴 7편의 영화가 모두 1970년대에 만들어졌고, 이들 작품들이 1960년대 영화 중흥기를 거쳐 새로운 '영상시대'를 펼쳐 보이는 데에 일조했다는 점을 미루어 살펴볼 때, 그만큼 1970년대를 치열하게 살다 간 예술가도 없을 것이라는 판단은 결코 과장이 아닐 것이다.

하길종이 꿈꾸었던 새로운 '영상시대'는 "영화 미디어가 인간과 미디어 사이의 하나의 결속, 즉 하나의 개인적 창작행위"[1])로 수용될 뿐만 아니라

* 서울시립대학교

영화에서의 '숭고한 자율성과 비타협적인 개성'이 보장되는 시대로 요약된다. 그러나 그가 영화를 만들었던 1970년대는 그가 꿈꾸었던 새로운 '영상시대'를 자유롭게 펼쳐 보일 수 없는 시대였다. 이는 다음의 두 가지 요인 때문이었다. 하나는 사회 정치적인 측면에서 자율적인 영화 제작이 원활하게 이루어질 수 없었던 시대였다는 점이고, 다른 하나는 상업적인 측면에서 대중을 의식하지 않을 수 없었던 시대였다는 점이다.

주지하는 바와 같이, 1970년대는 유신체제와 그 체제 유지를 위한 서슬 퍼런 검열이 횡행하던 시기였기 때문에 예술가의 자율성과 개성이 충분히 발휘될 수 없었다. 본고에서 다루고자 하는 ≪바보들의 행진≫도 예외는 아니어서 30분 정도의 분량이 가위질 당한 것으로 알려져 있다. 한편 1960년대에 비해 1970년대는 영화 관객이 급격히 줄어들었기 때문에 영화 제작 과정에서 대중성과 흥행성을 그 어느 때보다 고려해야 했던 시기였다. 1960년대 말 1억 7800만 명이었던 영화 관객 수는 1976년에는 7000만 명에도 미치지 못했다. 영화 관객 수가 줄어듦에 따라 극장 수 또한 1969년 659관에서 1976년에는 541관으로 감소하였다.[2] 이상과 같이 1970년대 영화 산업이 침체된 데에는 영화법 개정과 TV 보급이 주요 요인이었다. 몇 차례에 걸쳐 개정된 영화법은 제작사에 외화 수입권을 독점적으로 주어, 외화 수입을 하기 위해 한국영화를 제작하는 풍토를 조장시키게 되었고 그 결과 한국영화의 질적 저하가 야기되었다. 이렇게 만들어진 영화로부터 대중들은 멀어질 수밖에 없었으며, 자연 그들의 관심은 영화 대신 TV로 모아졌다. TV에 대한 높아진 관심은 이 당시의 TV 수상기 증가율 및 가구당 TV 수상기 보급률 등을 통해 알 수 있다. 연도별 추이를 살펴보면, TV 수상기 증가율은 "1965년에는 불과 −0.2%였으나, 1966년

---

1) 하길종(1982), 『사회적 영상과 반사회적 영상』, 전예원, 23쪽.

2) 여기서 인용된 통계자료는 김미현 편(2006), 『한국영화사』, 커뮤니케이션북스, 219쪽을 참조한 것임.

67.6%, 1967년 67.6%, 1968년 61.5%, 1969년 89.1%로 급격히 상승하였고, 1965년에 0.61%에 불과하던 가구당 TV 수상기 보급률도 1971년에 10%를 넘어선 후 1979년에는 79.1%로 증가"[3]했다.

이와 같은 상황을 헤쳐 나가기 위해 선택된 70년대 영화계의 노력 중 대표적인 것은 대중소설의 영화화와 청년문화의 스크린화라 할 수 있다. 1960년대에 만들어진 우수영화 보상제도는 외화 쿼터를 얻으려는 영화제작사가 뛰어난 문학작품을 각색하여 영화로 만드는, 일명 '문예영화'를 중점적으로 만드는 데에 큰 역할을 하였다. 당시 문예영화 제작은 작품성과 예술성을 동시에 획득할 수 있는 방법이라고 여겨졌으며, 이에 1960년대 영화계는 문예영화가 주조를 이루게 되었다. 그러나 1968년에 이르러 우수영화 보상제도에서 문예영화가 제외되면서 문예영화 제작 붐은 점차 쇠퇴하였다. 대신 1970년대에 오면 이미 대중들에게 많은 호응을 얻었던 대중소설을 각색하여 영화화하는 움직임이 생겨났다. 이는 작품성과 예술성보다 상업성을 보다 더 의식하게 되면서 이루어진 현상이라 할 수 있는데, 문학작품을 원작으로 한다는 점에서 문예영화에 어느 정도 익숙한 사람들로부터 멀리 떨어져 있지 않으면서도, 동시에 대중이 요구하는 감수성에 보다 더 호소할 수 있다는 점에서 대중소설의 영화화는 매우 매력적인 것이었음에 틀림없다.

한편 1970년대에 와서 청년들이 주요 소비층으로 등장하면서 그들이 주도하는 문화적 경향성이 대두되었다. 통기타, 생맥주, 청바지 등으로 대표되는 이들 문화를 일컬어 '청년문화'라 한다. 이에 대해 긍정적인 입장을 보인 바 있는 김병익에 의하면, 청년문화가 가지고 있는 몇 가지 특징은 "거짓을 증오하고 허황함을 비웃으며 안일을 비판하고 상투성을 공격하며 침묵을 슬퍼"하는 데에 있으며, 또한 "때로는 극도의 허무주의를

3) 위의 책, 226쪽.

보여주고 때로는 과격한 실험정신으로 비판하고 혹은 순진한 관능과 환상 속을 헤매며 혹은 치열한 데모행렬을 이루지만 이들에게는 적나라한 인간에의 애정, 평등한 사회에의 열망, 자유를 향한 뜨거운 염원이 일관되게 흐르"[4]는 것에 있다. 즉 1970년대 청년문화는 기성문화에 대한 도전과 비판을 담고 있으며, 또한 인간에 대한 따뜻한 시선과 자유에 대한 열정을 표방했다고 볼 수 있다. 그러므로 청년문화 현상을 영화로 옮기는 것은, 이미 주요 관객층(소비층)이 된 대학생(청년)들을 극장으로 불러오는 효과를 가져올 수 있었을 뿐만 아니라 청년문화가 기성문화와 구별된다는 점에서 그들이 갈망하는 새로움의 문제를 자극할 수 있었다.

하길종의 영화 ≪바보들의 행진≫은 앞서 살펴본 바 있는 1970년대 한국영화계의 모습, 즉 대중소설의 영화화와 청년문화의 스크린화를 매우 단적으로 보여주고 있는 작품이다. 이는 대중적으로 인기를 끌고 있었던 최인호의 동명소설을 각색하여 만들어졌다는 점, 그리고 이 영화의 주된 내용이 70년대 대학생들의 삶의 단면을 전형적으로 보여줄 뿐만 아니라 실제 대학생을 주인공으로 캐스팅하여 극중 리얼리티를 배가시켰다는 점 등을 통해 알 수 있다.

최인호의 소설 『바보들의 행진』은 <일간스포츠>에 1973년 10월 15일부터 1974년 5월 13일까지 총 31회분에 걸쳐 연재된 신문소설로서, <조선일보>에 1972년 9월 5일부터 1973년 9월 9일까지 총 314회분에 걸쳐 연재된 바 있는 『별들의 고향』의 대중적인 인기에 힘입어 기획된 것이었다. 이점은 『바보들의 행진』이 새로 연재된다는 사실을 알리고 있는 <일간스포츠> 1973년 10월 14일자 '사고(社告)'에서 일부 드러난다. "신문소설 『별들의 고향』은 YMCA의 '시민서당'을 통해 <우리 사회에 청년문화가 있느냐? 없느냐?>는 새삼스런 논쟁을 불러일으킨 문제작이기도

4) 「오늘날의 젊은 우상들」, 『동아일보』, 1974. 3. 29.

했습니다. 젊은 작가 최인호 씨가 젊은 신문 일간스포츠에 참신한 기획의 시추에이션 소설로 등장함은 애독자 여러분과 함께 큰 기대를 갖게 하는 일"이라는 소개가 이에 해당한다. 그러나 소설 『바보들의 행진』은 겉으로 드러난 청년문화의 몇몇 특징을 소재로 하여 대중적인 흥미와 관심을 이끌고 있는 대중소설에 불과할 뿐이다. 가령 주인공 '병태'의 경우, 장발머리를 경찰에게 강제로 잘린다거나, 공부에는 관심이 없고 연애와 술 등으로 시간을 보낸다거나, '영자'의 경우, 단순히 '폼 좀 재려고' 무작정 코트를 갖고 싶어 한다거나, '심심해서 연극 연기'를 해본다거나 또는 작가가 그럴 듯하다고 여겨 신춘문예에 응모하려고 글을 써보는 등 소설에 등장하는 내용은 단순한 재미 위주의 에피소드와 내적 고민이 결여된 인물 소개에 그칠 뿐이어서 이 또한 통속성을 드러낼 뿐이다. 원작소설이 가지고 있는 대중성, 통속성의 모습은 이를 영화화한 ≪바보들의 행진≫에게서 뛰어난 작품성을 기대하기 어렵게 만들기에 충분한 것이다. 따라서 ≪바보들의 행진≫에 대해 하길종 스스로가 내린 평가는 매우 냉혹했다.

> 최근 상당한 관객을 동원하여 화제가 되어온 ≪별들의 고향≫, ≪영자의 전성시대≫, ≪겨울여자≫ 또는 ≪바보들의 행진≫류가 영화란 말인가. 단연코 아니다. 단지 영화에 접근하려는 노력에 불과하다. 기록적인 관객을 동원하여 영화의 사회적 역할기능을 했는데 왜 영화가 아니란 말인가.
>
> 나는 여기서 나의 작품이 영화정책으로 30분가량 검열에 가위질 당해 테마가 잘려나갔거나 하는 따위의 변명을 함으로써 일군의 새로운 영화의 태동마저 무시하려는 것은 아니다. 나는 일단 불구자가 되어 관객에게 공개된 그것 자체를 가지고만 말하려는 것이다. 왜 상기 작품들이 영화가 아닌가.
>
> 나는 영화 미디어가 지향해야 할 길은 현실세계의 아름다움 혹은 추악한 행위를 진실하게 보여준다는 데 있다고 믿는 편이다. 즉 작가 의식을 가지고 현실을 투시하는 안목과 현실의 내면을 투시할 수 있

> 는 시혼(詩魂)이 깃든 보는 자로서의 냉철함이, 하나의 순수한 의미에서 창작의 목적인 '테마'를 선명하게 대동하고 코스모폴리탄적 질서를 이루는 데 성공했을 경우 나는 그것을 영화라 부르고 싶다.5)

하길종이 자신의 작품 ≪바보들의 행진≫에 대해 혹평을 가한 이유는 작가의식의 결여 때문이었다. 즉 현실을 냉철하게 바라보는 시각이 부재하였으며, 이 때문에 영화 내적으로 '테마'를 선명하게 형성하지 못했다고 판단했기 때문이다. 하길종 스스로가 영화 ≪바보들의 행진≫에 대해 내린 평가는 동시에 원작소설에도 똑같이 적용해볼 수 있다. 원작소설 또한 청년문화의 외피만을 소재로 끌어와 보여주고 있을 뿐 현실을 바라보는 냉철한 시각이 부족했으며, 단순히 재미 위주의 에피소드를 병렬적으로 구성하고 있어서 작품 내적으로 통일된 하나의 '테마', 또는 작가정신의 형상화가 부족했다고 볼 수 있기 때문이다. 사실 하길종의 냉혹한 평가는, 상대적으로 작가정신의 표출을 기대하기 어려운, 대중소설을 영화화한 작품들이 도달할 수밖에 없는 한계인 셈이다. 그럼에도 불구하고 대중소설을 영화화하는 작업에 하길종이 참여한 이유는 '영화의 사회적 역할'을 구현하기 위해서였던 것으로 이해된다. 그가 참여한 '영상시대'가 벌인 영화운동이 한국영화의 예술화를 꾀하였고, 이것이 궁극적으로 실현되기 위해서는 무엇보다 관객의 호응이 절실히 필요했다. 영화의 사회적 역할은 이와 연속선상에 있는 셈이다. 그러나 '영상시대'가 추구했던 방향성과는 별개로 그들이 대중소설을 영화화한 작품들은 다분히 상업성과 흥행성 차원에 경도되었다.

> 70년대는 많은 젊은 영화감독들의 작품이 짜릿한 말초감각을 좇아 마치 유행하는 팝송처럼 반짝이긴 했으나, 눈에 띨 만하게 진지한 작

5) 하길종, 앞의 책, 292쪽.

업이나 의미있는 추적을 한 문제작은 없었다고 보아야겠다. 대개의 영화는 상업필름에서 흔히 노리고 있는 감각적이며 즉흥적인 기교 이외엔 볼품없는 내용들로 일관되었다. 70년대의 많은 인기작가들의 원작이 영화에 등장했으나 그들의 작품 또한 같은 빛깔 같은 수준이었던 셈이다.[6)]

이장호의 위 지적은 대중소설을 영화화한 작품들이 지니고 있는 내용적인 한계를 단적으로 보여준다. 대중소설을 영화화한 작품들이 '감각적이며 즉흥적인 기교 이외엔 볼품없는 내용'으로 점철된 데에는 원작 자체가 지니고 있는 내용적인 한계 때문이기도 하지만 이와는 별도로 원작을 각색하는 과정에서도 창조적인 작가 정신의 발로를 드러내지 못했기 때문이기도 하다. 대부분 이들 영화는 원작소설의 스토리를 그대로 따라서 영화화했다는 특징을 가지고 있다. 이에 1970년대 대중소설을 영화화한 작품들을 통해 얻을 수 있는 교훈은 창조적인 각색의 필요성이다.

하지만 하길종 스스로의 지적처럼 ≪바보들의 행진≫이 비록 작가정신이 잘 드러나지 않았고, 군데군데 잘려 나가 영화 전체 내용 전개가 매끄럽지 못했더라도, 이 작품이 1970년대를 대표하는 영화 가운데 하나라는 점은 의심의 여지가 없다. 이러한 평가가 가능한 이유는 이 영화가 70년대 청년문화를 형상화한 대표적인 영화이어서만은 아니다. 오히려 앞서 살펴본 바 있는 창조적인 각색이 원작인 대중소설이 지니고 있는 내용적인 한계를 극복할 수 있는 원동력이 되었기 때문이다. 이에 본고는 이 영화에서 나타난 창조적인 각색 과정에 주목해서 그 내용을 살펴봄으로써 원작과 달리 영화 안에 내재된 니힐리즘의 양상과 이를 통해 구현된 비극성의 측면을 논의하고자 한다. 이러한 접근 방식은 감독 자신의 혹평에도 불구하고 이 영화가 1970년대의 통제와 불황의 시대 속에서 어떻게

---

6) 이장호(1987), 『바람처럼 나그네처럼』, 산하, 137쪽.

그 나름의 작가정신과 예술성을 구현하려 했는지에 대한 이해에 도움을 줄 것이다.

2. 니힐리즘을 통한 탈가치화와 가치전환에의 의지

들뢰즈는 '사랑, 광기, 죽음이 사유를 시작하게끔 자극하는 기호'[7]라고 본 바 있다. 그는 기존의 사유 체계가 동일성과 이성에 의해 임의적으로 규정된 공리에 근거를 두고 진행된 것이었다면, 이와 다른 방향에서 사랑, 광기, 죽음 등의 요소는 감성에 자극을 주어 새롭게 사유하도록 강요하는 것이라고 보았다. 그가 이렇게 본 데에는 임의적 공리들 또는 '순수 지성이 만들어낸 관념들은 논리적 진리, 가능한 진리밖에 가지지 못하는'[8] 것임에 비해 감성에 자극을 주어 사유하도록 강요하는 기호는 구체적인 사물들을 통해 그것 안에 감싸여 있고 이내 곧 밖으로 방출되는 본질을 드러내는 것이라 보았기 때문이다. 이는 기호의 이중적인 특성, 즉 '감싸다'와 '펼치다'의 표현 원리로 대변된다. 기호들의 이러한 작용은 본고에서 살펴보고자 하는 ≪바보들의 행진≫에서도 확인된다. 이 영화의 기본적인 서사구조 또한 이 세 가지 요소로 구성되어 있기 때문이다. 다시 말해 병태와 영자의 사랑, 병태와 그의 친구 영철의 광기에 가까운 우스꽝스러운 행위들, 그리고 영철의 죽음이 그것이다. 그러므로 영화 속 주인공들의 행위들, 즉 음악다방에서 또는 생맥줏집에서 웃고 떠들고, 캠퍼스 운동장에서 또는 거리에서 땀 흘리며 달리고, 연인끼리 포옹하고 키스하고, 미팅하고, 술 먹기 대회에 나가고, 자전거 하이킹을 하는 등의 구

---

7) 질 들뢰즈, 서동욱 · 이충민 역(2004), 『프루스트와 기호들』, 민음사, 151쪽.
8) 위의 책, 144쪽.

체적인 행위들은 단순히 1970년대 대학생(청년)들의 삶의 한 단면을 재현하는 것에 그치는 것이 아니다. 이러한 행위들은 영화의 본질적인 의미를 드러내는 다양한 표현[9]들에 해당하며, 이들 표현들에 의해 비로소 영화 속 주인공들의 주체성이 구현되기 때문이다. 더 나아가 이들 표현들은 관객의 감성을 자극하여 그 나름의 감동을 불러일으킨다.

그러나 들뢰즈의 논의를 참고하더라도, ≪바보들의 행진≫이 당시 청년들의 세태를 단순히 재현하는 것이 아니라고 할 때에는 한 가지 전제가 필요하다. 그것은 작품에 등장하는 인물들 각각이 자신의 주체성과 그 본질을 개별화시켜 보여줄 수 있어야 한다는 점이다. 이것은 하길종이 새로운 '영상시대'를 겨냥하며 했던 말, 즉 '작가의식을 가지고 현실을 투시하는 안목과 현실의 내면을 투시할 수 있는 시혼'의 구현과도 어느 정도 상통한다. ≪바보들의 행진≫이 원작의 대중성과 통속성으로부터 벗어나 그 나름의 작가의식을 통해 주체의 본질을 구현할 수 있었던 데에는, 바로 시대와 실존에 대한 고민을 진지하게 행하는 '병태'(윤문섭 분)와 원작에는 등장하지 않았던 '영철'(하재영 분)이라는 인물의 창조에 그 원인이 있다. 이들은 각기 계엄령 하에서 휴교령이 내려진 대학 캠퍼스를 쓸쓸히 걸어 나오거나, 다분히 낭만적이며 환상적인 꿈(동해의 고래를 잡는 것)을 찾아 떠난 여행길에서 죽음을 맞이하는 장면 등을 통해 시대와 실존에 대한 고민의 흔적을 드러낸다.

이들이 행하는 시대와 실존에 대한 고민은 공통적으로 니힐리즘의 요소가

---

9) 스피노자의 표현 개념에 주목하여, 들뢰즈는 『스피노자와 표현의 문제』(질 들뢰즈, 이진경 · 권순모 역(2003), 인간사랑, 37쪽.)에서 "실체는 스스로를 표현하고, 속성들은 표현들이며, 본질은 표현된다"고 보았다. 여기서 주목할 점은 실체, 속성, 본질의 상호 관계인데, 그것은 실체에 내재해 있는 무한히 많은 속성들이 실체의 본질을 표현한다는 점으로 모아진다. 하나의 실체는 자신을 표현해준 다양한 속성들 속에 감싸여 있고, 다양한 속성들로 인해 특정한 본질이 드러난다는 점에서 그것은 기호의 이중적인 특성인 '감싸다'와 '펼치다'의 표현 원리를 보여준다.

내재되어 있다. 니힐리즘의 어원에 있어서, 'Nihil'은 명사적으로 쓰일 때에는 '허무'라는 의미를 갖지만, 이것이 부사적으로 쓰일 때에는 '결코 아니다'의 의미를 갖는다.[10] 흔히 니힐리즘을 '무(無)' 내지는 '허무(虛無)'에의 경도로 이해되곤 하지만 이는 '니힐'의 명사적 의미에 주목할 때 내릴 수 있는 해석에 불과하며, 더욱이 이와 같은 해석은 니힐리즘을 부정적인 의미로만 받아들이는 오해를 불러일으키곤 한다. 하지만 니체는 그것의 부사적 의미에 주목하여 니힐리즘에서 '기존의 최고 가치의 탈가치'와 '모든 가치의 전환' 등의 특성을 강조한다.[11] 병태와 영철에게서 나타나는 니힐리즘의 양상 또한 단순히 '무' 내지는 '허무'에의 경도에 머물러 있는 것은 아니다. 이들의 고민과 방황을 당시 억압적인 시대 상황과 결합시켜 이해할 때, 극중에서 여러 차례 반복 · 강조됨으로써 그들이 궁극적으로 동경하고 지향하는 바를 표출하고 있는, '우리들의 시대'와 '우리들의 꿈'은 다분히 저항적이며 체제 반항적인 성격을 띤다고 말할 수 있다.

병태와 영철이 보이고 있는 니힐리즘의 양상을 좀 더 구체적으로 살펴보자. 이에 앞서 니체가 분류한 니힐리즘의 네 가지 유형에 주목할 필요가 있다. 이는 병태와 영철에게서 발견되는 니힐리즘의 양상을 이해하는 데에 좋은 참고자료가 되기 때문이다. 니체는 니힐리즘을 능동적 니힐리즘과 수동적 니힐리즘, 불완전한 니힐리즘과 완전한 니힐리즘 등의 개념으로 나눠 그 양상을 구체적으로 설명한 바 있다. 능동적 니힐리즘은 기존의 모든 가치들이 적합하지 않음을 지적하고 이를 전복시키고 탈가치화시키고자 하는 상승된 정신력의 발로를 뜻한다. 그러나 능동적 니힐리즘의 정신은 새로운 가치의 설정과 그 필요성에 대해 인식하기는 하지만 그것을 실현하는 데에는 아직 그 힘이 미약한 단계에 머물러 있다. 이에

10) 정동호(2007), 「니체 허무주의의 전개」, 『니체연구』 11, 36~37쪽 참조.
11) 이동현(1999), 「니힐리즘의 본질과 존재물음」, 『철학논구』 27, 81쪽.

반해 수동적 니힐리즘은 "삶의 허무함에 근거해 삶을 평가절하하는" 태도와 "사멸하는 모든 것 앞에서 공포를 느끼고 위축된 나머지 영원성을 추구하는 인간의 심리 상태"[12]와 관련이 깊다. 따라서 이것은 삶을 무력화시키고 의지를 약화시켜, 여기에 사로잡힌 인간으로 하여금 이내 지고한 도덕 원리, 체제 안위적인 정치 체계, 절대적인 종교적 세계 등으로부터 위로 받고자 하는 행위로 나아가게 만든다. 능동적 니힐리즘과 수동적 니힐리즘이 기존의 가치 체계로부터 벗어나고자 하는 정신 작용의 바탕을 이루고 있기는 하지만, 아직 새로운 가치 창조로 나아가지는 못하고 있다는 점에서 여전히 불완전한 니힐리즘의 형태를 띤다고 할 수 있다. 불완전한 니힐리즘이 가치 전환의 완성 없이 삶의 허무와 무가치함으로부터 단순히 벗어나려는 시도에 불과한 것이라면, 완전한 니힐리즘은 허무의 극단을 직접 체험하고 내면의 깊은 곳으로부터 새로운 가치의 필요성을 절감한 후 삶의 긍정적인 가치를 생성하는 것이다. 완전한 허무주의에 의해 인간 의지는 고양되며, 고양된 의지로부터 실존적 결단이 이루어지며 이것에 의해 인간은 현실에서의 허무함을 초월한 '위버멘쉬'로 나아갈 수 있다.

병태와 영철에게서 발견되는 니힐리즘의 양상은, 불완전한 니힐리즘(능동적, 수동적 니힐리즘을 포함하고 있는)으로부터 완전한 니힐리즘으로 나아가는 모습을 여실히 보여준다. 이는 다음의 강의실 장면과 경찰서 앞 장면 등에서 살펴볼 수 있다.

> 신/43 강의실
> 교수 : …… 때문에 플라톤은 예술은 이상국가를 건설하는데 예술이 무용지물이라고 하였다. 이것은 아리스토텔레스의 이론과 아주 정 반대가 되는 이론으로서……

12) 진은영(2007), 『니체, 영원회귀와 차이의 철학』, 그린비, 37쪽.

(이야기 도중에 강의실 밖에서 노랫소리가 들려와 교수의 강의가 들리지 않는다)

노랫소리 : 전우의 시체를 넘고 넘어 앞으로 앞으로……

교수 : (이 노랫소리와 강의는 번갈아 들려지나 교수의 강의는 노랫소리에 묻혀 나지막하게 깔린다) 플라톤이 유토피아를 건설하는데 예술이 무용지물이라고 극단적인 표현을 한 것은 그 나름대로 이유가 있으며 ……

노랫소리 : (가까워진다) 낙동강아 흐르거라 우리는 돌진한다. (아주 가깝게 들려온다) 화랑 담배 연기 속에 사라진 전우야!

교수 : (소리를 높인다) 그것은 예술이 그 본래의 목적을 달성키 위해서는 필요한 허구가 이상을 무용화할 수도 있다는 ……

고함소리 : 나와라 나와. 나와라 나와.

…(중략)…

교수 : 나가고 싶은 사람은 나가도 좋아. 그대로 강의를 듣고 싶어하는 사람은 불러내지 않기로 하지. 자, 나가고 싶은 사람은 나가.

…(중략)…

영철 : 병, 병태야, 너 안 나갈래?

병태 : 난 남아 있겠다.

영철 : 나가자, 임마.

병태 : 난 남아 있겠어.

영철 : 좋아, 난 나가겠다.

…(중략)…

교수 : 그만하지, 휴강이다. 병태 군, 나와서 칠판 좀 지워.

(교수, 나가버린다. 병태, 서서히 일어나 칠판으로 다가간다. 플라톤을 지운다. 이상국가의 <ㅇ>과 <ㄱ>을 지운다. <이사구가>가 남는다. <이>를 지운다. <사구가>가 남는다. 병태, <가>를 <라>로 써버린다. <사구라>란 글이 칠판에 남는다. 텅 빈 강의실에 앉아 있는 병태. 멀리로는 고함 소리)[13]

---

13) 최인호(1992), 『최인호 시나리오 전집1』, 우석, 39~40쪽.

신/64 경찰서 앞.

영철이가 눈이 부신 듯 나서서 휘청대고 걷기 시작하자 앞쪽에 있는 승용차가 빠앙빠앙 클랙슨을 누른다.

영철, 그쪽을 본다.

그리고 그쪽으로 다가간다.

승용차의 윈도가 천천히 내려진다.

영철부 : 뭐 하고 있니?(고개만 내밀어진다)

영철 : 서, 서, 서 있습니다.

영철부 : 그건 나두 알고 있다. 도대체 요새 뭣하고 있는 게야.

영철 : 공, 공, 공부하고 있습니다.

영철부 : 쓸데없는 짓 하려면 짐 싸들고 집으로 들어와. 그리고 머리 좀 깍어. 그게 뭐야.

영철 : 아, 아버진 요새 뭘 하시고 계십니까?

영철부 : 보다시피 너하고 얘기하고 있다.

영철 : 돈, 돈, 돈 좀 주십쇼.

영철부 : 넌 나를 만나면 딱 한 가지밖에 말할 줄 몰라. 돈 달라는 얘기밖에 …… 전번에 준 하숙비는 벌써 다 썼니?

영철 : 다 썼습니다.[14]

'신/43 강의실' 장면에서 주의해서 살펴보아야 하는 것은 플라톤의 이상국가에 대한 강의 내용과 강의실 밖에서 들려오는 시위대 소리, 그리고 병태가 칠판을 지우며 행하는 언어유희가 서로 긴밀히 병치되고 있다는 점이다. 플라톤의 이상국가 논의는 70년대 한국의 사회 현실에서는 그야말로 몽매한 이상에 해당하는 것임을 강의실 밖에서 들려오는 시위대 소리가 역설적으로 나타내고 있다. 또한 병태의 언어유희를 통해 이상국가라는 것이 관점을 달리해서 살펴보면 그것은 허구에 불과한 것임을 '사구

14) 위의 책, 49쪽.

라'라는 '거짓'의 속어적인 표현으로 극명하게 보여주고 있다. 비록 시나리오 상에서의 시위대 소리가 검열에 걸려 삭제되고 대신 실제 영화에서는 운동 경기 장면과 경기 응원 소리로 대체되었지만, 그럼에도 불구하고 이 장면을 통해 병태가 던지는 사회 현실에 대한 비판적 시각과 기존 관념 체제에 대한 도전은 특히 '이상국가'를 '사구라'로 바꿔 쓰는 과정을 시각화시켜 구체적으로 보여줌으로써 매우 강렬한 인상을 심어주고 있다. 병태가 던지는 사회 현실에 대한 비판적 시각은 영화 후반부에서 탈주에 가까운 여행을 마치고 정박된 배들이 있는 부둣가에서 병태와 영철이 구토하는 장면에서 절정을 이룬다. 이들의 탈주 장면, 여행 장면에서 삽입된 배경이 당시 박정희 정권이 근대화의 기치를 내걸고 선전했던 대표적인 모습들, 즉 새마을 운동이 벌어지는 노동 현장, 여의도 광장, 경부고속도로 등이었고 이들 배경을 뒤로 하고 달려와 그들이 구토를 하는 것은 곧 그 당시 사회 체제가 강조하고 자랑했던 근대화의 청사진이 얼마나 헛된 것인가를 보여주는 행위이기 때문이다. 한편 '신/64 경찰서 앞' 장면은 영철이 아버지를 대하는 태도를 통해 기성세대에게 던지는 냉소적인 페이소스를 감지할 수 있다.[15] 이는 아버지 앞에서 심하게 더듬는 영철의

15) 영화 ≪바보들의 행진≫이 검열에 걸려 30분가량의 분량이 삭제되었다는 사실은 역설적으로 당시 자행된 70년대 검열 제도의 병폐를 말해준다고 할 수 있다. 이 과정에서 영화 서사 전개 과정이 매우 부자연스러운 형태를 띨 수밖에 없었는데, 여기서 인용한 '신/64 경찰서 앞' 장면 또한 예외는 아니다. 이 장면은 시위에 참여하자는 영철의 말을 뿌리치고 강의실에 남아 고민하는 병태의 모습('신43/강의실' 장면 참조) 이후에 나온다. 그러나 이 장면의 앞뒤 장면, 즉 시나리오 상에서 나타나는 시위에 참여하는 영철의 장면('신/44 캠퍼스' 장면)과 시위에 참여했다가 붙잡힌 영철의 구치소와 경찰서 내에서의 모습('신/62 경찰서 구치소 안', '신/63 경찰서 안' 장면) 등이 실제 영화에서는 삭제되었기 때문에, 이 장면이 어떤 의미를 전달하고 왜 삽입되어 있는지 등의 의미를 관객이 간파해내기 어려운 상황이 되어버렸다. 단지 영철이 병태에게 시위에 참여하자고 권고하는 '신/43'에서, 영철이 입고 있는 의상과 '신/64'에서 보이는 영철의 의상이 일치한다는 점을 통해 이 장면이 시위에서 붙잡힌 영철이 경찰서에서 나오는 장면임을 어렵게 유추할 수 있을 뿐이다. 그러므

말투[16]에서, 그리고 아버지의 물음에 동문서답하는 형태로 답변하는 그의 태도에서 확인된다.

병태와 영철이 공통적으로 보이고 있는 비판적 태도에는 기존의 가치체계로부터 벗어나고자 하는 정신 작용, 즉 니힐리즘이 그 바탕에 깔려있는 것이다. 그들은 자신을 일컬어 '쪼다, 바보, 병신'이라 지칭한다. 그 이유는 기존 사회와 기존 가치체계가 요구하는 일상적이고도 평범한 삶의 형태, 즉 군대를 갔다 와서 사랑하는 사람과 결혼하고 자신의 힘으로

로 '신/64'에서 아버지가 영철에게 건네는 "쓸데없는 짓 하려면 짐 싸들고 집으로 들어"오라는 말에서 '쓸데없는 짓'이란 시위에 참여하는 것, 즉 사회 체제에 대한 비판과 저항 행위를 뜻한다고 볼 수 있다. 특히 실제 영화 장면에서 영철의 아버지는 그 모습이 가려진 채 목소리만 등장한다. 여기서 영철 아버지는 기존의 가치 체제를 강요하는 기성세대를 대표하는 인물로 그려진다. 그런 인물을 화면에서 지운 것은 또 다른 차원에서 제기된 기존 사회 체제에 대한 비판과 저항임을 인지할 수 있다.

16) 실제 영화에서 영철은 아버지 앞에서 말을 더듬지 않고 있다. 그가 말을 더듬을 때는 억압과 강제를 상징하는 군인(신검 받는 장면 참고)이나 경찰(장발 단속에 걸리는 장면이나 통금에 걸리는 장면 참고) 등을 대할 때이다. 영철은 신검에서 불합격 판정을 받아 군대에 가지 못할 뿐만 아니라, 중학교, 고등학교, 대학교 등의 입시에서도 매번 낙방했던 인물이다. 대학도 아버지가 돈으로 합격시켜주어 다닐 수 있었다. 이러한 정황을 미루어 살펴볼 때, 그는 당시 사회에서 요구하는 일종의 통과의례를 원활히 수행하지 못하는 인물로 비춰진다. 70년대 사회 체제 속에서 영철은 약자이며, 패배자이고, 이탈자이며, 소외된 자일 수밖에 없다. 그런 그가 기존 사회체계를 철저히 따르고 더욱이 억압과 강제의 힘을 행사하는 대표적인 인물로 흔히 상징되는 군인, 경찰 등을 대할 때 말을 더듬게 되는 것은 어쩌면 당연한 일인지도 모른다. 이때 그가 말을 더듬는 행위는 두 가지 의미를 지닌다. 그 중 하나는 기존 사회 체제의 억압과 강제에 억눌려 있는 약자의 모습으로, 다른 하나는 자신을 억압하고 강제하는 여타의 권위적인 힘에 대해 냉소적인 시각을 던지는 모습으로 이해될 수 있다. 시나리오 상에서 나타난 영철의 말더듬는 행위는 이 두 가지 의미를 모두 보여준다고 할 수 있다. 그러나 그가 의지를 다지고 기존 사회에 대해 비판적 시각을 견지하게 되면서부터(시위에 참여하게 되면서부터) 서서히 그의 태도가 변모하기 시작한다는 점을 참고할 때, 영화에서 그가 더 이상 아버지 앞에서 말을 더듬지 않는 것은 비로소 그를 억압하고 강제하는 힘으로부터 벗어나 자신의 주체성을 바로 세우고 있는 것으로 해석될 수 있다.

돈을 벌어 살아가는 것이 그들에게는 매우 어렵고 힘든 일이기 때문이다. 그들은 아직 군대에 다녀오지 않았고, 더욱이 영철은 군대도 갈 수 없고, 취직하기 어려운 철학과를 다니고 있으며, 결혼은커녕 연애도 쉽사리 하지 못하기 때문이다. 이러한 현실 속에서 그들이 할 수 있는 것이란 아무것도 없다. 공부는 뒷전이고, 유행 따라 남들처럼 정구채를 폼으로 들고 다니고, 특별한 이유 없이 술이나 먹고 다니며 청춘을 낭비하는 인물들인 것이다. 현실세계에서 그들이 할 수 있는 것이란 아무 것도 없지만, 그럼에도 불구하고 그 극단에 자리 잡고 있는 허무함이 기성세대가 요구하는 일련의 가치 체제에 대한 탈가치화와 가치전환을 모색하는 방향으로 나아간다는 점에서 완전한 니힐리즘의 한 양상을 보여준다고 할 수 있다.

신/50 이름모를 산소 앞.
병태와 영자, 걸어 내려온다.
영자 : (가슴에 코스모스 한아름 안고 있다) 저 산소는 누구의 산소일까.
… (중략) …
영자 : 난 죽은 사람 생각하면 언제나 슬프더라. 누가 여기 묻혀 있을까.
병태 : 한때 우리처럼 뛰고 숨쉬고 공부하던 사람이겠지.
영자 : 그런데 여기 묻혀 있구나. 땅 속에. 불쌍하다, 그지. 보고 싶은 사람도 못 보고 먹고 싶은 음식도 못 먹고 땅 속에 묻혀 있구나. 그지.
병태 : 그렇지만 죽은 사람은 늘 꿈을 꿀 수 있지 않니.
영자 : 무슨 꿈, 갈매기의 꿈?
병태 : 아니, 죽은 사람의 꿈.
영자 : (말 없이 손에 들었던 코스모스를 무덤 앞에 놓는다. 그리고 무릎을 꿇는다. 병태, 우울하게 영자를 바라다본다. 영자, 가만히 비석을 향해 노크를 세 번 한다.)
병태 : 뭐하고 있어.
영자 : 안녕히 계시라고, 좋은 꿈 꾸라고.

영화 속 주인공들의 허무함은 위 '신/50 이름모를 산소 앞' 장면에서 극명하게 드러난다. 그들은 죽음(무덤) 앞에서 막연히 허무의 상태에 머물러 있는 것이 아니라 꿈과 희망을 발견하고자 한다. 인간 존재의 가장 극단적인 허무를 상징하는 죽음과 맞닥뜨려 그들은 거기에 사로잡히는 것이 아니라 오히려 꿈과 같은 삶의 긍정적인 가치를 지향한다. 그들이 행하는 죽음에서 삶으로의, 허무에서 희망(꿈)으로의 가치전환의 양상은 다분히 의지적이라 할 수 있다. 니체의 설명을 참고한다면, 그들에게서 발견되는 가치전환의 양상은 "힘들이 능동적으로 되는 것, 힘에의 의지에서 긍정이 승리하는 것"[17]을 의미한다. "힘이 다른 힘에 자신의 영향을 강제할 때 표현되는 것이 의지"[18]이고, "힘들의 차이를 발생시키는 내면의지가 바로 권력의지"[19]라는 점을 염두에 둔다면, 힘에의 의지 또는 권력의지는 더 이상 결핍되어 있기 때문에 추구하는 욕구나 갈망을 의미하는 것이 아니라, 무엇인가를 끊임없이 추구하는 생성이며 그러한 변화를 불러일으키는 일종의 명령에 해당한다.

영화에서 주인공들(특히 병태와 영철)이 지향하는 '우리들의 시대', '우리들의 꿈'[20]이란 완전한 니힐리즘에서 발견할 수 있는 삶에의 긍정과 새

---

17) 질 들뢰즈, 박찬국 역(2007), 『들뢰즈의 니체』, 철학과현실사, 51쪽.
18) 고병권(2001), 『니체, 천 개의 눈 천 개의 길』, 소명출판, 171쪽.
19) 위의 책, 169쪽.
20) '우리들의 시대', '우리들의 꿈' 등의 표현은 영화에서 자주 등장한다. 이들 표현이 원작에서도 자주 등장하긴 하지만, 당대 대학생들의 세태풍자와 홍미 위주의 에피소드를 중심으로 이야기가 전개되는 원작에서는 '우리들의 시대', '우리들의 꿈' 등의 표현이 가지고 있는 상징성이 두드러지게 표출되지는 못하고 있다. 그러나 영화에서 이들 표현들은, 병태가 시대와 사회에 대한 고민을 행하는 강의실 장면 이후와 동해에서 영철이 죽음을 맞이하는 장면 이전에 배치됨으로써 영화가 궁극적으로 드러내고자 하는 주제의식과 매우 밀접한 관련이 있는 것으로 강조하여 처리되고 있다. 특히 영철이 죽음을 맞이하기 전에 병태와 나누는 대화 장면을 소개하면 다음과 같다. "우린 참 시시한 대학생이다."(영철) "걱정하지마 곧 우리의 꿈은 이루어질 거야."(병태) "과연 그럴까?"(영철) "응, 그렇고 말고."(병태) 등의 대화가 그것인데, 이와 같은 대화 내용은 시나리오 상에서도 발견되지 않는 것으로 하길종

로운 가치 추구 과정에서 모색되는 생성의 세계를 의미한다. 병태와 영철은 권력의지 또는 힘에의 의지에 의해 자신을 가두는 그 어떠한 굴레도 인정하지 않는다. 이것은 당시 독재정권이 사회, 정치적인 측면에서 행한 자유에 대한 억압만을 겨냥한 설명은 아니다. 그들의 자유에의 의지는 결코 사회, 정치적인 측면에만 국한된 것은 아니다. 가령 단속을 피해 머리를 기르고, 공부가 본분인 학생들이지만 공부는 뒷전이고 술 먹고 연애하고 놀기만 하거나, 연인에게 구애는 하지만 사랑이라는 이름으로 결코 구속하지 않으며, 대학 교정에서 교수에게 뺨을 맞은 후 '스트리킹'을 외치며 무작정 달리는 등의 행위들은 사회, 정치적인 측면에서 더 나아가 새로운 가치를 창출하고자 하는 자유의지를 표출하는 행위로 이해되어야 한다.

뿐만 아니라 그들은 스스로 자발적으로 행동하며 자신뿐만 아니라 타인을 긍정한다. 이점은 특히 영화에서 영철을 통해 드러나는 도덕관에서도 찾아볼 수 있다. 장발 단속을 하는 경찰을 피해 달아나다가 멈춰 서서 육교 위 걸인에게 돈을 건넨다거나 당구장에서 신문팔이 소년을 믿고 그에게 큰돈을 주며 거스름돈으로 바꿔오라는 심부름을 시키는 장면 등이 그것이다. 영철이 걸인과 신문팔이 소년에 대해 던지는 시선은 경제적으로 여유 있는 자(니체 식으로 말하면 '강자'－영철)와 경제적으로 도움을 필요로 하는 자('약자'－걸인, 신문팔이 소년) 간의 차이를 전제로 하고 있지만, 그렇다고 해서 이것이 그들을 비난하거나 부정하는 것이 아니라는 점에서 타인에 대한 긍정성을 드러낸다고 할 수 있다. 다시 말해, 영철의

감독이 영화의 주제의식을 심화시켜 드러내기 위해 새롭게 창조해낸 장면으로 볼 수 있다. 참고로 영철의 죽음은 시나리오 상으로는 순자가 탄 버스를 영철이 자전거를 타고 쫓아가다가 교통사고를 당해 일어난 것으로 서술되고 있다. 그러나 영화에서는 영철이 절벽 아래 바다로 자전거를 탄 채 뛰어드는 것으로 묘사하고 있다. 이것에 대해서는 이후의 논의에서 좀 더 자세히 다루겠지만, 죽음조차도 두려워하지 않는 영철의 강한 의지(완전한 니힐리즘의 양상과 통하는)를 보이고자 했기 때문이라고 판단된다.

이런 행위는 타인을 맹목적으로 도와야 한다거나 타인을 억지로 믿어야 한다는 당위에서가 아니라 타인도 자신과 다르지 않다는 긍정성을 통해 자발적으로 행해진 행위에서 비롯된 것이라 할 수 있으며, 그렇기 때문에 이는 기존 도덕의 명령을 그대로 따르는 것이 아니라 자기 확신에 근거를 둔 주체적인 행위라는 점에서 니체가 말한 '주인의 도덕'에 해당한다고 볼 수 있다.[21] 이를 좀 더 면밀히 살펴보기 위해 칸트의 도덕관과의 비교가 필요하다. 칸트에게서 "도덕 법칙이란 인간 이성이 <선의 이념>에 따라 자기 자신에게 강제적으로 부과하는 규범이며, 그것도 무조건적인 준수를 요구하는 명령"[22]에 해당하는 것이다. 또한 "도덕적 가치를 지향하는 인간의 실천적 의지는 어떤 감성적 충동에도 영향받음이 없으며, 도덕 법칙에 어긋나는 어떠한 자연적 경향성도 배제하고, 오로지 도덕 법칙에만 규정받는다"[23]는 특징을 가지고 있다. 이에 칸트의 도덕관에서의 자율의지는 당위성에 종속될 위험이 있다. 이에 반해 니체의 주인의 도덕은 이미 절대 진리로 주어진 것이 아니라 생성을 주요 특성으로 갖는 계보학적인 토대를 근거로 칸트가 전제하고 있는 당위와 인위적인 공리를 인정하지 않는다는 점에서 확연히 구분된다. 또한 주인의 도덕은 자신을 긍정하고 또한 타인을 긍정한다는 점에서 니체가 비판하는 '노예의 도덕', 즉 타자에 대한 부정과 비난에서 비롯되는 경우와도 구분된다. 이러한 도덕관은 이들이 보이고 있는 니힐리즘의 양상, 즉 능동적이며 완전한 성격과 관련이 깊은 것이기도 하다.

---

21) 이와 관련하여 다음과 같은 설명을 참고할 필요가 있다. "귀족적 평가 양식(주인의 도덕-인용자)은 자발적으로 행동하고 성장하는 것이다. 귀족들은 자신을 긍정하는 것에서 시작한다. 이와 달리 노예는 타자에 대한 부정과 비난에서 시작하고 있다. 긍정과 부정은 귀족적인 것과 노예적인 것을 가르는 가장 중요한 기준이다."(고병권, 앞의 책, 77쪽).

22) 임마누엘 칸트, 백종현 역(2002), 『실천이성비판』, 아카넷, 388쪽.

23) 위의 책, 390쪽.

3. 영원회귀로서의 비극

원작『바보들의 행진』은 병태와 영자 등 인물들이 벌이는 재미있고 유머러스한 에피소드들로 이루어져 있다. 재미와 유머가 희극의 요소에 가까운 것이라면, 원작에서 이런 요소들을 빌려와 영화 서사가 펼쳐지고 있는 ≪바보들의 행진≫또한 희극에 가깝다고 할 수 있다. 그러나 희극을 재미와 유머의 요소로, 비극을 슬픔의 요소로 단순히 구분하는 것은 매우 위험하다. 이글턴은 "비극을 '매우 슬프다'는 뜻으로만 제한하면 그것을 애처로운 것(the pathetic)과 혼동하는 실수를 저지"[24]를 수 있다고 지적한 바 있다. 그는 사람들에게 정서적인 충격을 주어 정신적인 상흔을 남기는 것이라면 비극이 될 수 있다고 주장한다. 이와 같은 논의를 따른다면, 비록 영화 ≪바보들의 행진≫이 원작에서의 재미와 유머를 서사 전개의 중심 요소로 사용하고 있지만, 그럼에도 불구하고 이 영화가 사람들에게 일종의 정서적인 충격을 주어 정신적인 상흔을 남기고 있는 것으로 보아 이 영화를 비극으로 보는 데에는 무리가 없을 것이다. 이는 원작에는 없는 영철이라는 인물을 등장시키고, 원작의 결말 부분을 창조적으로 각색하였다는 사실로 뒷받침된다. 더욱이 병태와 영철에게서 발견되는 니힐리즘의 양상에 주목하면 이 영화는 희극보다는 비극에 더 가깝다는 사실을 확인할 수 있다. 그들이 보이는 니힐리즘의 양상이 종국에 가서 병태의 군입대와 영철의 죽음이라는 비극적인 결말과 연결되어 정서적인 환기를 불러일으키기 때문이다.[25]

---

24) 테리 이글턴, 이현석 역(2006),『우리 시대의 비극론』, 경성대출판부, 25쪽.

25) 원작소설의 결말에서 소설의 주인공 병태와 영자는 작가 최인호에게 전화를 걸어, 자신들과 같은 이름을 가진 사람을 주인공으로 한, 소설의 연재를 그만둘 것을 종용한다. 이 과정에서 나타난 소설의 세계와 현실세계의 메타적 연결은 소설의 신문 연재가 끝났음을 알리는 단순한 에피소드에 불과하지만, 여기에 작가 최인호는

그렇다면 이 영화의 결말 부분, 즉 이들의 군입대와 죽음이 왜 비극적인가? 이러한 물음에 답하기 위해 비극에 관한 이글턴의 논의를 좀 더 살펴보자. 그는 "비극에 잠복해 있던 저항적 · 해방적 에너지를 방출"[26]하는 것에 주목한 바 있다. 과거 주류 비극 이론이 주인공이 처한 고통에 운명적 성격을 부여함으로써, 비극을 체제 순응적인 형식으로, 그리고 질서의 산물로 이해한 것에 비해, 그는 "비극이 예정된 것(운명이나 필연에 의해－인용자)이라면, 우리가 아무런 조치도 취할 수 없는 일에 대해서 무슨 경고를 할 수 있"[27]는 지를 물으면서 비극을 '질서의 산물도 아니고 혼돈의 산물도 아닌 과도적인 형식'으로, 그리고 '질서와 위반의 대립'으로 보았다. 따라서 비극은 "과거의 숨 막히는 압박감과 미래를 향한 동경 사이에 끼어서 죽을 지경으로 고통을 당하는 현재의 상태를 극화"[28]한 것이라는 결론에 도달한다. ≪바보들의 행진≫ 또한 이와 같은 비극의 구조를 따른다. 당시 암울했던 시대 상황과 그 시대에 길들어진 채 살아가는 기성세대가 만들어낸 억압과 굴종의 명령들에 대해 그들은 꿈을 키워나가며 니힐리즘의 정신으로 저항한다. 그들이 키워나가는 '우리들의 시대', '우리들의 꿈'이란 지금과는 다른 새로운 세계를 지향한다는 점에서 저항

"이담에 우리들이 자라서 컸을 때, 커서 사회에 나가 이 분야 저 분야에서 활동하고 있을 때 우리들의 시대가 왔을 때 무엇이 과연 옳고 그른가, 무엇이 과연 틀린 소리고 맞는 소리인가 밝혀질 테니까 우리 그때 술 마시면서 얘기합시다"와 같은 내용을 삽입시킴으로써 '무엇인가를 열어뜨리는 대학생들의 분출구'로 소설이 기능하고 있다는 식의 의미를 부여한다(『바보들의 행진』, <일간스포츠>, 1974. 5. 13일자 참조). 소설의 서사가 매우 작위적으로 끝나고 있는 것에 비해 영화는 주인공 병태의 군입대와 영철의 죽음을 통해 '무엇인가를 열어뜨리는 대학생들의 분출구'를 구체적으로 형상화시키고자 했다. 여기서 '무엇인가를 열어뜨리는 대학생들의 분출구'란 니힐리즘의 태도 속에서 드러나는 기존 가치의 탈가치화와 가치 전환 등으로 모아질 수 있겠다.

26) 테리 이글턴, 앞의 책, <역자 해설>, 517쪽.

27) 위의 책, 259~260쪽.

28) 위의 책, 266쪽.

정신을 담고 있으며, 그것은 그들이 궁극적으로 동경하는 대상이라는 점에서 니힐리즘 정신이 추구하는 초월적인 세계와 맞닿아 있다. 그들은 결코 체제 순응적이거나 운명적인 고통에 사로잡혀 있지 않다. 예를 들어 병태의 "지금 술 먹는 놈 다 죽어라 죽어! 지금 잠자는 놈 다아 죽어라 죽어! 지금 거짓말하는 놈, 지금 사기치는 놈, 지금 나쁜짓 하는 놈, 다 죽어라 죽어!"29)와 같은 외침은 깨어 있는 의식과 참된 것으로 넘쳐나는 세계에 대한 갈망으로 이해될 수 있다. 한편 영철의 경우 그것은 '빨부리 장사'를 해서 돈을 벌어 동해에 있는 고래를 잡으러 가겠다는 낭만적인 환상의 형태로 묘사된다. 이들이 세상을 향해 외치는 것, 그리고 낭만적 환상의 세계를 꿈꾸는 것은 현실 세계가 강요하는 기존 가치에 대한 저항과 전복을 의미한다는 점에서, 비극이 가지고 있는 '질서와 위반의 대립'을 단적으로 보여준다고 할 수 있다.

이 영화의 비극성은 영화 결말 부분에 놓인 병태의 군입대와 영철의 죽음으로 더욱 심화된다. 병태의 군입대와 영철의 죽음은 이들이 기존의 사회 체제에 순조롭게 적응하지 못했음을 상징적으로 보여준다. 그러나 이들의 사회 부적응이 현실 도피를 의미하는 것은 아니다. 본래 현실 도피란 현실 세계에 적극적으로 맞서려는 의지가 부족한 태도에서 비롯되기 마련이다. 그러나 병태의 군입대와 영철의 죽음에게선 현실 세계에 맞서는 강한 의지가 발견된다. 이점을 통해 그들의 사회 부적응은 현실 도피라기보다는 오히려 기존 가치 체제에 대한 저항이라고 보아야 할 것이다. 이러한 사실은 영화의 서사 전개 과정을 살펴볼 때 더욱 분명해진다. 병태의 군입대와 영철의 죽음은, 교정에서 담배를 피운다는 이유로 교수에게 뺨 맞는 장면으로부터 비롯된다. "학생이면 학생답게 굴어야지, 기독교 정신에 입각한 학교에서 감히 어떻게 담배를 피울 수 있느냐"며 뺨을

29) 최인호, 앞의 책, 43쪽.

때리는 교수에게, 영철은 "기독교 정신에 담배를 피면 어긋난 것이라고 하지만 남의 따귀를 때리는 것도 기독교 정신에 어긋나는 것입니다"라고 말하며 왼뺨도 마저 때려달라고 한다. 교수와 영철의 대화에서 주목할 점은 교수는 기성세대의 권위와 가치 체계를 상징하는 인물이라는 점이며, 영철은 기존의 권위와 가치에 대해 비판적 시각을 견지하고 있다는 점이다.[30] 교수에게 뺨을 맞은 후 영철과 병태, 그리고 그들의 친구들은 스트리킹을 외치며 교정을 질주한다. 뛰는 도중 친구 중 한 명이 옷 입고 하는 스트리킹이 어디 있냐고 묻자 이것은 '한국적 스트리킹'이라고 외친다. 본래 스트리킹은 공공장소에서 옷을 벗고 질주하는 것을 뜻하지만 옷을 벗고 질주하는 행위의 성격상 그것은 흔히 일탈을 상징하며, 경우에 따라서는 특정 사안에 대한 저항이나 비판으로 나아가기도 한다는 점에서, 영철의 스트리킹 또한 기존 가치에 대한 전복 내지는 탈가치화의 측면으로 해석될 수 있다. 영철과 병태의 질주는 계속되어 어느 이름 모를 바닷가에 이른다. 그리곤 "우린 참 시시한 대학생이다"(영철), "걱정하지마. 곧 우리들의 꿈은 이루어질 거야"(병태), "과연 그럴까?"(영철), "응, 그렇고 말고"(병태)와 같은 대화를 서로 나눈다. 이들 대화에서도 강조되는 것은 '우리의 꿈이 이루어질 것'이라는 점이다. 영화 내적인 서사 전개 과정에 주목해서 본다면, 여기서의 '우리의 꿈'이란 기존 가치 체계에 대한 전복과 새로운 세계 창출을 의미한다고 볼 수 있다. 또한 이들 장면들은 앞서 살펴본 바 있는 니힐리즘의 정신이 내재되어 있는 것이기도 하다.

니힐리즘과의 관련성에 주목할 때 영철의 죽음은 기존 가치 체계에 대한 전복과 탈가치화에의 강한 의지를 단적으로 보여주는 표상이 된다. 이

---

30) 영철이 교수에게 뺨을 맞는 장면은 시나리오 상에는 나타나 있지 않다. 대신 원작에는 병태가 교수에게 뺨을 맞는 장면이 나타난다. 실제 영화에서 시나리오에는 없지만 원작 내용을 살려 추가로 편집된 것은 기존의 권위와 가치 체계에 대한 저항적인 모습을 드러내기 위한 감독의 의도가 적극 반영되었기 때문일 것이다.

는 니체의 니힐리즘 유형 분류 가운데 완전한 니힐리즘에 해당한다. 앞서 이해된 완전한 니힐리즘의 정의, 즉 허무를 체험하는 과정에서 의지가 고양되고, 죽음과 같은 실존적 결단이 이루어질 뿐만 아니라 이로부터 비로소 허무를 초월하는 위버멘쉬로 나아간다는 점에서 그렇다. 영철의 영화 속 대사, "고래는 동해 바다에 있지만 내 마음에 있기도 해. 지금까지 난 그걸 몰랐었어. 난 지금부터 그것을 잡으로 갈 거야. 난 용기를 보여주겠어. 그렇지 않고는 난 오늘의 나를 지탱할 수가 없어"에서 이점을 다시 확인할 수 있다. 고래로 상징되는 새로운 가치 체계에 대한 지향이 과거에는 '나'의 밖에서 모색되었으나 고래는 밖에 있는 것이 아니라 내 마음 속에 있다는 깨달음을 얻은 후 영철은 죽음을 선택한다.

여기서 영철의 죽음은, 니체의 논의를 빌려 말하면, 이성적 죽음에 해당한다. 니체에 의하면 이성적 죽음은 다음의 다섯 가지 특징[31]을 가지고 있다. 첫째, 그것은 자유의지의 결단에 의해 실현된 자발적 죽음이다. 둘째, 그것은 삶에 긍정적 가치를 부여하고 죽음을 통해 개인 삶의 완성을 추구하는 것이다. 셋째, 그것은 타인의 삶에 영향을 주어 그들이 삶을 완성시킬 가능성을 부여한다. 넷째, 그것은 사회적 의무를 회피하거나 부정하는 것이 아니라 사회의 부조리한 모습을 비판하는 행위의 발로라는 점에서 사회에 도움을 주는 것이다. 다섯째, 그것은 인간 자유와 존엄에 대한 적극적인 옹호 메시지일 수 있다. 이상과 같은 특징을 가지고 있는 이성적 죽음은 영철의 죽음과 정확히 일치한다. 이는 영철의 죽음 또한 자신의 자유의지에 의해 죽음을 선택한다는 점, 그는 앞서 살펴본 바 있는 '걸인'이나 '신문팔이 소년'에 대해 던지는 긍정의 도덕관을 통해 충분히 삶에 긍정적 가치를 부여하고 있다는 점, 그의 죽음이 병태를 포함한 우리 모두에게 어떠한 삶을 살아야 하는지에 대한 물음을 갖게 하고 그 물

31) 정동호 외 편(2004), 『철학, 죽음을 말하다』, 산해, 168~176쪽 참조.

음에 대한 답을 스스로 찾게 한다는 점, 그가 시위에 적극적으로 참여함으로써 당대 사회 현실을 비판했던 실천적 지성인의 전형성을 보여준다는 점, 그리고 이상의 내용을 참고할 때 그의 죽음이 궁극적으로는 인간 자유와 존엄성에 대한 적극적인 옹호로 해석된다는 점 등 때문이다.

영화 결말에서 영철은 자신 스스로 죽음을 선택하면서, 같이 떠나자고 하는 병태를 만류하며 "넌 학교로 가면 돼"라고 말한다. 영철의 대사 속에서 확인되는 '학교'란 '커다란 희망'이며, '선배들이 지켜준' 공간이고, 더욱이 그곳이 있는 한 '행복'할 수 있는 곳을 의미한다. 그러나 학교로 돌아온 병태에게 학교는 더 이상 희망적이지도 않고, 행복을 주지도 못 한다. 그가 돌아온 학교는 계엄령 하에서 휴교령이 내려졌기 때문이다. 그리고 영화는 쓸쓸히 교정을 배회하는 병태와 죽음을 향해 자전거를 타고 달려가는 영철의 모습을 교차 편집의 형식으로 보여준다. 이 과정에서 삽입된 내레이션, 즉 "마이크 시험 중, 마이크 시험 중. 하나 둘 셋 넷. 들립니까? 지금부터 교내 방송을 시작하겠습니다. 하나 둘 셋 넷. 들립니까, (소리가 점점 커지며) 들립니까, 들립니까, 들립니까, (거의 울부짖는 듯한 괴성으로)들립니까?"와 이때의 배경으로 등장하는 "지금 내가 할 일은?"이라고 큼지막하게 쓰인 대자보 등은 그들이 동경하고 꿈꾸는 '우리들의 시대'를 다함께 노력하여 이루자는 각성을 촉구하는 듯하다. 그리고 영화는 바닷가 절벽 위의 영철의 얼굴과 자전거 브레이크를 떼는 영철의 손을 각각 클로즈업시켜 보여주면서 죽음에 대한 그의 결연한 의지를 강조한다.

이러한 일련의 장면들을 통해 강조되는 영철의 죽음은 병태뿐 아니라 우리 모두에게 진정 가치 있는 삶은 무엇인지에 대한 관심을 불러일으키기에 충분하다. 니체에 의하면, "죽음에 대해 숙고하는 것은 우리 의식의 변화를 일으키기 위해서이며 이것은 다시 삶의 변화를 위해서이다."[32)]

---

32) 위의 책, 185쪽.

그렇기 때문에 군에 입대하는 병태는, 비판적 니힐리즘의 정신과 영철의 죽음을 통해 얻게 된 의지적 삶에의 정신을 통해 "긍정할 만한 삶을 구성하고 창조해가는 주체가 되어"[33] 다시 돌아오게 될 것이다. 이는 입영 열차에서의 병태와 영자의 대화, 즉 "삼 년 후에 보자. 영자야, 그땐 우리들의 시대가 올 거야"[34]라고 말하는 다짐의 형태로 나타난다. 또한 병태의 다짐은 그가 갈망하는 세계에 대한 적극적인 의지의 발로로 이해될 수 있다.

병태와 영철이 꿈꾸는 '우리들의 시대'에 대한 갈망과 의지는 그들이 기존 가치 체계에 대한 탈가치를 추구하는 니힐리즘의 정신에 바탕을 둔 것이다. 그러나 그들이 꿈꾸는 '우리들의 시대'는 구체적으로 어떤 세계인지 명증하게 표현되지 않는다. 그것은 '우리들의 시대'는 특정한 것으로 규정될 수 없는 특성을 갖기 때문이다. 즉 이를 갈망하는 사람들에 따라, 혹은 특정한 시대를 살아가는 사람들에 따라 이것은 얼마든지 달라질 수 있기 때문이다. 더욱이 '우리들의 시대'를 향한 그들의 강한 의지를 고려한다면, '우리들의 시대'에 내재된 변화와 생성의 차원에 주목해야 한다. 그리고 이러한 변화와 생성의 차원은 영원회귀적인 특성을 이루며 다시 이 영화가 비극임을 재증명하게 된다.

---

33) 위의 책, 185쪽.

34) 최인호, 앞의 책, 84쪽. 이와 관련하여 한 가지 밝혀두어야 할 사실은 시나리오 상의 "삼 년 후에 보자. 영자야," 이후의 대사, 즉 "그땐 우리들의 시대가 올 거야"라는 대사가 실제 영화에서는 빠졌다는 점이다. 어떤 이유에서 이 말이 영화에서 빠졌는지는 정확히 알 수 없지만 이 말이 실제 영화에서 빠졌다 하더라도 병태의 군입대가 의미하는 바가 시대로부터의 도피라기보다는 저항이라고 보아야 한다는 결론은 변할 수 없다. 그 이유는 원작소설에서 '우리들의 시대'가 여러 차례 반복되면서 매우 강조되고 있다는 점, 영화에서 영자가 병태에게 군대를 왜 가냐고 물었을 때 병태가 무미건조한 어조로 짧게 "그냥"이라고 대답하는 장면, 그리고 영자가 병태와의 헤어짐이 영원한 이별이 아니라 봄, 여름, 가을, 겨울이 세 번 반복되면 다시 만날 수 있을 것이라 생각하고 있다는 듯 혼잣말하듯이 내뱉는 대사 등을 병태의 니힐리즘적인 태도와 연결시켜 생각해볼 때 그의 군입대는 현실 회피가 아닌 일종의 저항의 형태임을 알 수 있기 때문이다.

니체에게 있어서 비극은 삶에 대한 의지와 생성에 대한 긍정으로 이해된다. 이는 고대 그리스 정신에 자리 잡고 있는 아폴론적인 것과 디오니소스적인 것의 대립으로 설명된다. 아폴론적인 것은 개별화의 과정을 통해 비로소 한 사람의 개체가 되기 위해서는 고통과 시련을 감내해야 한다는 정신을 대표한다. 이는 체제 순응적인 가치 체계와 정신을 낳는다. 이에 반해 디오니소스적인 것은 개체의 파멸을 무릅쓰고 광기에 가까운 몰입을 통해 고통을 극복하고자 하는 정신을 대표한다. 이는 자신을 던져 생성을 반복하고 세계를 긍정하는 정신을 낳는다. 이처럼 아폴론적인 것과 디오니소스적인 것 간의 대립은 두 개의 죽음, 즉 그리스도와 디오니소스의 죽음과 마주하게 된다. 그리스도의 죽음은 속죄와 구원을 상징한다. 즉 그 누구에게나 삶은 본질적으로 고통이며, 삶은 결코 정의롭지 않기 때문에 그 고통을 감내하고 속죄하며 부정의를 갚아나가야 하는 것, 그래서 궁극에는 그 고통에 대한 감내와 속죄를 통해 구원을 받아야 한다는 세계관으로 대표된다. 이에 반해 디오니소스의 죽음은 변화와 생성을 추구하는 의지 속에서 삶의 고통을 긍정해야 함을 드러낸다. 디오니소스는 자신의 신체가 갈기갈기 찢기는 고통을 당하며 죽음을 맞이한 것으로 전해진다. 여기서 신체의 찢겨짐은 개별화된 개체가 갖게 되는 차이를 낳으며, 또한 그들이 겪을 수밖에 없는 고통을 상징한다. 디오니소스의 갈기갈기 찢겨진 죽음에는 어떤 죄도 수반되지 않으며 그 죽음에 대한 책임도 묻지 않는다. 오히려 재생의 약속을 통해 삶을 긍정하는 힘으로 전환된다. 그러므로 사람들은 디오니소스를 기리는 주신제에 참여하여 디오니소스의 찢겨진 신체들이 모아져 부활하기를 바란다. 이는 "세상에 존재하는 차이들은 고통의 대상이 아니라 즐거움을 주는 놀이의 대상"이고 "하나의 파괴는 다른 생성을 위한 것"[35]이라는 의식과 연관된다. 따라서

35) 고병권, 앞의 책, 41쪽.

디오니소스의 죽음은 삶에의 의지와 생성의 긍정으로 이해되는 비극을 가장 닮아 있다.

영철의 죽음 또한 삶에의 의지와 자기 파괴를 통한 생성을 보여준다는 점에서 디오니소스의 죽음을 통한 비극 정신과 상통한다. 그는 '우리들의 시대'를 향한 의지의 발로로 죽음을 선택했다. 그래서 그의 죽음은 개인 삶의 완성과 긍정성을 내포하는 자발적인 죽음을 의미하며, 기존 사회의 가치 체계와 부조리함을 비판하고 궁극적으로는 인간 자유와 존엄성을 드러낸다. 병태의 군입대 또한 고통스러운 삶으로부터의 회피나 도피가 아니라 돌아올 것을 미리 가정한 상태에서의 떠남을 의미한다는 점에서 그것은 의지적이며, 삶을 긍정하는 행위인 것이다. 만약 병태가 다시 사회로 돌아온다면 그것은 기존의 것과는 다른 삶의 반복과 재생산을 뜻하게 될 것이다. 바로 이점으로 말미암아 이들이 보여주는 자기 파괴와 생성의 반복은 영원회귀적이다. 니체에게 영원회귀는 디오니소스의 죽음을 통해 드러나며, 그것은 파괴와 생성의 반복과 재생산의 차원을 의미한다. 즉, 영원회귀는 특정한 것으로 규정하기 어렵고 차이나는 것의 반복 형태를 띠고 나타난다. 병태와 영철이 꿈꾸는 '우리들의 시대'가 부조리한 현실세계의 단순한 반복이 아니라 부조리한 현실세계에 대한 비판 의지를 내포하고 있다는 점에서, '우리들의 시대'가 병태와 영철의 것만이 아니라 기존 가치 체계에 대한 탈가치를 모색하는 모든 사람들에게 열려 있고 그 수만큼 차이날 수밖에 없다는 점에서, 그리고 그 차이만큼 많은 변화와 생성이 반복적으로 나타날 수밖에 없다는 점에서, 그것은 영원회귀적인 속성을 내재하고 있다고 보아야 할 것이다. 니체에 의하면 "영원회귀 속에서 되돌아오는 것은 동일자도, 하나도 아니고, 회귀 자체는 차별자로 그리고 차이나는 것으로만 일컬어"[36]질 수 있기 때문이다.

---

36) 질 들뢰즈, 이경신 역(2001), 『니체와 철학』, 민음사, 98쪽.

영철의 죽음과 병태의 군입대가 현실로부터의 회피가 아니라, 변화와 생성을 긍정하는 의지와 되돌아옴을 예정한 떠남을 의미한다는 점에서 영원회귀의 속성을 내재하고 있다면, 결국 영화는 미래를 향해 미끄러져 나가는 시간성을 보여준다고 할 수 있다.[37] 더욱이 그것이 부조리한 현실 세계에 대한 저항을 의미하는 것이고 능동적이며 완전한 니힐리즘의 양상을 통해 기존 가치의 전복과 탈가치를 지향하는 형식에 의해 모색된 것이라면, 그것은 광인의 시간, 미래의 시간으로 나아간다. 니체에게서 미래란 "'항상' 와 있지만 '항상' 오해되고 있는 시간이고, 아무리 늦게 나타나도 '항상' 너무 이르게 나타나는 시간이다. 그것은 자신이 살아가는 시대와 불일치하는 시간이며, '때 아닌 것'의 형태로 존재하는 시간"[38]을 의미한다. 병태와 영철이 꿈꾸는 '우리들의 시대'와 낭만적 환상의 세계는 그들이 살아가는 현시대와 결코 합치될 수 없다는 점에서, 그리고 그것이 시대와의 불일치를 바탕으로 하고 있다는 점에서 미래의 시간, 미래에 도래하는 세계이다. 또한 그들이 영화에서 보이는 바보 같은 행동들은 시대가 요구하는 일반적이거나 보편적인 행위와 동떨어져 있다는 점에서 '광기'의 발로로 이해될 수 있다.[39] 결국 그들은 광기에 어려 미래를 살아가는 사람들인 셈이며, 고정된 삶, 주어진 삶, 시대가 요구하는 평균적인 삶

---

37) 들뢰즈는 영원회귀를 통해 과거와 현재의 반복이 지닌 불충분성이 극복된다고 보았다. 그는 영원회귀를 미래의 범주에 해당하는 반복으로 이해한다. 그러므로 영원회귀는 "지나치게 단순한 순환 주기들, 곧 순수 과거가 조직하는 순환 주기뿐 아니라 습관적 현재가 겪는 순환 주기를 거부"(질 들뢰즈, 김상환 역(2004), 『차이와 반복』, 민음사, 217쪽)하는 것을 속성으로 갖는다.

38) 고병권, 앞의 책, 53쪽.

39) 니체에게 "광기에 반대되는 것은 건강이 아니라 '길들여진 두뇌'와 '보편적 신념'" (고병권, 앞의 책, 52쪽)을 의미하는 것이라면, 영화 제목에서 의미하는 '바보'란 기존 가치 체계에 길들여지지 않은 사람, 시대가 요구하는 일반적이거나 보편적인 삶으로부터 벗어나 탈가치에의 전복을 꾀하는 사람으로 이해될 수 있다. 또한 그들의 '행진'은 의지적인 힘의 발로로, 다시 말해 권력의지의 한 형태로 이해될 수 있다.

을 거부하고 있다는 점에서 그들은 기존 가치의 전환을 지향하는 인물들인 셈이다. 그렇기 때문에 그들은 자유롭고, 즐거우며, 차이와 생성을 추구하는 자이다.

바로 이 지점에서 ≪바보들의 행진≫이라는 영화 제목이 상징하는 의미를 발견할 수 있다. 여기서 '바보'란 체제 순응적이지 않은, 그래서 광기에 어려 미래를 살아가는 인물들의 모습을 뜻하며, '행진'이란 니힐리즘의 양상 속에서 기존 가치 체계에 대한 전복과 탈가치의 실천적인 모습을 뜻하는 것이다. 그렇기 때문에 영화 속에서 그들이 벌이는 재미있고 유머러스한 행동들은 영원회귀적인 속성들을 통한 비극성의 차원에서 해석되어야 한다. 결국 영화 속 인물들은 비극에 담겨져 있는 명랑성과 긍정성[40]으로 나아간다. 이들 ≪바보들의 행진≫이 가지고 있는 두 가지 특성, 즉 기존 가치의 전복과 탈가치화의 특성, 그리고 명랑성과 긍정성을 내포하고 있는 비극성의 측면은 이 영화가 단순히 1970년대 영화 현주소를 말하는 것에서 더 나아가 시대를 초월하여 미래로 나아가게 하는 원동력인 셈이며, 이것이 이 영화가 가지고 있는 의의라 할 수 있다.

---

40) 이와 관련해서는 들뢰즈의 다음과 같은 논의가 도움이 될 것이다. "다수의 긍정이나 복수적 긍정은 바로 비극의 본질이다. …… 비극은 단지 긍정 그 자체의 복수성, 다수성 속에서만 존재한다. 비극을 정의하자면 비극은 다수의 기쁨이며, 복수적 기쁨이다. 이런 기쁨은 승화, 정화, 보상, 체념, 화해의 결과가 아니다"(질 들뢰즈, 『니체와 철학』, 앞의 책, 46~47쪽)와, "사람들은 니체에게서 비극적인 — 즉 비극적인=즐거운 — 것을 결코 이해하지 못했다. 그것은 의욕=창조라는 위대한 등식을 놓는 다른 방식이다. 사람들은 비극이 다수의 순수 긍정, 힘의 명랑성임을 이해하지 못했다. 긍정은 비극적이다. 왜냐하면, 그것이 우연을 긍정하고 필연은 우연에 속하기 때문이며, 그것이 생성을 긍정하고 존재는 생성에 속하기 때문이며, 그것이 다수를 긍정하고, 하나는 다수에 속하기 때문이다"(같은 책, 81쪽.)를 참고하기 바란다.

4. 글을 나오며

산업과 자본의 논리 속에서 영화 제작이 이루어지고 있다는 점을 감안한다면, 뛰어난 예술성을 갖춘 영화를 만든다는 것은 매우 어려운 일일 것이다. 더욱이 1970년대 영화계는 자본의 논리를 만족시키기 위한 대중성 확보와 유신체제 유지를 위한 검열로부터 결코 자유로울 수 없었다. 그 한복판에 하길종의 영화 ≪바보들의 행진≫이 놓인다. 이 영화가 대중성에 의존하고 있는 최인호의 원작소설을 빌려 왔다는 사실과 30분가량의 분량이 삭제되었다는 사실 등이 이를 뒷받침한다.

1970년대 영화계가 안고 있던 특수한 어려움에도 불구하고 하길종은 ≪바보들의 행진≫에서 자신의 작가정신을 표출하기 위한 방법으로 원작소설에는 등장하지 않는 영철이라는 인물을 창조해내었다. 주인공 병태가 시대와 실존에 대해 고민하는 지성인의 전형을 보여주고 있다면, 그와 대비되어 영철은 실천하고 행동하는 지성인의 전형을 보여주고 있다는 점에서 그 중요성을 찾을 수 있다. 또한 그의 죽음은 현실 도피 차원에서 행해진 행동이 아니라, 시대에 대한 비판 정신을 극대화시켜 보여주는 서사 장치이다. 이는 영화의 주된 기저를 이루는 니힐리즘의 양상 속에서 쉽사리 이해될 수 있다. ≪바보들의 행진≫은 기존 가치의 전복과 탈가치를 지향하는 인물을 통해 앞으로 도래할 시대와 사회에 대해 고민할 것을 요구하고 있는 것이다. 그렇기 때문에 그들은 광기에 어린 우스꽝스러운 '바보'로 비춰진다. 그러나 이때의 '바보'란 어리석은 사람을 지칭하는 것이 아니라, 기존 사회 체제에 순응할 것을 요구하는 보편적 가치 체계에서 벗어나 있는 사람들을 의미한다.

≪바보들의 행진≫이 비극의 한 형태를 보여주고 있다고 말할 수 있는 이유는 영화 결말에서의 죽음과 이별(병태의 군입대) 때문만은 아니다.

그것은 비극 형식에 잠재되어 있는 저항과 비판 정신 때문이다. 영화 속 인물들은 자신들이 처한 고통의 삶을 운명적인 것이라 믿고 이를 수용하는 것에서 벗어나 앞으로 도래하게 될 새로운 시대를 향해 능동적으로 나아간다. 이는 자기 파괴와 생성의 반복 형식을 띠고 나타난다는 점에서 영원회귀적이라고 할 수 있다. 따라서 병태의 군입대는 현실과의 영원한 격리가 아니라 미래를 준비하고 다시 돌아오는 회귀를 전제로 한 것이다.

≪바보들의 행진≫이 1970년대 한국 영화사에서 중요한 자리를 차지하고 있는 이유는 비판과 저항 정신을 담고 있는 니힐리즘의 양상과 자기 파괴를 통한 생성의 반복, 즉 영원회귀적인 예술 형식을 통해 억압과 통제의 당대 시대를 매섭게 꼬집고 있기 때문이다. 그러므로 영화 속 인물들은 특정 시대를 살았던 전형적인 인물로서가 아니라 현재를 살아가는 사람들과 상호 긴밀히 연관된다. 이 영화에 내재된 미래를 향해 미끄러져 나가는 시간성과 그 안에서 표출되는 비극성의 특성은 명랑성과 긍정성의 차원에서 끊임없이 열리고 확장된다. 이것이 과거 이 영화가 이 시대에 던진 화두이며 이 영화의 존재 이유인 셈이다.

기교와 포즈로서의 예술

- 김수용 영화론

박 유 희*

1. 행복한 예술가 김수용

2011년 3월17일 한 일간지는 '한국의 다작 영화감독들'이라는 제목 아래 영화계의 다작 감독들의 순위를 매기는 기사를 실었다.[1] 거기에서는 최근에 101번째 영화를 만든 임권택이 3위를 차지해서 100편 이상을 만든 감독이 두 명이나 더 있다는 것을 보여주었는데, 그 중의 한 명이 김수용이다.[2] 그는 데뷔 이전 군대에서의 문화영화 연출작과 말년에 만든 기록물과 광고홍보물을 제외하고도, <공처가>(1958)부터 <침향>(2000)까지 장편영화만 107편을 연출했다.

그런데 편수 면에서 1위를 차지한 고영남 감독이나 4위를 차지한 이형표 감독이 오락영화 감독으로 분류되고, 임권택 감독은 1970년대 중반을 전후로 하여 이전의 작업과 이후의 작업이 나뉘어 평가되는 반면, 김수용

* 고려대학교

1) 「김형석의 내 맘대로 베스트7: 한국의 다작 영화감독들」, 『중앙일보』, 2011. 3. 17.

2) 이 기사의 통계자료는 정확하지 않으나 그렇다 하더라도 순위 면에서는 크게 달라지지 않을 것으로 판단된다.

은 문예영화로 대변되는 예술영화 감독으로 알려져 왔다. 그가 그렇게 평가받을 수 있는 것은 그의 연출작의 절반 정도가 문단에서 인정받은 소설이나 희곡을 원작으로 하는 영화라는 데 기인한다. 문예영화의 작품수로 보면 그는 타의 추종을 불허한다고 할 수 있다.

게다가 1989년 영화진흥공사에서 기획한 『한국영화 70년 대표작 200선』에는 그의 영화가 13편－<혈맥>(1963), <저 하늘에도 슬픔이>(1965), <갯마을>(1965), <유정>(1966), <만선>(1967), <산불>(1967), <안개>(1967), <사격장의 아이들>(1967), <토지>(1974), <야행>(1977), <화려한 외출>(1977), <도시로 간 처녀>(1981), <허튼소리>(1986)－이나 선정되어 있는데, 그 중에서 9편이 문예영화에 해당한다. 또한 1997년 4월에 한겨레신문사와 동숭아트센터 주최로 열린 '김수용 감독 회고전'에서 상영된 12편의 영화[3] 중에서도 9편이 문학 작품 원작의 영화였다는 점[4]은 그의 위상이 문예영화를 중심으로 결정되었다는 것을 보여준다. 뿐만 아니라 김수용 스스로도 '예술가로서의 문예영화 감독'으로 자리매김 되기를 원해서, 자천 작품 20선 중 16편이 문학작품을 원작으로 한 영화이기도 하다.[5]

그런데 김수용과 함께 가장 대표적인 문예영화 감독인 유현목이 '한국

---

3) <갯마을>, <까치소리>, <안개>, <산불>, <야행>, <사격장의 아이들>, <옥합을 깨뜨릴 때>, <화려한 외출>, <웃음소리>, <망명의 늪>, <사랑의 조건>, <허튼소리> 등이 12편에 해당한다.

4) 「김수용 감독 회고전……오늘부터 <안개> 등 12편 상영」, 『한겨레신문』, 1997. 4. 19.

5) 자천작품 20선은 <굴비>, <혈맥>, <갯마을>, <유정>, <만선>, <산불>, <안개>, <사격장의 아이들>, <까치소리>, <극락조>, <봄봄>, <토지>, <야행>, <화려한 외출>, <웃음소리>, <망령의 늪>, <물보라>, <저 하늘에도 슬픔이>, <도시로 간 처녀>, <허튼소리>이다.{김수남(2003), 「형식적 리얼리티의 영상미학을 추구한 김수용」, 『한국영화감독론2』, 지식산업사, 240~243쪽 참조.} 이 중에서 <사격장의 아이들>, <저 하늘에도 슬픔이>, <도시로 간 처녀>, <허튼소리>를 뺀 나머지 작품은 모두 문학작품을 원작으로 한다.

영화계 최대의 영화작가'[6], '예술파 감독'[7], '가장 지성적인 영화감독'[8], '대표적인 한국 리얼리즘 감독'[9] 등으로 평가되는 데 비해 김수용은 "영화 기교의 진경"[10], "문예영화의 테크니션"[11], "감각에 예민한 포멀리스트"[12], "다작의 장인"[13] 등 주로 형식적인 면에 방점을 찍는 평가를 받아왔다. 한국영화계의 일반적인 인식에 비추어볼 때 형식면을 강조한다는 것은 '예술성' 면에서 상대적으로 낮은 평가를 함의한다. "묵묵한 부피보다는 스토리텔링 이어나가기에 더 능숙한(?) 김수용 감독"[14], "김수용 감독은 직인(職人)이다"[15]와 같은 당대의 평가는 그것을 잘 보여준다.

그럼에도 불구하고 그는 제작자들이 문학 작품을 들고 줄을 설 만큼 문예영화 연출의 기회를 많이 가졌던 감독이자[16], 상복이 많았던 감독이자, 그로 인해 한국 예술영화를 대표해 해외 영화제에 참가하고 문화예술계의 요직을 맡은 영화인이자, 가장 오랫동안 살아남아 영화계에 영향력을

---

6) 이영일(1995), 「兪賢穆 그의 人間形成과 영화예술」, 『한국논단』, 102~111쪽.

7) 변인식(1990), 「兪賢穆 영화에 表出된 神과 人間의 커뮤니케이션」, 『영화연구』, 58~74쪽.

8) 하길종(1981), 「문, 이어도」, 『사회적 영상과 반사회적 영상』, 전예원, 51~55쪽.

9) 이러한 평가는 유현목에 대한 비평이나 연구서에 편재한다. 대표적인 예만 몇 가지 들어도, 이영일(2004), 『한국영화전사』, 도서출판 소도, 399쪽; 김수남(2003), 「영상으로 사고하는 <오발탄>의 유현목」, 『한국영화감독론2』, 지식산업사, 156~181쪽; 이효인(1994), 「유현목 감독론: 혼탁한 마음을 가르는 빛나는 선」, 『한국의 영화감독 13인』, 열린책들, 377~401쪽; 전양준·장기철 편(1992), 『닫힌 현실 열린 영화: 유현목 감독 작품론』, 제3문학사 등등이 있다.

10) 이영일(2004), 『한국영화전사(개정증보판)』, 도서출판 소도, 404~405쪽.

11) 김수남(2003), 「형식적 리얼리티의 영상미학을 추구한 김수용」, 『한국영화감독론2』, 지식산업사, 213~243쪽.

12) 김종원(1985), 「性본능, 그 원색의 분해: 김수용 감독 <산불>」, 『영상시대의 우화』, 제삼기획, 244~247쪽.

13) 정종화(2008), 『한국영화사』, 한국영상자료원, 156쪽.

14) 「[영화] 증오가 빚은 무서운 비극 <빙점>」, 『조선일보』, 1967. 6. 22.

15) M, 「최근의 두 화제작/관객은 양화를 안다」, 『한국일보』, 1965. 11. 23.

16) 한국영상자료원(2003), 『인터뷰 자료집: 2003 영화의 고향을 찾아서』, 한국영상자료원, 48쪽.

행사한 원로이다.[17] 그러면서 그는 예술가로 자부해왔으며 예술가로 알려져 왔다. 그는 생전에 세상의 인정을 받으며 자부심 속에서 부와 명예를 누려온 행복한 예술가라고 할 만하다.

본고의 질문은 이 지점에서 출발한다. 김수용 감독이 주로 활동했던 1960~70년대는 표현의 자유가 극도로 제한되었기 때문에 예술가가 행복하기 힘든 시대였다. 그런데 그가 행복한 예술가일 수 있었다면 그 비결은 어디에 있는 것일까? 이 질문은 앞서 언급한 모순을 통해 보다 구체화될 수 있다. 다시 말해 묵직한 감동이나 일관된 주제의식 등으로 표현되는 '예술성' 면에서 김수용의 영화가 상대적으로 약하다는 평가를 받은 것과 그가 영화계를 대표하며 예술가로 인정받는 과정은 일견 모순을 이룬다. 그러나 그 모순된 요소는 김수용을 통해 자연스럽게 순접(順接)되어온 것이 사실이다. 여기에서 김수용 감독은 '일관된 주제의식의 소유자'가 아니라 '예민한 감각의 테크니션'이었기 때문에 정책의 변화나 대중의 취향에도 기만하게 대처할 수 있었고, 불합리한 제도에도 보다 쉽게 순치될 수 있었으며, 그랬기 때문에 보다 많은 기회를 얻을 수 있었다고 말할 수 있다. 그렇다면 그러한 순접은 어디에서 기인하는 것인가?

이 질문은 한 몸으로 얽혀 있는 두 가지 문제에 대한 해명을 필요로 한다. 하나는 그러한 순접을 가능케 했던 김수용 감독의 자질과 영화의 특질이고, 다른 하나는 그것을 통해 구축되었던 예술성의 정체이다. 김수용 감독은 누구보다도 1960,70년대라는 시대와 화해로운 예술가였기 때문에 그의 영화는 그 시대가 요구한 예술의 본질을 보다 직설적으로 드러내리라 판단된다.

이러한 질문에 답하기 위해 2장에서는 김수용 감독이 문예영화 감독으

17) 유현목과 함께 영화계에 가장 지속적인 영향력을 미쳐온 원로 감독으로서 김수용 감독의 자부심과 발언은 그의 영화에 대한 평가에도 일정 부분 영향을 미쳐온 것이 사실이다.

로서의 정체성을 구성해 가는 과정을 살펴볼 것이다. 여기에서 김수용이 대표적인 문예영화 감독이 될 수 있었던 자질이 드러날 것이다. 그리고 3장에서는 김수용의 문예영화 분석을 통해 그 미학을 고찰할 것이다. 이를 통해 1960~70년대에 '문예영화'라는 이름 아래 영화가 문학과 손잡으며 추구했던 예술성의 일면을 밝히고자 한다. 아울러 시대가 '문예영화'에 요구했던 예술성의 일면도 드러나기를 기대한다.

2. 문예영화 감독이라는 정체성

김수용(1929~)은 경기도 안성에서 부농의 3남 3녀 중 장남으로 태어나, 안성에서 소학교와 공립농업학교를 졸업한다. 어릴 때 소설가를 지망했으며 여러 편의 습작을 하였는데, 그 중에서 「K선생의 초상」이라는 작품을 『문예』에 투고하기도 했다고 한다. 1946년 서울사범학교[18]에 입학하여 1950년에 졸업하나, 한국전쟁이 발발하여 부산으로 피난을 가게 되고 그곳에서 1951년에 입대한다. 영어를 할 줄 안다는 이유로 바로 중위 계급장을 달고 미군 통역장교로 일하게 된 그는 대구에 배속되면서 연극 · 영화와 인연을 맺게 된다. 1954년에는 대위로 진급하며 국방부 정훈국 영화과에 소속되어 군 홍보영화를 찍게 된다. 이때 박정희 소장이 있던 사단을 배경으로 <십분 간 휴식>, <잊지 말자 6 · 25>, <윤 중사의 수기>[19] 등 30여 편의 영화를 찍는데, 김수용 감독은 여러 지면에서 이 시절을 행복한 어조로 회고하곤 한다. 이때 그의 상사로서 소설가 선우휘와

18) 김수용에 관한 여러 글에서 서울사범학교가 '서울대 사범대학'의 전신인 것으로 기록되고 있는데, 서울사범학교는 서울교대의 전신이다.

19) 김수용이 각본과 감독을 맡았던 영화로 실질적인 데뷔작이기도 하다. 김수용(1993), 『예술가의 삶: 4. 김수용』, 혜화당, 12쪽 참고.

양주남 감독을 만나게 된다. 양주남은 그를 <배뱅이굿>(1957)의 조감독으로 지목하여 영화계에 입문시키고, 선우휘는 나중에 문예영화를 통해 그와 인연을 이어가게 된다.[20)]

<배뱅이굿>을 통해 제작자 김보철을 만난 김수용은 현역 장교 신분으로 데뷔의 기회를 잡는다. 그의 데뷔작은 <공처가>(1958)로 장소팔, 백금녀 주연의 코미디 영화였다. 이 영화가 국도극장에서 개봉하여 5만 명의 관객을 동원하며 비교적 좋은 성과를 거두면서 김수용 감독은 코미디 영화를 연출할 기회를 연달아 얻는다. 코미디를 찍는 중간에 <애상>(1959)같은 멜로드라마나 <돌아온 사나이>(1960)와 같이 소설을 원작으로 하는 영화를 찍기도 하지만 그는 코미디 장르에서 재능을 발휘한다. <돌아온 사나이>와 같이 애련한 멜로드라마에서도 청춘들의 사랑을 보여줄 때에는 코미디 감각이 발휘되면서 영화를 한층 생동감 있게 만든다. 이 시기에 대해 김수용 자신은 "남들은 좋은 작품을 만나 의욕을 불태우고 있는데 코미디나 멜로드라마로 소일하는 나 자신이 한심스러웠다."[21)] 고 회고한다. 그러나 영화평론가 김종원이 지적했듯이 김수용은 코미디 영화로 출발했으며 코미디 영화에서 재능을 보여 영화감독으로서 성공할 수 있었다.[22)]

군대에서 만족한 시절을 보냈다는 것[23)]과 코미디 영화에서 성공했다

---

20) 김수용 감독의 생애에 대해서는, 김수용(2005), 『나의 사랑 나의 씨네마』, 씨네21; 김종원(2004), 『한국 영화감독 사전』, 국학자료원; 이세기(2002), 「영상을 개척한 김수용의 영화세계」, 『ARKO 월간 문화예술』, 한국문화예술위원회, 2002년 3월호; 조재홍(1998), <109번째 레디고 영화감독 김수용>, KMDb; 김수용(1993), 『예술가의 삶: 4.김수용』, 혜화당 등등 참고.

21) 김수용(2005), 『나의 사랑 나의 씨네마』, 씨네21, 35쪽.

22) 김종원(1985), 「웃음의 패러디와 그 한계: 김수용 소고」, 『영상시대의 우화』, 제삼기획, 158~162쪽.

23) 김소동은 김수용을 두고 "영어회화를 잘하는 감독, 센스 있는 코미디 감독"이라고 회고했다고 한다. 이 두 가지 특징은 김수용의 만족스러운 군대생활과 밀접한 연관을 가진다고 판단된다.{김수용(2005), 『나의 사랑 나의 씨네마』, 씨네21, 29쪽 참조}

는 것은 김수용 감독의 이후 행보를 이해하는 데 매우 중요하다. 그는 자신이 검열의 피해자이고 저항의 최전선에 있었음을 자주 역설해왔으나[24], 반공영화나 계몽영화와 같은 국책영화에서 그 누구보다도 재능을 발휘했던 체제순응적인 영화인이었다. 국책영화라는 관점에서 보면 문예영화도 국가에서 포상하는 영화 부문의 하나이기는 마찬가지였다. 1981년 김승옥이 시나리오를 쓴 영화 <도시로 간 처녀> 때문에 큰 곤욕을 치렀을 때, "영화가 굳이 사회성을 띠어야 하는지에 회의를 품게 되었다."[25]는 회고나 <피에로와 국화>에서 북한 지식인이 너무 잘 그려졌다는 이유로 검열을 많이 당했을 때도 "난 이데올로기에는 관심 없다. 아름다운 영화를 만들 수 있다면."[26]이라고 생각했다는 말은 그의 사고구조를 보여주는 동시에 그가 생각하는 '아름다운 영화'에 대한 의문을 자아낸다. 이 부분에서 대해서는 3장에서 상술하겠다.

또한 그가 재능을 보였던 코미디 영화는 우스운 동작이나 재치 있는 대사와 더불어 편집의 리듬이 매우 중요한 장르이다. 그는 편집의 리듬에서 특히 호평을 받곤 했다. <부라보 청춘>(1962)에 대해 당대의 평자들은 "명랑소설적 분위기가 김수용 감독의 경쾌한 '터취'로써 '스무스'하게 전개되는 것이 근래의 가작에 속하는 '코메디'영화"[27], "군더더기 설명 없는

24) 김수용은 자서전에 다음과 같이 말한다. "1966년부터 국회와 관계 요로에 영화법을 폐지하라고 외쳤던 영화인협회의 피맺힌 요구는 지금도 계속되고 있다. 그러나 특히 이 시기의 영화 검열은 가장 악랄하고 가혹하게 한국 영화감독들의 창작의욕을 분쇄했다. '사상'과 '외설'은 공보부 검열관들의 단골 메뉴였으며 중앙정보부 직원의 동의 없이는 상영 허가가 나질 않았다. …… 1968년 초여름 정릉 크리스찬 아카데미에서 '영화 검열의 한계'라는 주제로 세미나가 있었고, 주제 발표에 나선 나는 공보부 검열관들을 앉혀놓고 "당신들은 내 손가락을 자른 가혹 행위자요, 우리들 필름엔 감독의 의식과 피가 흐르고 있다는 것을 환기하시오"라고 외쳤다.{김수용(2005), 『나의 사랑 나의 씨네마』, 씨네21, 25~67쪽}

25) 김수용(2005), 219쪽.

26) 조재홍(1998), <109번째 레디고 영화감독 김수용>, 한국영상자료원 KMDb.

27) 「[새영화] 경쾌한 터취 · 부드러운 전개/김수용 <부라보 청춘>」, 『서울신문』, 1962. 2. 8.

간결한 화면 연결"[28], "비속을 절제하여 쾌적한 템포를 구성한 김수용 감독의 솜씨"[29] 등의 표현을 쓰고 있어 김수용 감독의 특기가 어디에 있었는지 잘 보여준다.[30]

특히 김수용 감독은 시류에 민감한 청춘물, 현재의 장르 개념으로 보자면 로맨틱코미디에서 발군의 재능을 보였다. <부라보 청춘>은 물론이고 <사춘기여 안녕>(1962), <약혼녀>(1963), <청춘교실>(1963) 등의 영화를 통해서 "납득할 수 있는 소재를 알맞은 템포로 펼쳐나가는 솜씨", "관객을 이끌고 나갈 리듬이나 양념감은 제법 살아있는"[31], "재치 있는 에피소드, 쾌속한 '템포'[32] 등과 같이 형식면에서 호평을 받으며 "관객을 줄기차게 웃기는"[33] "감각과 구성력이 좋은"[34] "산뜻하고 감각적인 연출 솜씨"[35]로 각광받았다. 문예영화 감독으로 알려지기 시작한 이후에도 코미디 영화의 성공은 계속되었으며[36], 이 때문에 그는 "흥행감독이란 닉네임"[37]

---

28) 「[신영화] 가작급 코메디/<부라보 청춘>」, 『경향신문』, 1962. 2. 11.

29) 「[신영화] 브라보 청춘/경쾌한 '홈 · 코메디'」, 『동아일보』, 1962. 2. 12.

30) 신상옥이 김수용을 신필름으로 스카우트하게 된 계기가 코미디 영화의 몽타주를 보고 나서였다는 일화도 김수용 감독의 탁월한 감각을 짐작케 하는 데 일조한다. {김수용(1993), 「신상옥」, 『예술가의 삶: 4. 김수용』, 혜화당, 112쪽}

31) 「산만한 '하이틴'물/<사춘기여 안녕>」, 『조선일보』, 1962. 11. 24.

32) 「[새영화] 빌려온 현실/<청춘교실>」, 『동아일보』, 1963. 8. 26.

33) 「[새영화] 웃음 속의 서민상」/김수용 감독 <약혼녀>」, 『서울신문』, 1963. 2. 1.

34) 「[새영화] 특수 '하이 · 틴'의 주변/김수용 감독 <사춘기여 안녕>」, 『서울신문』, 1962. 11. 24.

35) 「[새영화] 허위대만 멋진 영화/<청춘교실>」, 『경향신문』, 1963. 8. 28.

36) 1964년에 연출한 <니가 잘나 일색이냐>에 대해서도 "시원하고 경묘(輕妙)한 화면"(『경향신문』, 1964. 5. 7.), "스피디한 멜로드라마"(『동아일보』, 1964. 5. 13.), "스케이팅 구경 같은 쾌감"(『서울신문』, 1964. 5. 13.)과 같은 평가가, <적자인생>(1965)에 대해서도 역시 "경쾌한 터치", "구질구질하지 않은, 연출자의 시원한 처리"(「[새영화] 오뚜기 청년의 행장기/김수용 감독 <적자인생>」, 『서울신문』, 1965. 2. 23.), "김수용 감독의 재치가 빠른 템포"(「[영화평] 칠전팔기의 청춘 <적자인생>」, 『조선일보』, 1965. 2. 23.), "발랄한 청춘 멜러드러머"(『대한일보』, 1965. 2. 26.)와 같은 호평이 이어졌다.

37) 「상반기 출연회수로 본 영화가의 인기판도/불락(不落)의 신성일 아성/문희는 13편

을 지키면서 많은 연출 기회를 가질 수 있었다.

요컨대 그는 솜씨가 좋았으며 시류에 민감했다. 시류에 민감한 만큼 정책의 변화, 대중의 취향에도 기민하게 반응하고 타협했다. 그리고 그러한 감각은 인간관계에서도 발휘되었다. 영화는 공동작업인 만큼 인간관계가 무엇보다도 중요하다. 그는 신상옥이나 유현목 감독의 '카리스마', 이만희 감독의 '의리' 대신 영화감독으로서는 드물게 도덕적인 처신과 배려, 타협적인 태도로 영화계에서 인맥을 돈독히 했다. 그는 "무슨 작품이든지 양식과 능력이 허용하는 한 사양치 않는다는 것이 신조"였기에 "주위에는 항상 다정한 프로듀서들이 있었고", "그들이 다작을 강요한 셈"이었다고 즐겁게 회고한다. 또한 영화배우에 대해서는 "영화감독의 연기지도란 있을 수 없다는 것", "영화감독은 다만 연기자들의 천성적인 연기력(재질)을 골라내는 구실 이상의 일을 할 수 없다는 것이 소신"이라고 밝히기도 했다. 김수용 감독과 각본 작업이 많이 했던 나소원의 구술은 김수용 감독의 됨됨이와 처신에 대해 유용한 정보를 제공한다.

> 김수용 감독님이 참 단정하십니다, 매사. 돈에도 깨끗하고 여자한테도 깨끗하고 음식도 깨끗이 잡숫고(웃음), 하이튼 탈탈탈 털어요, 성격이. 유 감독님은 술도 하시고, 또 취하시믄 농담도 하시고 이러지만, 김수용 감독님은 그게 없어요. 항상, 이기 서로가 존경하는, 서로가, 어렵게, 이렇게 지킬 건 지키면서, 이렇게 하니깐, 여성이 일을 하기에는 너무너무 편한 분이에요.[38]

위의 증언은 고은아, 남정임, 윤정희 등 당대의 최고 여배우들이 김수용 감독의 영화에 전속으로 출연하다시피 했던 것에 대한 답을 준다. 그

기록/감독은 김수용, 이만희, 이규웅이 두각」, 『신아일보』, 1967. 6. 27.

38) 나소원(2010), 『2010년 한국영화사 구술채록연구 시리즈 <생애사>』, 배수경 채록, 한국영상자료원, 166쪽.

러한 배우들이 일하고 싶어 한다는 것은 신성일, 신영균 등 최고의 남자 배우들과도 일하게 된다는 것이고, 그것은 자연히 투자자의 구미를 당길 수 있는 중요한 요소였다. 그는 자신의 인간관계에 대해 큰 자부심을 가지고 있었으며 특히 힘 있는 인물들이 자신의 친구이거나 자신이 발굴한 인물이었다는 것에 대해 기뻐하며 자랑하곤 했다.

> 호현찬은 <갯마을> 후에도 나와 <사격장의 아이들>을 제작했고, 이후 이만희의 <창공에 산다>를 마지막으로 제작에서 손을 뗐다. 후일 그가 영상자료원 건립에 참여해 이사장이 되었고 영화진흥공사 사장으로 우리 영화와 깊은 관련을 맺은 사실을 모르는 사람은 드물다. 그는 최근에도 영화 연구를 위해 도쿄에서 500여 편의 옛 필름들을 보고 돌아왔는데, 지금도 <갯마을>을 괜찮은 작품으로 생각한다고 했다.
>
> 제작자뿐만 아니라 <갯마을>의 남녀 주인공도 현재 서울 하늘 아래서 가장 큰 극장주가 되었다. 서울극장 사장 고은아, 명보극장 회장 신영균. 그때 우리들은 오늘과 같은 미래는 전혀 상상도 못한 채 동해안 한 가난한 갯마을에서 촬영 작업에 땀 흘리고 있었다. 그러나 막 스타덤에 올랐던 신영균은 아직 감독을 어려워했고, 고작 영화 한 편에 출연한 고은아는 풋내기 신인이었다.[39]

그의 솔직함과 경쾌함, 그로 인한 편안함은 영화계에서의 폭넓은 인맥을 담보해주었고, 그의 연출 솜씨는 관계 맺은 영화인들에게 보상을 해줄 수 있는 현실적 능력이었다.

그러나 그에게는 언제나 깊이가 부족하다는 비판이 따라다녔다. "심도가 아쉽다"[40]는 것은 물론이고 "페이소스가 전혀 깃들지 않았다는 것이 흠"[41], "안면 근육만 훑어['훑어'의 오기로 추정] 놓을 게 아니라 '가슴살'

---

39) 김수용(2005), 76쪽.
40) 「[새영화] 웃음 속의 서민상」/김수용 감독 <약혼녀>」, 『서울신문』, 1963. 2. 1.

도 좀 움직여 놓을 정도의 사색의 여운이 있었으면 더욱 좋았을 것"[42]이라는 비판을 비롯해, 보다 직접적인 것으로는 "경쾌하게 끌고 가는 김수용 감독의 솜씨만은 일단 평가할 수 있는데 그런 재능이 무엇을 위한 것인지, 작품이 성공하려면 '어떻게'(기교)와 함께 '무엇'(주제)을 새길 줄 알아야 한다."[43]는 지적이 김수용 영화에 대한 당대 평론에는 편재한다. 그가 이러한 비판을 넘어서게 되는 것이 문학작품을 원작으로 영화를 만들면서부터이다.

1963년에 이르면 방송극이 한물가고 문학 작품을 원작으로 하는 영화에 대한 관심이 커지기 시작한다.[44] 이는 신상옥 감독의 <사랑방 손님과 어머니>(1961)와 <상록수>(1961)가 저예산으로 큰 성공을 거둔 데 이어 해외영화제에서도 호평을 받은 것에 자극된 바 크다. 이때 김수용 감독은 6편을 감독하면서 가장 왕성했던 감독으로 떠오른다.[45] 그는 먼저 김영수의 동명 희곡을 원작으로 한 <굴비>를 내놓는데, 이 영화는 "구수한 분위기 속의 감동"이라는 호평을 이끌어내어[46], 구성은 좋지만 감동이 없다는 김수용 영화에 대한 기존의 비판을 극복하는 계기가 된다. 이 시기부터 김수용은 문단에서 인정받은 문학 원작에 관심을 기울이는 한편 솜씨 좋은 각색 작가들과 적극적으로 인연을 맺기 시작했던 것으로 보인다.[47] 당시 "임희재, 최금동, 김강윤은 시나리오계의 트로이카"였고,

41) 「[새영화] 경쾌한 터취 · 부드러운 전개/김수용 <브라보 청춘>」, 『서울신문』, 1962. 2. 8.
42) 「[신영화] 가작급 코메디/<부라보 청춘>」, 『경향신문』, 1962. 2. 11.
43) 「[신영화] 국적 불명의 청춘 진경/김수용 감독 <청춘교실>」, 『한국일보』, 1963. 8. 31.
44) 「[연예] 견실해지는 영화 제작/방송극 한물가고 각광받는 문예작품/기획 우선주의로 방향전환」, 『조선일보』, 1963. 4. 5.
45) 「[연예수첩] 반비례된 질과 양」, 『동아일보』, 1963. 12. 27.
46) 「[새영화] 구수한 분위기 속의 감동/김수용 감독 <굴비>」, 『서울신문』, 1963. 5. 18.
47) 김수용 감독은 1963년 6월 영화사 정리를 앞두고 신필림과 결별하고 한양영화사로 옮기기도 한다. (「[연예] 새로워질 영화계의 지도/날개돋힌 단역(端役)들/20사서 8사 내외로 줄어들 듯/영화사 등록 마감 앞두고 긴장」, 『한국일보』, 1963.6.29.)

신봉승과 김지헌이 떠오르고 있었는데, 김수용은 그들과 번갈아가며 작업해 나간다.[48] <혈맥>은 임희재에게, <청춘교실>은 신봉승에게 각본을 맡기면서 잇따른 성공을 거두는 것이다.[49] 그는 그의 특기 장르인 청춘 멜로드라마로 '청춘물'의 붐을 주도하여[50] 흥행감독으로서의 면모를 과시하는 한편, <혈맥>을 통해 "사회적 주제를 다루는"[51], "리얼리스틱한 영화"[52]를 만들 수 있는 감독으로도 주목받기 시작한 것이다.

그 결과 제1회 조선일보 영화상에서 <혈맥>, <청춘교실>, <굴비>가 후보에 올라가고 <혈맥>이 작품상을 수상한다.[53] 이외에도 <혈맥>은 남우주연상(김승호), 여우주연상(황정순)을 비롯해 남우조연상(최남현), 시나리오상(임희재), 기술상(녹음, 이경순)을 수상한다.[54] 또한 제3회 대종상에서는 최우수작품상을 비롯해 남자주연상, 여자주연상, 각본상

---

48) 김수용(2005), 57~67쪽.

49) <굴비>가 일본영화의 표절이라는 혐의를 받지만(「[신영화] 울리는 노년의 고독/김수용 감독 <굴비>」, 『한국일보』, 1963. 5. 22.) 그러나 <굴비>는 표절 시비에도 불구하고 베니스 영화제, 상항 영화제 등에 출품할 자격을 겨루는 경선에 오른다. ―「베니스영화제 참가 않기로/후보작품 심사결과 해당작 없어」, 『조선일보』, 1963. 6. 22.; 「상항영화제 출품작 곧 결정/<오발탄> 등 네 편이 심사대상」, 『동아일보』, 1963. 8. 26.

50) <청춘교실>은 <맨발의 청춘>(1964)으로 본격화되는 청춘물 붐의 시작을 알린 영화이다. ―「'스크린'에 담긴 빌려온 청춘상/우리의 현실을 외면한 왜곡된 제2의 현실/국적불명이 수두룩/흥행 위주로 '3s' 대명사 취급」, 『조선일보』, 1964. 8. 28.

51) 「[연예] 서울시대 추석영화 '프로'결정/극장 쟁탈 4대1/제작자들, 사운 건 전쟁 끝에/권영순의 <정복자>(국제), 최경옥의 <보은의 구름다리>(명보), 안현철의 <사명당>(국도), 김수용의 <혈맥>(아카데미), 임권택의 <신문고>(을지), 김수용의 <돈바람 님바람>(아세아)」, 『한국일보』, 1963. 9.20.

52) 「[신영화] 빈민의 물욕의 생태를 추구/김수용 감독 <혈맥>」, 『한국일보』, 1963. 10. 4.;「[새영화] 빈민굴의 생존삽화집/김수용 감독 <혈맥>」, 『서울신문』, 1963. 10. 3.; 「[새영화] 밑바닥의 생활군상 그려/<혈맥>」, 『경향신문』, 1963. 10. 5.

53) 「청룡상 겨루는 '필름 · 올림픽'/참가작품 17편/제1회 조선일보 영화상」, 『조선일보』, 1963. 11. 16.

54) 이청기, 「국제영화제로서의 '기틀' 마련/제1회 조선일보 영화제 '청룡상' 심사후기」, 『조선일보』, 1963. 12. 6.

(임희재)을 수상하고[55], <빨간 마후라>(1964), <김약국의 딸들>(1964) 등과 함께 <혈맥>이 제11회 아세아영화제에도 출품되면서,[56] 김수용 감독은 전성기를 맞이한다. 이를 계기로 그는 <아편전쟁>(1964)이라는 대작을 감독할 기회를 얻기도 한다.[57] 이후 1967년까지는 김수용 감독의 시대라고 해도 과언이 아니다.

1965년에 제작 이전부터 화제가 되었던 <저 하늘에도 슬픔이>[58]가 "아름답게 투영된 동심"[59]으로 계몽적 아동영화의 흥행[60]을 일으키면서 1965년 방화 흥행 1위를 기록하고[61], <날개부인>은 "상업성 떠난 신선한 인상"[62], "건전에 오락성까지 살린", "즐길 수 있는 풍속 드라마"[63], "웃음 속에 묻은 한국의 고민"[64], "뒷맛이 개운한 가정물"[65]이라는 호평

---

55) 「3회 대종상 시상/작품상에 <혈맥>/감독 이만희 · 각본 임희재」, 『경향신문』, 1964. 3. 7.
56) 「<혈맥> 등 5편 결정/제11회 아주영화제 출품작」, 『동아일보』, 1964. 4. 1.; 「[주간스냅] <혈맥> 등 5편 출품/아시아영화제, 6월에 대북서」, 『경향신문』, 1964. 4. 4.
57) 「[연예] 대목 노리는 구정의 영화가/경기 만회에 대작공세/70'미리' '시네스코' '사극' '스펙타클' 등/방 · 양화 합쳐 11편/<아편전쟁>의 광동 '오픈 · 세트' 등 구경거리」, 『조선일보』, 1964. 2. 7.; 「구정의 영화가/유례없는 국산대작 붐/양화는 전쟁물이 압도할 듯」, 『경향신문』, 1964. 2. 8.; 「구정영화/거의 대작으로 경쟁/극장의 작품 쟁탈은 이례」, 『한국일보』, 1964. 2. 12.; 「[방송 · 연예] 구정프로 지상 공개/방화 6 · 외화 4 모두 구미 당기는 대작들」, 『서울신문』, 1964. 2. 12.
58) 「[주간스냅] 어린이 역 선발/영화 <저 하늘에도 슬픔이>」, 『경향신문』, 1965. 3. 22.
59) 『한국일보』, 1965. 5. 13.
60) <저 하늘에도 슬픔이>는 서울 개봉관 50일 속영에 28만 5천 명의 관객을 동원하는 흥행을 기록하며 이후 불우한 아동을 다루며 누선을 자극하는 아동영화의 전범이 된다. (「히트 20년 다작 감독 김수용」/<공처가>로 데뷔/신인 캐내기 장기/다작이라기보다 精勤감독이죠/늘 다양한 실험 즐겨/서민들의 얘기 그려내고 싶어」, 『서울신문』, 1965. 8. 7.)
61) 「수량으로 본 영화 1년」, 『대한일보』, 1965. 12. 18.
62) 『대한일보』, 1965. 6. 5.
63) 「[새영화] 즐길 수 있는 풍속드라마/김수용 감독 <날개부인>」, 『서울신문』, 1965. 8. 12.
64) 『신아일보』, 1965. 8. 14.
65) 『한국일보』, 1965. 8. 19.

을 받으며 방화 7위를 차지한다. 그리고 <갯마을>이 성공을 거두면서 '문예영화의 기수'로 떠오르며 최고의 명예를 누리게 된다.66) <갯마을>은 "흐뭇한 로칼 컬러"67), "승화시킨 갯가의 운명"68) "낭만과 서정의 문예물"69)이라는 호평 속에서 대중의 호응을 얻는 데도 성공한다. 잇따른 성공에 힘입어 김수용 감독은 1965년 제3회 청룡영화상에서 <저 하늘에도 슬픔이>로 감독상과 작품상을 수상하는 한편, '문화계 65년의 얼굴'로 선정된다.70) 그리고 <갯마을>로 제2회 한국연극 · 영화예술상 작품상과 연출상을 수상하고, 제9회 부일영화상 작품상, 감독상, 제1회 대일영화상 감독상,71) 그리고 서울시문화상을 수상한다.72)

<갯마을>의 성공으로 고무된 김수용은 이제 소설과 '오리지널'만 감독하겠다고 호언한다.73) 그리고 신년 설계에서 이제 라디오 드라마의 영화화는 삼가고, 오영수의 「후도」, 유주현의 「태양의 유산」, 전광용의 「꺼삐딴 리」, 안병수의 「쑈리 킴」, 김용익의 「시드 모니」, 정연희의 「불붙는 신전」을 영화화하겠다고 밝힌다.74) 이때부터 김수용 감독은 스스로를 문예영화 감독으로 자리매김하기 시작한다.

그런데 흥미로운 것은 김수용이 최고 다작 감독으로 이름을 올리기 시작한 것도 이때부터라는 점이다.75) 이는 문예영화가 수익성이 있었다는

---

66) 「[연예계 스냅] 옴니버스로 장식할 김수용 최고의 해」, 『중앙일보』, 1965. 11. 20.
67) 『서울신문』, 1965. 11. 20.
68) 「[감상실] <갯마을>(오영수 원작)」, 『중앙일보』, 1965. 11. 20.
69) 「[이 주일의 영화] <갯마을>」, 『경향신문』, 1965. 11. 22.
70) 「영화/김수용 씨/논픽션 수기 붐, 새 경지 이룬 개척자로」, 『조선일보』, 1965. 12. 12.
71) 「삼행동정」, 『서울신문』, 1966. 3. 15.
72) 『경향신문』, 1966. 3. 18.
73) 「[65년의 결산] 연예계/서영춘, 김수용 최고의 해/요란한 '제임스 · 본드' 선풍/국산영화도 모험극 취향으로/영화 질 좌우하는 '쇼맨쉽'/의욕적 성공으로 일층 뚜렷해」, 『신아일보』, 1965. 12. 11.
74) 「나의 설계/영화감독 김수용 씨/단편 여섯…꼭 영화 만들고파/국전에도 '빨간 태양' 출품할 계획」, 『대한일보』, 1966. 1. 1.

것, 그리고 문예영화의 예술성이라는 것도 흥행을 전제로 하는 것임을 드러낸다. 1966년에 이광수의 동명소설을 원작으로 한 <유정>은 "'카트'와 '카트'의 연결이 매우 유창하다고 격찬을 받는 반면에 내용에 무게가 없는 것이 섭섭하다"는 평가[76]를 받는다. 그러나 관객 32만명을 동원하여[77] <성춘향>에 이어 역대 흥행 2위를 기록하고 대만에까지 수출되면서[78] 그러한 비판은 종적을 감춘다.

1967년은 한마디로 문예영화의 해였다. 1966년에 10편 미만이었던 문예영화가 전체 제작 편수의 약 20%에 해당하는 30편이 제작되며 문예영화는 붐을 이룬다. 이는 영화제작계가 문예영화도 흥행이 된다는 자신감을 얻기도 했고, 공보부에서는 1966년 상반기부터 우수영화를 선정하고 그에 대한 보상으로 외화 쿼터를 지급한 것과 관련된다. 1966년 하반기부터는 반공, 계몽, 문예 세 부문에 걸쳐 우수영화가 선정된다.[79] 그리고 거기에서 두각을 드러낸 것도 김수용이었다.[80] 그는 "짙은 로컬 컬러의 철저한 리얼리즘을 바탕으로 한 새해의 첫 수작"[81]으로 호평 받은 <만선>

---

75) 1965년 통계에서 한국영화 해방20년의 다작 기록은 김수용 감독이 차지한다. 「히트 20년 다작 감독 김수용」/<공처가>로 데뷔/신인 캐내기 장기/다작이라기보다 精勤감독이죠/늘 다양한 실험 즐겨/서민들의 얘기 그려내고 싶어」, 『서울신문』, 1965. 8. 7.

76) 「<유정>의 김수용 씨/최다수의 수상 작품 내놔」, 『대한일보』, 1966. 6. 28.

77) 「관객동원수로 본 영화 '베스트 · 텐」, 『대한일보』, 1966. 6. 28.

78) 「중계차」, 『서울신문』, 1966. 3. 10.

79) 1966년 상반기에는 고영남 감독의 <소령 강재구>가 선정되었고, 1966년 하반기에는 반공영화 부문에서 김수용의 <망향>이, 계몽영화 부문에서는 김묵 감독의 <맹호작전>과 이규웅 감독의 <마지막 황후 윤비>가, 문예영화 부문에서는 이만희 감독의 <만추>가 선정된다. 4편의 수상작품에 대해서는 그 보상으로 외화수입 '쿼터'가 주어진다. —「<만추>, <망향> 등 4편 뽑아/66년 하반기 우수영화, 18일 시상」, 『서울신문』, 1967. 2. 2.

80) 「67년의 회랑/문화계 회고와 그 주역/영화/문예물로 차원 높여/<안개> 김수용 두드러져」, 『중앙일보』, 1967. 12. 16.

81) 「[영화] 질긴 바다에의 집념 <만선>」, 『조선일보』, 1967. 1. 19.; 「[영화단평] 리얼하게 묘파된 갯가의 숙명/<만선>」, 『동아일보』, 1967. 1. 21.

을 시작으로 <산불>, <안개>, <까치소리>를 내놓는다. <산불>은 <만추>와 함께 제17회 베를린영화제에 출품되고[82], <까치소리>는 "알찬 내용과 극적 구축, 그 위에 영상을 꾀한 가작"[83]으로 평가받는다. 그리고 <안개>는 <갯마을>부터 <산불>까지의 '로컬 컬러'와는 경향을 달리하는, "고독과 권태에 짓눌린 현대인의 의식세계를 극히 감각적인 수법으로 파헤친 가작문예영화"[84]로 평가받으며 김수용 감독을 '한국의 미켈란젤로 안토니오니'로까지 격상시킨다.[85] 그 보상은 실질적인 금전으로 돌아왔고 김수용은 1967년 소득세액과 납세액에서 영화감독 중 1위를 차지하기에 이른다.[86]

여기에서 김수용 감독의 전성기이자 문예영화의 전성기였던 1965년부터 1967년까지의 시기를 짚어볼 필요가 있겠다. 1965년은 그 무엇보다도 이만희 감독의 <7인의 여포로> 사건으로 기억되는 해이다. 5 · 16 군사

---

82) 출품과 함께 1편의 외화 쿼터 보상이 이루어졌다. —「베를린영화제에 <만추>, <산불> 출품/공보부 영화위 결정」, 『중앙일보』, 1967. 5. 23.

83) 「[새영화] 알찬 내용과 영상……<까치소리>」, 『경향신문』, 1967. 11. 25.

84) 「[영화단평] 흐려진 심리묘사/<안개>」, 『동아일보』, 1967. 11. 4.

85) 김수용은 <안개>로 아주영화제에서 감독상을 수상하게 된다. — 감독상에 김수용 씨/아시아영화제 시상」, 『동아일보』, 1967. 10. 3.; 「한국 5개 부문 수상/아시아영화제, 감독상에 김수용 씨」, 『조선일보』, 1967. 10. 3.; 「한국, 5개 부문서 수상/감독=김수용, 조연=김승호 등/아주영화제」, 『중앙일보』, 1967. 10. 3.; 「감독상에 김수용 씨/14회 아주영화제 입상작」, 『한국일보』, 1967. 10. 3.; 「아주영화제/감독상=김수용 씨/한국 5개 부문서 수상」, 『신아일보』, 1967. 10. 3.

86) 처음에는 김수용 감독이 감독 중 2위로 발표되었지만(「톱은 신성일 군 195만원/인기연예인 올해 1기 소득세액」, 『경향신문』, 1967. 11. 17.; 「최고는 신성일 백 95만여 원/『연예인 상반기 납세액 발표」, 『동아일보』, 1967. 11. 17.; 「최고……신성일 2백만 원/국세청, 연예인 반년 납세액 발표」, 『조선일보』, 1967. 11. 7.), 1위를 차지한 변순제 감독이 실제로는 판잣집에 살며 세 부과 기준이 틀렸다고 항의함으로써([색연필] 집 한 칸 없는 고액 납세자」, 『조선일보』, 1967. 11. 18.) 실질적으로 1위를 차지한다. (「<만선>에서 <까치소리>까지/문예영화 '붐' 탄 김수용 감독/수입도 일급스타 육박」, 『한국일보』, 1967. 11. 19.)

정변 직후 계엄사령부는 5월21일 하오 포고 제5호로 "영화, 연극 기타 일체의 문화 예술행사는 사전에 검열을 받을 것"을 명령하면서, 저촉내용은 "(가)혁명정신과 목적수행에 위배되는 내용 (나)사회윤리와 미풍양속 및 도덕심을 해하는 내용"이라고 명시한다.[87] 이후 시간이 갈수록 검열은 점점 더 단순해지며 가혹해진다. <7인의 여포로> 사건은 영화 검열에 의해 감독이 구속되는 초유의 사건으로 그러한 변화가 표면화된 것이다.[88] 이듬해인 1966년에는 영화법 개정이 이루어지면서 검열은 더욱 공고하게 자리 잡는다. 그러나 한편으로는 영화에 대한 보상제도도 구체화되며 반공영화, 계몽영화와 함께 문예영화가 장려된다.[89]

이 시기에 문예영화의 기수로 부상했던 김수용은 반공영화와 계몽영화 부문에서도 좋은 성적을 거두는 감독이었다. 이후 김수용은 이만희 사후에 그와의 각별한 친분을 강조하기도 하고, 1986년에 은퇴선언을 한 이후 '검열제도의 폐해'에 대해 목소리를 높여 비판해 왔지만, 정작 이 시기에는 검열에 대한 문제의식이 절박했던 것으로 보이지 않는다. 한 일간지에서 해방 20년 10대 뉴스를 뽑는 자리에서 윤봉춘, 이영일 등은 검열 문제를 수위로 꼽은 데 비해 김수용은 '국산영화 면세'와 '아세아영화제 서울 개최', '<춘향전> 경작(競作)'을 꼽고 나서야 '최인규 납북', '김희갑 구타'를 거론하고, '이만희 감독 구속'을 거의 마지막에 언급한다.[90] 이 순위를 통해서 당시 그의 관심이 영화의 수익 문제와 영화제 입상을 통한 명예 획득과 세계 진출 문제에 놓여있었음을 짐작할 수 있다.

---

87) <한국일보>, <경향신문>, <조선일보>, 1961. 5. 22.

88) 1964년 12월10일에 대사 3개 처와 화면 1개 처만 삭제하는 조건으로 공보부에서 상영 허가한 영화를 다음 날 중앙정보부에서 상영 보류 조치하면서 감독까지 구속한 것이다.

89) 박유희(2010), 「文藝映畵의 함의」, 『영화연구』44호, 한국영화학회, 148쪽 참조.

90) 이청기, 「해방 20년 10대 뉴스 영화/혼란 속에 정화 추구/영화윤리위 발족과 그 활동」, 『서울신문』, 1965. 8. 21.

<안개> 이후 김수용의 문예영화는 <갯마을>이나 <만선>, <산불>과 같이 농어촌을 배경으로 하는 '스토리 중심 계열'과 <안개>와 같이 도시를 배경으로 하는 '내면 서술 계열'로 전개된다. <분녀>(1968), <봄봄>(1969), <토지>(1974), <물보라>(1980) 등이 전자에 해당한다면, <피해자>(1968), <시발점>(1969), <극락조>(1975), <야행>(1977), <화려한 외출>(1977), <웃음소리>(1978) 등이 후자에 해당한다. 그런데 점차 김수용이 무게 중심을 두는 쪽이 후자로 옮겨간다. 이는 문학을 영화로 옮기는 과정에서의 영상 구성을 고민하는 것을 문예영화, 나아가 예술영화의 본령으로 인식하는 데에서 비롯된 것이다. 여기에는 <안개>의 기획 제작을 계기로 인연을 맺게 된 엘리트 그룹의 취향과 '누벨바그'로 대표되는 유럽의 예술영화의 영향이 작용했으리라고 판단된다. 그리고 이러한 과정 속에서 김수용은 스스로를 '예술가'로 규정해 간다. 김수용이 중광에 매혹되어 천상병, 구상 등과 교유하고 그러면서 연출한 영화 <허튼소리>가 검열로 가위질 당했을 때 영화계 은퇴선언을 한 것은 그러한 자의식의 일단을 보여준다.

이후 김수용의 예술가로서의 자의식은 점점 더 공고해진다. 한국영화진흥조합에서 『한국영화총서』(1972)에서 자신의 영화를 통속물로 분류했다고 분개하는 것[91]은 그것을 단적으로 드러낸다. 1983년부터 대학교수로 재직하게 되고, 1989년 예술원 회원이 되어 대한민국이 인정하는 원로 예술가로 인정받으며 1998년에는 대한민국예술원상을 수상하고 2007년에는 예술원 회장까지 역임한 것은 예술가로서의 자의식을 더욱 공고히 하는 계기가 되었던 것으로 보인다. 그런데 그러한 자의식은 자신이 문인을 비롯한 유명 인사들과 교류했다는 것, 36세에 서울시문화상을 수

91) 권영순의 <표류기>(박경리 원작), 조긍하의 <과부>(황순원 원작)는 문예물인데, 모파상 원작의 <돌아온 사나이>는 통속물로 분류되었다. — 김수용, 『나의 사랑, 나의 씨네마』, 씨네21, 2005, 24쪽.

상한 것을 비롯해 많은 상을 받았다는 것, 세계의 영화인들과 친분을 쌓고 국제적으로 활동했다는 것 등 이른바 세속적인 요소들에 기대는 바 크다. 그의 자서전이나 자전적인 글들에서는 언제나 국내외 유명 인사들과의 친분이 강조되고 수상 내역이 열거되곤 한다. 이러한 세속성은 그가 시류에 민감한 타협적인 영화인이었음을 시사한다.

그는 1970년대에 <야행>, <화려한 외출>, <웃음소리> 등을 만든 것은 베스트셀러 소설을 영화로 만드는 당시의 풍조에 거역하는 것이었다고 스스로 자랑스러워한다.[92] 그러나 한편으로는 <내 마음의 풍차>(1976)를 통해 바로 그가 거역했던 풍조를 주도한 베스트셀러 작가 최인호를 만난 것을 기뻐한다.

> 최인호, 그는 누구인가. 한국 문단에 혜성처럼 등단해 젊은 독자들을 휘어잡았던 신예작가 아닌가. 나는 일찍이 우리 문단의 기라성 같은 작가 현진건, 이광수, 이효석, 김유정, 박계주, 김래성, 김동인, 김동리를 비롯해 오영수, 이범선, 정연희, 박경리, 김승옥, 이청준, 최인훈에 이어 드디어 최인호를 만나게 된 것이다.[93]

세속적 시선에 맞추는 이러한 유연함이야말로 김수용 감독으로 하여금 1960,70년대를 풍미할 수 있게 한 중요한 힘일 수 있다. 그리고 그것은 한 재주 있는 '테크니션'을 문예영화의 기수라는 행복한 예술가로 만들어 준 힘이기도 하다.

---

92) 김영진(2005), 「말해야 할 것이 아직 많이 남아있는 영화감독의 초상」, 『나의 사랑 나의 씨네마』, 씨네21, 248쪽에서 재인용.
93) 김수용(2005), 185쪽.

3. 김수용 문예영화의 구조와 미학

지금까지 김수용의 문예영화에 대해서는 <안개> 유의 '모더니즘 계열'과 <갯마을> 유의 '향토적 서정 계열'로 나뉜다는 견해가 일반적이었다. 그런데 구조와 미학 면에서 두 계열의 특징이 선명히 나뉜다고 보기 어렵다. 오히려 두 계열은 밀접한 연관을 맺으며 편집의 리듬 차원에서 여타 장르 관습이나 음향적 요소와 착종되곤 한다. 여기에서는 두 계열을 아우르는 김수용 문예영화의 특징이 '원작에의 충실성을 위한 영상 실험', '몽타주의 대중성을 위한 관습의 활용', '검열과의 길항을 통한 미학의 구축'이라고 보고 김수용의 영화를 분석해 나가고자 한다. 논의의 편의를 위해 김수용의 영화목록을 제시하면 다음과 같다.

순번	연도	영화 제목	원작	시나리오	장르[94]
1	1958	공처가		이태환	코미디
2	1959	삼인의 신부		이봉래	코미디
3		청춘배달		이태환	코미디
4		애상		이태환	멜로
5		구혼결사대	조흔파	송태주	코미디
6	1960	연애전선		송태주	코미디
7		돌아온 사나이	모파상, 「귀향」	임희재	멜로[95]
8		버림받은 천사		강일문	드라마
9	1961	부부독본		임희재	코미디
10		구봉서의 벼락부자		박영민	코미디
11		일편단심		이태환	멜로/사극
12	1962	부라보 청춘	조흔파, 동명의 HLKA명랑방송낭독물	조남사	멜로/코미디
13		손오공	『서유기』	김성민	코미디/판타지
14		사춘기여 안녕	김응천	김지헌	멜로/청춘

15	1963	약혼녀	송일근	이석기, 이성재	코미디
16		후라이보이 무전여행기			코미디
17		굴비	김영수, <굴비>	김영수	멜로/코미디
18		내 아내가 최고야		조흥정	멜로
19		청춘교실	이시사카 요지로 (石坂洋次郎), 『아이쯔또 와다시』 (그 녀석과 나), 이시철 역[96]	신봉승, 이시철	멜로/청춘
20		혈맥	김영수, <혈맥>	임희재	문예/사회물
21		돈바람 님바람	조흔파	이형표	사극
22	1964	아편전쟁	화교작가 華春[97]	임희재, 신봉승	사극
23		니가 잘나 일색이냐	임희재	신봉승, 임희재	멜로
24		위험한 육체		신봉승	멜로
25		월급봉투		신봉승[98]	멜로
26		학생부부		신봉승	멜로/청춘
27		여자 19세		조흥정	멜로
28	1965	적자인생	김석야	신봉승, 김석야	멜로/청춘
29		막내딸	김영수	신봉승	멜로
30		상속자	유열	유열, 신봉승	드라마/스릴러
31		저 하늘에도 슬픔이	이윤복, 동명 수기	신봉승	멜로/아동
32		날개부인	추식	임희재	멜로
33		갯마을	오영수, 「갯마을」	신봉승	문예
34		제3의 운명		곽일로	멜로
35		큰댁	김자림	김강윤	멜로

36	1966	유정	이광수, 『유정』	김용진, 한유림	문예/멜로
37		학사기생		임희재	멜로
38		망향	김동현	김강윤	멜로/반공
39		연애탐정		김지헌	코미디
40		잘 있거라 일본 땅		임희재	멜로
41	1967	만선	천승세, <만선>	나소운 각본, 이상현 각색	문예/드라마
42		어느 여배우의 고백	윤석주	신봉승	드라마
43		길잃은 철새		이상현	멜로
44		애인	김래성, 『애인』	이이령	멜로
45		산불	차범석, <산불>	신봉승	문예/멜로
46		빙점	미우라아야코(三浦綾子), 『빙점』	김지헌	드라마
47		고발		조문진	반공
48		안개	김승옥, 「무진기행」	김승옥	문예/드라마
49		사격장의 아이들		장재화 각본[99], 임희재 각색	드라마/계몽
50		까치소리	김동리, 「까치소리」	조문진	문예/드라마
51	1968	춘향	『춘향전』	임희재	사극
52		순애보	박계주, 『순애보』	임희재, 조홍정	문예/드라마
53		맨발의 영광	시립아동보호소 고아축구팀 실화[100]	김지헌	드라마
54		피해자	이범선, 「피해자」	나한봉, 김대희	문예
55		동경특파원	송숙영	조문진	활극

56		분녀	이효석, 「분녀」	조문진	문예
57		수전지대		이원세	멜로
58		일본인	조남사	조문진	멜로
59	1969	시발점	이청준, 「병신과 머저리」	조문진	문예
60		아무리 미워도	심영식	신봉승	멜로
61		봄봄	김유정, 「봄봄」	신봉승, 나소원	문예
62		주차장		나소원	멜로
63		추격자	김동현	신봉승	활극
64		석녀	정연희, 「석녀」	이상현	문예
65	1970	청춘무정	토마스 하디, 『테스』	이상현	문예
66		신부일기		김세호	멜로
67		무영탑	현진건, 『무영탑』	김강윤	사극
68		남자는 괴로워		윤삼육	코미디
69		저것이 서울의 하늘이다		이상현	멜로
70		설원의 정		나소원, 강성희	멜로
71	1971	옥합을 깨뜨릴 때	이지욱	김강윤, 유한철	멜로
72		위자료	김자림	나소원	멜로
73		미스 리		나소원	멜로
74	1972	작은 꿈이 꽃필 때	김태하, 문기웅	감낙현, 황영빈, 김태하	계몽
75	1973	딸부자집	최원영	최원영 각본, 나소원 각색	멜로
76		일요일의 손님들	정연희, 「일요일의 손님들」	나소원	멜로

77	1974	토지	박경리, 『토지』	이형우	문예
78		본능		이종호	멜로
79	1975	극락조	김동리, 『극락조』	최금동	문예
80		내일은 진실	김지연	김승옥	멜로
81		황토	조정래, 『황토』	이형우	계몽
82	1976	아라비아 열풍		김강윤	계몽
83		발가락이 닮았다	김동인, 「발가락이 닮았다」	홍파	문예
84		내 사랑 에레나	최원영	나소원	멜로
85		내 마음의 풍차	최인호, 『내 마음의 풍차』	최인호	멜로
86		가위 바위 보		이형우	멜로
87	1977	야행	김승옥, 「야행」	김기팔 각본, 홍파 각색	멜로
88		화려한 외출	김용성, 『유적지』	조문진	멜로
89		산불	차범석, <산불>	조문진	문예
90		여기자 20년	전경화, 동명수기	조문진	드라마
91	1978	웃음소리	최인훈, 「웃음소리」	홍파	멜로
92		화조	차범석, <화조>	이형우	멜로 드라마
93		망명의 늪	이병주, 『망명의 늪』	김지헌	문예
94		여수	한말숙, 「여수」	김지헌	문예
95	1979	사랑의 조건	최인호, 『사랑의 조건』	최인호, 홍파	멜로
96		빨주노초파남보	이재현, 동명수기	김원두	드라마/아동
97		달려라 만석아	이준연, 동명수기	임하	계몽/아동
98	1980	물보라	오태석, <물보라>	조문진	멜로
99		하얀 미소		정지영	드라마/하이틴
100	1981	도시로 간 처녀		김승옥	드라마/사회물

101	1982	저녁에 우는 새		김강윤, 정지영	멜로
102		삐에로와 국화	이병주, 『삐에로와 국화』	송길한, 이희우	드라마/분단
103		만추		김지헌 각본, 정하연 각색	멜로
104		파도의 합창		신태범	기록물
105	1984	저 하늘에도 슬픔이	이윤복, 동명수기	신봉승 각본, 이형우 각색	드라마/아동
106	1986	허튼소리	고창률, 『걸레스님 중광』	최금동	드라마/종교/전기
107	1989	보금자리		나소원	광고홍보물
108	1995	사랑의 묵시록	다우치지즈코(田內千鶴子)의 실화	나카지마 다케히로(中島丈博), 『어머니 눈물이 마를 때까지』	드라마
109	1999	침향	구효서, 「나무 남자의 아내」	이규철	드라마

94) 장르 분류는 한국영상자료원 KMDb의 분류를 기준으로 하여 정리하였다.

95) '멜로드라마'는 '멜로'로 표기한다.

96) 「[영화평] 발산하는 젊음/<청춘교실>(한양)」, 『조선일보』, 1963. 8. 25.

97) 「[새영화] 이국적 분위기로 한몫/김수용 감독 <아편전쟁>」, 『서울신문』, 1964. 2. 19.; 「[새영화] 동양 최대의 비극을 재현/<아편전쟁>」, 『경향신문』, 1964. 2. 22.

98) KV연속극 드라마를 원작으로 했다. 「[영화평] 서민 '샐러리 · 맨'의 애환/<월급봉투>」, 『조선일보』, 1964. 10. 22.; 「[새영화] 샐러리맨 주변의 애환/김수용 감독

1) 원작에의 충실성과 영상 번역

김수용 문예영화는 문학 원작에의 충실성을 기본을 한다. '원작에의 충실성'이란 입장에 따라 판단 기준이 다를 수 있다. 원작자의 입장에서는 자신이 의도한 주제와 특질을 최대한 그대로 옮겨주기를 바라며, 그 정도에 따라 충실성을 판단한다. 이에 반해 감독의 입장에서는 매체 전환도 하나의 창작이라는 인식 속에서 자신들의 새로운 해석으로 작품을 만들어가고자 한다. 그래서 원작자와 감독이 불화하는 경우가 자주 발생하고 명성 높은 원작을 영화화하는 일일수록 모험이 수반되는 것이기도 하다.

김수용 감독이 문예영화의 기수로 나서는 1960년대 중반은 문학의 시대였다. 김승옥을 필두로 한 서울대 문리대 출신 문인들이 스스로를 '한글세대'로 명명하며 이전 세대와 차별화했고 잇따라 등장한 젊은 작가들이 문단에 새 기운을 불어넣었다. 이는 서구 문예의 수입과 맞물려 문학의 위상과 예술로서의 권위를 한껏 끌어 올렸다. 이러한 분위기 속에서 김수용은 그러한 권위에 편승하였다. 그리고 그것은 영화가 예술로서 인정받을 수 있는 가장 빠른 길이었다. 당대의 분위기를 살펴보기 위해 잠시 1964년 청룡영화상 심사위원과 1967년 해외영화제 출품작 선전위원을 살펴보겠다.

<월급봉투>」, 『서울신문』, 1964. 10. 24.

99) 대한교련(大韓敎聯)이 창립 20주년 기념 사업으로 50만원 현상 공모했던 시나리오 공모전에서 장재화의 <사격장의 아이들>이 당선된다. (「<사격장의 아이들> 영화화/23일 창립 20주년 맞는 대한교련(大韓敎聯)/어린이글 위기서 구하자」, 『한국일보』, 1967. 11. 12.; 「<사격장의 아이들> 영화화/교련 20주(周) 기념 현상 시나리오」, 『대한일보』, 1967. 10. 23.

100) 「[연예화제] 고아축구팀의 실화/김수용 감독 카메라에」, 『한국일보』, 1968. 4. 30.

[청룡영화상 심사위원]
심사위원장 – 윤봉춘(예총부회장, 한국영화인협회이사장)
심사위원 : 유한철(영화 · 음악평론가), 여석기(고대 영문과 교수), 이청기(영화평론가), 김갑순(이대 영문과 교수), 권옥연(양화가), 최정희(소설가), 박용구(음악평론가), 선우휘(소설가) 등[101]

[해외영화제 출품작 선전위원]
박종화(소설가), 이어령(평론가), 강원룡(목사), 유한철(영화 · 음악평론가), 이순근(언론인?), 김은우(이화여대 교수)[102]

영화제에서 수상하고 해외영화제에 출품된다는 것은 영화의 예술성을 공인받는 것이었다. 그런데 이러한 심사에서 심사위원의 가장 큰 비중을 차지하는 것은 문학 관련 인사들이었다. 이는 실질적으로 문학인들의 영화에 대한 감식안이 영화의 예술성 구성에 중요하게 작용했다는 의미이다. 김수용은 이러한 시선에 가장 재기 있게 대처한 감독이라고 할 수 있다. 그는 당대에 문학상을 탄 작품을 영화화하기를 선호했고, 영화의 오프닝에는 '○○문학상 수상작 원작'이라는 문구가 거의 빠지지 않았다. 심지어 조감독을 채용할 때 "영화의 밑바닥에 흐르는 문학성을 이해하려면 감독은 글을 쓸 줄 알아야 한다."며 1년 이내의 등단을 조건으로 내걸기도 한다.[103] 그의 영화가 보여주는 원작에의 충실성은 이 지점에서 출발한다.

---

101) 「은막의 잔치 제2회 청룡상/내30일에 호화로운 시상식/올해부터 채점은 백점 만점으로/모두 22편 참가/극영화 17편 · 비극영화 5편」, 『조선일보』, 1964. 11. 17.
102) 「영화제의 현황과 문제점/작품 선정에 잡음/수상에 따른 외화 '쿼터' 이권보다 '깐느' 등 세계적 무대로 눈 돌려야/특성 고려해서 출품해야」, 『신아일보』, 1967. 12. 16.
103) 그 결과 조문진, 이원세, 서진성 등은 모두 신춘문예로 등단하였고, 1970~80년대에 조문진과 이원세는 김수용에 이어 문예영화의 맥을 이어나가기도 했다.

이른바 향토적 서정 계열이든 모더니즘 계열이든 김수용의 문예영화는 원작의 내용을 영상으로 번역하는 데 치중한다. 그것이 스토리 중심의 영화가 되느냐, 내면 서술 중심의 영화가 되느냐는 원작의 특질에 따라 좌우된다. 그래서 원작을 옮겨놓기는 했지만 영화적 창의성이 부족하다는 비판을 받기도 한다.[104] 예컨대 「갯마을」이나 「봄봄」, 「토지」 등은 리얼리즘적 서사성이 강한 소설들이고 이에 따라 스토리 중심의 영화로 옮겨진다. 한편 「무진기행」이나 「병신과 머저리」, 「웃음소리」, 「야행」처럼 내면 서술이 두드러지는 소설을 영화화할 때에는 내면을 영상화하는 것에 대한 고민이 수반되면서 영화는 보다 실험적인 경향을 띠게 되는 것이다. 예를 들어 「무진기행」의 마지막 부분에서 주인공이 전보를 받고 갈등하는 부분에서 소설은 다음과 같이 전개된다.

> 나는 내 호흡을 진정시키려고 했다. 아내의 전보가 무진에 와서 내가 한 모든 행동과 사고(思考)를 내게 점점 더 명료하게 드러내 보여주었다. 모든 것이 선입관 때문이었다. 결국 아내의 전보는 그렇게 얘기하고 있었다. 나는 아니라고 고개를 저었다. 모든 것이 흔히 여행자에게 주어지는 그 자유 때문이라고 아내의 전보는 말하고 있었다. 나는 아니라고 고개를 저었다. 모든 것이 세월에 의하여 내 마음속에서 잊혀질 수 있다고 전보는 말하고 있었다. 그러나 상처가 남는다고, 나는 고개를 저었다. 오랫동안 우리는 다투었다. 그래서 전보와 나는 타협안을 만들었다. 한 번만, 마지막으로 한 번만 이 무진을, 안개를, 외롭게 미쳐가는 것을, 유행가를, 술집 여자의 자살을, 배반을, 무책임을 긍정하기로 하자. 마지막으로 한번만이다. – 「霧津紀行」 중

영화에서는 이 부분을 다음과 같이 처리한다.

---

104) 「[새영화] 의욕과 실험의 '갭'/<혈맥>」, 『동아일보』, 1963. 10. 11.

영 상	내레이션
기준이 아내의 전보를 말아 쥐고 눕는다. 기준이 손에 쥔 전보 클로즈업	
스피커	선입관 때문일 거야.
기준이 고개를 젓는다.	
스피커	그럼 흔히 여행하는 사람이 느끼는 그 자유스러운 기분 때문이겠지.
기준이 고개를 젓는다.	
스피커	세월이 지나면 잊혀질 수도 있어.
고통스러운 표정으로 엎드린다.	
과거의 기준이 괴로워한다.	
스피커	이봐! 대답해줄게 들어봐 감상이나 연민으로 세상을 볼 나이가 지났다고? 이 협잡꾼아, 네가 인숙이에게 어떻게 했는지를 보여줄까?
인숙과의 지난 일들	
	오해하지 마. 진심으로 난 인숙이를 서울로 데리고 가고 싶었단 말이야. 진심이었단 말이야.
인숙과의 지난 일들	
기준이 편지를 쓴다.	갑자기 떠나게 되었습니다. ……
기준의 과거	
기준이 편지를 찢는다.	

주인공의 내면 갈등은 스피커와 기준의 대화로, 대사는 내레이션으로 처리된다. 여기에서 스피커를 보여주면서 주인공의 목소리를 외부음향으로 처리함으로써 원작의 내면 갈등이 분명하게 전달되는 효과를 얻는다. 또한 편지의 내용은 내레이션으로 처리하여 숏 사이의 연결을 부드럽게 하면서 원작의 내용을 충실히 전달하고 있다. 내면 갈등을 시각화하기 위한 장치의 발상이나 영상과 음향의 대위법적 배치를 통해 몰입을 깨지 않는 수법은 주목할 만하다.

이러한 기교에 대한 당대 평단의 반응을 살펴보자. 숫자, 원문자, 밑줄, 굵은 글씨, 이탤릭체 등은 기호는 모두 필자가 설명의 편의를 위해 표시한 것이다.

[1] "스토리 전달이나 영상 취향이 아닌 ⓐ '드라마'의 평면성과 더불어 점묘적인 수법으로 새로운 영화미를 표출해내고 있는 점이 특색"105)

[2] "종전의 영화 문법을 무시하고, 과거로 왔다 갔다 하면서 시간의 흐름을 일관된 톤으로 꿰뚫고 있지만, ⓐ 관객이 저항을 느낄 만큼 부자연스럽지는 않다."106)

[3] "과거의 장면과 현재 신이 엇갈리면서 관객에게 꿈속에 빠져드는 듯한 착각을 불러일으킬 만큼 독특한 수법을 썼다. 종래의 줄거리 위주의 영화가 아니고 사람의 내면세계를 교묘히 상징적으로 묘사했고 ⓑ ***전체의 무드가 유럽영화 같은 색조***"107)

[4] "연출자는 이 의식의 대화[필자주: 과거와 현재를 연결하는 주인공의 대화]를 ⓐ 재치 있는 '커트'와 '오버랩'으로 처리하는 한편 매미 울음소리, 풍금소리, 군가 등 청각에도 의존, 효과를 거두고 있다."108)

[5] "현실과 과거를 뒤섞어 놓은 깔끔한 수법의 각색, 그리고 의식내면의 세계를 표현하고 한 연출이 자기 나름대로 몸부림치고 있으나 화면으로 나타난 과거와 현실이 뒤섞이는 수법과 침체된 분위기에 반응하는 주인공의 내심의 묘사가 ⓒ 실상 어떤 의미를 갖지 못한 채 혼돈된 이미지 속에서 흐려지고 있다. ⓑ ***우리나라에서도 이런 소재가 등장하게 되었다는 것은 기획자의 용기를 말하는 일이지만 아직은 시도에 그치고 있다.***"109)

---

105) 「[새영화] 점묘적 수법 쓴 새 영화미 김수용 감독 <안개>」, 『신아일보』, 1967. 10. 21.
106) 「[영화] 새 시도에 성공한 가작 <안개>」, 『조선일보』, 1967. 10. 24.
107) 「[새영화] 인간 내면세계를 묘사/<안개>」, 『경향신문』, 1967. 10. 28.
108) 「[영화] 뛰어난 '커트' 처리/<안개>」, 『중앙일보』, 1967. 10.2 8.
109) 「[영화단평] 흐려진 심리묘사/<안개>」, 『동아일보』, 1967. 11. 4.

위에서 드러나는 평가와 평단의 태도에서는 세 가지 점이 흥미롭다. 첫째, ⓐ 로 표시한 부분에서 볼 수 있듯이 김수용이 내면 서술을 영상으로 옮기는 과정에서도 편집의 기교를 발휘하여 스토리의 흐름을 놓치지 않음으로써 관객을 끌어들인다는 것이다. 둘째, ⓑ 로 표시한 부분에서 드러나듯이 이 영화에 대한 고평은 유럽 예술영화와 한국영화의 수준 차이를 전제한 상태에서 방화로서는 우수하다는 것을 내포한다는 점이다.[110] 셋째, ⓒ 에서 나타나듯이 김수용 영화의 한계로 지적되어온 기교를 넘어서는 '어떤 의미'가 여전히 미약하다는 것이다. 이 세 가지 점은 김수용 문예영화의 미학을 해명하는 데 모두 핵심적인 요소들이다. 그 중에서 첫번째 요소는 김수용의 재능이 가장 잘 발휘되는 부분이자, 김수용 문예영화의 대중성을 담보했던 자질이자, 그럼으로써 김수용이 다작 감독이 될 수 있었던 이유이기도 하다. 이에 대해서 먼저 논하겠다.

2) 관습의 활용과 몽타주의 대중성

김수용의 문예영화에서는 안정적 구성을 취한다. 김수용은 영상의 구축이나, 영상과 음향의 배치 면에서 참신한 기법을 개발한다. 그런데 그것은 대부분 스토리의 전달을 방해하지 않는 범위 안에서 활용된다. 그래서 기본적으로 그의 문예영화는 서사성이 강한 편이라고 할 수 있다. 그것은 "역시 영화는 소설적인 서술로 이야기가 가시화되었을 때 이해하기

110) <안개>는 이어령, 김승옥, 황혜미, 김동수 등 서울대 문리대 출신의 문학인들이 한국영화의 수준을 높여보자는 목적으로 김수용 감독을 고용하여 제작한 기획 영화이다. "한국영화가 여기까지 왔다!"는 당시 포스터 문구나 "모든 대학생에게 바치고 싶다."(「[영화안내] '신선' 담은 이색적인 영상/<안개>」, 『한국일보』, 1967. 10. 29.)고 장담하는 김수용 감독의 태도는 그러한 맥락에서 나오는 것이다.

쉽고 감동받게 되는 것이다."111)는 그의 말에서도 직접 드러난다. 그는 영화에서 이해하기 쉬운 스토리를 구성하기 위해 영상 편집의 리듬감을 중요시하면서, 내레이션과 음악을 활용한다. 이러한 요소들은 멜로드라마의 관습과도 상통하는 것이기에 김수용의 문예영화는 멜로드라마적 속성을 강하게 드러내곤 한다. 문학작품을 원작으로 하고 있음에도 불구하고 멜로드라마로 분류되는 예가 많은 것은 그러한 특성을 증명한다. <유정>이나 <토지>와 같이 스토리 중심의 장편소설을 영화화한 경우에는 물론 그러한 특성이 두드러진다. 그런데 단편소설을 영화화한 경우, 그 중에서도 <안개>나 <시발점>과 같이 내면 서술이 중시되는 영화에서도 그것은 마찬가지로 드러난다.

<갯마을>과 <산불>에서 스토리의 전달을 위해 활용하고 있는 것은 내레이션이다. <갯마을>에서는 기차가 달려가는 숏으로 시작하여 믿음직한 남성 서술자의 음성으로 "맑고 고운 동해를 끼고 조개껍질 마냥 오붓하게 자리 잡은 갯마을이 있습니다. 바다에서 자라 바다에서 숨져야만 하는 늙은 어부들의 굵은 주름살에는 처절한 생명의 연륜이 새겨져 있습니다. 짝 잃은 갈매기의 외로운 울음소리에 가슴을 설레면서도 끝내 바다를 떠나지 못하는 아낙네들 모진 자연의 시련 속에서 짓궂은 삶을 이어가야만 하는 이 사람들의 얘기는 밀리는 파도처럼 예나 지금이나 되풀이되고 있습니다."라는 내레이션이 나오면서 갯마을의 아름다운 풍광이 영상으로 펼쳐진다. 이야기의 배경을 보여주는 영상에 내레이션을 결합하여 매우 친절한 설정 신을 구축하는 것이다. 그러고 나서 고기잡이 나가는 남자들과 그들에게 딸린 식구들을 소개하는 화소가 짤막한 숏으로 빠르게 배치된다. 이 부분은 김수용 감독이 스토리를 전달하는 데 있어서의 특장점이 잘 드러나는 시퀀스이다.

---

111) 김수용(2005), 72쪽.

<산불>은 <갯마을>보다 내레이션을 적극적으로 활용한다. 김수용 감독은 <산불>의 연출 계획을 발표하면서 3년 동안 숙원 사업으로 구상했다고 하며, "총 120신 가운데 20신만 대사가 있고 100신은 내레이션으로" 처리하겠다고 말한다. 이를 통해 그가 성취하고자 하는 것은 "다이얼로그가 적은 영화, 카메라를 도시로부터 피난시켜 보는 것, 세트를 안 쓰는 것"이다.[112] 그는 이러한 시도가 "여태까지의 작품과는 전혀 색다른 야심작"이라고 믿고 있는 것으로 보아 내레이션을 후시 녹음되는 대사보다 문학적이고 세련된 것이라고 인식했던 것으로 판단된다.[113] 1950~60년대의 멜로드라마에서 대사 의존도가 높았던 것을 환기하면 자연스러운 인식이라고 할 수 있다.

그러나 다시 생각해보면 내레이션은 이야기를 이어나가는 데 가장 원형적인 서술방식이다. 서술된 이야기는 인과율과 연대기에 의거한 내레이션의 형태로 우리의 머릿속에 패러프레이즈 되는 것이기 때문이다. 초기 무성영화에서 스토리의 전달을 위해 장면과 장면 사이에 자막을 넣고, 아시아에서는 변사가 발달하기도 했던 것도 이야기 전달에 있어서 내레이션의 편이성을 말해준다. 이는 영화음악도 마찬가지이다.

음악은 영화의 수용자에게 심리적 연속성을 제공하여 몽타주의 부드러운 결합에 도움을 줌으로써 스토리를 설득하는 데 큰 힘을 발휘한다. 몰입을 강화하려는 영화들에서 음악의 사용에 신경을 쓰는 한편, 소격효

---

112) 「[연예화제] 다섯 톱스타가 경연, 김수용 감독 <만선> 남해서 로케」, 『조선일보』, 1966. 10. 23.; 「[제작실] 희곡 <만선> 영화화/김수용 감독/죽음을 이고 사는 어부의 운명 통해/절망에 부딪친 인간형을 '필름'에/부쩍 줄인 대사, '세트' 없이 모두 남해 '로케'」, 『한국일보』, 1966. 10. 25.

113) 내레이션에 대한 평가가 좋지는 않았던 것 같다. "올해의 '스타트'를 장식할 수작. '라스트'의 비극적 박력감과 여운이 아쉬웠고 실감 넘친 영상"이라고 극찬하는 기사에서도 " '나레이션'의 효과는 '마이너스'"라고 지적하고 있다. —「[영화안내] 섬마을의 숙명 그린 수작/<만선>」, 『한국일보』, 1967. 1. 19.

과를 노리는 영화들에서는 오히려 음악의 사용을 지양하거나 영상과 음악을 반어적으로 배치하는 것은 영화음악의 기능을 잘 보여준다.

김수용의 영화 중 그러한 음악의 기능이 십분 활용된 것은 <안개>이다. 내면서술의 속성 상 몽타주가 상대적으로 눈에 띌 수밖에 없고 난해해질 수 있는 것을 이 영화에서는 이봉조가 작곡한 주제가 '안개'를 통해 상쇄한다. 음악은 자체의 리듬감으로 편집에 리듬을 부여하고 자체의 정서적 설득력으로 관객과 영상의 거리를 좁혀 관객이 주인공의 심리에 공감하는 데 일조한다. <안개>에서처럼 항상 성공적인 것은 아니었지만 김수용 영화에서 음악은 <만추>(1981), <허튼소리>(1986)에 이르기까지 지속적으로 활용된다.

멜로드라마의 어원이 음악을 의미하는 'melos'와 극을 의미하는 'drama'의 결합이라는 것에서도 드러나듯이 음악의 활용은 멜로드라마의 관습과도 밀접하게 연관된다. 김수용 감독은 음악 이외에도 멜로드라마의 관습을 자주 활용한다. 문예영화와 멜로드라마의 경계가 모호한 영화에서는 그러한 수법이 오히려 두드러지지 않지만, <안개>, <피해자>, <까치소리>, <시발점>, <웃음소리>와 같은 영화에서는 눈에 띈다. <안개>에서는 윤기준(신성일)이 무진으로 떠나기 이전의 서울 생활과 떠나게 되는 계기를 도입부에서 제시하고 그의 아내까지 보여줌으로써 윤기준을 둘러싼 하인숙(윤정희)과 본처(이빈화)의 삼각관계를 설정한다. 원작에서 이 모든 설정이 주인공 윤희중의 내면에 혼재되어 있는 것과는 다른 양상이다.

또한 <까치소리>와 <시발점>에서는 원작에는 없는 인물과 화소를 첨가하는데, 그러한 요소들이 보여주는 특징이 흥미롭다. <까치소리>에서는 주인공 봉수(신성일)의 여동생 옥란(윤정희)에게 약혼자(윤양하)를 설정한다. 이는 봉수–정순(고은아)–이대엽(상호), 봉수–영숙(남정임)의 관계가 설정되어 있는 데 준하여 옥란에게도 균형을 맞춘 경우라고 할 수 있다. 이것은 멜로드라마적 관습으로 설명할 수 있는 서사 내적 문제이기도 하지만 한편으로는 영화 산업 차원에서의 고려도 작용했던 것으로 보인다. <시발점>에서도 상우(이순재)와 혜인(남정임)이 헤어지는 결정적인 이유를 만들기 위해 겁탈 사건을 첨가한다. 이로 인해 이 영화는 원작의 관념적 특성이 대폭 줄어들고 우유부단한 주인공의 사랑 이야기에 방점이 놓이게 된다.

<피해자>와 <웃음소리>는 제작 시기는 다르지만 문제작을 전면적으로 멜로드라마화했다는 점에서 공통점을 가진다. 「피해자」는 기독교에 대한 문제의식을 도전적으로 드러내고 있는 것으로 당대에 화제가 되었던 소설이다. 그런데 영화에서는 그러한 원작을 최요한(김진규)과 명숙(문정숙)의 이루어질 수 없는 첫사랑 이야기로 바꿔놓는다. 또한「웃음소리」는 내면 서술이 두드러지는 실험적인 소설이다. 김수용은 이것을 <별들의 고향>(1974) 이후 유행했던 소위 '호스테스 멜로드라마'의 관습으로 재구성한다. 소설에서 주인공 학자는 술집 여자이기는 하지만, 절망한 인간을 대변하는 문제적 현대인이었다. 그런데 영화에서는 멜로드라마의 관습을 끌어들이면서 오학자(남정임)의 직업이 부각되고, 마지막에 새로운 사랑(김만)을 설정함으로써 전형적인 1970년대 멜로드라마가 된다.

이것은 앞서 김수용 문예영화 미학의 특징으로 꼽았던 원작에의 충실성과 배치되는 행보이다. 김수용의 문예영화는 1970년대로 갈수록 모더니즘적인 소설을 원작으로 택함에도 불구하고 원작에의 충실성보다는 대중적 장르 관습을 강화하는 쪽으로 나아간다. 왜 이런 일이 발생하는 것일까?

3) 검열의 시선과 성애 묘사의 실험

1967년에 <만선>, <안개>, <산불>, <까치소리>로 자신의 대표작이자 문예영화의 대표작을 내놓았던 김수용 감독은 1968년부터 뚜렷한 작품을 내놓지 못한다. 김수용 감독의 전성기가 저물고 있었으며, 문예영화도 내리막길에 접어들고 있었다. 1967년에 가면 방화의 양산으로 협소한 시장 조건에서 개봉되지 못한 채 다음 해로 이월되는 영화가 148편에 이르게 된다. 외화 쿼터를 따기 위해서는 우수영화로 선정되어야 하는 한편 관객도 동원해야 하는 이중고의 상황에서 보호 육성이라는 명목하에 영화에 전권을 휘두르는 정부에 대한 영화인들의 불만은 점점 더 높아갔다. 그리고 영화기업화 정책은 오히려 영화의 발전을 저해하는 굴레라는 인식도 팽배해 갔다.[114] 게다가 1968년 KBS의 개편, 1969년 MBC의 개국과 함께 텔레비전 시대가 도래하고 있었다.

이 와중에 원작에의 충실성과 대중성 사이에는 균열이 커지고 있었다. 본질적으로 문학적 관념과 대중성 사이에는 어긋남이 존재할 수밖에 없다. 그러나 김수용의 시의적 감각과 연출의 재능이 그것을 조화롭게 맞붙일 수 있었기 때문에 김수용의 문예영화가 지식인과 대중의 호응을 동시에 이끌어낼 수 있었고 크게 성공할 수 있었던 것이다. 그런데 이제 그 두 가지 요소는 점점 더 조화롭게 공존하기 힘들었다. 생존 경쟁이 치열해지며 영화의 제작 상황은 악화되고 있었고 설상가상으로 1969년부터 1970년대 초반까지 문예영화에 대한 지원조차 축소되었다.

영화가 텔레비전과 변별되기 위해서는 대형 컬러 영상과 함께 텔레비전에서는 방영할 수 없는 내용을 필요로 했다. 영화가 손쉽게 선택할 수

---

114) 「[지상토론: 한국영화 그 풍토를 진단한다] 멀고도 험한 길/온실서만 자랄 수 없다/원대한 마스터·플랜 제시를/악조건 헤칠 때 그 공은 불멸」, 『대한일보』, 1967. 12. 9. 참조.

있는 것은 폭력과 에로티시즘이었다. 1960년대 후반부터 여성 인물의 애욕에 초점을 두는 영화가 양산되기 시작하는 것은 이러한 맥락에서 비롯되는 현상이다. 그러나 또다시 검열이 문제였다. 표면적으로 도덕성을 더욱 강하게 표방했던 정권은 검열에서 더욱 과감한 가위질을 하기 시작했다. 이때 문예영화 감독으로서의 자의식을 가졌던 김수용 감독이 원작에의 충실성과 그 시기가 요구하는 대중성, 그리고 검열의 삼각관계 속에서 선택했던 텍스트가 김승옥 원작의 <야행>이었다. 「야행」은 은행에서 근무하는 20대 후반 여성 인물의 정신적 방황을 그리고 있는 단편소설인데, 주인공 현주는 '서울에 온 하인숙'을 연상시킨다. 김수용 감독은 <안개>의 후속작이자 <안개>와 같은 성공작을 만들고 싶었던 것으로 보인다. 실제로 두 영화 모두 김승옥 원작인데다 주연배우도 동일했다. <안개>에서 하인숙과 윤기준을 맡은 윤정희와 신성일이 <야행>에서 현주와 박 대리 역할을 한 것이다. 다만 서술의 초점이 남성 인물에서 여성 인물로 바뀌었다.

이 영화는 1973년에 완성되었는데 "퇴폐적이고 지나친 정사 장면이 많아 불합격 통보"가 거듭된 끝에 1977년에 개봉될 수 있었다. 다음은 1977년 검열 합격 통보될 당시의 제한 사항이다.

시정 부문	장면 번호	제한 사항
화면삭제	S17－1(7)	현주, 박의 위로 기어오른다
〃	S28－1(5~7)	권투 중 정사 장면, 타이틀백 중 북악산 나오는 장면
〃	S49(13)	술집에서 바지 자크 올리는 장면
〃	S61(전체)	정사 장면
〃	S62(전체)	정사 장면
〃	S64(전체)	희열에 찬 현주의 표정
대사 삭제	S116－2(1)	박 "이 썅년아, 결혼식 같은 건 공중변소에서 차례를 기다리는 사람들이나 하는 거야."

화면삭제	S116−2(3)	궁둥이 얼싸안는 장면, 박의 팬티, 다리 등(삼각팬티 전부)
화면 단축	S130(5)	골목길에서 구토하는 장면
화면 삭제	S139−1(전체)	육교에서 현주 납치하여 호텔로 가는 장면 (수갑 채우는 것)
대사 삭제	S161(7)	공 "남자란 다 그렇고 그런 거야. 어차피 처녀도 없는 세상이니까."
화면 삭제	S17(3)	박이 현주를 끌어안다.(허벅지에 손 넣고)

그 이전에 불합격통보를 여러 번 받았고, 김수용 감독이 52군데나 잘려 나갔다고 회고하는 것으로 미루어보아 검열이 거듭될수록 제작자 쪽에서 알아서 조처한 부분이 더 많았으리라 추정된다. 그렇다면 위의 제한사항 이외에 더 많은 정사 장면이 있었다는 추측이 가능한데, 위의 상태만으로도 원작과는 멀어져 있다. 원작에서 현주가 직장동료인 박 대리와 비밀리에 동거하는 것은 결혼할 경우 여자는 직장을 그만두어야 하기 때문에 좀 더 돈을 모아 결혼하기 위해서이다. 그런데 영화에서는 현주가 결혼을 원하는데 박 대리가 결혼을 거부하는 것으로 나온다. 삭제된 대사는 결혼을 요구하는 현주에게 박 대리가 내뱉는 욕설이다. 그리고 원작에서도 현주가 낯선 남자에게 이끌려 강간을 당하기는 하지만 남자가 현주의 손을 꽉 잡지 않고 엄지와 중지를 수갑처럼 동그랗게 만들어 현주를 끌고 갔다는 것으로 서술된다. 이는 폭력에 대한 현주의 이중적인 심리를 비유하는 설정으로 해석할 수 있다. 그런데 영화에서는 수갑을 직접적으로 제시한 것이다.

이 영화가 개봉되었을 때 김수용은 검열로 상처받은 예술영화 감독으로 자처하는데, 『영상시대』 창간호에는 가위질로 인해 작품이 차라리 나아졌다는 혹평이 게재되었다. 이는 검열이 정말로 작품을 낫게 만들었다는 뜻이 아니라, 그만큼 불필요한 정사 장면이 많고 주인공의 방황에 개연성이 없다는 것을 비판하기 위한 수사(修辭)였다. 이에 대해 김수용 감독은 분개하여 장문의 논문으로 반박하기도 했다.

그런데 김수용 영화의 예술성은 검열의 시선이 요구했던 절제와 밀접한 연관이 있다고 판단된다. 현실에서 억압된 욕망을 영상화하고 싶은 것은 영화의 본질적 욕망이다. 감독에 따라 취향과 선택이 다를 뿐이다. 김수용은 애욕의 표현에 관심이 있었고 이미 <산불>에서 그것을 적극적으로 시도한 바 있다.[115] 그는 <산불>의 연출 의도를 밝히는 인터뷰에서 다음과 같이 말한다.

> "검열이나 사회적 '모랄' 등 여러 여건 때문이겠지만 '카메라'가 너무 '섹스'를 피한 것 같아요. <산불>에선 단순한 자극적 취미가 아니고 '섹스'를 미화시켜서 그 속에 '카메라'를 멈추고 묘사해봤어요…… 전쟁 고발과 함께."[116]

그는 '섹스'를 자극적 취미에서가 아니라 '전쟁 고발'이라는 진지한 주제와 결합하여 아름답게 묘사하려 했다고 주장한다. 그런데 이 주장을 들여다보면, 김수용이 우수영화가 요구하는, 그리고 대중이 요구하는 예술성을 의식하며 검열을 피해가려 한다는 것이 드러난다. 그의 주장을 환언하면 자신은 '검열'과 '사회적 모랄'을 고려하지만 영화감독으로서 애욕 묘사를 피하지 않겠다는 것이며, 말초적 자극을 넘어서는 예술로 승화시키겠다는 것이다. 당시 신문 평에서는 <산불>의 애욕 묘사에 대해 호평하면서 "대담한 애욕 묘사가 천하지 않은 것은 원작의 문학성에 힘입은 바 크다"[117]라고 지적하기도 한다. 그런데 여기에서 '문학성'은 원작에 귀속되는 것이기도 하지만, 시대가 요구했던 '예술성'이 '문학성'으로 표현된 것이라고 볼 수 있을 것이다.

115) 1977년에 <산불>을 리메이크하는 것은 애욕 묘사에 대한 그의 관심을 다시 한 번 입증한다.

116) 「[수작주변] 오늘의 감독 그 작품/리얼리즘의 추구…김수용/<산불>에선 성(性)의 미화 노려」, 『한국일보』, 1967. 4. 30.

117) 「[새영화] 고립된 인간의 성본능 묘사/<산불>」, 『경향신문』, 1967. 4. 22.

그러나 1970년대는 '문학성'이 요구되는 시대가 아니었다. 시류에 민감한 김수용은 이미 그것을 포착하고 있었다. 그러나 문학성이 빠졌을 때 기교파인 그의 영화에서 심도(深度)를 대신해줄 것이 없었다.[118] 게다가 그는 이제 예술가로서의 자의식이 강했기 때문에 애욕 묘사에 대한 표현 의지까지 강했던 것으로 보인다. 멜로드라마의 관습에 능숙한 감독이 기교를 예술성이라고 믿으며 애욕 묘사에 치중했을 때 그 영화는 기교적인 포르노그래피에 가까워진다. 단순하고 강고한 검열의 시선은 애욕 묘사의 욕망을 더욱 강화하기도 하지만, 한편으로 애욕 묘사의 형식에 대한 고민을 제공하기도 한다. 그 결과물이 <웃음소리>라고 할 수 있다.[119]

4. 기교와 포즈로서의 예술

학벌도 배경도 없었던 영상 천재 이만희는 검열의 희생양으로 남산에 끌려가 수모를 당한 뒤에도 새로운 영화를 향한 열정을 불태웠지만 술과 지병 속에서 마지막 필름을 들여다보다 죽어갔다.[120] 동양의 잉그마르 베르히만이 될 수 있었던 유현목은 반공주의와 근대화의 이념 속에서 보수적인 가부장 질서와 손잡는 개신교 실향민의 세계로 정향되어 갔다.[121]

---

118) 이는 <갯마을>에서부터 지적된 바가 있다. <갯마을> 개봉 당시 한 평문에서는 이 영화를 호평하면서도 "다만 소설에서는 짙은 현실을 얘기하고 있으나 영화는 감상적인 낭만을 즐기고 있는 점이 다를 뿐"이라고 꼬집는다. 「[새영화] 욕정과 시정의 교향곡/<갯마을>」, 『신아일보』, 1965. 11. 20.

119) 검열이 초래한 에로티시즘 미학에 대해서는 지면 관계상 고(稿)를 달리하여 논의하겠다.

120) 이만희 감독에 대해서는 박유희(2005), 「통속을 거부하는 육체적 감각」, 『영화감독 이만희』, 도서출판 다빈치, 297~316쪽 참조.

121) 유현목 감독에 대해서는 박유희(2010), 「문예영화와 검열: 유현목 영화의 정체성 구성과정에 대한 일고찰」, 『영상예술연구』 17호, 영상예술학회, 173~212쪽 참조.

구로사와 아키라처럼 되고 싶었고 재능 면에서는 충분히 될 수도 있었던 신상옥은 남북한을 오가며 풍운아로 살았지만 분단된 국가의 그늘 아래서 그가 추구했던 꿈의 절반도 이루지 못했다.[122]

그들에 비해 김수용 감독은 행복한 예술가였다. 그는 가장 많은 연출의 기회를 가질 수 있었던 감독이었고, 문예영화의 대표 감독으로서 한국영화 스타일의 역사에 족적을 남겼으며, 영화계의 원로로서 제자들을 육성하며 지속적으로 영화계에 영향을 미쳤다. 게다가 그는 자연인으로서도 행복한 사람이었다.

그러나 그의 영화에 대한 평가는 예나 지금이나 항상 아쉬운 구석을 지니고 있다. 다음 기사는 '문예영화의 해'였던 1967년을 결산하고 있는 것으로, 전성기의 김수용 감독에 대한 당대의 평가를 보여준다.

> 67년의 영화계는 한마디로 문예영화의 해였다. 뚜렷한 개념의 파악조차 없는 문예영화라는 이름은 우수영화의 대명사 같은 약간 착각된 구실마저 해왔다. 문예영화 '붐'을 촉발시킨 가장 큰 원인은 물론 '오리지널 · 시나리오'의 빈곤이다. 문예영화 '붐'은 구질구질한 방송 '드라머'에 편승한 기획에 비해 확실히 우리 영화를 진일보시킨 수훈을 세웠다. 아직 연륜이 낮은 영화예술이 문학과 악수하고 그 작품에 편승한 것은 영화계의 안목이 크게 성장했음을 입증한 것이다.
>
> 문예영화 '붐'의 기수 격은 김수용 감독—. 지난 해 <만추>의 성과가 뒷받침하며 연초에 개봉된 <만선>을 비롯, <산불>, <안개>, <까치소리> 등 손꼽힐 작품을 만들었다. 김수용 감독의 재능의 주무기인 '스케치'력은 문학작품을 영화로 다루는 데 유감없는 위력을 발휘했다. 그러나 김 감독은 문학작품에 편승하여 작품의 내용을 전달하는 데는 뛰어난 솜씨를 보였지만 주제의 강렬한 부각이나 작가인 감독으로서의 영화를 통한 자기주장이 언제나 결여되어 있었다.[123]

---

122) 신상옥 감독에 대해서는 박유희(2011), 「스펙터클과 독재: 신상옥 영화론」, 『영화연구』 49호, 한국영화학회, 94~127쪽 참조.

그는 문학을 영화로 전환하는 기법 면에서는 탁월한 능력을 보이지만 그만의 내용과 주장이 없다는 것이다. 이러한 평가는 데뷔부터 1986년 <허튼소리> 검열 사건으로 공식적인 은퇴를 선언하기까지 계속되는 것이다. 그러나 그랬기 때문에 그는 가장 오랫동안 가장 많은 작품을 만들 수 있는 영화감독이 될 수 있었고 결국에는 예술가로 인정받을 수 있었다. 그 이유에 대해서는 '문예'에 대한 당시 사설이 중요한 단서를 제공한다. 이 기사가 실린 신문사는 문예영화를 장려하고 영화상을 주는 기관이었다는 점에서 이 사설은 더욱 의미심장하게 다가온다.

> 문학에 있어서는 토색적[土色的]이거나 정치 또는 사회성을 배제한 소위 순수문학적 작품이 여전하지만, 사회과학파라고 일컬을 수 있는 일련의 평론가의 주장에 촉발된 듯싶은 작품도 눈에 띄는 것이 요즘의 특색이다. 그런데 그런 주장의 평론이나, 그런 경향의 작품은 투명치 않은 것이 탈이다. …… 30년 전의 카프문학인들의 주장을 이어보면 앞뒤가 맞는다고 보이지만, 동일시하는 속단을 피하려 한다. …… 문학은 현실의 불만을 묘사하는 데 그쳐서는 안 되며, 보다 나은 이상으로 끌어올려야 한다는 것은 지언(至言)이다. 문학은 이데올로기나 사회과학적으로 분석된 것이 아니라 어디까지나 문학적으로 창조되어야 하는 것이다.[124]

문학은 정치 또는 사회성을 배제해야 하고 문학적이어야 한다는 관념은 문학성을 지향하는 문예영화에도 그대로 적용될 수 있는 것이다. 따라서 이는 정치 또는 사회성을 가진 영화는 문예영화가 될 수 없다는 말도 될 수 있다. 여기에서 목표로 삼고 있는 것은 '카프'라는 단어에서 드러나듯이 좌파 이데올로기에 대한 경계라고 볼 수 있다. 그러나 당시 '좌파'라

123) 「[붐 · 67년] 연예계 마무리 ③ 문예영화와 번역극」, 『한국일보』, 1967. 12. 24.
124) 「[사설] 한국적인 문예향상의 길」, 『조선일보』, 1967. 12. 3.

는 말은 경우에 따라서 얼마든지 편의적으로 사용될 수 있는 것이었기 때문에 '정치 또는 사회성'을 가진다는 것은 정치와 사회에 대해 나름대로 소신을 추구하거나 적어도 일관성을 가지는 것으로까지 해석할 수 있다. 실제로 이만희나 유현목과 같은 감독들은 좌파도 아니었고 정치적 입장이 뚜렷했던 것도 아니었지만 나름의 영화관을 가지고 있었던 것 때문에 고초를 겪을 수밖에 없었다. 영화 자체가 생의 목적이자 이념이었던 신상옥에게도 그것은 마찬가지였다.

이러한 맥락에서 볼 때 묵직한 감동이나 일관된 주제의식 등으로 표현되는 '예술성' 면에서 김수용의 영화가 상대적으로 약하다는 평가를 받은 것과 그가 영화계를 대표하며 예술가로 인정받는 과정은 모순이 아니다. 그 두 요소의 관계는 역접(逆接)이 아니라 순접(順接)이다. 김수용 감독은 '정치 또는 사회성'이 최소화된 '예민한 감각의 테크니션'이었기 때문에 정책의 변화나 대중의 취향에도 기민하게 대처할 수 있었고, 불합리한 제도에도 보다 쉽게 순치될 수 있었으며, 그랬기 때문에 보다 많은 기회를 얻을 수 있었던 것이다. 그리고 그러한 김수용 감독을 통해 성취된 문예영화는 문학의 예술성에 대한 선망과 적극적 수용, 유럽예술영화에 대한 동경과 모방, 그리고 정책의 요구와 대중의 기대가 어우러져 구성된, 기교 중심의 예술이라는 포즈였다.

임권택의 '판소리 3부작' 연구*

— 판소리의 영상화에 대해서

강 성 률*

1. 임권택의 '판소리 3부작

한국을 대표하는 감독을 단 한 명만 들라고 하면 많은 이들은 임권택을 빼놓을 수 없을 것이다. 임권택은 한국을 대표하는 감독이다. 그가 한국을 대표하는 감독이 된 것은 오랜 시간 동안 현역 감독으로 활동한 것도 있고, 그의 대표작 가운데 우수한 작품이 많은 이유도 있지만, 무엇보다도 한국의 전통과 역사와 임권택의 영화 세계가 떼려야 뗄 수 없는 관계에 있기 때문이다. 임권택은 한국의 상황을 영화 속에 담으려고 부단히 노력한 감독이다.

임권택 영화를 요약하면, 그의 영화는 이 땅에서 벌어진, 전통과 근대의 충돌을 문제 삼고 있다. 그는 서구의(또는 외세의) 근대화가 가파르게 진행되면서 우리의 전통이나 정신적 세계관이 어떻게 파괴되었는지 초점을 맞추고 있다. 근대화의 깃발 아래 우리 스스로 전통을 업신여기며 무너뜨리기도 했고, 한편으로는 외세의 강압에 의해 어쩔 수 없이 폐기처분

* 광운대학교

하기도 했지만, 분명한 것은 현재를 살아가는 우리에게는 과거의 고유한 정신적 아름다움이 사라졌다는 것이다. 임권택이 정말로 안타까워하는 것은 이것이다. 이런 경향의 영화로는 <족보>(1978), <신궁>(1979), <만다라>(1981), <불의 딸> (1983), <아다다>(1987), <서편제>(1992), <축제>(1996), <춘향뎐>(2000), <천년학>(2007) 등을 들 수 있다.

근대와 전통의 충돌에서 임권택은 또 다른 한 축으로, 전통을 무너뜨린 외세의 침입과, 외세로 인해 이데올로기의 대리전이 되어 버린, 분단된 현실의 모습을 충실하게 그의 영화 속에 그린다. 그리고 분단이 반공으로 이어지면서 군부독재가 가능했던 쓸쓸한 남한현대사를 살핀다. 그러니까 임권택의 영화는 구한말 외세의 침입에서 시작해 1980년대의 군부독재에까지 폭넓게 스펙트럼을 형성하면서 그 안에서 힘겹게 살고 있는 민중들의 다양한 모습들을 보여준다. 이런 경향의 영화로는 <깃발 없는 기수>(1979), <짝코>(1980), <길소뜸>(1985), <티켓>(1986), <개벽>(1991), <태백산맥>(1994), <취화선>(2002), <하류인생>(2004) 등을 들 수 있다.[1]

임권택이 판소리를 영화화한 것은 전자의 입장이었다. 익히 알려진 것처럼, 임권택은 '판소리 3부작'[2], 즉 <서편제>(1992), <춘향뎐>(2000), <천년학>(2007)을 무려 15년이라는 시간을 두고 연출했다. 그는 수많은 인터뷰에서도 판소리에 대한 애정을 표현한 바 있다. 전통적인 판소리를 현대적인 영화에 어떻게 살릴 것인지 숱한 고민을 했다고 그는 증언한다. 그의 이런 고민과 노력이 전통적인 연행 예술을 영화에 조화롭게 접목시

---

1) 강성률(2007), 「한국의 것을 담으려는 평생의 노력」, ≪무비위크≫271호. 44~47쪽에서 요약.

2) 이 용어는 언론에서 편의적으로 칭하기 위해 만든 용어이기 때문에 학술적인 용어라고 할 수는 없지만, 일반적으로 널리 사용되고 있는 용어이고, 또한 논문의 전개상 편의를 위해 사용하고자 한다. 이후 본고에서는 별다른 표시 없이 판소리 3부작이라고 칭한다.

킨 것인지, 아니면 단지 또 다른 형식적인 실험에 머문 것인지는 이후 논의를 해봐야 알 것 같지만, 그가 기울인 노력은 실로 대단하다고 하지 않을 수 없다. 본고에서는 임권택의 판소리 3부작에 나타난 판소리와 영화의 접목에 대해 고찰할 것이다.

2. 판소리의 영화적 미학, 영화의 판소리적 미학

임권택의 판소리 3부작에 나타난 판소리와 영화의 접목을 살펴보기 전에 먼저 고민해야 할 것이 있다. 다름 아니라 정적인 판소리와 동적인 영화가 서로 조화롭게 만날 수 있는가 하는 문제이다. 판소리는 고수와 가수가 한 자리에서 연행을 하는 예술이고, 영화는 시간과 공간을 넘나드는 예술이기 때문에 분명 다른 특징을 지닌 매체임에 분명하다. 이렇게 서로 다른 매체를 임권택은 어떻게 접목시키려고 하는 것인지 파악하는 것이 순서일 것이다. 단지 판소리를 영화의 소재로만 삼으려 한다면 그것은 그리 큰 의미를 지니고 있다고 할 수 없다.

이 문제를 해결하기 위해서는 우선 판소리와 영화의 기본적인 특징 가운데 서로 조화롭게 접목할 수 있는 부분을 찾는 작업이 선행되어야 한다. 두 매체는 공연예술이라는 점에서 분명 공통점이 있다. 단지 판소리가 광대가 혼자서 부르는 노래라고 영화와 공감할 부분이 없는 것은 아니다.

두 매체에서 먼저 살펴볼 것은 서사적인 측면에서의 공통점을 찾는 것이다. 판소리와 영화는 공히 서사를 바탕으로 하는 예술이다. 판소리가 대중들에게 강한 동일시를 이룰 수 있었던 것도, 노래라는 부분도 있지만, 긴 서사가 주는 공감대가 큰 역할을 한다. 영화 역시 실험적인 영화를 제외하고는 대부분 서사에 바탕을 두고 있다. 물론 판소리를 두고 한국적인 서사 구조의 전형이라고 할 수 있는지에 대해서는 전문가가 아니기 때문에 지금 판단할 수 없지만, 판소리에서 중요한 요소 가운데 하나가 서사라는 주장은 충분히 공감을 얻을 수 있다.

그렇다면 판소리의 서사의 특징은 무엇인가? 이 부분에서는 판소리에 대해 많은 연구를 수행한 조동일의 견해를 살펴볼 필요가 있다. “판소리는 오랜 시간을 두고 많은 사람에 의해 점차 형성되어 왔기 때문에, 각 부분은 부분대로 첨가되고 변모되어 왔기 때문에, 각 부분은 전체적인 유기성(有機性)에 엄격히 구속됨이 없이 그것대로 따로 존재할 수 있고, 타 부분과는 때로는 당착(撞着)되기도 하는 특징을 가지는데,”[3] 이런 특징을 조동일은 ‘부분의 독자성’이라고 칭했다.

또 다른 연구자 김흥규는 이를 두고 “플롯이 중시되는 문학양식에서는 <부분이 전체의 구조를 위해> 봉사하지만, 판소리에서는 <사건의 흐름이 부분을 위해> 봉사한다고 할 수 있다. 판소리 작품의 각 부분은 이야기 줄거리에 포함된 여러 상황을 <그 상황 자체의 흥미와 감동을 위해> 확장 · 세련하는 것이다. 그러므로 판소리에서 추구되는 것은 어떤 상황이나 부분이 제공 또는 허용하는 의미 · 정서를 절실하고 흥겹게 연출하고자 하는 지향”[4]이라고 분석했다.

논의를 위해, 판소리의 가장 큰 특징 가운데 하나라고 할 수 있는 ‘부분의 독자성’에 대해 좀 더 살펴보도록 한다. 역시 조동일의 입장을 들어보자.

> 부를 때 부분적으로 부르고, 개작 또한 부분적으로 이루어지는 탓에 부분이 독자적인 성격을 지니고 있다. 그래서 부분이 서로 어긋나는 당착이 생기기도 하고 표현의 불균형도 지적될 수 있다. 작품 전체의 일관성을 찾으려는 사람을 실망시키기도 한다. 그러나 부분의 독

---

3) 조동일, 김흥규 편(1978), 『판소리의 이해』, 창작과비평사, 48쪽.
4) 같은 책, 113쪽.

> 자성은 그것대로 중요한 구실을 하기도 한다. 작품의 전체적인 전개를 지탱하는 설명에서는 전래적인 도덕률이 그대로 역설되고 굳어진 감정이 제시되어도, 이에 구애되지 않는 부분에서는 이에 구애되지 않은 삶의 발랄한 모습을 있는 그대로 드러내는 충격적인 표현을 한다. 부분의 독자성 때문에 판소리는 문장체 소설에서는 볼 수 없는 생동하는 느낌을 주고, 경험을 통해서 느낀 갈등을 관념적인 설명으로 왜곡하지 않고 나타낼 수 있다.[5)]

조동일은 부분의 독자성 때문에 판소리가 "문장체 소설에서는 볼 수 없는 생동하는 느낌을 주고, 경험을 통해서 느낀 갈등을 관념적인 설명으로 왜곡하지 않고 나타낼 수 있다"라고 한다. 여기서 더 나가 조동일은 판소리의 주제가 표면적인 주제와 이면적인 주제로 갈라지고, 전체 내용과 다른 인물의 특징이 등장하기도 한다는 것이다. 한마디로 앞뒤가 맞지 않는 인물 설정이 등장하면서 주제에서도 이면적인 것과 표면적인 것에서 갈라진다는 것이다.

부분의 독자성을 영화에 접목시키면 내러티브가 탄탄한 폐쇄적인 기승전결의 구조가 아니라 구조가 열려있는 에피소드식 구성이라는 결론을 얻을 수 있다. 이는 "작품 전체의 일관성을" 구사하지 않고 에피소드가 모여 영화를 구성하는 형식을 취한다. 이때 부분과 부분이 유기적으로 연결되지 않아 충돌하기도 하고, 부분과 전체가 유기적이지 않아 충돌하기도 하지만, 전체적으로 봤을 때 각각의 에피소드는 커다란 이야기 틀 속에 녹아난다. 여기서 중요한 것은 판소리에 기본을 둔 에피소드식 구성이 지니고 있는 의미이다. 지금은 감독으로 유명하지만 평론가로 필봉을 떨치던 젊은 시절의 장선우에 의해 '열려진 영화'의 조건으로 칭해진 이것은 폐쇄적인 주입식 내러티브의 대안으로 거론되었다. 장선우는 기승전결의

5) 같은 책, 19쪽.

영화는 "사건의 도입과 갈등의 전개와 고조, 그리고 갈등의 해소라는 단선적인 구성 위에서 얘기는 주입식일 수밖에 없으며, 폐쇄적인 회로를 벗어날 가능성은 희박한"[6]데, 이런 단점을 넘어서는 열려진 영화는 에피소드식 구성을 통해 "많은 여백을 남겨줌으로써 나름대로의 정서를 환기하여 개입할 수 있는 여지를 열어"준다고 주장했다. 이렇게 함으로써 판소리의 부분의 독자성을 영화의 내러티브로 받아들이면 대안적 내러티브가 되는 것이다.

서사적 측면에서 판소리와 영화의 공통점을 찾는 것 이외에 두 매체의 공통점은 리듬에서도 찾을 수 있다. "판소리 음악은 그에 선행하는 모든 음악 예술의 장점을 종합 정리하여 새로 창조된 민족적 정통 음악"[7]이기 때문에 당연히 리듬이 존재한다. "판소리 음악에는 그에 앞서는 모든 음악적 유산들이 복잡하게 얽혀있"기 때문에 단순한 음악이 아닌 것이다. 판소리의 리듬은 기존의 서구 음악보다 훨씬 복잡한 리듬을 지니고 있다고 판소리를 연구하는 학자들은 주장한다. 그런 점에서 판소리는 소설이면서 음악이다. 그런데 기존의 판소리를 원작으로 해서 만들어진 영화에서는 음악 부분에 대해서는 무시한다. 단지 판소리의 서사 구조를 영화 속에 녹이는 것이 아니라 판소리의 음악적 리듬을 영화에 살려 새로운 리듬의 영화를 만들 수 있는 것이다.

그렇다면 판소리의 리듬과 영화의 리듬은 어떤 상관관계가 있는지 알아보아야 한다. <천년학>에 출연했던 광대 임진택은 이 문제에 대해 많은 고민을 한 것 같다. 영화에 출연하기 이전에 이미 탈춤과 판소리, 전통연행 예술에서의 열린 무대에 대해 많은 고민을 했고, 자신의 고민을 결

---

6) 장선우(1983), 「열려진 영화를 위하여」, 서울영화집단 편, 『새로운 영화를 위하여』, 학민사, 316쪽.
7) 정병욱(1981),『한국의 판소리』, 집문당, 19쪽.

과물로도 내놓았던 기획자이자 소리꾼이었기 때문에 그는 이 문제에 대해 명쾌하게 문제를 제기한다. 다음을 보자.

> 영화의 패스트 모션과 슬로우 모션은 판소리의 휘모리 장단이나 진양조 장단과 같은 느낌을 줍니다. 예를 들어 춘향가 중 <십장가> 장면에서는 장단이 느린 진양조로 바뀌면서 극한적인 고통이 표현이 되는데, 저는 이 대목 판소리를 들으면서 영화의 슬로우 모션 같다는 느낌을 받았습니다. 또 <홍보전>에서 박속에서 나온 쌀로 밥을 지어먹는데, 자식들이 모두 밥 속에 들어가 '던져놓고 받아먹고, 던져놓고 받아먹고' 하는 대목에서는 패스트 모션의 장면이라는 느낌이 들었거든요.
>
> 제가 판소리를 한창 연구하고 창작할 무렵 '판소리는 그림이다' 또는 '판소리는 연속되는 그림이기 때문에 결국은 영화다'라고 규정을 내린 적이 있습니다. 그러면서 저는 판소리의 영화적 미학이랄까, 영화의 판소리적 미학이랄까, 판소리적 구조가 원리로 작동하는 영화, 판소리와 같은 리듬을 타고 가는 영화, 이런 작업을 해보고 싶다는 욕구를 많이 느꼈습니다.[8]

임진택은 판소리와 영화의 리듬을 연구해서 "판소리적 구조가 원리로 작동하는 영화, 판소리와 같은 리듬을 타고 가는 영화"를 만들고 싶어 했다. 이것은 서양의 리듬과는 다른 판소리의 리듬을 영화적 리듬으로 만드는 것이다. 이렇게 됨으로써 판소리를 다룬 영화는 단지 서사 구조에서만 대안적인 영화가 아니라 영화적 리듬에서도 대안적인 영화가 될 수 있는 것이다.

그렇다면 판소리의 음악적 리듬이 어떻게 영화와 접목될 수 있을 것인가 고민해야 한다. 임권택은 <천년학>을 연출하면서 판소리의 리듬과 영화의 리듬을 맞추려고 노력했다고 말했다. 그에 의하면 "서양 리듬과는

---

8) 같은 대담.

다른 우리 가락이 갖는 리듬과 거기서 나오는 감흥을 카메라 워킹과 배우의 연기와 어떻게 하나로 어우러지게 할 것인지 고민했습니다. 물론 판소리가 가장 중심에 있으면서 우리 자연과 한국인의 삶을 모두 포함하는 것입니다. 이 모든 것을 어떻게 잘 조합하고 조화롭게 융화시켜 판소리가 갖는 속도감이나 리듬을 영화로 드러내느냐 하는 목표가 있었"[9]다는 것이다. 물론 이 작업이 결코 쉬운 작업은 아닐 것이다. 그리고 의미 있는 작업인지에 대해서도 상세히 분석해야 할 것이다.

결국 "판소리의 영화적 미학, 영화의 판소리적 미학"이 조화롭게 만날 수 있는 것은 서사 구조라는 분야와 리듬이라는 분야로 국한된다. 물론 이외에도 다른 공감대를 찾을 수 있겠지만, 본고에서는 두 부분에서 논의를 진행시키기로 한다.

3. '판소리 3부작' 분석

이미 앞에서 설명한 것처럼 임권택은 한국의 역사와 현실을 꾸준히 다룬 감독이다. 그의 영화는 외세와 근대화에 의해 소멸되어간 전통의 아름다움에 대해 논하고 있고, 외세의 각축장이 되었다가 분단, 전쟁을 겪은 우리의 역사에 대해 논하고 있다. 그런 작업을 일관되게 해 왔던 임권택이 판소리를 소재로 한 영화 세 편을 만든 것은 어쩌면 당연한 귀결로 보인다.

이뿐 아니다. 임권택 영화의 형식적인 특징 가운데 하나는 에피소드식 구성을 취한다는 것이다. 1980년대 초중반까지 임권택과 함께 했던 송길한 작가와 결별한 후 임권택은 두드러지게 에피소드식 구성을 취했다. 그

---

9) 「광대, 명장을 만나다－<대담>, <천년학> 임권택 감독과 광대 임진택」, ≪컬처뉴스≫(http://www.culturenews.net/)

의 영화는 대부분 플래시백으로 진행되고, 각각의 에피소드를 연결하는 형식을 취하고 있다. 플래시백이라는 기법 자체가 에피소드식 구성에 적합한 양식인지도 모른다. 플래시백은 기본적으로 기억을 전제로 해서 과거로 돌아가는 기법이다. 그런데 이때 기억하는 과거란 언제나 파편적이기 마련이다. 그러므로 플래시백은 에피소드식 구성과 밀접한 관련이 있다. 임권택이 플래시백에 기반한 에피소드식 구성을 주로 사용하는 것을 두고 연구자들은 판소리와 결부시키기도 했다. 가령 염찬희는 "판소리 등에서 볼 수 있는 서사의 비일관성과 부분들의 불균등방식을 취함으로써 임권택 감독은 다양한 시선과 부분들의 총합에서 나아가서 훨씬 깊고도 넓은, 전체를 보여주기 위한 이야기 틀을 꾀했던 것"[10]이라고 평가했다. 이 말을 다시 하면, 판소리를 의식하고 있었든 그렇지 않든 간에 이미 임권택은 판소리적 서사에 큰 관심을 지니고 있었다고 할 수 있다.[11] 남한의 영화 감독 가운데 임권택만큼 판소리를 영화로 옮기려고 노력한 이는 드물다. 이제 그가 연출한 각 작품들을 분석해 보기로 한다.

1) <서편제>

임권택이 처음으로 판소리를 영화화한 것은, 이미 널리 알려진 것처럼, 이청준 원작의 <서편제>이다. <장군의 아들> 이후 준비하던 <태백산맥>이 우익들의 반대로 진행이 되지 않자 <서편제>를 연출한 것이다.

---

10) 염찬희(2001), 「한국영화의 내러티브 분석을 통해 본 '한국적' 내러티브」, ≪한국영화의 미학에 대한 탐구와 모색≫, 한국영화학회 춘계 정기 세미나, 48쪽.

11) 임권택은 자신의 영화 인생 초반인 1960년대에 이미 판소리에 관심을 가졌다고 회고했다. 초기 영화의 영화음악으로 김소희의 창을 넣으면서 깊은 감명을 받았는데, "언젠가 영화에 판소리를 담았으면 좋겠다는 생각을 그때" 했다고 소회했다. 정성일 대담(2003), 『임권택이 임권택을 말하다 2』, 현실문화연구, 263~265쪽.

<서편제>에서 놀라운 것은 아무도 예상하지 못한 흥행이었다. 이전의 흥행 기록을 갈아치운 이 영화로 판소리는 일대 붐을 불러일으켰다. 사실 이 영화는 아버지가 딸의 눈을 멀게 하는 등 내러티브적으로 쉽게 받아들이기 어려운 것들이 있다. 그러나 "이 영화가 예술성을 지니게 되는 것은 그 미흡함을 극적 상황에 맞는 판소리가 유장한 힘으로 채워주고 있기 때문이다."[12]

그러나 엄청난 흥행은 영화의 완성도나 예술성만으로는 이루어지지 않는다. 사회적 이유가 존재하기 마련이다. 아무리 완성도가 뛰어난 영화라고 하더라도 쉽게 흥행하는 것은 아니다. 엄청난 흥행의 이유에 대해서는 여러 분석이 있지만 평론가 변재란의 분석이 무난해 보인다. 그녀는 "<서편제>가 국민영화가 된 것은 사회학적인 사건이지만 그것이 세대와 성별을 떠나 관객의 이목을 집중시킨 것은 전통과 근대가 절충되어 여러 종류의 관객이 각기 자신의 지점에서 다양하게 읽을 수 있는 익숙한 문화적 편린을 잘 조합했기 때문"[13]이라고 분석했다. 다시 말하면, <서편제>가 전통과 근대에 대해 세대별로 다양한 동일시 지점을 찾을 수 있는 영화라는 것이다. 가령 이 영화를 통해 노년층은 스스로 무시하고 버렸던 전통에 대한 반성을 하고, 중년층은 전통에 대한 아련한 회상을 불러 모았고, 젊은 층에게는 전통의 아름다움을 재발견하는 계기가 되었다는 것이다.

조한혜정은 이 영화가 흥행한 이유를 민족주의와 결부시켰다. 1980년대의 저항적 민족주의와는 다른 민족주의를 이 영화 속에 녹였기 때문에 엄청난 흥행이 가능했다는 것이다. 그는 다음과 같이 주장한다.

---

12) 김청원(1993), 「판소리, 독특한 음조 · 빼어난 기교와 멋 – 영화「서편제」 분석과 판소리 재조명」, ≪상상≫ 2호, 206쪽.
13) 변재란(2001), 「'노동'을 통한 근대적 여성주체성의 구성 : <쌀>과 <또순이>를 중심으로」, 주유신 외, 『한국영화와 근대성』, 소도, 97쪽.

우리를 만들어가는 민족주의란 문화적 자생력이 강조된, 생산적인 어떤 것이어야 할 것이다. 우리 것의 소중함을 다시 보는 눈을 갖게 되는 것, 이것은 갈수록 '피해의식'이 짙어가는 '신식민'시대의 몸부림이 아니라 피해자 의식을 벗어나려는 '탈식민'적 자각이어야 한다. 감독 자신도 언급하였지만 이 영화가 1980년대에 나왔으면 이런 인기를 끌지 않았을 것이 분명하다. 우리의 상황은 지금 새로운 도약을 요구하고 있으며, 서편제는 그런 교차로에 서있는 우리에게 진지한 토론을 펼칠 좋은 거리를 제공해주었다는 점에서 시대저적 역할을 톡톡히 해낸 작품이다.[14]

1990년대라는 시대에 필요한 것을 담고 있기 때문에 이 영화가 엄청난 흥행을 했다는 것이다. 더 정확히 말해 이 영화에 너무 많은 것이 들어있다. "판소리/우리 소리/우리 산하/득음의 경지/불교적 인생관/민초의 삶/떠돌이 인생/천대받은 국악의 수난사와 회복/우리의 근대사/비극적 사랑의 이야기/그리움의 정서/인고의 여인상/쟁이 기질/외로운 프로 등이 그것이다. 이렇게 주제가 다양하게 펼쳐져 있기 때문에 관객이 보수적이건 진보적이건, 나이가 어리든 많든, 판소리를 감상하는 능력이 있든 없든 상관없이, 각자가 자기가 보고 싶은 부분만을 보면서 감동할 수 있었다."[15] 1980년대도 아니고 2000년대도 아닌 시기에 이 영화가 등장해서 신식민과 탈식민의 교차로에서 다양한 동일시 지점을 통해 많은 관객층과 소통했다는 것이다. 이렇게 보면 2007년에 제작된 <천년학>이 흥행에 실패하는 것은 당연해 보인다.

임권택은 <서편제>를 연출하면서 "판소리가 갖는 맛을 어떻게 쉽게 전달을 하고 그 소리가 갖는 감동을 어떻게 관객들한테 알아채게 할 것인가 하는 데에 더 많은 힘을 기울"[16]였다고 회고했다. 이 말을 다르게 하

14) 김경현, 데이비드 E. 제임스 외(2005), 김희진 역, 『임권택, 민족영화 만들기』, 한울, 180쪽.
15) 같은 책, 180~181쪽.
16) 정성일 대담(2003), 위의 책, 281쪽.

면, 그가 <서편제>에서 노력을 한 것은 판소리의 리듬을 따라가거나 판소리적 구성을 취하려고 한 것이 아니라 판소리가 갖는 맛을 전달하는 것, 그래서 그것을 통해 관객들에게 감동을 주는 것이었다.

문제는 여기서 발생한다. 몰락해 가는 판소리 광대의 슬픈 삶을 현대사의 근대화 부분과 결합시켜 보여주고 있지만, 정작 영화는 판소리의 원리나 미학과는 거리가 있다. 단지 판소리꾼과 판소리를 소재로 삼고 있을 뿐이다. 때문에 조동일은 "<서편제>에서는 판소리 예술의 본질을 '카타르시스'로 오해하고, '신명풀이'에 대해서 아무런 관심도 보여주지 않았다. 바로 그 점이 결정적인 과오이다. 그래서 스스로 의도한 바와는 아주 반대로, 판소리를 죽이는 데 한몫 거들었다"[17]라고 극단적으로 평가했다. 조동일은 서구 연극의 원리인 카타르시스, 인도 연극의 원리인 라사, 탈춤의 원리인 신명풀이가 있는데, <서편제>는 판소리를 다루고 있으면서도 신명풀이로 풀지 않고 카타르시스로 풀어 실패한 영화라고 단정한다. 임권택 스스로 한국인의 정서 가운데 가장 중요한 것은 한(恨)이라고 해서 영화 속에 표현했지만,[18] 조동일은 한이 아니라 신명풀이라고, 그래서 <서편제>도 한에 치중할 것이 아니라 신명풀이 원리로 만들었어야 했다고 주장했다.

고전 연구가 고미숙도 비슷한 주장을 한다. 한을 심어 소리의 깊이를 더하려는, 이 영화 속 유봉의 수련 방법이 "혹시 판소리 광대들의 처절한 수련과정을 염두에 둔 것이라면, 이것 역시 큰 착각이요 오해다. 조선 후기 명창들 중에는 득음을 위해 처절하게 수련한 경우가 많이 있다. 하지만, 그 누구도 한을 쌓기 위해 몸부림친 예는 없다. 오히려 가슴속에 쌓인 슬픔이나 상처로부터 자유로워질 때 비로소 득음의 경지에 도달할 수 있

---

17) 조동일(1997), 『카타르시스 라사 신명풀이』, 지식산업사, 40쪽.
18) 정성일 대담(2003), 위의 책, 309쪽.

었다. 요컨대, 득음과 한을 연계시키는 건 판소리사의 흐름에서도 참으로 낯선 배치"[19]라고 주장했다. 결국 이 영화에서 한을 판소리와 연계시켜 주로 다루고 있는 것은 잘못된 접근 방식이라는 것이다.[20]

요약하자면, <서편제>는 판소리를 영화적 소재로 만든 영화이다. 판소리의 가락을 영화 전면에 내세웠지만, 판소리의 서사 구성이나 판소리적 리듬을 영화에 살린 영화는 아니다. 고유의 정서라고 할 수 있는 한과 신명풀이의 변증법적 관계에서도 한만 지나치게 부각해 연구자들의 비판을 받았다. 그러나 판소리에 대한 임권택의 접근방식이 잘못된 것이든 아니든 <서편제>는 엄청난 흥행을 했고 이 영화를 통해 판소리의 아름다움과 미학에 대한 폭발적인 관심을 불러일으킨 것은 부인할 수 없다.

2) <춘향뎐>

5시간 가량이나 지속되는 완창본을 제대로 감상할 수 없었던 임권택은 <서편제>를 준비하면서 비로소 감상할 수 있었다고 한다. 로케이션 촬

19) 고미숙(2009),『이 영화를 보라』, 그린비, 141쪽.

20) 이런 입장은 이영미의 연구에서도 드러난다. 그는 이 영화가 "판소리를 제재로 삼고 있으면서도 그 속에서 신명의 낙관성을 일방적으로 제거하고 있다. 인물들의 고단한 삶과 남도 소리 속에서 신명이 드러나는 부분이란 유일하게 '진도아리랑' 장면밖에 없는데, 그나마 금방 지루하고 한스러운 비애로 빠져 버릴 것 같은 불안스러운 예감이 짙게 드리워져 있다. 파행적인 식민지적 근대화의 상황에서 인생의 굽이굽이에 고생자락을 드리우며 살아온 우리 민족의 삶을 떠돌이 소리꾼의 기구한 삶을 통해 그려내고 있다는 점에서 이 점은 분명 서민적 비애, 그것도 남의 것이 아닌 바로 우리 할아버지, 아버지가 겪어 왔던 한을 드러내고 있다. 그러나 이 작품은 신명의 낙관성을 제거해 버린 일면적인 한만을 드러내고 있다. 그래서 이 작품은 신파도 아니면서 그렇다고 우리 민속예술이 가지고 있는 바로 그 맛이라고도 이야기하기 힘들다. 그 일면성 때문에 그에는 훨씬 못 미치는 것"이라고 평가했다. 이영미(1993),「서편제, 노이즈, 김소월」, ≪문화과학≫ 4호. 문화과학사, 237쪽.

영을 위해 헌팅을 하면서 임권택은 자동차 안에서 조상현이 37살 때 부른 "춘향가"를 들으면서 판소리에 깊이 빠져들 수 있었다고 했다. <서편제>를 준비하면서 판소리가 정말로 대단한 것이기 때문에 어설프게 준비하면 실패할 수도 있다는 생각을 이때 했다는 것이다. 그리고 언젠가는 <춘향전>을 영화화해야겠다는 결심을 굳혔다고 한다. 사실 <서편제>에서도 <춘향전>이 여러 번 등장한다. 송화가 하는 숱한 연습 장면에서 "춘향가"의 한 대목이 등장하고, 아예 창극 <춘향전>이 등장하기도 한다. 이렇게 임권택의 <춘향전>에 대한 애정은 대단한 것이었다. "심청가"나 "흥보가" 같은 판소리에 대해서는 그리 큰 관심을 가지지 않았다.

이렇게 해서 등장한 것이 <춘향뎐>이다. 임권택은 판소리가 갖는 맛과 흥을 살리려고 이 영화를 연출했다. 이전의 춘향을 다룬 영화는 대부분 판소리의 특징을 살린 영화가 아니라 단지 소설『춘향전』을 영화화한 것일 뿐이라는 것이다.[21] 판소리의 특징을 살린 영화를 만들기 위해 영화현장에서 조상현의 창 <춘향전>을 틀어놓고 촬영을 했다. 실제 영화도 조상현의 창에 영상을 입힌 뮤직비디오의 형식을 취하다가 나중에는 뮤지컬의 형식을 취한다. 철저하게 판소리의 창이 우선이고 영상은 이를 뒷받침하는 경향을 띤다. 이것은 철저히 계획된 것이었다. "<서편제>는 판소리와 소리꾼을 담은 판소리 영화이지만, 영화를 전개하는 원리는 판소리적 미학을 구현하는 작품은 아니다" "그래서 판소리적 미학을 구현하는 작품이 나왔으면 하는 생각이 들었고, <춘향전>에 대한 기대가"[22] 이렇게 표출된 것이다. 이렇게 임권택이 <춘향뎐>에서 중시한 것은 판소리의 리듬을 영화적으로 살리는 것이었다.

---

21)「광대, 명장을 만나다 – <대담>, <천년학> 임권택 감독과 광대 임진택」, 위의 대담.
22) 같은 대담.

그렇다면 임권택은 어떻게 판소리의 리듬을 카메라로 표현할 수 있었을까? 소리에서의 리듬의 흐름과 카메라의 이동이라는 청각적인 속도와 시각적인 속도를 어떻게 맞추는가라는 정성일의 질문에 임권택은 이렇게 대답한다.

> 소리가 갖는 맛이 있잖아요. 물론 박자에 의해서 소리가 가요. 또 이동도 그 박자와 서로 거슬리지 않게 가되, 제일 중요한 것은 그 소리의 맛이 화면 속에서 충분히 감지되게끔 노리는 거요. 그런데 그것만 해도 안 돼. 안에 사람이 들어가 있잖아요, 그러면 이 사람의 움직임도 역시 혼연일체를 시켜야 돼. 그런데 이제 그것 말고는 더 논리적으로 설명할 길이 없어. 그 다음부터는 순전히 감독의 감(感)이요. 감.[23]

임권택은 오랜 경험을 토대로 이런 작업을 감행한 것이다. 그가 주장한 판소리적 리듬감이 잘 살아있는 부분으로는 이 도령의 명(命)을 듣고 방자가 춘향을 부르러 가는 장면, 변 사또의 명을 듣고 포졸들이 춘향을 잡으러 가는 장면, 춘향을 매질할 향리가 춤추듯 곤장을 고르는 장면 등을 들 수 있다. 이 장면들에서는 판소리의 리듬과 카메라의 이동, 배우들의 움직임이 조화롭게 화합을 이룬다. 가령 방자가 춘향을 부르러 가는 장면은 판소리의 빠른 리듬에 맞게 카메라는 그 흐름을 따라간다. 먼저 조상현의 판소리가 매우 경쾌하면서도 상쾌하다. 그리고 방자를 연기하는 배우의 움직임도 매우 리듬이 있고 경쾌하다. 이때 카메라는 인물의 앞과 뒤에서 이런 분위기를 살리기 위해 최대한 리듬이 있는 워킹을 시도한다. 이와 반대로 판소리의 궂고 늦은 가락과 인물들의 서글픈 움직임, 그리고 이것을 천천히 그려 비통함을 자아내는 장면이 십장가를 부르며 춘향이 매를 맞는 장면이다.

---

23) 정성일 대담(2003), 위의 책, 419쪽.

<춘향뎐>에서 판소리의 리듬을 영화로 살리려고 한 임권택의 실험은 상반된 평가를 받았다. "당대 사회상을 해학과 골계의 언어로 단숨에 꿰뚫는 고전의 문학적 힘과 유희정신 그리고 유려한 카메라워크가 빚어내는 영상의 정교한 리듬, 그 모든 것을 판소리의 흥으로 녹여내는 명장면들이다. 판소리는 <춘향뎐>의 심장이고 두뇌이며 손발이다. 하나씩 떼어놓고선 설명할 수 없는 <춘향뎐>의 몸"24)이라는 긍정적인 평가와, "<춘향뎐>은 그 절묘한 구조를 판소리의 리듬과 흥에서 찾았지만 순수하게 추상화한 아름다움을 통해 감정의 고저를 오가는 원전의 분방한 감정표현과는 거리가 멀어졌다. 온갖 모순된 표현의 층위들이 꿈틀대며 공존하는 매우 풍부한 감정 교육서인 <춘향전>은 우아하게 양식화한 <춘향뎐>으로 옮아간 것"25)이라는 부정적 평가였다. 부정적으로 평가한 근거는 이야기를 새롭게 해석하는 영화가 아니라 판소리의 리듬만 살리려는 영화라는 것이다.

요약하자면, <춘향뎐>은 판소리의 서사 구조만 영화적으로 복원하려고 한 영화가 아니라 판소리의 리듬까지 영화 속에 담아내려고 한 획기적인 시도임에 분명하다. 그러나 이런 시도는 판소리가 지니고 있는 원전의 다양한 해석의 가능성을 살리지 못했다는 비판도 받아야 했다. 어쨌든 판소리의 리듬을 살리려는 영화라는 면에서는 긍정적인 평가를 받았는데, 이것은 이제까지 만들어진 그 어떤 <춘향전>보다 뚜렷한 특징을 지닌, 판소리에 가장 가까운 영화였다는 것은 누구도 부인할 수 없다.

---

24) 허문영(2000), 「춘향뎐」, ≪씨네21≫, 한겨레신문사, 237호, 49쪽.
25) 김영진(2000), 「고운 그 자태, 놀 줄은 모르는구나」, ≪씨네21≫, 한겨레신문사, 239호, 71쪽.

3) <천년학>

<취화선> 이후 다시 판소리에 도전한 <천년학>은 임권택이 오랫동안 준비한 영화이다. 이 영화는 <서편제>와 같으면서 다른 영화이다. 인물이나 설정은 거의 비슷하지만 전혀 다른 분위기의 영화이고, 에피소드식 구성이 두드러진다는 점에서도 <서편제>와 차이가 난다. <서편제>에서 동호는 떠나지만, <천년학>에서는 누나를 찾기 위해 극단을 떠돈다. 동호는 처음부터 완전히 떠나지 못한다. <서편제>는 나이가 든 이후 누이를 찾는 내용이지만, <천년학>은 2중의 삼각관계, 즉 단심–동호–송화, 동호–송화–용택의 관계를 다룬 멜로드라마이다. 그러나 <서편제>가 1990년대 경제성장을 위해 전통을 버린 세대의 마음을 움직였다면, <천년학>은 남매의 사랑에 집중함으로써 이런 효과를 보지 못했다. 그런 울림이 없다.

<천년학>에서 두드러지는 것은 판소리의 서사 구조를 영화적으로 용해한 에피소드식 구성이라는 점이다. 영화평론가 박유희는 <천년학>에서 이 점을 지적한다.

> 판소리가 완창보다는 부분창으로 연행되었다는 것을 상기하면 이와 같이 각 장면이 나름대로 독자성을 지니는 형식은 판소리의 연행 형식을 닮아 있다. 사람들은 판소리의 이야기를 몰라서 판소리를 듣는 게 아니다. 그 내용은 이미 잘 알고 있지만 각 대목의 감흥을 새삼 맛보기 위해서 판소리를 듣곤 한다. 특히 명창들은 자신의 장기가 되는 대목을 더늠으로 발전시켜 판소리의 구조와 법제를 만들었다. 그런 점에서 <천년학>에서 드러나는 장면의 독자성은 명창들의 더늠에 비견될 만하다. 임권택 감독은 전통의 소리 형식을 영화에 대입하여 각 대목을 흉내 낼 수 없는 장면으로 조형하기 때문이다. 그래서

<천년학>을 보고나면 이야기나 대사 등 다른 무엇보다도 인상적인 몇몇 장면이 뇌리에 강하게 남는다.[26]

이 말은 <천년학>이 부분의 독자성을 추구한 판소리의 서사 구조를 취하고 있다는 것이며, 더 나가 판소리 광대의 가장 뛰어난 특징 중의 하나인, "명창들에 의해 사설과 음악적 표현이 새로 만들어지거나 다듬어져 이루어진 판소리 대목"인 더늠의 구성을 취하고 있다는 것이다. 이렇게 보면 <천년학>은 판소리의 서사 구조를 잘 살린 영화라고 할 수 있다.

그런데 <천년학>은 판소리의 서사 구조만 잘 살린 영화는 아니다. 임진택은 <천년학>인 창과 고수의 역할을 영화적으로 잘 표현하고 있다고 주장한다. 다음을 보자.

감독님 영화에는 해설자가 등장해 설명해주는 방식이 자주 사용되고 있습니다. 영화의 서사 밖에 있는 객관적 해설이라기보다 등장인물의 대화나 대사에 녹아있는 해설인데, 언뜻 평이하게 보일 수도 있는 방식이지요. <천년학>에서도 많은 분량을 대화식 해설로 전개하고 있습니다. 그런데 바로 그 부분이 판소리 전개구조의 기본이라는 거죠. 판소리에서는 소리만 내내 하는 것이 아니고, 아니리와 소리가 교차하면서 전개됩니다. 학자들은 이것을 '긴장과 이완'이라고 하기도 하고, 이야기적 방식과 판소리의 입체적 방식이 교차되는 것이라고도 합니다. 그런 면에서 감독님은 다른 감독들이 꺼려하는 판소리적 기본구조를 많이 취해왔다고 보거든요.[27]

임권택의 영화에서 대화식 해설을 많이 사용하는 것은 분명하다. 에피소드식 구성을 취하고 있는 영화에서는 새로운 사건과 새로운 인물에 대

---

26) 박유희(2008), 『서사의 숲에서 한국영화를 바라보다』, 다빈치, 212쪽.
27) 「광대, 명장을 만나다 – <대담>, <천년학> 임권택 감독과 광대 임진택」, 위의 대담.

한 설명을 위해 대화식 해설을 사용할 수밖에 없다. 가령 <축제>에서 영화의 이야기를 이끌고 있는 기자에 의해 장례식을 거행하는 가족과 그 가족의 과거사를 설명해야만 이야기가 진행된다. 이런 것은 1990년대 이후의 임권택 영화에서 자주 사용되는 방법이다. 대화식 해설이 없으면 아예 자막을 사용하기도 한다. 그런데 이런 것이 판소리의 아니리와 창과 비교될 수 있는 것인지는 조금 더 연구를 해야 할 분야가 아닌가 싶다.[28]

결론적으로 판소리 3부작을 살펴보면, 판소리를 소재로 한 영화를 만들던 임권택은 판소리의 사운드에 영상을 입히는 극단적인 판소리 리듬의 영화 <춘향뎐>을 만들었고, 이후 <서편제>의 이복형제라고 할 수 있는 <천년학>에서는 판소리의 서사 구성을 살린 영화를 만들었다. 그러나 조동일의 신명풀이 이론에 의하면, <천년학> 역시 한을 소재로 다루면서 신명풀이에는 미약하다는 평가를 면하기 어렵다.

---

28) 장선우는 판소리의 창과 아니리의 유기적인 관계를 영화에 적용해야 한다며 다음과 같이 주장했다. "판소리가 창과 아니리를 반복해서, 그리고 고수와의 관련 위에서 구연되며 관중 속에서 스스로 확장 축소되듯이, 열려진 영화에 있어서는 신명에 복받쳐 대상이 창을 하면 카메라는 아니리를 받고 아니면 그 반대가 되고, 대상이 소리꾼이 될 때 카메라는 북잡이가 되고 또 그 반대도 돼야 하는 건지 모른다. 인물과 배경과 사건과 사물들이 스스로 춤을 추고, 소리하면 카메라는 장단이 되고, 카메라의 장단에 따라 그것들은 또한 소리하고 춤추기도 하며 서로를 부른다. 창은 장단을 일으키고 아니리를 일으키며, 장단은 창을 일으키고 아니리를 일으키듯이, 그리고 또한 아니라가 창을 일으키고 장단을 일으키듯이 열려진 영화에 있어서 카메라와 대상은 서로 의지하며 또는 격렬하게 부딪치며 판을 이룬다. 카메라는 기계적인 시선에서 벗어나 인간화하는 것이며, 육화된 카메라는 대상과 갈등하며 동시에 화합한다." 장선우(1983), 앞의 글, 320~321쪽. 그러나 장선우는 이런 주장은 지극히 추상적이기 때문에 본고에서는 더 이상 논하지 않기로 한다. 다만 장선우의 이 주장은 영화와 판소리의 원론적인 적용 부분을 다루는 논문에서는 논의해야 한다고 생각한다.

4. 전통 연행 양식의 현대적 계승에 대한 고민

이 부분에서 반드시 짚고 넘어가야 할 문제가 있다. 다름 아니라 그것은 전통 연행 예술을 현대적 매체인 영화에서 계승해야 하는가, 계승하는 것이 과연 올바른 방법인가 하는 점이다.

한국에서 영화 공부를 하면서 많은 이들은 이런 고민을 했을 것이다. 서양에서 만들어진 영화를 동양에서, 아니 한국에서 어떻게 소화해야 한국적인 영화가 만들어질 것인가 하는 고민 말이다. 이것은 개인적인 고민이 아니라 당시 영화를 공부하던 많은 연구자들이 공유하던 것이었다. 그도 그럴 것이, 서양에서 만들어진 영화가 식민지 위기에 처한 조선에 1890년대 후반 수입되었고, 이후 조선에서 조선인들이 자신들의 영화를 만들기까지 20여 년의 시간이 필요했다. 그러나 조선인들이 자신들의 영화를 만들었다고 하더라도 그 영화는 일제의 자본이 잠식한 이후의 영화였을 뿐 아니라, 제대로 영화를 교육 받아서 조선의 문화와 접목시키기기보다는 수입된 기술을 조선의 고전과 연결하는 방식이 강했다. 이후 나운규와 같은 이들이 등장해서 나름대로 조선의 상황을 영화 속에 담으려고 했지만, 그런 노력은 오래 가지 않았다. 중일전쟁 이후 일제의 강압이 강해지면서 친일영화의 길을 가야 했고, 해방 이후에도 좌우익의 대립과 전쟁 상황 속에서 영화는 선전의 수단으로 전락하기도 했다. 한국영화의 황금기인 1955년 이후부터에도 매체 자체에 대한 인식이 없었던 것은 아니지만, 한국의 고유한 미학과 영화를 접목시키려는 노력은 그리 강하게 일어나지는 않았다.

이런 노력을 열심히 한 것은 1970년대 중반의 '영상시대'의 일련의 영화와 담론, 그리고 1980년대 후반의 영화운동 세대들의 이론과 실천 등이라고 할 수 있다. 물론 이들의 노력이 성공했다고 평가하기에는 문제가 있다. '영상시대'의 영화들은 주로 소재적 차원에서 접근한 것이기 때문에 형식적 측면의 문제는 해결되지 않았다. 가령 당시 하길종이 연출한 <한네의 승천>(1977)에서는 무속과 불교적 사상을 윤회적 사상 속에 담아냈지만, 오히려 서구적 신화의 비극성을 영화로 표출했다는 비평을 받아야 했다.[29] 1980년대의 영화 운동 세대들의 영화는 한국의 현실을 영화 속에 담으려는 치열한 노력을 했지만, 한국의 전통과 영화가 어떻게 만날 것인지에 대해서는 상대적으로 소홀히 했다.[30]

그렇다고 한국의 전통 미학을 현대적인 장르인 영화로 담아낸 노력을 기울인 감독이 이제까지 존재하지 않았던 것은 아니다. 이런 문제를 충분히 인지하고 있으면서도 판소리와 영화를 접목시키려고 부단히 노력한 감독이 바로 임권택이다. 이런 측면에서 임권택의 영화 작업에 대해서는 무한한 애정을 지녀야 하고 존경을 표해야 한다. 다만 그의 작업이 제대로 수행되었는지에 대해서는 엄밀하게 논해야 할 것이다.

게다가 그의 작업이 시대적 의미와도 소통하고 있는지도 따져보아야 한다. 가령 <천년학>의 흥행 실패를 두고 2007년에는 한을 다루는 것은 영화의 상품적 목적과 맞지 않다는 주장이 그런 것이다. "관객들이 공감하기엔 '미적 배치'가 너무 낡아버렸다. 관객들은 이제 소리와 한, 전통 그 자체에 몰입하지 않는다. 그것들이 지금, 여기의 '상품적 욕구'와 결합해야만 비로소 반응하기 시작한다."[31]라는 평가는 이런 측면에서의 평가이

29) 여기에 대해서는 안병섭(1989), 『영화적 현실 상상적 현실』, 정음사의 제5장에 실린 '하길종론'을 보면 된다.

30) 서울영화집단, 서울영상집단, 장산곶매, 푸른 영상, 보임, 청년 등의 영화를 보면, 계급 문제와 분단 문제를 영화에 주로 담고 있지만, 한국의 고유한 영상미학에는 큰 관심을 두지 않는다는 것을 알 수 있다. 다만 서울영화집단의 영화 가운데 <판놀이 아리랑>(1982)이나 당시 평론가이던 장선우 감독이 쓴 「열려진 영화를 위하여」를 보면 판소리를 비롯한 전통적 양식을 영화와 접목하려는 시도가 있다. 장선우(1983), 「열려진 영화를 위하여」, 서울영화집단 편, 『새로운 영화를 위하여』, 학민사.

다. 즉 <서편제>와 <천년학>의 15년이라는 시간 차이가 그것을 말해 주는 것이다.

여기서 근원적으로 고민해야 할 것이 있다. 고전을 영화와 접목해서 한국의 고유한 영상미학을 찾는 작업은 분명 의미 있는 작업이지만, 과연 판소리를 영화와 접목시키는 것이 크게 의미 있는 작업인가 하는 점이다. 아니 판소리를 영화와 제대로 접목시킬 수 있는가 하는 점이다. 조동일은 판소리를 다른 근대적 장르로 개작하는 것에 그리 긍정적이지 않다. 다음을 보자.

> 오늘날 판소리의 장래는 밝지 않다. 전래된 작품의 창은 나날이 쇠퇴한다. 명창이 다시 나타나지 않고 창작이 이루어지지 않는다. 판소리를 창극으로 영화로 뮤지컬로 개작하려는 등의 시도는 어느 것이나 판소리의 본질에서 빗나간다. 쇠퇴의 이유는 흥행 실패에 있지 않고 미의식의 변질에 있고, 변질되고 수입된 미의식이 민족예술을 파괴하는 데 있다. 그렇게 되도록 하는 사회환경이 또한 문제이다. 판소리는 중세예술이 아니다. 스스로 근대사회를 지향할 때 나타났던 새로운 예술인데, 근대사회를 이루게 되자 쇠퇴하게 된다는 것은 판소리에 잘못이 있지 않고 이루어진 근대사회에 잘못이 있지 않을까 하는 반성도 해봄직하다.[32]

이 글이 1978년에 씌여진 글이라고 생각하면 많은 생각을 하게 만든다. 이 시기에 조동일은 판소리가 다른 매체로 만들어지면 그 본질에서 빗나가기 때문에 이런 작업에 부정적이었다. 당시까지는 판소리에 대한 강렬한 욕구가 있었던 것 같다. 그런데 이후 조동일은 '영화전쟁의 시대'에 한국의 영화에는 신명풀이 개념을 적용해야 한다고 했다.

---

31) 고미숙(2009), 『이 영화를 보라』, 그린비, 163쪽.
32) 조동일, 김흥규 편(1978), 위의 책, 28쪽.

"'신명풀이 영화'는 인도의 '라사영화'에서처럼 이미 있는 질서를 재확인 하는 것은 아니다. 그런 질서를 인정하지 않는다. 질서를 뒤집고 그 잘못을 시비하고 새로운 질서를 찾는 토론장이어야 한다.

미완의 열린 구조로 토론을 벌이는 데 관중이 참여하게 하는 영화가 '신명풀이영화'이다. 영화의 이야기가 그 자체로 완결되어 있지 않아야 하고, 영화 만드는 사람들이 관중보다 무엇이든지 더 잘 알아 가르쳐준다고 하지 말아야 한다."[33]

조동일의 이 글을 읽으면 먼저 드는 생각은 조동일의 주장이 너무 추상적이라는 것이다. 도대체 이런 영화는 어떤 영화일까? 그런데 과연 이런 방식의 영화가 흥행에 성공할 수 있을까? 아니면 그것이 영화를 발전시키는 방법이라고 할 수 있을까?[34] 그럴 것이라고 자신 있게 답을 하기가 어렵다. 전통을 영화와 접목시키는 것도 어렵고, 그런 영화를 통해 관객들과 적극적으로 소통을 하는 것은 더욱 어려워 보인다.

본고에서는 임권택이 판소리를 다루었다고 평가받는 세 편의 영화를 통해 판소리와 영화가 어떻게 만날 수 있는지 그 가능성을 살펴보았다. 전통과 근대의 갈등에 많은 관심을 기울였던 임권택은 전통적 연행 예술인 판소리를 영화에 접목하면서 많은 성과와 한계를 가지게 되었다. <서

33) 조동일(1997), 위의 책, 249쪽.

34) 조동일은 자신의 책에서 신명풀이 영화를 만들기 위한 몇 기법을 주장한다. (가) '앞놀이'·'탈놀이'·'뒷놀이'가 이어지는 방식을 따서 앞뒤에 영화가 아닌 실제 상황에서 여러 사람이 함께 뛰고 노는 장면을 넣는다. (나) '탈놀이'에 '춤대목'이 삽입되는 원리를 따라서, 중간 중간에 등장인물 모두 함께 즐겁게 노는 장면을 넣는다. (다) 카메라를 높은 곳에다 두고, 아래로 내려다보면서 촬영하는 시각을 택한다. (라) 관중을 향해서 직접 해설을 한다. (마) 영화 안에 또 영화가 있어, 영화관에서 영화를 구경하는 관중들이 영화에 등장하게 하는 것도 아주 효과적인 방법이다. (바) 영화가 하다가 중단하고 관중석의 불을 켜고, 사물놀이 패가 나타나 한바탕 놀고난 다음에, 다시 불을 끄고 영화에 들어가는 것이 좋은 방법이다. 과연 이것이 영화가 맞는지 개념에서 혼란이 올 정도로 급진적이고 후퇴적이다. (같은 책, 251~254쪽.)

편제>에서는 소재로서 판소리꾼의 삶에 집중적으로 카메라를 맞추었고, <춘향뎐>에서는 판소리적 리듬과 에피소드식 구성에 초점을 맞추었다면, <천년학>에서는 에피소드식 구성에 초점을 맞추었다고 할 수 있다. 그런데 이런 임권택의 작업이 전통의 현대적 계승을 발전했는지에 대해서는 확실한 답을 내릴 수 없다. 판소리와 영화라는 매체의 특징이 워낙 방대하기 때문에 이 부분에 대해서는 좀 더 세밀한 분석이 차후에 필요하다. 본고는 이런 여러 문제점들을 생각해 보는 소박한 차원에서 씌여졌다. 이 문제에 대해 탁월한 연구 성과가 나오기를 기대해 본다.

TV다큐멘터리와 화법

–「누들로드 : 세상의 모든 국수」편

신 철 하*

1. 프롤로그

이 글은 2008년 12월 7일부터 2009년 3월 29일에 방영된 KBS 특별기획 다큐멘터리 6부작 「누들로드 : 세상의 모든 국수」편에 대한 내레이션 분석을 목적으로 한다. 주지하듯이 「누들로드」는 몇 부분에서 기존의 그것들과는 차별화된, TV 다큐멘터리의 새 지평을 연 것으로 평가되고 있다.[1] 2008년 12월 7일 저녁 8시 첫방송 「누들로드 : 기묘한 음식」편이 전파를 타고 국수의 역사를 실크로드 대장정의 루트를 통해 소개되자, 무려 10.5%의 시청률 수치에서도 엿볼 수 있듯, 기대이상의 관심과 비평이 이어졌다. 물론 그 이전에도 「북극의 눈물」 등 블록버스터급 다큐가 시청자의 눈높이를 높여왔던 것은 사실이지만, 이 경우는 디지털 3D 영상이라는 새로운 시각적 기법과 사운드, BBC 요리프로그램 진행자로 유명한 켄 홈의 프레젠테이션, 광범위한 탐사취재와 시나리오 등으로 기존의 다큐

* 강원대학교

1) 이경화(2010), 「TV다큐멘터리의 디지털 영상과 하이퍼리얼리티」, 『문학과영상』 11권 1호, 문학과영상학회, 113쪽.

와는 차별화된 영역을 개척하였다는 데 이의를 제기하기 어렵다. 말하자면 「누들로드」는 기존의 다큐와 새로운 다큐의 경계선에 위치한 논쟁의 텍스트로서도 의미있는 지평을 열었다고 할 수 있다.

주지하듯이 다큐멘터리는 '편집에 의해 완성되는 창조적인 재해석'으로 본 그리어슨의 정의가 있긴 하지만, 본원적으로 사실(fact)에 바탕을 둔 영상물이다. 그 사실성은 시청자로 하여금 진실을 알려주는 도구로서의 기능을 가장 충실하게 하는 TV장르로 광범위한 믿음을 심어주기에 이르렀다. 이런 특성으로 인해 다큐는 새로운 볼거리와 미학을 가능하게 하는 장르적 확산과 변이를 거듭하고 있다. 다큐의 기본 특성은 사실성의 재현이라는 기능 외에도 뚜렷한 목적과 하나의 완결된 서사구조를 지니고 있다는 점일 것이다. 이 메카니즘적 특성이 다큐를 사실의 재현을 넘어 미학적 정조의 한 부분을 중시하게 하는 요소로 작용한다. 우리는 「북극의 눈물」을 통해 기존에 이 지역에 대해 인지하고 있던 정보와는 다른 현실과 그것에 바탕한 다양한 사실의 지식을 습득하지만, 그 편집된 사실은 그러나 사실 이상의 정조로 시청자의 감성을 자극하며, 그렇다는 점에서 명백히 '이데올로기'적이기도 하다.[2] 사실 이상의 사실에 더 가까이 가려는 장르로서의 다큐가 지닌 이런 최근의 특성은 한편으로는 사실과 허구 사이의 미학적 착시를 낳기도 한다. 아마도 그 착시적 사실성의 재현이 최근 다큐의 미학적 편린이라고 말할 수도 있을 것이다.

그렇다면 바로 이 사실 이상의 정서적 충격은 무엇이 촉매한 것일까. 여기에는 일차적으로 영상이라는 시각적 효과가 파급한 광휘가 큰 몫을 하고 있는 것처럼 보인다. 그렇지만 이 자극이 시청자의 지속적 흥미를 유발하는지에 대해서는 더 깊이있는 관찰을 요구한다. 이에 대해 우리는

2) 신명희 · 김창숙(2006), 「역사 다큐멘터리 양상미학의 수용성 연구」, 『언론과학연구』 6권 3호, 한국언론학회, 303쪽.

그것이 다큐의 다양한 기법적 효과와 함께 '구성된 이야기성'으로부터 기인한다는 것에 주목할 필요가 있다는 입장이다. 구성된 이야기성은 간명하게 말해 서사적 완결성과 직결된다. 시각적 모상을 더 강하게 충격하고 이에 대한 관심의 지속성을 높이는 계기는 사건의 이야기성을 높이는 것과 관련돼 있다.

특별히 「누들로드」는 이 구성된 이야기성의 효과적인 전달을 위해 새로운 영상기법을 선보이면서, 세련되었으며 신뢰할만한 프리젠터인 켄홈을 투입해 극적 효과를 꾀하고 있다. 주지하듯이 그는 최고의 요리사일뿐만 아니라 전문 방송인이다. 이 기대치가 누들로드의 내레이션에 주는 무언의 신뢰는 상상이상으로 작용하는 것처럼 보인다. 또 주목할 한 요소는 잘 알려져 있듯이 「누들로드」 역시 「차마고도」나 「북극의 눈물」처럼 '설명형 다큐'의 포맷을 취하고 있는데, 이는 어떤 관점을 제시하고 이에 대한 주장을 다양한 논증이나 자료제시(주로 인터뷰와 내레이션)를 통해 전개하는 대표적 다큐방식이다[3]. 사실 설명적 다큐는 어떤 방법으로 그 자료(사실)를 얻었고, 어떤 방식으로 그 자료를 해석하는 지에 대한 검증이 쉽지 않다. 자료에 대한 해석은 소위 '신의 목소리(voice of god)'라 불리는 내레이션에 의존하고, 제작자의 의도에 부합하는 음악 등을 통해 관객들에게 제작자가 의도하는 감성을 주입'한다.[4] 그렇다는 점에서 다큐는 사실이 아니라 사실적인 것을 특별한 방법으로 전달하는 장르라고 정의하는 것이 더 정확한 표현이다.

사실적인 것을 특별한 방법으로 전달하기 위해 설명형 다큐방식은 거의 반드시 내레이션과 인터뷰라는 기법을 필연적으로 활용하게 되어 있다. 전자는 설명형 다큐가 취하는 가장 적절한 시청자와의 대면방식이며,

---

3) 빌 니콜스, 이선화 역(2005), 『다큐멘터리 입문』, 한울아카데미, 178쪽.
4) 유현석(2009), 「다큐멘터리를 이해하는 방법: 진실과 리얼리티」, 『사회과학연구』 제15권 1호, 순천향대학사회과학연구소, 86쪽.

이를 통해 사실 이상의 사실적 효과를 제작자는 노린다. 과도한 해설은 다큐의 진행과정에서 흔하게 목격되는 약점으로 지적되며, 이를 보완하기 위한 방식으로 활용하는 인터뷰 역시 일정한 편향성이나 과도한 선정성의 유혹으로부터 벗어나기 힘들다.[5] 이런 문제들 때문에 다큐는 최근 장르혼합이나 장르복합적 형태의 진화를 거듭하고 있다. 그것이 다큐의 생명력인 사실의 재현을 왜곡하고, 마침내 픽션과 논픽션의 경계를 모호하게 하는 요인으로 작용한다. 말하자면 누들로드의 새로운 영상기법은 사실과 가장(시뮬라시옹)의[6] 경계를 무너뜨리고, 시청자에게 볼거리로서의 시각적 쇼에 더 기울어진 듯한 인상을 강하게 준다. 물론 이는 최근의 영상 흐름과도 무관하지 않다. 잘 알려져 있듯이, 보드리야르는 현대사회를 가상실재, 즉 시뮬라크르의 미혹 속이라고 정의함으로써, 소비사회를 특징짓는 기호화된 세계를 설명하는 단초를 마련한다. 그는 많은 현대인들이 이 가상현실화 된 세계 속에서 물건의 기능이나 목적을 대신하여 기호를 소비한다고 주장한다. 말하자면 이미 벤야민이 1920년대에 암울하게 판단했던 현대사회는 모사된 이미지가 현실을 대체하는 복제의 시대인 것이다. 복제 속에서 예술의 진품성은 간단하게 부정된다. 아우라의 상실과 '전시가치'의 번창은 예술적 무가치를 지향하는 초미학의 현실을 간단하게 압축한다. 이 현실이 실재로는 존재하지 않는 대상을 존재하는 것처럼 만들어 놓은 가상공간, 혹은 가상실재의 세계인 시뮬라크르의 공간과 시간임은 췌언할 필요가 없을 것이다.

이런 문화적 충격을 자연스럽게 흡수하고 그것을 선도하려는 TV 미학의 첨병으로서의 의욕을 몇 다큐멘터리가 보여주고 있다는 것을 우리는 엿볼 수 있다. 새로운 문화적 충격을 반영하려는 다큐의 이런 기법적 의

---

5) 최양묵(2003), 『텔레비전 다큐멘터리 제작론』, 한울아카데미, 29쪽.
6) 장 보드리야르, 하태환 역(2001), 『시뮬라시옹』, 민음사, 9~19쪽.

욕은 한편으로는 새로운 영상미학으로의 진보라는, 긍정적으로 평가할 요소들을 거느리고 있다. 그렇다면 이런 기법적 새로움과 함께 더 세부적인 차원에서도 「누들로드」가 취하고 있는 다큐적 성공의 요인이 무엇일지를 짚어보는 것은 이 텍스트를 조금 더 깊이있게 이해하는 의미있는 작업일 것이다. 우리는 그 작업의 일환으로 이 설명형 다큐가 시청자에게 어떻게 호소력을 얻는데 기능하는지를 화법적 차원에서 더 정밀하게 분석해보고자 한다.

2. 「누들로드 : 세상의 모든 국수」 분석

일반적으로 내레이션이란 화술이나 어법이라는 의미로 쓰이며, 발화방법이나 언술기교를 뜻하고 있기도 하다. 설명형 다큐프로그램이나 드라마, 다큐영화에서 영상과 함께 해설자가 개입하여 설명해 주는 경우를 볼 수 있다. 대체로 TV나 영화에서처럼 시 · 청각에 동시에 호소하는 방식과 라디오처럼 청각에만 호소하는 방식에는 내레이션 연출에 차이가 있는데, 전자의 경우 화면 밖에 있는 인물이 화면의 전개에 따라 서술하는 방식을 통해 영상언어의 길잡이 역할을 하기도 한다. 현재 한국 다큐의 일반적 경향은 보통 2~3개월 내의 제작기간을 가지고 있는 것으로 보이며, 빠른 시간에 효과적으로 만들기 위해 해설적 다큐방식을 선호하는 경향이 있다. 이는 자연스럽게 내레이션의 역할을 강화하는 요인으로 작용한다. 그만큼 내레이션의 중요성이 더 커지고 있다는 의미이다. TV다큐 원고의 가장 큰 특징은 영상 언어를 구현해야 한다는 점이다. 구어체와 시각적 효과를 동시에 충족해야 하는 특성 상 듣기 쉬운 단문체여야 하며, 화면 흐름에 조화될 수 있도록 영상적 리듬감을 잘 살려야 한다. '다큐멘터리의 심장'이라고[7] 일컬어지는 인터뷰 역시 인터뷰어의 머뭇거림, 얼굴표정, 몸짓 등 세밀한 부분까지 보여줌으로써, 뛰어난 사실성의 재현과 함께 신뢰성을 배가하는, 전달효과에 기여한다. 그러므로 인터뷰의 배치, 시간, 인물선정 인터뷰 능력은 다큐의 성공을 위한 필수적인 요소이다.

우리는 누들로드의 내레이션과 인터뷰를 다양한 각도에서 분석하고 다른 여타의 다큐와 계량적으로 비교해봄으로써, 실제로 이 다큐가 지닌 특성을 과학적으로 이해하는 계기를 마련하고자 한다. 궁극적으로 이 글은 이를 통해 「누들로드」의 특성을 내레이션의 언술과 인터뷰의 언술이 지닌 차별적 국면으로부터 해석의 단초를 마련코자 한다.

1) 내레이션의 계량적 특징

내레이션이 다큐멘터리 시청자들에게 어떤 반응으로 나타날 것인가는 그 다큐의 성패와 관계된 중요한 요인 중 하나다. 유사한 시기에 진행 중인 KBS 다큐들과의 비교를 통해볼 때, 누들로드는 내레이션 분량이 가장 긴 것으로 나타났다.

<표1: 10분 동안 쓰인 내레이션 분량>

프로그램명	내레이션 분량
추적 60분	3분 24초
역사스페셜	4분 22초
환경스페셜	3분 30초
인간극장	3분 26초
누들로드	**4분 26초**

7) 강승엽(2001), 「TV다큐멘터리 영상물에 있어서 내레이션과 인터뷰의 상관성에 관한 연구」, 『현대사진영상학회』 vol 4, 89쪽.

표1에서 볼 수 있듯, 내레이션 시간분량은 「누들로드 : 세상의 모든 국수」가 가장 긴 것으로 드러났다. 그러니까 내레이터의 해설이나 설명이 다른 텍스트보다 조금 더 긴 시간이 소요되며, 그만큼 더 강하게 내레이션에 의존한다는 것을 확인할 수 있다.

이와 더불어 대본을 읽는 내레이터의 속도와 단어 수에서도 다른 다큐에 비해 길거나 많은 것으로 확인된다.

<표2: 내레이터의 읽기속도/한 문장 구성 단어 수>

프로그램	한 문장을 읽는데 걸리는 시간	단어 수(어절)
추적 60분	3.9초	7.1
역사스페셜	5초	8.4
환경스페셜	4초	8.1
인간극장	4.1초	6.9
누들로드	**5.1초**	**8.6**

표2는 「누들로드 : 세상의 모든 국수」가 다른 텍스트에 비하여 한 문장을 읽는 소요시간과 어절 수에서 상대적으로 길거나 많은 수치를 보여줌을 확인할 수 있다. 내레이션 하는 속도는 전체 내레이션에 영향을 미치며, 그것은 곧 시청자의 영상수용에 일정하게 작용하고 반응한다. 누들로드의 경우 한 문장을 구성하는 단어 수가 상대적으로 조금 더 많은 것을 확인할 수 있는데, 이는 내레이션 시간이 더 소요되는 결과로 나타난다. 전체 영상에서 내레이터의 이런 시간 지배 비율의 효과는 주제의 효과적 전달이나 시청자 설득에 훨씬 더 유리한 위치에 서는 효과를 얻는 것으로 판단된다.

내레이터의 시점과 내용 전개방식에도 수용 태도의 차이를 가져올 수 있다. 가령 전지적일 경우 객관적, 논리적인 느낌이 더 강하게 발휘될 수 있다. 더 설득적이거나 사실성의 착시를 가능하게 한다는 의미이다. 실제로 간접화법보다 직접화법을 활용하는 경우 시청자에게 더욱 강한 신뢰감과 사실성에 믿음을 주는 것으로 나타났다. 남성적 화법을 활용하는 「추적 60분」의 경우 제작진이 전달하려는 메시지가 분명한 시사다큐로써 언술의 레토릭에서 형용사를 취대한 줄이고 한 문장에 가능한 한 가지의 정보를 강건하고 힘차게 전달하고 있음을 알 수 있다. 반면 「역사스페셜」은 하나의 역사적인 사건이나 사실을 시청자들에게 화두로 던진 다음, 그것에 대한 궁금증을 전지적인 관점에서 하나씩 풀어나가는 구성방식을 취하고 있다. 시청자들의 호기심을 자극하기 위해 수식어를 사용하고, 프로그램에서 전달하는 정보에 대해 힘을 실어주기 위해 힘차고 간결한 남성적 목소리를 활용하고 있다. 여성적인 감성을 자극하는 「인간극장」의 경우는 여타 다큐와 달리 섬세하고 비유적인 표현으로 시청자의 감성에 호소하려는 목소리의 톤과 음색을 사용하고 있음을 볼 수 있다. 내레이션에서 남성/여성적 차이는 그 다큐의 수용자적 특징을 일정부분 규율한다는 것을 알 수 있다. 「누들로드」는 내레이션 과정에서 상대적으로 남성화자를 통해 사실성을 높이고, 더 간결한 의미전달에 주력한다는 느낌을 주고 있다. 그러나 음식이라는 특별한 소재를 선택하는데서 오는 수용적 효과를 높이기 위해 시청자에게 시각과 미각적 감각을 자극하는 유사 여성적 화법, '자, 지중해의 태양을 한껏 받은 토마토 소스에 깊고 진한 맛과 부드러운 고기가 어우러진 바케로 완성입니다'라든가, '튀긴 가지와 고소한 아몬드 그리고 치지의 풍미가 보고만 있어도 입맛을 자극하네요'와 같은 문장을 부분적으로 활용하고 있음을 엿볼 수 있다. 이런 미세한 내레이션의 차별화는 이 다큐가 세련된 연출과 편집을 통해, 사실성과 극적 효과를 높이려는 기법을 다양하게 활용하고 있음을 확인시킨다.

2) 내레이션 화법

다큐 내레이션은 일차적으로 정확하고 객관적인 사실 위주의 서술이 요구된다. 그럼에도 다큐 성격과 소재에 따라 PD나 구성작가의 주관적 생각이 내용에 스며드는 경우가 있는데, 이 경우 추측성 표현을 사용하는 예가 많다. 한편, 객관적인 사실로 추정되지만 그 내용을 단정적으로 쓸 수 없을 때 취재원이나 관련자들의 정보를 전달하는 형식을 간접화법으로 활용하는 경우가 있다.

<표3: 추측성 표현 및 간접화법의 사용빈도>

프로그램	추측성 표현(문장수)	간접화법 사용빈도(문장수)
추적 60분	0.75	3.5
역사스페셜	0.75	0.5
환경스페셜	0.71	0.57
인간극장	1.7	1.0
누들로드	2	**1.0**

표3은 다큐 유형별 추측성 표현의 빈도수와 간접화법의 사용빈도를 조사해본 것이다. 「누들로드 : 세상의 모든 국수」에서 추측성 표현은 '~할 것이다' '~듯했다' '~한 것으로 보인다' 등 작가의 추측이 내레이션 과정에 2번 정도 쓰임을 확인할 수 있다. 대체로 작가의 주관적 생각이거나 객관적인 사실로 추정되더라도 그 내용을 단정적으로 쓸 수 없는 경우로 보였다.[8] 그리고 「누들로드」에서 간접화법을 쓰는 경우, 검증된 사실이 아닌 내용을 전달할 때는 인터뷰를 활용해 현장감을 살리려고 함을 볼 수 있다. 내레이션은 '요리사 안토니오는 비케로의 재미난 유래가 있다고 합

8) 예 ① '그 어떤 곳도 시칠리아의 시신들만큼 보존상태가 완벽한 곳은 없다는 것이죠'
예 ② '하지만 뭐니 뭐니 해도 시칠리아 하면 떠오르는 요리는 스파게티라 할 수 있죠'

니다'라는 문장에서처럼 비교적 정확한 사실만을 전달해 객관적 정보전달 효과를 높이려는 의도가 있음을 확인할 수 있다.

추측성 표현이나 간접화법과 함께 내레이션에 의문문 형태의 표현이 종종 쓰이는 것을 볼 수 있는데, 이는 시청자로 하여금 궁금증을 유발하게 해 제작자가 의도한 주제를 용이하게 전달하기 위한 기법적 활용으로 판단된다. 현재 대부분의 다큐 프로그램이 한 시간 내외의 긴 호흡을 가지고 주제를 끌고 가야 하기 때문에, 시청자들의 시선을 놓치거나 집중이 산만해지는 경우를 충분히 예상할 수 있다. 이 경우 의문문 형태의 표현을 사용하면 더 집중도를 높일 수 있는 효과를 살려낼 수 있는 것으로 보인다.

<표4: 각 프로그램의 의문문 수>

프로그램	의문문 수(문장수)
추적 60분	2.5
역사스페셜	3.25
환경스페셜	1.7
인간극장	0.7
누들로드	3

표4를 통해 「누들로드 : 세상의 모든 국수」가 다른 프로그램에 비해 시청자의 집중도를 높이기 위한 표현기법에도 상당한 공을 들이고 있다는 것을 엿볼 수 있다.[9] 뿐만 아니라 그 의문형 문장을 면밀하게 들여다보면, 다큐 전체 흐름에서 이 문장효과가 차지하는 비중이 얼마나 큰지를 단번에 확인할 수 있다. 가령 '문명의 위대한 노트 위에 인간이 최초로 기록한

9) 누들로드에 쓰인 의문형 문장 ① 문명의 위대한 노트 위에 인간이 최초로 기록한 단어는 무엇이었을까요? ② 누들로드에서 찾아낸 진귀한 국수는 과연 어떤 이야기가 숨어 있을까요? ③ 그 이유는 무엇일까요?

단어는 무엇이었을까요?'와 같은 지문은 내레이터의 신뢰감을 바탕으로 시청자에게 강력한 호소력과 관심을 유발한다. 하나의 의문형 지문이 그 프로그램 전체의 관심을 요약하는 경우를 엿보게 되는 것이다.

3) 내레이션과 영상의 관계

하나의 다큐멘터리가 해당 영상에 대해 객관적인 정보를 전달하는지, 아니면 주관적인 감정을 표현하는지도 시청자에게 중요한 영향을 끼친다. 이는 앞서 분석한 추측성표현이나 간접화법의 빈도와 연동돼 있다고 볼 수 있는데, 「누들로드 : 세상의 모든 국수」의 내레이션 묘사방법을 분석해봄으로써 영상과의 관계설정을 보다 객관적으로 판단할 수 있다.

「추적 60분」은 프로그램 특성상 객관적인 영상표현에 추측성 표현을 사용하여 시청자가 충분히 짐작 가능하게 할 수 있도록 하려는 의도가 엿보였다. 반면 「인간극장」의 경우 영상만으로는 알 수 없는 작가의 추측만으로 표현하는 경우가 많았다. 「역사스페셜」은 전형적인 해설 양식을 사용하고 있으며, 전지적 화자 시점에 충실한 것으로 드러났다. 표4에서도 엿볼 수 있듯, 추측성 표현은 '**환경스페셜 < 추적60분 < 인간극장**' 순으로 계량적 수치가 나왔다. 객관적 표현의 빈도가 높을수록 내레이션 내용을 사실로 받아들이는 강도가 더 높다는 것을 상정한다면, 「환경스페셜」은 가장 팩트에 충실하려는 의도를 드러내고 있다고 할 수 있다. 반면 「누들로드 : 세상의 모든 국수」편은 상대적으로 비교적 많은 수의 추측성 표현이 사용되고 있는데, 이는 이 텍스트가 객관적 사실의 전달보다는 시청자의 감성과 호기심을 자극하는 쪽에 더 기울어 있다는 암시를 받는다. 또한 간접화법의 경우는 다른 다큐들과 비교할 때 평균치를 나타내는 것

으로 보이는데, 이는 시청자의 판단이 예민하게 요구되는 시사성 문제를 다루고 있지 않다는 것에서 요인을 찾을 수 있다.

한편, 영상의 내레이션 의존도에서는 「추적 60분」의 경우 영상만으로는 해설 불가능한 장면을 볼 수 있는데, 취재특성상 사건 해결과 진상파악의 어려움도 노출되었다. 「역사스페셜」은 역사적 사실이나 전문가를 활용한 학문적인 정보들을 설명하는 경우가 많았으며, 간혹 주인공과 주제에 대해 정서적으로 접근하는 혼합화법을 보여주기도 했다. 「환경스페셜」은 직접화법에 가장 근접한 태도를 취하고 있다. 전문가 활용과 함께 객관적인 자료를 바탕으로 진행하고 있으며, 영상에 대해 시청자들이 쉽게 접근할 수 있는 내용을 바탕으로, 최대한 정보를 전달하는데 주력하고 있는 모습을 볼 수 있다. 반면 「인간극장」은 정서적이고 감성적인 접근이 많았다. 주인공의 이야기에 공감을 느끼도록 영상으로는 알 수 없는 캐릭터의 감정을 내레이션을 통해 덧붙이는 경우가 왕왕 발견되고 있다.

이들 다큐와 비교해볼 때, 「누들로드 : 세상의 모든 국수」는 내레이션 의존도가 높은 단계로 분류될 만큼 큰 비중을 차지하고 있다. 프로그램 특성 상 조리 과정을 설명해야 하기 때문에 내레이션의 역할이 매우 큰 것으로 보인다. 또 영상으로도 보여줄 수 있기는 하지만, 다양한 문화를 요령있게 다루어야 하는 관계로, 내레이션의 역할이 클 수밖에 없는 요인을 안고 있다는 점도 부인할 수 없다.

한편 시청자들이 특별히 이해하기 어려운 내용을 다루고 있지 않기 때문에 내레이션 의존도가 최상급에 해당한다고 볼 수도 없다. 주지하듯이 국수 요리라는 친숙한 소재를 바탕으로 전개하고 있으므로, 객관적 사실 전달만이 아닌, 정서적 접근의 방식을 취하고 있는 점도 고려될 수 있다. 그래서 「누들로드」는 프로그램 진행과정에서 화자의 주관적인 감정과 언술이 발견되고 있다는 점을 부인하기 어렵다. 궁극적으로 이는 영상적 효과를 극대화하기 위한 전략적 기법으로 판단된다.

4) 인터뷰와 내레이션 관계

다음으로 인터뷰와 내레이션의 관계를 주목해 볼 수 있다. 대체로 다큐에서 인터뷰는 취재한 내용의 진상을 파악하는 방법으로 활용되거나, 캐릭터 자신에 대한 인생철학이나 삶의 지혜, 혹은 학문적 지식을 자연스럽게 표출해낼 수 있는 방법으로 활용되기도 하며, 설명형 다큐의 특성상 프로그램 진행을 보완하고 사실성을 높이는 필수적인 요소로도 쓰인다. 그렇기 때문에 인터뷰 내용과 다큐의 특성에 따라 내레이션의 성격도 확연히 차이를 드러낸다. 내레이터가 인터뷰 내용이나 자료를 종합, 재정리하여 시청자들에게 설명할 수도 있고, 제스처와 함께 정서적 화법을 구사함으로써, 수용자의 수용적 긴장을 고조시키는 효과를 발휘할 수도 있다.

「추적 60분」의 경우 '내레이션－인터뷰－내레이션－인터뷰'의 스타카토식 편집기법을 통해, 수용자에게 시청자적 긴장감을 고조시키는 효과를 거두고 있는 것으로 판단된다. 내레이션은 대체로 면접방식을 택하고 있는데, 수용자들에게 실제 사건의 생존인물, 증인 등의 모습을 통해 그 내용의 진실성과 권위를 부여함과 아울러, 시청자들을 자연스럽게 설득하고 있음을 엿볼 수 있다. 「역사스페셜」은 전문가, 학자의 인터뷰를 주로 활용하고 있으며, 내레이터가 설명하기 어려운 상황이나, 설명만으로는 신뢰도가 떨어지는 내용을 전문가 인터뷰를 통해 보완하고 있다. 이 다큐에서 인터뷰와 내레이션의 관계는 내레이션이 전문적인 내용의 인터뷰를 종합, 재정리해서 시청자들에게 설명해주는 방식으로 전개된다. 인터뷰만으로는 정리하기 부족한 내용을 내레이션이 다시 재정리해줌으로써 내용을 더욱 정확하고 쉽게 인지할 수 있도록 한다. 「환경스페셜」은 역사 다큐와 유사하게 학자나 전문가의 구체적이고 전문적인 내용이 상대적으로 더 많다. 그렇기 때문에 질문과 답변형식보다는 설명의 연속으로 내레이션과 인터뷰가 진행되는 경우를 볼 수 있다. 특이한 것은 인터뷰의 내용이 내레이션에 비해 더 전문적이고 구체적이라는 점이다. 내레이션은 이야기의 흐름을 놓치지 않도록 인터뷰에 이어질 내용을 이끌어주는 역할을 하는데 치중하고 있음을 또한 알 수 있다. 마지막으로 「인간극장」은 내레이션이 인터뷰 내용을 보충해, 주인공의 심리와 감정 상태를 정서적으로 접근하고 있음을 볼 수 있다. 정보나 사실보다는 감정적 대사에 더 치중함으로써 수용자의 감성을 자극하려는 의도를 엿볼 수 있다.

「누들로드 : 세상의 모든 국수」 편에서 인터뷰를 활용하는 방식은 혼합적이다. 표5에서 표8까지는 "세상의 모든 국수" 처음 10분간 인터뷰를 심층분석한 내용이다.

<표5: 누들로드 처음 10분 인터뷰1>

<인터뷰1> 내레이션: 이탈리아 남부 시칠리아. 푸치니수도회 교회 지하에는 수수께끼의 방들이 있습니다. 500년 전에 지어진 이곳은 카타콤베. 지하공동묘지입니다. 지하전체를 천장까지 가득히 채운 시신들은 전부 7천 가구가 넘습니다. 주로 17C~19C에 이곳에 안치된 시신들은 모두 썩지 않고 미라가 되었습니다. 인터뷰: 토나텔라 배루투치 관리수도사 "지하무덤 중 이 방은 서기, 의사, 변호사, 장교같이 전문직에 종사하시던 분들이 모셔진 곳입니다. 시신들은 여기로 옮겨져 한 달 동안 자연적인 과정을 거쳐 건조되었습니다."

표5는 이 다큐가 직접화법을 사용하면서 내레이션과 인터뷰를 통한 객관적인 사실을 전달하는데 충실한 태도를 취하고 있음을 볼 수 있다. 지하묘지의 역사를 내레이터가 설명하고 인터뷰로 그에 맞는 구체적 사실을 설명함으로써 이야기의 프레임을 만들고, 그 안에 인터뷰를 채워가는 구조로 진행된다. 「환경스페셜」에서 활용된 인터뷰처럼 전문가를 활용

하고, 「추적 60분」의 인터뷰같이 현장의 인물이 등장하여 인터뷰함으로써 복합적 성향을 보여준다.

<표6 : 누들로드 처음 10분 인터뷰2>

인터뷰2 내레이션: 이 파스타는 유럽밀로 만들어 지중해의 태양과 바람에 바짝 말린 것들입니다. 짧은 대롱 모양을 한 이건조 파스타의 이름은 바케로. 이탈리아 말로 '빰을 때리다'라는 뜻이죠. 요리사 안토니오는 바케로의 재미난 유래가 있다고 합니다. 인터뷰: 로쟈리 안토니오 요리사 "직공이 실수로 파스타를 이런 모양으로 짧게 썰어낸 거예요. 그래서 사장님이 '너 뭐한 거야?'하면서 그 불쌍한 친구를 따귀를 때린 거죠. 그래서 이 파스타에서 따귀를 때리다 는 뜻의 '바케로'란 이름이 지어졌습니다."

표6은 인터뷰1과 달리 객관적인 내용을 간접화법으로 전달하고 있다. 앞에서 이미 언급한 바 있듯이, 여러 문장을 직접화법으로 전달하는 과정 속에서 한 문장의 간접화법을 통해 인터뷰 내용을 친숙하고 편안하게 받아들이게 함으로써, 시청자에게 자연스럽게 사실을 전달하려는 모습을 엿볼 수 있다.

<표7: 누들로드 처음 10분 인터뷰3>

인터뷰3 내레이션: 조린 육수를 더 넣고 소스를 은근한 불에서 여섯 시간 정도 조리다가 마지막으로 월계수 잎을 띄우면 토마토라고소스가 완성됩니다. 소스가 준비되면 바칼리는 끓는 물에 넣어 12분 정도 삶아 줍니다. 그러면 요리가 완성되죠. 인터뷰: 로쟈리 안토니오 요리사 "우리 땅에서 재배되는 것이 맛있습니다. 파스타를 비롯해서 나폴리 요리가 그래요. 이곳 농촌에서 나는 재료로 파스타를 많이 먹었죠. 이탈리아 전역에서는 그런 파스타가 주식이에요"

표7에서 내레이터는 직접화법으로 기정사실화 된 요리법을 일목요연하게 설명하고 있다. 면접방식이 아닌 설명조의 문체로 인터뷰가 연결되고 있으며, 인터뷰의 화자는 보다 주관적인 생각을 직접화법을 통해 표현하고 있다.

<표8: 누들로드 처음 10분 인터뷰4>

인터뷰4 내레이션: 시칠리아는 기독교와 이슬람 두 문화가 한 지붕아래 사이좋게 공존하고 있는 곳이기도 합니다. 팔레르모 성당 기둥에 새겨진 코란 구절처럼 말이죠. 아랍 양식으로 지어진 미로 같은 골목을 따라가면 수백년전 이 거리의 주인이었던 이슬람 문화의 흔적이 보입니다. 인터뷰: 마리오 툼블로 건축사학자 "1300년대에 지어진 성 카테리나 성당 정문 부분입니다. 보시다시피 이슬람의 영향이 남아 있습니다. 아치에 남겨진 갈지자 모양의 파테미타 문양에서 알 수 있습니다"

표8의 내레이션은 여성적인 문체의 간접화법으로 시청자에게 전문적인 지식을 보다 편안하게 전달하고 있다. 이야기를 들려주는 화법으로, 인터뷰 전에 시청자를 영상에 주목시키고, 전문가의 인터뷰를 통해 영상에 대한 전문적인 지식을 전달하고자 하는 형태로 진행된다. 여기서 우리는 내레이션과 인터뷰의 독특한 연결 과정을 엿볼 수 있다.

위 인터뷰 4항목의 예시를 통해 우리는 객관적인 사실을 전달하는데 치중하면서도, 문화다큐의 특성상 색다른 분위기와 새로운 문화 환경을 연출하기 위해 학자가 아닌 현장 전문가와 인터뷰함으로써, 생동감있는 시청감각을 제공하려는 프로그램의 의도를 확인할 수 있다. 요리를 다루고 있는 프로그램 특성에 맞게, 요리를 시연하는 실제장면들을 인터뷰와 함께 연속으로 보여주면서 사실의 전달과 검증, 시청자의 몰입도 상승,

현장감 표현 등 복합적인 효과를 노리고 있다는 것을 엿보게 된다. 내레이션과 인터뷰를 샌드위치식으로 번갈아 삽입하는 혼합기법을 활용함으로써 보다 높은 인터뷰 효과를 이끌어내고 있다는 것도 주목할 부분이다.

5) 나레이터의 특징

대체로 「추적 60분」의 경우 내레이터 모두를 취재를 담당했던 연출자가 맡고 있었다. "긴급보고, 비극의 땅 뉴올리언스를 가다"편의 김영선 PD를 제외하고는 또 모두 남성이라는 특징도 지니고 있었다. 취재한 PD가 직접 내레이션을 담당함으로써 시청자들에게 더 신뢰감을 주고 자신이 직접 현장에 가 있는 듯한 느낌을 주는 효과를 얻고 있다. 전문가가 아니기 때문에 전달력의 약화, 어색함과 부자연스러움을 준다는 인상도 받는데, 그런 한계에도 불구하고 시사다큐의 특성을 살리는데 일정한 기여를 한 것으로 판단된다. 「역사스페셜」은 경력 8년차의 남성 성우가 내레이터로 활용되었다. 이 성우는 KBS의 「역사스페셜」을 비롯해 「인물현대사」, KBS 라디오의 「인물한국사」 등의 시대물과 다큐멘터리 프로그램에서 활약한 성우였다. 속도감 있는 낭독이 특징으로 내레이션의 톤이 무거운 대신, 그만큼 시청자에게 신뢰감과 친숙성을 준다. 「환경스페셜」 역시 8년차와 30년차의 남성 성우가 내레이터를 맡고 있었는데, 낭독 속도가 다소 느리고 목소리 자체가 굵은 저음이지만, 기왕에 다른 프로그램의 진행으로 인해 시청자를 친숙함과 안정성, 신뢰성에서 돋보이게 할 수 있는 강점이 있었다. 반면 「인간극장」의 경우 여성 방송인이 맡아 휴먼다큐의 기획의도를 잘 반영하고 있다는 느낌을 준다. TV 매체 등을 통한 인지도가 높으며, 그녀의 따뜻한 이미지가 내레이션에 담겨있는 듯한 느낌을 준다. 그것에 여성이라는 강점을 잘 활용함으로써 섬세함과 인간적 감정을 살리는데 잘 어울리는 특징을 지니고 있었다.

내레이터의 목소리는 영상 못지않게 중요성을 지닌다. 이는 기왕에 「차마고도」에서의 최불암, 「아마존의 눈물」에서의 김남길이라는 배우들을 통해 그 효과를 인정받은 것에서도 확인할 수 있다. 다큐에서 프리젠터나 내레이터가 차지하는 비중이 막중함을 감안하면 이의 선택에 얼마나 많은 고심이 있어야 하는지를 짐작하게 하는 대목이다.

다른 다큐와 비교해볼 때 「누들로드 : 세상의 모든 국수」는 안정성이나 친숙성뿐만 아니라 새로운 시청감각을 모두 의도했던 것으로 보인다. 「누들로드: 세상의 모든 국수」는 공연기획자로 더 잘 알려진 송승환씨를 내레이터로 활용했다. 그는 KBS 아역성우로 시작했을 만큼, 방송 멘트에 관한한 오랫동안 실전을 쌓아 온, 노련한 솜씨를 뽐내는 방송인에 속한다. 그의 세련된 스타일이 이 프로와 잘 어울릴 수 있다는 선택적 판단과정이 있었을 것이라는 추측을 가능하게 한다. 실제 송승환씨는 차분하면서도 경쾌한 목소리로 이 프로가 제시하는 다양한 물음들을 해소하고, 이해하기 쉽게 이끌어갔다는 평가를 받고 있다. 어조나 톤 또한 어둡거나 잔잔한 것이 아닌, 문장의 끝부분 톤을 올리는 '~죠?' '자~' 등과 같은 친근한 어투로 특성상 산만하고 다채로운 정보를 일목요연하게 수용할 수 있게 하는 효과를 내는데 기여했다는 평가를 받고 있다.

3. 결: 다큐와 화법

다큐멘터리의 내레이션은 프로그램의 논리를 가시화하는 중요한 역할을 할 뿐 아니라, 시청자에게 영상이미지의 의미전달에 충실해야 하는 기능을 지니고 있다. 그럼에도 거개의 내레이션은 영상에 종속돼, 기획된 영상편집에 따라 그 영상의 흐름과 논리에 부합하는 내레이션을 활용하는 패턴을 이어가고 있다는 인상을 강하게 주고 있다.

이 글이 더 관심을 기울인 것은 저널리즘에서의 내레이션 메카니즘 방식이 아니라, 문학적 감수성에 호소하는 내레이션이다. 과연 저널의 내레이션 문장이 더 문학적이거나, 더 정교한 발화의 방법을 택할 필요성은 없는 것일까를, 서사분석 기법을 가능한 일반화하여 분석해보고자 했다. 그 결과 일부분 저널리즘의 토픽이나 분석샘플을 차용하긴 했지만, 문학에서 다루는 언어와 문장과 그것의 발화라는 언술행위에 대한 관심을 통해, 좋은 다큐의 조건이 무엇인지를 좀 더 색다른 각도에서 감상할 수 있다는 것을 확인할 수 있었다.

궁극적으로 다큐의 내레이션은 영상과 상호 대화적 형식으로 전개되는 것을 희망한다. 내레이션은 필요한 정보를 제공하거나 논리적 이해를 돕기 위해서만 필요한 것은 아니다. 영상과 내레이션의 유기적 조화는 다큐의 최종심급에서 기대이상의 신선한 시청감각을 이끌어낼 수 있다. 다큐에서 내레이션의 중요성을 거듭 강조하는 이유이다. 분석 결과에서도 확인할 수 있듯, 내레이션에서 쓰는 단어, 문장 스타일, 어조와 톤, 인터뷰 활용방식 등에 따라 시청자적 정서는 확연히 달라진다. 실제로 거개의 방송환경은 편집이 완성된 후 내레이션을 작성한다. 이 때 편집과정에서 한 장면, 한 커트의 길이에 맞추기 위한 내레이션의 적절성도 주의 깊게 관찰해봐야 할 필요가 있다. 어떻게 정합성을 이루는 가가 시청자의 시청감각에 반영되기 때문이다.

내레이션은 제작자가 어떻게 실행하고 시청자가 어떻게 수용하는가에 따라 영상에 몰입할 수 있는 집중력의 시너지 효과가 결정된다고 할 수 있다. 바람직한 것은 영상과 자연스럽게 어울리는 시청자적 감각을 느낄 수 있을 때, 다큐 내레이션의 효과는 극대화될 수 있다. 그 극대화된 효과를 위해서도 언술의 기법에 더 세밀한 노력이 요구된다는 것을 「누들로드」의 내레이션은 거의 명시적으로 확인시키고 있다.

자료

<「누들로드 : 세상의 모든 국수」 처음 10분까지의 대본>

대영박물관 상영문자 전시실. 인류문명의 탄생을 예고하는 귀중한 점토판 하나가 보존되어 있습니다. 메소포타미아 유적지에서 출토된 5천년된 이 작은 진흙판 위에는 인류 최초문자가 새겨져 있습니다. 문명의 위대한 노트 위에 인간이 최초로 기록한 단어는 무엇이었을까요. 바로 '먹다'였습니다. 우리 인간들은 인생의 대부분을 먹거리를 구하거나 먹는데 보냅니다. 그 때문에 세상에는 다양한 인종과 민족의 수만큼이나 다채로운 음식문화가 존재하게 되었죠. 그런 인간의 창의성을 제대로 보여주는 화려한 경연장이 있습니다. 국수요리의 세계입니다. 누들로드에서 찾아낸 진귀한 국수에는 고연 어떤 이야기가 숨어 있을까요.

진행자 켄 홈 (Ken Hom)
"누들로드에서는 국수의 탄생에 대한 이야기를 나누었습니다. 나머지 이야기를 이제부터 시작해볼까 합니다.

Title 세상의 모든 국수

이탈리아 남부 시칠리아. 푸치니수도회 교회 지하에는 수수께끼의 방들이 있습니다. 500년 전에 지어진 이곳은 카타콤브. 지하공동묘지입니다. 지하전체를 천장까지 가득히 채운 시신들은 전부 7천구가 넘습니다. 주로 17C~19C에 이곳에 안치된 시신들은 모두 썩지 않고 미라가 되었습니다.

토나텔라 베루투치 관리수도사
"지하무덤 중 이 방은 서기, 의사, 변호사, 장교같이 전문직에 종사하시던 분들이 모셔진 곳입니다. 시신들은 여기로 옮겨져 한 달 동안 자연적인 과정을 거쳐 건조되었습니다."

이런 대규모 지하 묘지는 다른 유럽의 도시에도 있지만 큰 차이점이 있습니다. 그 어떤 곳도 시칠리아의 시신들만큼 보존상태가 완벽한 곳은 없다는 것이죠. 90년 된 이 소녀처럼 말입니다. 그 이유는 무엇일까요. 가장 큰 이유는 이탈리아 남부의 뜨겁고 건조한 기후 때문입니다. 북아프리카에서 불어오는 바람 때문에 비가 오지 않는 여름이 오랫동안 지속되죠. 이런 자연 조건 때문에 발달한 음식이 있습니다.

이것은 바로 건조 파스타입니다. 중세시대부터 이탈리아 남부에서는 온갖 형태의 건조 면이 생산 되었습니다. 이 파스타는 유럽밀로 만들어 지중해의 태양과 바람에 바짝 말린 것들입니다. 짧은 대롱 모양을 한 이 건조 파스타의 이름은 바케로. 이탈리아 말로 '뺨을 때리다'라는 뜻이죠. 요리사 안토니오는 바케로의 재미난 유래가 있다고 합니다.

로자리 안토니오 요리사
"직공이 실수로 파스타를 이론 모양으로 짧게 썰어낸 것예요. 그래서 사장님이 '너 뭐한 거야?' 하면서 그 불쌍한 친구를 따귀를 때린 거죠. 그래서 이 파스타에서 따귀를 때리다 는 뜻의 '바케로'란 이름이 지어졌습니다."

먼저 다진 당근과 샐러드. 그리고 작은 양파를 넣고 올리브유에 볶습니다. 그리고 베이컨, 건포도, 잣을 넣고 마른 소고기 허리 살에 마늘 다진 것과 삼겹살 기름을 바릅니다.

로자리 안토니오 요리사
"이렇게 하면 육질이 한결 부드러워져요."

고기 마른 것을 먼저 냄비에 넣고 그 옆에 돼지 등심과 갈비 살을 넣습니다. 그 위에 후추와 로즈마리가루, 향신료를 뿌리고 레드와인을 골고루 부어 증발시킵니다. 누린내를 없애고 풍미를 좋게 하기 위해서죠. 그 다음 시칠리아 산 마르살라와인을 넣어 깊은 맛을 내죠. 오븐에서 농축한 진득한 토마토 페이스트를 먼저 넣은 다음 이어서 완숙 토마토를 갈아서 만든 소스를 고기 위에 부어줍니다. 고기는 나중에 얇게 썰어서 파스타와 함께 먹죠. 조린 육수를 더 넣고 소스를 은근한 불에서 여섯 시간 정도 조리다가 마지막으로 월계수 잎을 띄우면 토마토라고소스가 완성됩니다. 소스가 준비되면 바칼리는 끓는 물에 넣어 12분 정도 삶아 줍니다. 그러면 요리가 완성되죠.

로쟈리 안토니오 요리사

"우리 땅에서 재배되는 것이 맛있습니다. 파스타를 비롯해서 나폴리 요리가 그래요. 이곳 농촌에서 나는 재료로 파스타를 많이 먹었죠. 이탈리아 전역에서는 그런 파스타가 주식이에요."

자, 지중해의 태양을 한껏 받은 토마토소스에 깊고 진한 맛과 부드러운 고기가 어우러진 바케로 완성입니다.

시칠리아는 기독교와 이슬람 두 문화가 한 지붕아래 사이좋게 공존하고 있는 곳이기도 합니다. 팔레르모 성당 기둥에 새겨진 코란 구절처럼 말이죠. 아랍 양식으로 지어진 미로 같은 골목을 따라가면 수 백 년전 이 거리의 주인이었던 이슬람 문화의 흔적이 보입니다.

마리오 툼블로 건축사학자

"1300년대에 지어진 성 카테리나 성당 정문 부분입니다. 보시다시피 이슬람의 영향이 남아 있습니다. 아치에 남겨진 갈지자 모양의 파테미타 문양에서 알 수 있습니다."

이슬람 사람들이 전한 것은 건축양식 말고도 또 있습니다. 바로 가지 요리입니다. 요리사들이 지금 만들고 있는 '파르미자나'라는 이름의 시칠리라 전통요리. 튀김 과자를 밑게 깔고 토마토소스를 골고루 덮은 후 바질과 아몬드 페이스트를 그 위에 발라 줍니다. 그 위에 양젖으로 만든 캬쵸카발로 치즈를 작은 토막으로 잘라 얹습니다. 그리고 나서 2백도로 예열한 오븐에 20분 정도 구우면 페르시아 풍의 시칠리아 요리 파르미자나가 완성됩니다. 튀긴 가지와 고소한 아몬드 그리고 치즈의 풍미가 보고만 있어도 입맛을 자극하네요.

<「누들로드 : 세상의 모든 국수」 전체의 인터뷰 분석>

인터뷰5.

<Na>자, 이제 삶아진 스파게티 면을 넣을 때가 됐죠. 스파게티 면은 알단테. 푹 익히지 말고 심지가 살짝 씹힐 정도로만 익히는 것이 중요합니다. 그리고 파슬리를 한 번 더 뿌려줍니다. 요리사 안드레아씨가 마지막으로 갈색의 가루를 뿌리는데 이것은 무엇일까요.

<In>안드레아베네토요리사

"보타르가는 참치 알을 잘 말린 후 가루로 낸 것이죠. 마지막에 파스타에 넣어줍니다."

⇒ 내레이션과 인터뷰가 문답형식의 구조를 갖추고 있고, 시청자들이 익숙하지 않은 정보를 가장 기본적인 형식을 통해 전달하고 있다.

인터뷰6.

<Na>중부 이탈리아의 유서 깊은 도시 볼로냐. 이곳의 파스타 문화는 남부와는 전혀 다릅니다. 롤링커터로 가로 세로 5cm정도의 정사각형 모양의 피를 만듭니다. 중북부 이탈리아 사람들이 즐겨 먹는 파스타 토르텔리니입니다.

<In>"속에는 신선한 우유로 만든 리코타 치즈를 넣습니다. 그리고 시금치, 치즈, 소금과 정향을 넣습니다. 생파스타는 그날그날 새로 만들어야 해요."

⇒ 이야기에서 다루고 있는 소재나 분위기가 바뀔 때 전환을 목적으로 인터뷰를 활용하고 있다. 현장의 전문가가 화자가 되어 자신의 경험담 및 요리법, 즉 화자만의 생각과 객관적사실이 혼합하여 시청자들에게 전달되고 있다.

인터뷰7.

<Na>국수라기보다는 만두에 가까워 보이는 토르텔리니는 북부 에밀리아 지방에서 처음 등장했는데 원래는 튀겨먹다가 15C이후부터 지금처럼 삶아먹기 시작했죠. 이런 생파스타는 그 종류가 수백 가지인데 여인의 배꼽을 본 따 만들었다는 토르텔리니, 감자를 섞은 뇨키, 리코타 치즈 속을 넣어 납작하게 빚은 라비올리 등이 유명하죠.

<In>마리아 툴타나

"우리 이태리 사람들은 밥 먹자 대신 파스타먹자 라고 합니다. 이태리 사람이 외국 가서 파스타를 못 찾으면 죽으려고 하죠. 그 쪽은 뭐가 주식이죠? 쌀이죠? 외국에 나와서 쌀밥을 한 15일 간 못 먹으면 미치죠? 우리도 파스타를 못 먹으면 똑같아요."

⇒ 내레이션과 인터뷰 모두 시청자에게 편하게 다가갈 수 있는 여성적인 문체를 사용하고 있다. 내레이션에서는 객관적인 사실을 전달하면서 그에 맞는 구체적인 경험담 및 화자만의 생각을 인터뷰로 보충하고 있다.

인터뷰8.

<Na>초록빛 깻잎 국수가 만들어지면 육수를 만듭니다. 육수라고는 하지만 멸치는 사용하지 않고 말린 표고버섯과 다시마 그리고 무만으로 국물 맛을 냅니다. 다른 솥에서는 깻잎 국수를 삶습니다. 300인분을 만들어야하니 엄청난 양의 물에 끓입니다. 육수가 다 끓었으면 들깨즙 낸 것을 섞습니다.

이렇게 하면 고기 없이도 뽀얗고 고소한 풍미의 국물을 만들 수 있죠. 이렇게 만들기가 녹록치 않은 만큼 국수는 승려들에게 특별한 의미를 갖습니다.

<In>선재스님 사찰음식 전문가

스님들이 이제 국수를 이야기할 때 뭐라고 하냐면 '승소'라고 합니다. 스님들의 미소다. 국수를 보면 이렇게 너무 좋아해서 환하게 미소를 짓고 국수를 먹고 나면 기분이 좋아져서 승소라는 이름을 지었다고 합니다.

⇒ 내레이션에서 남성적인 문체로 객관적인 사실을 전달하면서도 여성적인 문체를 중간에 넣어 다소 딱딱할 수 있는 느낌의 설명을 부드럽게 만든다. 또한 인터뷰화자의 입장까지 고려하고 분석하는 내용을 간접화법으로 표현함으로써 인터뷰내용과 자연스럽게 연결시키고 있다. 잠시 동안의 전지적 화자시점으로 전환이 이루어 진 것이다. 또한 인터뷰에서는 화자의 주관적인 생각과 과거의 일화를 전달함으로써 시청자에게 편안하게 정보를 전달하고 있다.

인터뷰9.

<Na>최초의 한글 조리서인 음식디미방에 나온 우리나라의 전통국수 창면을 만들어 보겠습니다. 창면은 녹두로 만드는 국수입니다.

<In>한복려 궁중음식 기능 보유자

1600년도나 이런 조선조 초기에 것을 보면 녹두를 가지고 녹두에서 얻어지는 녹두전분녹말이라고 그러는데 녹말이라는 것은 또 하나의 국수를 만들 수 있는 아주 좋은 질감을 가지고 있는 것입니다.

⇒ 내레이션에서 화자가 영상의 요리사가 된 듯한 입장의 변화와 문체의 변환으로 인터뷰내용에 시청자를 집중시키고 있다. 인터뷰에서는 전문가인 화자를 통해 직접화법으로 객관적인 사실과 정보를 전달하고 있다.

인터뷰10.

<Na>이 식당의 주인인 야마오치씨가 지금 열심히 만들고 있는 것은 우동입

니다. 그의 우동은 카가와현에서 최고로 꼽힙니다. 비결은 숙성과정에 있습니다. 중력분을 소금과 섞은 후 반죽하기 전 실온에서 먼저 숙성시킵니다. 다음과정은 큰 아들이 맡는데 매우 중요한 것입니다. 2시간 숙성한 둥금 덩어리 형태의 반죽은 10분간 발로 밟아 방석크기가 될 때까지 눌러 줍니다. 오늘날 대부분의 식당에서는 이 과정을 기계가 대신합니다.

<In>도시유치 야마우치

기계로 하면 무리하게 반죽을 누르게 됩니다. 무리해서 글루텐에 이상이 생기면 오히려 글루텐의 힘이 떨어지게 됩니다. 인간의 힘으로 하면 언제 멈춰야 할지 느끼기 때문에 밟는 걸 멈출 수 있습니다.

<Na>밀대로 반죽은 3~4mm 두께로 밀어 버린 다음 절명기로 잘라냅니다. 이렇게 우동 만드는 과정이 전부사람의 손과 발로 이루어집니다. 면을 삶는 것도 손쉽게 가스 불을 사용하지 않고 장작불을 씁니다. 우동은 사람의 몸과 같기 때문이라고 합니다.

<In>도시유키 야마우치

장작을 때면 면에 화기가 통하는 것이 빠릅니다. 그래서 부드럽게 되죠. 심지부터 데우는 것입니다.

<Na>국물을 내는 일은 부인의 몫입니다. 최상품의 가츠오부시. 마른 멸치 그리고 통 다시마를 넣어 맑게 우려냅니다. 진한 맛보다는 은은하고 다소 싱거운 국물 맛이 이 집의 특징입니다. 면의 순수한 식감을 방해하지 않기 위해 고명도 파만 올립니다. 옛 이름이 사누끼로도 잘 알여진 카가와현은 1인당 우동집의 수가 전 세계에서 가장 많은 곳입니다. 인구 백만 명의 작은 현에 우동집의 수가 팔백개나 됩니다. 카가와현 사람들은 1년에 1인당 130그릇의 우동을 먹어 치웁니다. 사누끼 사람들의 우동 먹는 방법은 조금 특별하죠. 우선 한 번에 먹는 양이 상상을 초월합니다. 다라이 우동이라고 불리는 이 우동은 가장 작은 사이즈도 보통 우동의 두 배가 넘습니다. 또 국물이나 고명이 없이 면만 츠유에 담아 먹습니다. 면의 맛에만 집중하기 위해서죠. 그리고 마지막 노하우. 제대로 씹지 않고 후루룩 소리를 내어 넘깁니다.

<In>두시유키 야마우치

후루룩 그냥 넘기죠. 면에 들어가면서 입술에 느껴지는 감촉을 통해 면에 대한 사랑을 느끼는 거예요.

⇒ 전체적으로 Na—In—Na—In—Na—In 의 구조를 갖추면서 우동 한 그릇이 만들어지고 고객의 입으로 들어가는 모든 과정을 담고 있다. 내레이션과 인터뷰

의 반복구조는 시청자에게 분위기, 상황설명, 보충설명, 긴장감으로 인한 시청자의 몰입도 증가효과를 가져올 수 있다. <누들로드>의 프로그램 특성상 요리과정의 내용이 중심이 되는 성향이 있기 때문에 내레이션과 인터뷰의 반복구조는 매우 적절한 구조라고 볼 수 있다. 또한 단순한 정보전달이 아닌 시각, 미각, 후각 모두를 느낄 수 있을 것 같은 느낌을 전달하기에 가장 적절한 구조이다.

내레이션에서 객관적인 사실을 이야기를 전달하는 방식인 간접화법으로 표현하고 이고, 그 내용을 인터뷰에서 전문가인 화자가 나와 검증하는 형식을 갖추고 있다. 인터뷰화자는 주관적인 생각을 주로 표현하면서 보다 전문적인 성향을 보인다. 줄여서 말하자면 내레이션이 전체적인 정보를 종합하여 전달하고, 인터뷰에서 전문가가 주관적인 생각으로 내레이션의 내용을 검증하여 시청자에게 신뢰도를 높이고 있다.

인터뷰11.

<Na>우동이 전통을 상징하는 국수였다면 현대의 빠른 리듬감을 가진 새로운 국수 트렌드가 일본의 거리를 파고들고 있습니다. 라미엔 중화소바라고도 불리는 국수의 기원지는 중국 광동성이죠 일본 요리사들은 이 외래의 면으로 기상천외한 실험을 해왔습니다. 이 라면집의 주인 마사미치씨처럼 말입니다. 돼지 뼈나 닭 뼈를 고아낸 국물에 양념에서 구운 돼지수육, 차슈를 얹는 것은 다른 라멘식당과 같습니다. 이 식당의 다른 점은 송송 썰은 파를 유난히 듬뿍 올려준다는 것인데 진짜 실험은 지금부터입니다. 무엇을 하려는지 손님들에게 연실 주의를 당부합니다.

<In>"몸을 뒤로 젖혀 주세요. 팔을 뒤로 돌려주세요. 테이블을 만지지 말아주세요."

<Na>마사마치씨는 손님들에게 싱싱한 파의 맛을 제대로 느끼게 해주고 싶어서 블라멘을 고안해 냈다고 합니다.

<In>미야자와 마사미치

기름을 360도 정도까지 달궈서 불이 붙자마자 네기라멘에 붓습니다. 불붙은 그름이 파의 향기를 이끌어 내는 것이 특징인 라멘입니다. 많은 파를 한 번에 드시게 하기 위해서 불을 붙이면 어떨까 해 본 발상에서 시작했습니다.

⇒ 마치 연극처럼 상황설정을 하고 설정이 완료되면 대사를 던지는 듯한 내레이션과 인터뷰의 구조를 갖추고 있다. 시청자에게 당부하는 듯한 이 인터뷰는 시청자를 영상에 집중시킨다. 이렇게 시청자를 집중시키고 내레이션이 상황을 정리한다. 그 다음 전문가의 인터뷰를 통해 사실을 검증하고 정보전달을 한다. 인터뷰

를 활용하지 않고서는 연출 할 수 없는 상황이고, 시청자를 집중시킬 수가 없는 것처럼 보인다. 편집기법으로써 인터뷰를 적절히 활용하고 있다.

「누들로드 : 세상의 모든 국수」에서 찾아 볼 수 있는 독특한 구성은 진행자의 인터뷰방식 장면을 곳곳에 넣어 이야기내용의 전환에 보다 효과적인 변환을 한다는 것이다. 자연스러운 이야기소재의 변환을 통해 이야기를 매끄럽게 이어갈 수 있다. 면접방식의 인터뷰방식이 아닌 단순한 설명형식으로 조리법을 설명하고 있다. 화자의 주관적인 생각보다는 객관적인 정보전달을 함으로써 신뢰성을 높이면서 다음 소재로 분위기를 전환하는 점도 인상적이다.

2010년대 한국 청소년영화의 장르 구조와 사회성 연구

정 민 아*

1. 들어가며

10대를 다루는 영화들은 시대별로 어떤 경향성을 띄며 제작되어 왔다. 1970년대 명랑한 고교생들이 주인공인 '얄개 시리즈'와 고교 멜로물 '진짜진짜 시리즈', 1980년대 후반에서 1990년대 초반에 학교문제를 적극적으로 반영한 리얼리즘 청소년영화, 1990년대 중후반에 가학적인 학교 시스템을 공포로 다룬 '학원 호러', 그리고 2000년대에는 청소년영화가 주류 장르와 결합하여, 청소년액션, 청소년코미디, 하이틴 로맨스 등이 만들어졌다.

그러나, 2010년대에는 이전과는 사뭇 다른 양상을 보인다. 청소년영화가 점차 상업영화의 영역에서 배제되어 가는 듯하다. 그리하여 "상업영화에서 배제된 학교가 이제 우리 사회의 문제를 집약적으로 보여주는 공간으로서 독립영화의 주요 소재가 되었다"[1]고 진단되기도 한다. <돼지의

* 한신대학교

1) 「비루한 현실에 바치는 풋풋한 신청춘영화」, 『시사IN』 제366호, 2014. 9. 20, 61쪽.

왕>(2010), <파수꾼>(2010), <명왕성>(2012), <한공주>(2013), <못>(2013), <18-우리들의 성장 느와르>(2013), <야간비행>(2014), <거인>(2014) 등은 10대 캐릭터를 통해 한국사회의 모순을 압축적으로 보여주는 특징을 띤다. 2010년대 이후 청소년영화가 이전과 달라진 양상을 보임에 따라 학교생활을 하는 10대를 주인공으로 하는 이와 같은 영화들을 '신청소년영화'라고 지칭해도 될 정도로 이들 영화들은 많은 유사점을 공유하고 있다.

주류영화계에서는 <완득이>(2011)와 같은 가족 코미디, <써니>(2011)나 <피끓는 청춘>(2013)과 같은 복고 코미디, <글러브>(2011)나 <노브레싱>(2013) 같은 스포츠 장르들이 청소년영화와 장르적으로 결합하는 경우를 보인다. 그러나 이 영화들은 청소년보다는 가족, 코미디, 스포츠 등 주류장르를 전면에 내세운다.

독립영화로 제작되었으며 소수의 캐릭터가 플롯을 끌어가며 드라마가 강한 최근 청소년영화들에서 10대의 공간은 사회 모순과 갈등의 상징 공간으로 활용된다. 이에 따라 본고는 새로운 청소년영화의 등장의 이유를 사회문화적인 요인과 영화 내부 요인에서 찾고, 2010년대 청소년영화의 장르적 특성을 탐구하고자 한다.

2. 시대별 청소년영화

10대 캐릭터가 등장하는 영화들을 지칭하는 몇 가지 용어가 있어왔다. '하이틴영화', '고교생영화', '청소년영화', '십대영화', '청춘영화' 등. 장르란 모호한 분류 방식이지만 저널리즘과 학계, 대중이 두루 공통적으로 이해하기 위한 범주이다. 서부극, 갱스터, SF, 뮤지컬처럼 소재로 분류하는 방식이 있는가 하면, 코미디, 스릴러, 호러처럼 감정을 바탕으로 분류하는 방식이 있다. 멜로드라마, 로맨스, 액션은 포괄적이며 유연한 정의를 필요로 하는 반면, 사극은 특정 배경을 분류 기준으로 삼는다.

10대 등장인물이 출연하는 '청소년영화'라는 장르는 캐릭터의 나이에 기반하고 있으며, "그 하위장르의 주요한 관심사는 10대 청소년들의 다양한 행동과 스타일에 따라 천차만별이다"[2] 이러한 유형의 영화들을 지칭하기 위한 여러 용어들이 혼용되어 사용되고 있다. 한국영화데이터베이스 KMDb 사이트에서는 이들 영화들을 장르 필수 용어가 아니라 선택 용어로 분류하며, '아동', '하이틴', '청춘' 등으로 나누고 있다. KMDb에 기초하면 초등학생, 중학생은 아동으로, 고등학생, 재수생은 하이틴으로, 20대 청년은 청춘으로 분류된다.

저널리즘의 용어 역시 혼재되어 사용되는 실정인데, 하이틴영화는 단독으로 쓰이기보다는 '하이틴 로맨스 영화' 식으로 할리퀸 로맨스를 한국식으로 바꾼 하이틴 로맨스라는 단어를 붙여서 사용한다. 이 경우는 대개 <트와일라잇>이나 <안녕 헤이즐> 등의 청춘 로맨스 영화를 설명할 때 사용된다. '청소년영화'는 '청소년영화제'나 '청소년영상제' 등의 영화제에 출품되는 특정 영화를 지칭하기 위해 사용되는 경우가 많다. '고교생영화'라는 용어는 현재 거의 찾아보기 힘들고, 영어 'teen pics'를 번역한 '십대영화'라는 용어는 한때 학계에서 쓰이곤 했지만[3] 현재에는 찾아보기 힘들다. 이에 비해 '청춘영화'를 10대와 20대 젊은이가 주인공인 영화들을 아우르며 포괄적으로 사용하고 있지만, 활동 공간과 처지가 다른 10대와 20대를 한꺼번에 묶는 것은 실제로 영화를 분류할 때 혼란을 일으키기 쉽다.

영화학계에서는 1970년대에 유행처럼 제작된 10대가 주인공인 영화

2) 정영권(2012), 「민주화 이행기의 한국 청소년영화 1989~1992: 장르의 문화사회사」, 『문학과영상』 제13권 2호, 문학과영상학회, 353쪽.
3) 김종원 · 정중헌(2001), 『우리 영화 100년』, 현암사.

를 '하이틴영화'라고 지칭하는 것이 일반적이다. 안재석은 "하이틴 영화는 일반적인 십대영화와는 다른, 1970년대 한국에서 유행했던 특별한 장르 영화를 일컫는다"[4]라고 설명한다. 이때 '하이틴'이라는 용어는 10대 후반을 지칭하는 일본식 영어로, 주로 교복을 입은 고등학생들을 지칭한다. 하이틴영화는 고등학생을 주인공으로 내세워 사랑과 우정, 학교생활 등을 멜로드라마, 코미디, 청춘영화 등의 다양한 장르 컨벤션과 혼합해 형상화함으로서 또래 관객들의 열렬한 호응을 이끌어냈다.[5]

정민아는 1980년대 후반에 등장한, 새로운 10대 주인공 영화를 지칭하기 위해 당시에도 흔히 사용되던 용어인[6] '하이틴영화'를 가져와서 장르 분석을 시도한다.[7] 이에 대해 오진곤은 1970년대와 1980년대에 제작된 고등학생 및 고등학교 소재의 영화들이 서로 상관관계가 있다는 점을 밝히며, 하이틴영화 중에서도 일정 지류를 확보하며 대중적인 인기를 누렸던 영화를 따로 떼어내어 '고교생영화'라고 지칭하여 분석한다.[8] 후속 연구에서 정영권은 용어 사용을 분명하게 할 것은 제안한다.[9] '1970년대 하이틴영화'는 하나의 고유명사화 되었으므로, 이에 여타 10대가 주인공인 영화들을 1970년대 경향과 구별 지을 필요가 있으므로 한결 느슨하고 유연한 범주로서 사용되는 '청소년영화'로 지칭하자고 주장한다.

---

4) 안재석(2006), 「십대 관객층의 형성, 하이틴 영화」, 김미현 책임 편집, 『한국영화사; 개화기에서 개화기까지』, 커뮤니케이션북스, 243쪽.

5) 위의 글, 243쪽.

6) 「여름방학 겨냥한 하이틴 영화 봇물」, 『경향신문』, 1991. 6. 29.
「백혈병 소녀의 의연한 삶 하이틴 영화 <스무살까지만… >」, 『동아일보』, 1992. 1. 12.

7) 정민아(2011), 「이유 있는 반항: 1980년대 학교문제를 다룬 하이틴영화」, 『영화연구』 제49호, 한국영화학회.

8) 오진곤(2011), 「1970년대와 1980년대 한국 고교생영화의 관계성 연구: <고교 얄개>(1977)와 <행복은 성적순이 아니잖아요>(1989)를 중심으로」, 『현대영화연구』 제12호, 한양대 현대영화연구소.

9) 정영권(2012), 「민주화 이행기의 한국 청소년영화 1989~1992: 장르의 문화사회사」, 371~372쪽.

한국영상자료원에서 발간한 한국영화사 책들은 1970년대 하이틴영화를 제외하고 다른 시대의 10대 주인공 영화를 대개 '청소년영화'라고 부른다.[10] 이에 따라 '청소년영화'라는 용어가 시대를 관통하며 사용하기에 한결 용이한 장르 용어로 판단되어 본고에서는 이 용어를 적용하여 새로운 시대의 청소년영화의 경향성을 분석하고자 한다.

청소년영화가 처음으로 만들어진 것은 1959년 김기영 감독의 <10대의 반항>이다([별첨] '역대 한국 청소년영화 리스트' 참조). 이 영화는 현재 필름이 남아있지 않지만, 영화사가(映畵史家) 김종원의 증언에 의하면 "꿈을 상실한 우범 지대 소년들의 눈을 빌어 사회악의 한 단면을 파헤친"[11] 가작이며 이탈리아 네오리얼리즘을 한국에 적용한 영화라고 한다. 1965년에는 정승문 감독의 <얄개전>이 만들어졌고, 1972년에는 강대선 감독의 <여고시절>이 만들어진다. 1973년 <지나간 여고시절>, 1974년 <이름모를 소녀>, 1975년 <여고졸업반> 등 매해 여고생 영화가 등장하였다. 박민정, 오진곤, 정영권 등은 <여고시절>을 하이틴영화(청소년영화)의 장르적 기원으로 본다.

<10대의 반항>과 <얄개전>은 산발적으로 제작된 작품인 반면, '여고영화' 제목에서 유추해볼 수 있듯이 <여고시절>의 성공 후 여고생을 주인공으로 내세운 후속작들이 선을 보이며 하이틴영화의 유행이 뒤따랐으므로 <여고시절>을 장르적 기원으로 봐도 무방하다. 이후 1976년 <진짜 진짜 미안해>를 시작으로 임예진을 아이콘으로 내세운 하이틴 멜로드라마, 그리고 같은 해 <고교얄개>를 시작으로 하는 하이틴 코미디 등, 두 개의 커다란 하위장르를 축으로 하여 32 편의 하이틴영화가 1978년까지 3년 동안 제작된다([별첨] '역대 한국 청소년영화 리스트' 참

---

10) 정종화(2007), 『한국영화사』, 한국영상자료원.
한국영상자료원 편, 유지나 외(2005), 『한국영화사 공부 1980~1997』, 이채.
11) 김종원 · 정중헌(2001), 『우리 영화 100년』, 251쪽.

조). 이 시기 마지막 작품은 하이틴영화 3대 감독인 김응천, 석래명, 문여송의 옴니버스 영화인 <우리들의 고교시대>이다.

1970년대 하이틴영화는 유신시대의 억압적인 영화검열을 피하기 위한 한 방편으로 사회비판적인 시선을 배제하고 있다. 영화는 학교로 들어가 학생, 교사, 부모가 각자의 본분에 충실하며 함께 조화를 이루는 명랑한 사회를 만드는 결말을 추구하는 전형적인 스토리 구조를 가진다. 이로 인해 많은 작품들이 비슷해 보이는 한계를 띠지만, 1970년대 하이틴영화 장르는 당시 10대 청소년 관객이라는 새로운 관객층을 개발하면서 형성된 새로운 장르로서의 의의를 지닌다.

1980년대가 시작하면서 하이틴영화는 쇠퇴하게 되었고 간헐적으로 청소년영화가 만들어지다가 1984년 이미례 감독이 <수렁에서 건진 내딸>에서 비행청소년 주인공을 통해 사회를 비판하는 영화를 만들고 어느 정도 성공을 거둔다. 그러나 본격적으로 청소년영화가 1980년대의 새로운 장르로 등장하게 된 계기는 1989년 강우석 감독의 <행복은 성적순이 아니잖아요>이다. 기획 개념을 적용한 최초의 영화인 이 영화의 성공을 필두로 1990년대 초반에 <그래 가끔 하늘을 보자>(김성홍, 1990), <꼴찌부터 일등까지 우리반을 찾습니다>(황규덕, 1990) 등 긴 제목의 영화들이 1992년까지 15여 편 제작되면서 청소년영화의 유행을 이끌었다(별첨 참조). 1980년대 후반에서 1990년대 초, 중산층 신화, 교육 민주화에 대한 열망, 교복자율화 세대의 경계의식이 이 시기 청소년영화에 반영되었는데, 이 영화들은 1970년대 하이틴영화와는 달리 사회적 징후들을 적극적으로 투영하고 있었다. 하지만 유행과 함께 다량의 작품들이 졸속으로 제작되면서 그저 그런 여고생 로맨스 스토리를 벗어나지 못하고 이 장르는 쇠퇴하고 만다.

1990년 후반 청소년영화의 부활을 알린 작품은 <여고괴담>(박기형,

1998)이다. 청소년영화가 호러 장르와 결합되었고, 입시지옥의 학교는 학생들에게 가학적인 공포의 공간으로 묘사되었다. 이 작품의 성공으로 인해 2000년대까지 교육 제도, 젠더 문제, 계층 문제를 복합적으로 담고 있는 청소년 호러영화가 활발하게 만들어진다.

2000년대 청소년영화의 경향은 다음과 같이 크게 네 가지로 구분된다.

첫째, 호러영화. 여기에는 '여고괴담 시리즈'(2003, 2005, 2009), <고사: 피의 중간고사>(창, 2008) 등이 있다. 1990년대 이후 수능이 실시되고 교복이 부활하는 시기의 청소년 세대는 1980년대 교복자율화 세대나 1970년대 유신시대의 청소년과는 매우 다른 양상을 보인다. 가요계에서 시작하여 대중문화 및 소비문화의 주역이 된 이 시기 청소년은 더욱 노골적으로 경쟁을 부추기는 학교 제도와 더욱 공고화된 사회 계층 구조의 억압을 심리적 공포의 원인으로 지목한다. 특히 IMF 이후 무너진 가치관으로 인한 어두운 그림자가 청소년 세대에까지 영향을 미친다. 2000년대 호러영화들은 성적, 가난, 왕따, 성 문제 등으로 인한 죽음과 복수의 드라마로 사회에 대해 발언하고 있다.

둘째, 액션영화. 여기에는 <친구>(곽경택, 2001), <화산고>(김태균, 2001), <두사부일체>(윤제균, 2001), <말죽거리 잔혹사>(유하, 2004) 등이 있다. 청소년 액션영화는 학교폭력 문제를 상업장르 문법 속에 녹여내었으며 흥행에서 큰 성공을 거두었다. 이와 같은 양상은 1990년대 조폭액션이 2000년대에 청소년영화와 결합된 새로운 경향이었다. 이 영화들은 새로운 관객층을 창출하였는데, 스타 캐스팅과 함께 비교적 큰 예산으로 제작되어 빅히트를 염두에 둔 작품이었다. 이 영화들은 과거인 1970년대를 추억하거나 현재를 배경으로 한 픽션이며 액션 장면을 부각시키고 있지만, 학교와 폭력이 공모하고 있으며 오히려 학교가 폭력을 강화하는 방식으로 운영되고 있다는 점을 오락적 문법 속에 녹여내었다.

셋째, 로맨스드라마. 여기에는 <클래식>(곽재용, 2003), <늑대의 유혹>(김태균, 2004), <어린 신부>(김호준, 2004), <사랑니>(정지우, 2005) 등이 있다. 청소년 로맨스영화는 정통 멜로드라마 형태로 제작되어 기성세대의 노스탤지어를 자극하거나, 이 시기에 유행한 인터넷 소설을 원작으로 하거나, 스타 마케팅을 중심으로 만들어진 스타 맞춤형 영화들이었다.

넷째, 코미디. 여기에는 <몽정기>(정초신, 2002), <품행제로>(조근식, 2002), <다세포 소녀>(이재용, 2006), <울학교 이티>(박광춘, 2008) 등이 있다.

다섯째, 리얼리즘 드라마. 여기에는 <눈물>(임상수, 2000), <발레교습소>(변영주, 2004), <피터팬의 공식>(조창호, 2005), <반두비>(신동일, 2009) 등이 있는데, 이 하위장르의 영화들은 대부분 독립영화 형태로 제작되었다. 청소년 리얼리즘 드라마는 대개 중산층 이하 하층민 청소년이 주인공으로서, 여타 청소년 하위장르보다도 사회현실을 깊이 있게 반영하고 있다. 가정과 학교에서 일탈하는 방황하는 청소년들의 모습은 동시대 한국사회의 모순을 짊어지고 살아가야 하는 이들의 초상이라고 할 수 있다. 이와 같이 2000년대 청소년영화는 다양한 장르로 변주되어 활발하게 제작되었다.

3. 2010년대 청소년영화의 특징

2010년대 청소년영화에서 두드러진 점은 이제 상업영화 영역에서는 청소년영화 제작을 꺼려한다는 것이다. 1990년대 후반에서 2000년대까지는 호러, 액션, 코미디, 로맨스, 스포츠, 판타지 등 주류장르에서 청소년영화와 결합하는 양상을 보여주었다. 그러한 상황이 2010년대 들어 바뀌게 된 주된 이유는 첫째로 흥행성 문제가 크다. 선구적 시도가 시장에서 별다른 호응을 얻지 못하거나, 선구적 작품이 성공할지라도 후속작이 그에 필적하는 성공을 보여주지 못하면 상업영화 영역에서 배제되게 된다.

예를 들어, 판타지 장르인 <체인지>(1996)가 어느 정도 화제를 낳았지만(서울 관객 수 16만), 큰 예산을 투자한 <화산고>(2001)는 실망스러운 결과를 낳았다(서울 관객 수 6만). 청소년 호러의 효시가 된 <여고괴담>의 성공 후 속편과 아류작들이 만들어졌지만, '여고괴담 시리즈'는 2009년 5편을 마지막으로 더 이상 제작되지 않고 있다. 다만 2014년에 <소녀괴담>이 전국 48만 관객을 동원한 바 있지만, 2000년대 여름 시즌이면 제작되던 청소년 호러영화의 맥은 사실상 끊어진 것으로 보인다. 청소년 코미디 <몽정기>(2002, 서울 관객 수 76만)의 화제 이후 속편이 제작되고, <제니, 주노>(2004), <다세포 소녀>(2006) 등 학교를 주요 공간으로, 학교생활과 학생들의 로맨스를 서사의 중심에 놓는 코미디들이 만들어졌지만 모두 다 흥행에서 저조했다. 청소년 스포츠영화 <킹콩을 들다>(2009, 관객 수 127만)가 <우리 생애 최고의 순간>(2007), <국가대표>(2009) 등 스포츠영화의 흥행 성공 흐름을 타고 주목 받았지만, <노브레싱>(2013)은 스타 캐스팅에도 불구하고 45만 명의 관객에 그치고 말았다.

2010년대에 들어 대기업이 주도하고 있는 한국영화는 점점 표준화되어가는 양상이다. 안정적 투자가 위험 요소를 줄이고 성공을 보증하는 당연한 요건이지만, 성공사례들을 중심으로 영화제작이 매뉴얼화되면서 실험적인 투자보다는 식상한 패턴이 자리하고 있다. 특정 장르가 안정적인 성공을 보여주지 못하면 후속 작품들이 제작되기 힘든 것은 당연한 일이다. 그러나 창작자의 창의성, 실험성 보다는 표준화 지표를 통해 영화를 제작하다보니, 성공작 이후 만들어지는 후속작은 신선함이 떨어지고 고

만고만한 아류작으로 보인다는 문제를 안고 있다. 예를 들어, 청소년 노스텔지어영화로 예상치 못한 흥행돌풍을 보여준 <써니>(2011, 전국 관객 수 736만) 이후 만들어진 <피끓는 청춘>(2013, 전국 관객 수 176만)은 스타 마케팅과 대대적인 홍보전에도 불구하고 기대에 미치지 못하는 결과를 낳았다.

상업영화로서의 청소년영화가 사라진 이유 중 두 번째로는 10대들이 자신의 이야기를 담은 영화를 보지 않는다는 점에서 기인한다. 대중가요계의 아이돌 열풍, 상업영화의 젊은 남성스타 마케팅 효과(<늑대소년>(조성희, 2012)의 송중기, <은밀하게 위대하게>(장철수, 2013)의 김수현) 등에서 확인할 수 있듯이 10대가 대중문화 소비에 커다란 영향력을 발휘하는 현상은 꾸준하게 이어지고 있다. 이러한 현상과 대조적으로 청소년 자신의 이야기와 목소리를 담은 주류영화를 시장에서 보기 힘들어졌다. 이에 대해 변영주 감독(<발레교습소> 연출)은 "기성세대는 자신들을 가해자로 고발하는 청춘영화가 버겁고, 10대는 자신들의 이야기가 나오는 것을 싫어한다. 10대들은 자기 문제를 직시하고 싶어 하지 않는다"[12]라고 말한다. 10대가 골치 아픈 자신의 현실을 보고 싶어 하지 않는다는 발언은 의미가 있다. 어떤 고교 3학년생은 학교 현실에 대해 "지금 학교 문화가 계급사회 문화다. 잘나가는 아이들에게 반항하면 철저히 착취를 당한다"라고 말하며, 어떤 고교 1학년 학생은 "드라마나 영화를 보면 주인공들이 모두 일진들과 유사하다"라고 증언한다.[13] 이들 10대들의 증언을 들어보면, 주류 영화나 드라마의 주인공은 학교 계층 구조에서 가장 상층에 위치한 일진들이어서 평범한 아이들과 왕따 아이들의 현실을 제대로 보여주고 있지 않는다는 점을 알게 된다. 10대가 자신의 비루한 이야기를 보고 싶어 하지 않거나, 바로 자신들의 현실의 이야기를 담지

---

12) 「비루한 현실에 바치는 풋풋한 신청춘영화」, 『시사IN』, 61쪽.
13) 「피해학생 "학교는 계급문화"… 가해학생 "부모와 안 친해"」, 『경향신문』, 2012. 1. 30.

않거나 간에 주류영화는 10대를 점점 배제하고 있다.

하지만 상업영화에서 배제된 학교와 청소년 소재는 최근 독립영화의 주요 소재로 부상하고 있다. 10대와 학교는 우리 사회의 문제를 집약적으로 보여주는 공간으로 설정된다. 영화에서 학교는 사회의 폭력과 공모관계에 있음을 암시적으로 드러내준다. 2010년대 독립영화계에서 제작된 청소년영화들은 사회의 가학적 폭력 현상, 폭력적 지배 구조를 반영하는 학교를 고발하는 경향을 보인다. 그러나 역설적인 것은 최근 청소년영화들이 10대의 문제를 적극 반영하고 있지만 10대가 주관객층이 아니라 어른들을 위한 영화로 소비된다는 점이다.

1970년대 이래로 청소년영화는 10대들을 위한 영화였다. "10대에게 있어 영화를 보러 가는 것은 부모의 통제로부터 벗어나 또래 집단과 즐길 수 있는 기회를 의미"[14]하였으며, 경제 성장과 함께 새로운 소비계층으로서 청소년관객이 개발되었다. 1970년대와 1980년대 청소년영화는 1차 베이붐 세대(1955~1963년생)과 2차 베이붐 세대(1968~1974년생)를 각기 타깃으로 한 세대 영화였다.

경제발전의 구심점이 되었던 1차 베이붐 세대는 그 어떤 세대보다 열정적으로 성공을 위해 달렸다.[15] 한국전쟁을 겪었던 그들의 부모세대는 자식세대의 교육과 도전을 위해 헌신적으로 희생했고, 세대 간 화합의 환경이 자연스럽게 형성되어 있었다. 자신의 꿈을 향해 뛰던 1차 베이붐 세대는 1970년대 하이틴영화의 주 관객층이 되었다. 2차 베이붐 세대의 부모세대 역시 자녀를 위해 헌신한데다 경제적 기반이 이전 세대보다 나아졌다. 이들의 부모세대는 이전 세대보다 더 적극적으로 자녀의 도전을 도왔고, 청소년기에 도달한 2차 베이붐 세대는 소비문화의 주역으로 등장했다. 이들이 1980년대 새로운 청소년영화 부흥기의 주 관객층을 형성했

14) 정민아(2011), 「이유 있는 반항: 1980년대 학교문제를 다룬 하이틴영화」, 338쪽.
15) 박종훈(2013), 『지상최대의 경제 사기극, 세대전쟁』, 21세기북스, 97~99쪽.

다. 이렇게 형성된 두 차례의 청소년영화 붐을 거치고 1990년대 후반 이후, 앞서 설명한 것처럼 한국영화산업 활황기와 함께 청소년영화는 다양한 장르로 변주되었다.

하지만 최근 청소년영화 현황을 살펴보면, 영화상영등급에서 분명하게 보여주고 있는 바, <돼지의 왕>, <한공주>, <야간비행>, <18-우리들의 느와르>는 청소년관람불가이고, <파수꾼>, <명왕성>, <셔틀콕>, <못>은 15세 이상 관람가이다. 15세 관람가를 신청했다가 반려된 뒤, 재심에서 청소년관람불가 판정을 받은 <반두비>처럼 영화관람등급 이슈가 대중적으로 알려진 사례도 있다.[16] 최근 청소년영화 대부분에서 폭력, 성, 음주, 흡연, 언어 등과 관련하여 10대들의 현재를 반영하는 사실주의적 묘사가 이루어지고 있다. 이는 상업영화계 청소년영화가 <써니>, <피 끓는 청춘>, <완득이>처럼 노스탤지어 코미디나 가족 코미디의 틀로 만들어져 전 세대를 아우르며 가족 관람을 유도하는 것과 대조적이다.

1970년대, 1980년대 청소년영화는 "기존의 관객층을 포섭하면서 청소년이라는 특수 관객층을 소구집단으로 삼기 때문에"[17] 다양한 캐릭터를 등장시켰으며, "다양한 인물군상과 다양한 에피소드"[18]를 전개하여 사회의 다양한 측면을 압축적으로 보여주고자 했다. 주류영화인 <써니>, <피 끓는 청춘>, <완득이> 역시 1970년대, 1980년대 청소년영화의 장르적 관행을 따르고 있다. 영화의 결말은 해피엔딩이고, 어른이 되기 위한 길목에 서있는 청소년들은 지독한 성장 경험을 한 후, 행복하게 이를 회고하는 방식이 주를 이룬다.

---

16) 「<반두비>, 또 청소년관람불가 판정」, 『인터넷신문 프레시안』, 2009. 6. 15. (기사검색 http://www.pressian.com/news/article.html?no=95374)
17) 오진곤(2011), 「1970년대와 1980년대 한국 고교생영화의 관계성 연구」, 217쪽.
18) 정민아(2011), 「이유 있는 반항: 1980년대 학교문제를 다룬 하이틴영화」, 348쪽.

이와 대조적으로 2010년대 독립영화계 청소년영화들은 꿈과 판타지를 그리는 것이 아니라 현실의 비루함과 척박함에 대해 발언한다. 이는 10대들이 이전보다 훨씬 더 암울한 시대에 살고 있다는 점을 반영한다. 현재 청소년기에 해당하는 1996년에서 2000년 사이에 태어난 인구집단은 IMF 시기 혹은 그 이후에 태어난 세대로 이전 세대가 누렸던 발전과 도약의 기회를 원천적으로 봉쇄당한, 꿈을 꿀 수 없는 세대이다. 신자유주의 시대로 인해 경쟁은 더욱 극심해졌고, 지금 청소년들은 기회를 누리지 못하고 있는 현실이다. 이들이 처한 처절한 현실의 리얼리티가 청소년영화에 적극적으로 투영되어 영화의 표현은 이전보다 더욱 과격해지고 있다.

이와 같은 현실에서 영화등급 심사 과정을 거치며 10대 청소년이 청소년영화를 보기가 힘들게 되어버렸다. 결과적으로 최근 청소년영화들은 어른들이 보는 영화가 되었고, 이는 흥행에 있어서 결코 유리하게 작용하지 않는다. 그러나 청소년영화가 그 어떤 주류영화들보다도 공격적으로 현실 사회문제에 대해 발언한다는 점은 분명하다.

따지고 보자면 어른들이 보는 청소년영화는 본래 딜레마에서 출발한다. 즉, "청소년영화는 10대에 대해 발언하지만 10대가 만들지 않는다."19). 10대는 프로 영화제작에서 배제되기 때문이다. 이는 청소년영화 대부분이 성인드라마 못지않게 복잡하고 세련된 이유이기도 하며, 어른의 시각에서 청소년 이슈가 다루어지고 있다는 점을 의미하기도 한다. 청소년영화는 10대 또래 집단이 향유하는 문화일 뿐 아니라, 동시에 어른들의 노스탤지어를 자극하거나, 사회적 약자에 대한 상징적 서사를 구현하는 텍스트라는 복합적 기능을 수행한다.

20대는 등록금, 취업문제의 불안을 안고 있고, 30대는 결혼문제, 치솟

19) Timothy Shary(2002), *Generation Multiplex: The Image of Youth in Contemporary American Cinema*, University of Texas Press, p. 2.

는 집값 문제로 불안해한다. 40대는 자녀교육, 구조조정, 가계대출, 노후 문제 등 칼바람 같은 경쟁으로 인해 불안에 떤다. 모든 세대가 불안한 현실에서 10대들도 자유롭지 못하다. 1년에 300여 명의 아이들이 입시 스트레스로 자살하고, 자기중심적 사고와 자살충동으로 점철된 '중2병'이라는 신조어가 생겨나고, 심지어 초등학생까지 "물고기처럼 자유롭게 날고 싶다"는 유서를 남긴 채 자살하는 시대다. 이러한 시대에 명랑하게 학교생활을 영위하고, 로맨스를 꿈꾸며, 학생과 교사, 그리고 부모가 조화를 이루는 영화 속 세상은 현실 사회와는 먼 상상의 세계일뿐이다.

10대들의 가장 큰 불안 요소는 학업문제이고 가족문제와 친구문제가 공존한다. "우리나라 가정은 자녀를 좋은 대학에 보내는 목표로 이뤄진 프로젝트 공동체"[20]가 된지 오래고, 가정은 극심한 경쟁 교육의 수단으로 변질되고 있다. 프로젝트를 효율적으로 완성해내기 위해 가정 내 구성원들은 "협력이나 소통 없이 기능적으로 움직이고"[21] 이에 따라 가정문제와 학업문제는 서로 긴밀하게 연관된다. 아이가 대학에 간다는 것은 아이 본인 뿐 아니라 부모 모두의 공동 프로젝트가 결실을 맺는다는 의미이다. 일반적으로 사회가 어려울수록 가족의 가치는 올라간다. 그러나 "지금 우리 사회에서는 가족이 희망이라고 말하면서도 가족의 위기에 대해 걱정하는 모순적 현상이 나타나고 있다."[22] 그 이유는 가족이 애정 공동체이기보다는 프로젝트 성공을 위해 결성된 기능적 공동체인 것처럼 움직이는데서 연유한다.

이러한 현상으로 인해 학교 현실과 청소년의 현재를 반영하는 2010년대 청소년영화는 이전과 다른 양상을 띤다. 이에 따라 본고의 이후 전개

---

20) 「"10대가 아프다" 한국 가정은 애정공동체 아닌 대입 프로젝트 공동체」, 『경향신문』 2012. 1. 3.

21) 위의 글.

22) 정현백(2009), 「'주어진' 가족 없는 '만들어가는'가족」, 김기봉 외, 『가족의 빅뱅』, 서해문집, 123쪽.

는 2010년대 청소년영화의 학교 현실에 대한 강한 발언과 세련된 영화언어의 구사로 국내외적으로 비평적 인정을 획득한 문제작 <돼지의 왕>(연상호, 2010), <파수꾼>(윤성현, 2010), <명왕성>(신수원, 2012), <한공주>(이수진, 2013) 등 네 편의 청소년영화를 분석함으로써 이전과 달라진 청소년영화의 특징을 탐색해보고자 한다. 이 네 편의 영화들은 모두 학교를 주요 공간으로 하며, 학교에서 행해지는 물리적, 상징적 폭력을 화두로 삼아 현재의 권위적인 교육 제도와 부조리한 사회를 비판한다.

1) 인물

청소년영화는 10대가 주인공으로 기성세대의 권위에 도전하면서 성장하는 이야기를 기본으로 한다. 대개 청소년영화는 "학생과 학생 간의 갈등, 학생과 교사의 갈등, 학생과 부모의 갈등이 세 축을 형성하면서, 자연스레 교육 현장을 둘러싼 제도와 사회의 문제점에 대해 발언"[23]한다. 1970년대 청소년영화가 3대로 구성된 화목한 중산층 가정을 등장시키면서 기성세대와 청소년 사이의 "합의로 충만한 수평적 사회상"[24]을 강조하고, 교사 또한 학생들의 일탈 행위를 웃음으로 넘기며 감싸 안는 인간적인 모습을 보여준다. 1980년대 후반과 1990년대 초반의 청소년영화는 대부분 중산층 핵가족을 배경으로 한다. 본격적으로 학교 경쟁체제가 구축된 이 시기에 풍요로운 중산층 가정의 부모는 극성스럽거나 비정하게 그려진다.

---

23) 정민아(2011), 「이유 있는 반항: 1980년대 학교문제를 다룬 하이틴영화」, 331쪽.
24) 배경민(2004), 「명랑 교실 속에 감추어진 이데올로기－1970년대 얄개영화 형성과정에서 재현된 헤게모니적 합의에 대한 연구」, 유지나 · 조흡 외, 『한국영화 섹슈얼리티를 만나다』, 생각의 나무, 22쪽.

이에 비해 2010년대 청소년영화의 가정은 한부모 가정이 두드러지게 나타난다. 이혼율 세계 2위, 출산율 세계 최저, 결혼 기피, 한부모 가족 증가, 가족 간 평균 대화시간 30분미만, 존속 살인, 노부모 유기, 기러기 아빠 등 21세기 들어 가족의 모습은 많은 변화를 보여 왔다. 부부 중심의 핵가족이 보편적인 가족의 전형이라는 시각이 흔들리게 되었고, 가족이라는 이름의 소사회는 불기피한 변화를 겪고 있다. 이러한 사회적 변화를 반영하여 2010년대 청소년영화의 주인공이 소속된 가정은 일반적인 핵가족에서 탈피한 모습을 보여준다.

<돼지의 왕>의 철이와 <명왕성>의 준(이다윗)은 어렵게 생활을 영위하는 편모슬하 외아들이며, <한공주>의 공주(천우희)는 알코올 중독자인 무책임한 편부 슬하 외동딸이다. <파수꾼>의 기태(이제훈)는 무기력한 편부슬하 외아들이며, 동윤(서준영)의 말이 없는 어머니는 단 한 장면에 등장할 뿐이고, 심지어 왕따 피해자인 희준(박정민)의 부모는 아무도 등장하지 않는다.

네 작품 모두 하층민 10대 아이가 주인공이다. 이전 청소년영화들은 중산층 10대들을 주인공으로 한다. 실제 경제적 지위와 상관없이 대부분의 영화관객은 중산층과 동일시하는 경향이 있다.[25] 주류영화는 중산층의 삶과 가치관이라는 비가시적 기준을 가정하고, 계층구조가 정당하게 고정되어 있는 것으로 제시하며, 계층에 대한 스테레오타입을 활용한다. 즉, 중산층 외의 다른 계층은 무언가 부적합한 것으로 그려진다. 상류층 사람들은 타락하고, 부도덕하고, 이기적이고, 불행한 것으로, 하류층 사람들은 위험하고, 절박하며, 비도덕적인 것으로 묘사되곤 하는 것이다. 주류영화에서는 중산층 이외의 사람들의 공간을 대개 이국적인 것으로

25) 이에 대해서는 피터 레만 · 윌리엄 루르, 이형식 옮김(2009), 『영화에 대해 생각하기』, 명인문화사, 411~421쪽 참조.

그린다. 위와 같은 이유로 인해 우리는 주류영화에서 중산층 주인공들을 주로 보게 된다. 하지만 2010년대 청소년영화는 주인공의 계층적 위치가 이전 영화들과 크게 달라졌다.26)

1990년대를 배경으로 하는 <돼지의 왕>은 게스 청바지와 워크맨 등 과거 추억의 소품을 낭만적으로 기억하는 것이 아니라 이 물건들을 욕망하느라 고통 받는 이들을 주인공으로 한다. 경민과 종석은 체구가 작고 성적이 좋지 않으며 가난한데다가 떳떳하지 못한 직업을 가진 부모 때문에 반 아이들에게 괴롭힘을 당한다. <명왕성>의 준은 상계동에서 명문 사립고에 보결로 전학을 오게 되고, 엄마가 보험설계사로 불안정하게 생계를 유지하는 집안의 아이이다. 그는 상류층 아이들의 성적을 뛰어넘을 수 없어 반에서 낙오자 상태로 지내고 있다. <한공주>의 공주는 지방 소도시에서 살며 아버지의 직업 문제로 인해 살림을 도맡아 한다. 한데 어울리는 친구들은 방과 후 갈 곳 없어 공주의 아파트에서 빈둥댄다. <파수꾼>의 두 아이들은 평범하지만, 기태는 떠난 어머니와 바쁜 아버지를 대신하여 스스로 집안일을 해야만 한다.

네 편의 청소년영화에서 주인공은 생계문제로 압박을 느끼고 있으며 계층적으로 하층에 위치한다. 다양한 계층이 섞여 있는 학교에서 이들은 하층민으로서의 위치로 인해 왕따가 된다. 사회적 부의 격차와 계층 간 갈등 구조가 학교에서도 그대로 행해지고 있는 것이다. <돼지의 왕>의

---

26) 사실 영화가 하층민을 주인공으로 하는 것은 2000년대 후반 이후 한국영화의 변화와도 일맥상통한다. 2009년 이후 TV 드라마에서 '막장 드라마'라는 용어가 유통되며 막장 드라마 코드가 본격적으로 유행하였다. 높은 시청률을 기록하는 막장 드라마는 상류층 인물들을 중심으로 한다. 이에 반해 영화는 하층민 주인공을 점점 두드러지게 등장시킨다. 영화제작자 심재명은 이에 대해 "드라마와 달리 영화는 부족한 사람들의 결핍과 트라우마를 보여주어야 관객들이 반응한다. 이를 극복하고 성장하는 모습을 주어야 한다"라고 말한다(「그녀의 스크린에는 늘 여성이 흐른다」, 『시사IN』 제337호, 2014. 3. 1, 64쪽). TV와 영화의 주요 등장인물의 변화에 대한 것은 또 다른 연구 과제이므로 추후 다른 논문에서 논의하고자 한다.

주인공들은 교실에서 존재감이 없으며, 부자이고 성적이 좋으며 체격이 큰 아이들에게 늘 괴롭힘을 당한다. <파수꾼>에서 가장 위태로운 처지에 놓인 기태는 사춘기 청소년의 자존심으로 인해 일진이 되고, 평범한 희준을 왕따로 몰며 폭력을 행사한다. <명왕성>의 준은 미미한 존재감과 낮은 성적 때문에 무시당하는 존재이다. 그는 성적을 올리기 위해 비밀 스터디 팀에 들어가고자 하지만 부유층 아이들은 준에게 악행을 저지를 것을 주문하고 준은 목적을 달성하기 위해 이에 순순히 따른다. <한공주>의 공주는 눈에 띄지 않는 평범한 아이이며 부모의 보호를 받지 못하는 처지에 있다는 약점 때문에 동네 남학생들에게 집단 강간을 당한다. 하지만 무성의한 경찰과 시의 오명을 두려워하는 시 공무원이 공모하여 마을 유력자의 자제들인 가해자 남학생들을 별다른 처벌 없이 풀어준다.

영화 주인공인 하층민 아이들은 쉽게 왕따를 당하는 존재들이다. 영화에서 학생이 학생에게 저지르는 가혹한 폭력과 그로 인한 죽음은 한낱 해프닝이나 스캔들로 처리된다. 학교와 폭력 간의 견고한 카르텔 혹은 공모관계는 시스템을 유지시키는 수단이 된다. 영화들은 이 공모관계를 폭로하고자 하지만 성공하지 못한다. 영화의 결말이 모두 하층민 반란자 주인공들의 죽음으로 마무리되기 때문이다(<한공주>의 결말은 모호하게 처리된다). 하지만 영화는 학교폭력이 사회구조의 폭력의 결과임을 드러내며 견고한 구조에 균열을 가하고자 한다.

2010년대 청소년영화들에서는 이전 시대의 영화들과 달리 어른들의 역할이 대폭 축소되어 있다. 이전 청소년영화들에서 긍정적건 부정적이건 간에 부모와 교사의 역할이 커다란 비중을 차지하며 보조 플롯의 주체로 등장한다. 부모세대와 청소년세대가 적극적으로 협력하는 사회분위기에서 이와 같은 현상은 자연스러운 것이었다. 또한 영화는 성인 스타 캐스팅을 통해 흥행에 기여하는 양상을 보였다. 이에 반해 2010년대 청소년영화에서는 부모와 교사의 역할이 미미하다. 부모는 자기 아이만 생각하는 이기적인 존재들이거나 걱정만 하는 방관자일 뿐이다. 외부자로서의 부모는 학교 안의 문제에 대해서 전혀 인지하지 못한다. 교사는 학교 폭력에 대해 무관심하며 아이들의 일에 개입하려 들지 않는다. 그들은 폭력이 끝났을 때 등장하며 사건을 교칙에 근거하여 처리하거나 모른 척한다.[27] 이러한 양태는 수직적인 계급주의 사회를 상징한다. 교사들은 중립적인 인물인 척 하지만, 지배층의 폭력의 편에 선 권력자임을 드러낸다. 이전 청소년영화들에서 성인 역할이 중심 플롯을 구성하는 요소였던 것과 달리 2010년대 청소년영화에서 어른 캐릭터는 대부분 작은 조역에 지나지 않는다. 영화는 10대 주인공에 초점을 맞추고 이들 주변의 학생들 간의 관계의 세밀한 구도를 그리는데 집중한다. 어른들의 권위가 사라진 공간에 학생들 간의 폭력과 위계질서가 자리를 대신하고 있는 것이다.

다양한 인물 군상의 조화가 아니라 소수의 인물에게 초점을 맞추며, 비인간적인 어른들이 만들어낸 비정상적인 사회 시스템으로 공고화된 네오카스트 시대의 공포가 2010년대 청소년영화에 깊이 배어있다.

2) 플롯 구조

네 편의 영화들은 모두 미스터리 추리물 구조를 취한다는 공통점을 보여준다. 추리물은 탐정, 범인, 희생자의 인물 유형이 등장하고 범죄의 발생과 해결과정을 중심 플롯으로 삼는 이야기 구조를 가진다.[28] 이때 추리

27) 서동수(2013), 「학교라는 시뮬라크르와 폭력의 시스템」, 『동화와번역』 제25집, 건국대학교 동화와번역연구소, 201쪽.
28) 박유희(2011), 「한국 추리서사 논의를 위한 전제」, 대중서사장르연구회, 『대중서사장르의 모든 것: 3. 추리물』, 이론과실천, 19쪽.

물은 탐정(상징적 역할), 범죄자, 희생자 중 어떤 역할이 중심이 되어 사건을 추적하는 구조를 취하는데, 이 과정에서 플래시백을 통해 과거 사건의 단서들이 관객에게 효과적으로 전달된다. 서사의 진행과정에서 관객은 호기심을 가지고 사건에 몰입하게 되고, 스릴과 서스펜스라는 심리작용을 통해서 이야기에 재미를 느끼게 된다. 영화는 플롯의 짜임새 뿐 아니라 편집, 촬영, 사운드 등 영화적 표현 방식의 세련됨을 통해 정보를 효율적으로 관객에게 전하며 영화적 재미를 극대화한다.

한국영화에서 추리물 구조의 연원은 1960년대로 거슬러 올라가지만, '스릴러'라는 대중적인 장르가 각광받으며 부상한 시기는 2000년대 이후이다. <공동경비구역 JSA>(2000)를 시작으로 <올드보이>(2003), <살인의 추억>(2003) 등 흥행작을 통해 스릴러는 일정 궤도에 안착했고, <추격자>(2008), <아저씨>(2010) 등을 통해 대중장르로서의 폭발력이 확인되었다. 이러한 주류영화의 경향은 독립영화에도 영향을 미쳐서 2009년에 추리물 구조를 띤 <이태원 살인사건>(홍기선), <파주>(박찬옥), <똥파리>(양익준) 등의 문제작이 대중에게 짙은 인상을 남겼다.

2010년대 청소년영화가 추리물 구조라는 유사성을 공유하는 것은 이것이 대중성, 흥행성 면에서 필요한 요소이기 때문이다. 추리물 구조는 영화적 긴장감을 유지하기에 유리하며 관객의 몰입도를 상승시켜 재미를 더한다. 이현경은 한국 스릴러영화를 게임형, 현실반영형, 역사추리물로 구분한다.[29] 한국 스릴러 영화는 주로 현실반영형이 대중의 선호를 받아왔다. 2010년대 청소년영화도 이와 마찬가지이어서 <한공주>는 실화에서 모티프를 얻은 위에 허구적 요소를 더하여 서사를 진행하며, 다른 세 편의 영화들 역시 왕따, 자살, 폭력, 차별이 횡행하는 학교 현장에서 일어나

---

29) 이현경(2011), 「2000년대 스릴러 영화, 반사회적 범죄와 법의 무효화」, 『대중서사장르의 모든 것: 3. 추리물』, 538~539쪽 참조.

는 현실 사건들을 구체적으로 반영한 픽션이다.

<돼지의 왕>은 범죄자 중심형의 서사이다. 성인이 된 경민은 아내를 우발적으로 살해한 후, 중학교 동창인 종석을 찾아간다. 자서전 대필 작가인 종석은 당황하지만, 둘은 마주앉아서 잊고 있었던 학교시절에 대해 하나씩 꺼내놓으며 사건의 모자이크를 맞추어간다. 종석이 작가란 점은 추리 구조에서 의미심장하다. 그는 해프닝이 되고 만 철이의 자살사건의 전모에 대한 단서를 쥐고 있는 자이다. 비겁하게 침묵하는 어른이 된 종석 자신이 바로 사건의 범인임이 드러나며, 이로써 관객과 주인공의 심리적 거리가 결말로 갈수록 점차 벌어진다. 즉 동정어린 시선으로 동화되었던 주인공이 범죄자임이 밝혀지면 관객은 그에 대해 이중적 감정을 느끼게 되는 것이다. 영화는 주인공의 자살로 마무리되며 윤리적 부담감을 덜고자 하지만 관객은 악한 정글 사회의 비정함을 현실감 있게 체험한다.

<파수꾼>은 아들의 자살 이유를 알기 위해 아버지(조성하)가 아들과 친한 친구였던 희준과 동윤을 차례로 만나는 탐정 주도형 서사이다. 희준의 플래시백과 동윤의 플래시백이 두 개의 플롯 축으로 차례로 펼쳐지며 관객은 기태가 왜 극단적인 선택을 하게 되었는지 하나씩 비밀을 풀어간다. 현재와 과거 장면이 빠르고 긴장감 있게 펼쳐지고, 그 속에서 관객은 등장인물과 최대한 가까이에서 그들의 심리적 변화를 체험하게 된다. 하지만 영화에서 어른들은 아무 역할이 없다. 교사는 아예 등장하지도 않거니와, 어머니의 존재는 미미할 뿐이며, 탐정 역할을 하는 아버지조차 조그만 사실조차 알지 못해서 아이들의 서사에 들어가지 못한다. 이때 관객과 주인공들만 아는 비밀의 세계라는 폐쇄된 공간은 가학적인 폭력 구조로 단단하게 형성된 사회를 상징한다. 영화는 아버지가 아무것도 모르듯이 모호해서 관객으로 하여금 말해지지 않은 서사를 추리하게 한다. 자존심 강한 기태가 일진이 된 이유는 척박한 가정형편과 어른들의 무관심 때

문일 것이고, 동윤의 여자친구가 자실을 시도하는 이유는 과거 끔찍한 폭력 사건의 피해자이지만 2차 피해를 안고 살아가고 있는데서 연유할 것으로 유추할 수 있다. 막역하던 친구들 사이가 소원해지며 기태의 죽음으로 귀결되고 마는데, 영화는 학생과 학생간의 관계에 초점을 두고 있지만 결말은 권위적이고 기능만을 중시하는 비인간적인 사회가 초래한 비극을 꼬집는다.

<명왕성>은 형사가 등장하여 학교 안에서 벌어진 살인사건을 조사하는 탐정 주도형 서사이다. 명문사립고의 1등 학생 유진(성준)이 시체로 발견되고, 형사(조성하)는 준을 유력한 용의자로 체포한다. 영화는 준의 플래시백과 현재 시점에서 벌어지는 준의 인질극을 교차시키면서 사건의 단서들을 하나씩 펼쳐나간다. 이 영화에는 탐정 역할의 형사가 등장하지만 <파수꾼>의 아버지처럼 무능하다. 형사는 사건의 실체를 명확하게 입증하지 못한다. 부모는 이기적이어서 사건을 은폐하는데 급급하고, 교사들은 심드렁하다. 어른들은 대학 진학률만 높이면 뭐든지 덮을 수 있다. 아이들은 자기만 아니면 된다는 식이다. 이들 모두가 비협조적으로 굴며 사건의 본질에 접근하는 것을 방해한다. 비굴한 학생, 자살하는 학생, 미쳐버리는 학생, 철면피 악당인 학생 등 비정상적인 인물 군상들이 판치는 살벌한 교실 풍경은 어른 사회의 한 단면을 확대해 놓은듯하다. 폭탄 한방으로 날려버리는 결말은 참혹하다. 손을 쓸 새도 없이 막나가는 학교를 쓸어버리려는 주인공의 행위는 현실에서는 불가능한 욕망이므로 대리만족의 환영적 기능을 수행한다.

<한공주>는 희생자 중심형의 서사를 펼친다. 관객은 영화가 중반부에 진입할 때까지도 그녀에게 무슨 일이 일어났는지 잘 모른다. 관객은 주인공과 주변인들과의 관계, 주인공의 말과 행동 조각들을 통해 그녀 인생의 전환점이 되고 만 끔찍한 사건이 일어났음을 유추하게 된다. 영화에

서 탐정 역할을 하는 자는 바로 관객이다. 영화는 복수(復讐) 서사가 아니라 희생자의 힘겨운 회복 여정의 서사이다. 새 동네로 가서 수영을 배우고 노래를 하는 공주의 현재 이야기와 사건이 일어난 과거의 이야기 등, 두 개의 플롯 축들이 교차하며 진행된다. 최대한 눈에 띄지 않도록 생활하는 공주의 현실의 시간 진행 가운데 불현듯 과거 기억의 단편들이 조각조각 끼어든다. 이 조각들을 맞추어가며 관객은 소녀의 엄청난 비밀의 실체에 다가가게 된다. 관객에게 탐정 역할을 부여한 영화는 관객 참여적이다. 사건의 정황은 친절하게 설명되지 않고 관객의 추리와 상상이 장면과 장면 사이의 틈을 메우며 앞으로 나아간다. 이러한 영화보기 방식은 서사에의 몰입도를 효과적으로 높인다. 영화에서 비정한 어른들은 공주에게 2차 피해를 주는 주범이다. 알코올 중독자 아버지와 가해자의 부모들, 피해자 아이를 이물질로 여기는 교사들로 이루어진 삼박자 가해는 폭력과 공모하고 있는 우리사회 기득권층의 현주소를 보여준다. 불공정한 세상을 벗어나는 방법은 이곳을 떠나는 것이다. 강에 몸을 던지는 주인공의 결말은 모호하게 남는다.

추리 구조를 취하는 네 편의 청소년영화에서 주인공들은 제자리로 돌아가지 않고 모두 길을 떠난다. 죽음과 벗어남은 현실에 대한 도피주의적 해결책이다. 현실을 바꾸지 못하는 주인공의 처지는 비극적이다. 하지만 떠나간다는 모호한 열린 결말은 단단한 현실 사회에 깊은 파열음을 낸다.

3) 형식 스타일

2010년대 청소년영화들에서 나타나는 공간은 매우 제한되어 있다. 폭력 공간으로서의 학교가 있고, 한부모 가정의 하층민 주거 공간으로서의 집이 있다. 주인공들은 개성 없는 회색 아파트를 오가거나 비좁은 골목길에 빽빽하게 위치한 빌라에서 거주한다. 이로 인해 영화의 톤이 차갑고 삭막해진다. 이러한 회색빛 도는 냉랭한 색채감은 청소년들이 처한 위기의 시각화이다.

1970년대 하이틴영화에서 주인공들이 빵집을 가거나 자전거 하이킹을 즐기며 해방감을 느끼고, 1980년대 후반 청소년영화에서 주인공들은 패스트푸드점, 롤러스케이트장, 시내를 오가며 자유를 느끼곤 했다. 이에 반해, 2010년대 청소년영화의 인물들은 어두운 그들만의 아지트에서 비밀스러운 대화를 주고받으며, 이곳에서 주요 사건들이 펼쳐진다. 아이들은 어른들의 시선이 닿지 않는 버려진 공간에 모여든다. <돼지의 왕>의 어두컴컴한 비밀 아지트, <파수꾼>의 재개발 공간과 기찻길, <명왕성>의 학교 지하실과 공사장 공터, <한공주>의 비좁은 아파트가 주인공들이 드나드는 공간이다.

아래 사진에서 표현되듯이, 그림자가 드리워진 이 공간은 바로 타자의 공간이다. 사회적으로 주류에서 밀려난 타자들의 공간은 이들의 사회적 위치를 드러내는 미장센이 된다. 주인공이 주로 드나드는 공간은 하층민 타자로서의 그들의 처지를 상징적으로 보여준다. 사회에서 배제되어 버린 타자가 기거하는 공간은 보통 우리 눈에는 잘 띄지 않는 곳이다. 영화의 톤이 전체적으로 푸르고 시린 색감을 유지함으로써 차갑게 느껴지는 것은 쉽게 무시하거나 지나쳐버리고 마는 타자들의 공간을 투영하고 있기 때문이다. 이러한 영화적 톤은 동시에 따뜻한 감수성을 상실한 사회적 냉대의 분위기를 반영하고 있다. <한공주>에서 공주가 밝은 햇살이 비치는 음악실이나 수영장으로 스스로 걸어 들어가는 것은 현실의 그녀가 처한 위기에서 벗어나 새로운 삶을 열망하는 감정의 시각적 표현으로 읽힌다. 2010년대 청소년영화들이 배경으로 삼고 있는 주요 공간의 서늘한 톤은 이 시기 청소년영화들이 공유하는 하나의 장르적 특성이다.

[사진1] <돼지의 왕>

[사진2] <파수꾼>

[사진3] <명왕성>

[사진4] <한공주>

2010년대 청소년영화는 스타일적으로 클로즈업과 핸드헬드를 주로 활용하여 인물 가까이 진입함으로써 감정을 끌어낸다는 유사점을 가진다. 거리를 두고 멀리서 사건을 관망하는 쇼트를 지양하며, 꽉 찬 사이즈의 쇼트 및 인물에 밀착된 카메라는 이성보다는 감정적 울림에 초점을 둔다. 디지털 카메라의 유연한 이동성이 이러한 스타일을 강화하는 면이 있다. 그러나 더 큰 이유는 인물 클로즈업이 관객의 감정적 동화를 이끌기에 유효하다는 점이다.

탐정, 범죄자, 희생자 주도형으로 구분되는 특유의 서사적 특징으로 인해 추리물은 시점쇼트를 활용하는 장면이 자주 나타나는데, 이 영화들도 이에 해당된다. 시점쇼트와 수시로 삽입되는 플래시백은 현재의 결과를 초래한 과거 사건을 끌어와 이를 추적하며 단서를 쌓아나가게 한다. 교차편집의 빈번한 사용과 빠르게 전개되는 편집 속도는 영화적 긴장감을 높인다. 이러한 스타일적 특징은 관객으로 하여금 추리 플롯 안에 적극적으로 참여하게 한다.

영화의 톤은 대체로 어둡다. 세트 촬영이 어려운 독립영화의 제작 여건상 화려한 프로덕션 디자인이 아닌 척박하고 비루한 로케이션을 선호하게 되는데, 이러한 조건이 오히려 2010년대 새로운 청소년영화의 독특한 톤을 낳게 되었다. 이와 같은 경향은 1970년대 하이틴영화가 그 당시 젊은 감독들에 의해 주도되었던 영상시대 운동의 영향 하에서 원색의 감각적인 사용을 보여주거나, 1980년대 후반 청소년영화가 교복자율화 세대, 비디오 세대의 비주얼 취향을 반영한 것과 대조적이다.

영화에서 난폭한 캐릭터들의 등장은 윤리적인 감수성을 건드린다. 잔인한 폭력 장면이 거침없이 묘사되는데, 사람을 때리거나 폭력적인 말들을 쏟아낸다. 이는 <똥파리> 이후 독립영화에서 더욱 두드러지게 나타나는 현상으로 영화적 표현영역이 확장되어 가는 것으로 볼 수 있지만, 더욱 중요한 것은 영화의 폭력이 현실 사회의 폭력에 대한 상징 기능을 수행한다는 점에 있다.

5. 나가며

하층민의 출구 없는 삶에 대한 사실적인 묘사와 거친 폭력 표현이 살아있는 <똥파리>(2008)가 해외영화제에서 수상하고, 2009년에 국내에 개봉하여 흥행했다. 또한 영화진흥위원회는 2007년도부터 독립영화전용관을 지정하여 지원하기 시작했다. 대기업은 독립영화를 배급하는 팀을 구성하여 매해 좋은 독립영화를 선정하여 자사 극장체인을 통해 안정적으로 상영하고 있다(많은 우려의 목소리가 있음에도 불구하고). 독립영화의 성공 모델이 만들어지고, 독립영화를 극장에 선보일 기회가 이전에 비해 늘어나면서 독립영화는 양적인 측면에서 확대될 뿐 아니라 질적인 면에서도 일정 수준을 유지하게 되었다.

영화제작 과정이 완전히 디지털로 전환되어 소규모 영화제작이 이전에 비해 훨씬 더 용이해진 환경으로 변화한 것도 독립영화의 양적 증가 요인이다. 대기업 중심으로 영화산업이 재편되고, 철저히 시장 상황을 분석하는 가운데 더욱 더 안전한 영화에 투자하는 경향이 짙어지는 제작 환경 하에서 작품을 준비하는 신인감독들은 개인 자본이 투자되는 독립영화 형태로 데뷔작을 선보이는 사례가 늘고 있다. 젊은 감독들은 자신이 경험하거나 목격한 이야기를 영화로 만드는 경우가 많다. 제작비와 연기자 캐스팅의 문제, 그리고 시나리오 개발 문제 등에 있어 청소년영화가 어떤 다른 장르보다 접근하기가 용이하다. 청소년영화는 젊은 신인감독들이 익숙한 이야기를 영화화할 수 있는 장르이고, 독립영화로 만들 때 표현의 제약에서 비교적 자유롭다. 상업영화로의 진입이 어려운 제작 여건에서 청소년영화는 하나의 대안적인 장르가 되고 있다. 이러한 현실에서 2010년대 청소년영화들은 일정하게 독특한 장르적 유사성을 공유한다.

본고는 1970년대 이후 십년 단위로 하나의 유형을 형성한 청소년영화의 장르적 특성을 살펴보았다. 특히 인물, 플롯구조, 형식 스타일 면에서의 일정한 유사성 및 특이점을 추출하여 2010년대 청소년영화의 장르 구조를 탐구하고자 했다. 남은 2010년대 후반이 앞으로 전개될 것이지만, 지금까지 만들어진 2010년대 청소년영화들이 뚜렷한 장르 요소들을 형성하며 진화하고 있다는 점은 분명해 보인다.

<별첨> 역대 한국 청소년영화 리스트

no.	영화제목	제작년도	감독	하위장르
1	10대의 반항	1959	김기영	사회물
2	얄개전	1965	정승문	드라마
3	여고시절	1972	강대선	계몽
4	지나간 여고시설	1973	강대선	멜로드라마
5	이름모를 소녀	1974	김수형	멜로드라마
6	여고졸업반	1975	김응천	문예
7	고교얄개	1976	석래명	코미디
8	너무 너무 좋은거야	1976	이형표	멜로드라마
9	말해버릴까	1976	김인수	멜로드라마
10	선생님 안녕	1976	박태원	멜로드라마
11	소녀의 기도	1976	김응천	멜로드라마
12	야간학교	1976	강대선	멜로드라마
13	이런 마음 처음이야	1976	이형표	코미디
14	정말 꿈이 있다구	1976	문여송	멜로드라마
15	진짜 진짜 미안해	1976	문여송	멜로드라마
16	진짜 진짜 잊지마	1976	문여송	멜로드라마
17	푸른 교실	1976	김응천	멜로드라마
18	고교 깡돌이	1977	심우섭	멜로드라마
19	고교 꺼꾸리군 장다리군	1977	석래명	코미디
20	고교 우량아	1977	김응천	코미디
21	고교 유단자	1977	김인수	스포츠
22	고교결전 자! 지금부터야	1977	정인엽	스포츠
23	괴짜만세	1977	이형표	코미디
24	남궁동자	1977	김수형	코미디
25	소문난 고교생	1977	박태원	멜로드라마
26	쌍무지개 뜨는 언덕	1977	정회철	문예
27	아무도 모를꺼야	1977	문여송	멜로드라마
28	얄개행진곡	1977	석래명	코미디

29	여고얄개	1977	석래명	멜로드라마
30	우리들 세계	1977	김수형	멜로드라마
31	이 다음에 우리는	1977	김응천	멜로드라마
32	진짜 진짜 좋아해	1977	문여송	멜로드라마
33	첫눈이 내릴 때	1977	김응천	멜로드라마
34	고교 고단자	1978	김인수	스포츠
35	고교 명랑교실	1978	김응천	드라마
36	소리치는 깃발	1978	이성민	가족
37	에너지선생	1978	석래명	멜로드라마
38	우리들의 고교시대	1978	김응천, 석래명, 문여송	코미디
39	꼭지꼭지	1980	이성민	드라마
40	하얀미소	1980	김수용	드라마
41	내 이름은 마야	1981	김응천	드라마
42	우상의 눈물	1981	임권택	드라마
43	깨소름과 옥떨메	1982	김응천	드라마
44	방황하는 별들	1984	차현재	드라마
45	불타는 신록	1984	김응천	멜로드라마
46	수렁에서 건진 내딸	1984	이미례	사회물
47	작은 사랑의 노래	1984	노세하	드라마
48	난 이렇게 산다우	1985	남기남	가족
49	열병시대	1985	김기현	드라마
50	말괄량이 대행진	1986	김응천	가족
51	수렁에서 건진 내딸2	1986	김호선	사회물
52	너의 나의 비밀일기	1987	박태영	드라마
53	학창보고서	1987	이미례	드라마
54	오성군 한음군	1988	박호태	드라마
55	울고 싶어라	1989	배해성	드라마
56	행복은 성적순이 아니잖아요	1989	강우석	사회물
57	그래 가끔 하늘을 보자	1990	김성홍	드라마
58	꼴치부터 일등까지 우리반을 찾습니다	1990	황규덕	사회물

59	반쪽 아이들	1990	이기영	드라마
60	사랑은 지금부터 시작이야	1990	이미례	드라마
61	성인신고식	1990	김두용	드라마
62	영심이	1990	이미례	드라마
63	있잖아요 비밀이에요	1990	조금환	드라마
64	있잖아요 비밀이에요2	1990	조금환	드라마
65	10대의 반항	1991	차성민	드라마
66	스무살까지만 살고 싶어요	1991	강우석	멜로드라마
67	열아홉의 절망끝에 부르는 하나의 사랑노래	1991	강우석	드라마
68	열일곱살의 쿠데타	1991	김성홍	멜로드라마
69	인생이 뭐 객관식 시험인가요	1991	강구연	드라마
70	지금 우리는 사랑하고 싶다	1991	황규덕	멜로드라마
71	공룡선생	1992	이규형	사회물
72	닫힌 교문을 열며	1992	이재구 외	사회물
73	우리들의 일그러진 영웅	1992	박종원	사회물
74	빽구	1993	유진선	드라마
75	참견은 노~ 사랑은 오예~	1993	김유진	드라마
76	체인지	1996	이진석	판타지, 코미디
77	나쁜 영화	1997	장선우	사회물
78	비트	1997	김성수	액션
79	바이 준	1998	최호	드라마
80	세븐틴	1998	정병각	드라마
81	여고괴담	1998	박기형	공포
82	짱	1998	양윤호	액션
83	노랑머리	1999	김유민	에로
84	여고괴담 두번째 이야기	1999	김태용, 민규동	공포
85	눈물	2000	임상수	사회물
86	대학로에서 매춘하다가 살해당한 여고생 아직 대학로에 있다	2000	남기웅	공포
87	스트라이커	2000	임선	드라마

88	찍히면 죽는다	2000	김기훈	공포
89	하피	2000	라호범	공포
90	두사부일체	2001	윤제균	액션, 코미디
91	이유없는 반항	2001	김문옥	드라마
92	친구	2001	곽경택	액션
93	화산고	2001	김태균	판타지, 액션
94	몽정기	2002	정초신	코미디
95	일단뛰어	2002	조의석	액션
96	품행제로	2002	조근식	코미디
97	내사랑 싸가지	2003	신동엽	코미디
98	여고괴담 세번째 이야기-여우계단	2003	윤재연	공포
99	클래식	2003	곽재용	드라마
100	그놈은 멋있었다	2004	이환경	코미디
101	늑대의 유혹	2004	김태균	멜로드라마
102	돌려차기	2004	남상국	코미디, 스포츠
103	말죽거리 잔혹사	2004	유하	액션
104	몽정기2	2004	정초신	코미디
105	발레교습소	2004	변영주	드라마
106	분신사바	2004	안병기	공포
107	어린 신부	2004	김호준	코미디
108	여고생 시집가기	2004	오덕환	코미디
109	제니, 주노	2004	김호준	코미디
110	사랑니	2005	정지우	멜로드라마
111	여고괴담4-목소리	2005	최익환	공포
112	카리스마 탈출기	2005	권남기	코미디
113	태풍태양	2005	정재은	스포츠
114	투사부일체	2005	김동원	액션, 코미디
115	파랑주의보	2005	전윤수	멜로드라마
116	피터팬의 공식	2005	조창호	드라마
117	다세포 소녀	2006	이재용	코미디
118	방과후 옥상	2006	이석훈	코미디

119	백만장자의 첫사랑	2006	김태균	멜로드라마
120	소녀X소녀	2006	박동훈	코미디
121	스승의 은혜	2006	임대웅	공포
122	우리 학교	2006	김영준	다큐멘터리
123	폭력써클	2006	박기형	액션
124	고사: 피의 중간고사	2008	창	공포
125	아기와 나	2008	김진영	드라마
126	울학교 이티	2008	박광춘	코미디
127	유 앤 유	2008	박제현	뮤직
128	4교시 추리영역	2009	이상용	스릴러
129	반두비	2009	신동일	드라마
130	여고괴담 다섯 번째 이야기	2009	이종용	공포
131	킹콩을 들다	2009	박건용	스포츠
132	고사 두번째 이야기: 교생실습	2010	유선동	공포
133	귀	2010	조은경 외	공포
134	돼지의 왕	2010	연상호	애니메이션
135	파수꾼	2010	윤성현	미스터리
136	히어로	2010	김홍익	공포
137	글러브	2011	강우석	스포츠
138	두레소리	2011	조정래	드라마
139	써니	2011	강형철	드라마
140	완득이	2011	이한	가족
141	명왕성	2012	신수원	스릴러
142	천국의 아이들	2012	박흥식	드라마
143	18-우리들의 성장 느와르	2013	한윤선	느와르
144	60만번의 트라이	2013	박사유, 박돈사	다큐멘터리
145	노브레싱	2013	조용선	스포츠
146	못	2013	서호빈	미스터리
147	셔틀콕	2013	이유빈	미스터리
148	소녀	2013	최진성	미스터리
149	우아한 거짓말	2013	이한	가족

150	피끓는 청춘	2013	이연우	코미디
151	한공주	2013	이수진	드라마
152	거인	2014	김태용	드라마
153	소녀괴담	2014	오인천	공포
154	야간비행	2014	이송희일	드라마
156	좀비스쿨	2014	김석정	공포
157	패션왕	2014	오기환	코미디

해방기 중간파 예술인들의 세계관

– 이쾌대 <군상> 연작을 중심으로

홍 지 석*

1. 서론

이 글에서는 해방기에 이쾌대가 제작한 <군상> 연작을 중심으로 이 시기 이른바 중간파 예술인들의 세계관에 접근하고자 한다. 주지하다시피 <군상>은 해방기에 발표된 모든 미술작품 중에서 최고의 걸작이자 최대의 문제작이다. 무엇보다 해방기의 역동적 시대상을 반영한 미술작품이 거의 전무한 현실에서 이 작품들은 제작 당시에도, 그리고 최근까지도 해방기의 시대상과 긴밀한 연관성을 갖는 것으로 이해됐다는 점에 주목해야 한다. 하지만 막상 이 작품을 해방공간이라는 구체적인 현실과 관련지어 다루고 싶은 논자에게 이 작품은 하나의 모호한 상징, 수수께끼 같은 그림이다. 즉 여기서는 통상적인 리얼리즘 회화에서 우리가 기대하는 사회현실에 대한 구체적인 재현이나 고발을 찾아볼 수가 없다. 분명 해방기의 시대상을 반영한 그림이지만 그 그림 속에서 구체적인 해방기 사회현실을 찾아볼 수 없다는 역설이 존재한다는 것이다. 그래서 논자들

* 단국대학교.

은 작품이 전하지는 않지만 "독도사건의 약소민족의 비애"를 그렸다고 알려진 <조난>을 강조하거나 <군상> 연작들의 인상적 독해에 준하여 그것을 '해방기의 혼란 내지는 희망'을 상징적으로 재현한 것이라는 결론으로 향한다. 이것은 <군상> 연구가 직면해 있는 막다른 골목이다. <군상>을 종교적 도상으로 이해한 정형민의 연구, <군상> 제작에 후지타 츠구하루의 전쟁화가 틀림없이 영향을 미쳤을 것이라고 주장한 김경아의 연구[1] 정도가 새로운 논의일 것이지만 <군상> 연작의 본질적 의미에 접근했다고 보기에는 충분히 만족스럽지 않다.

이러한 견지에서 이 논문은 <군상> 연작의 본질적 의미에 다가가는 방법으로 '세계관' 개념을 취하고자 한다. 구체적으로 이것은 "사회의 총체적 구축을 희구하는 모든 사회적 집단은 통일성 있는 세계관의 생성을 지향한다. 이 세계관은 사회 집단을 구성하는 대다수의 개인들에게서보다는 그 집단의 차원에서보다 잘 실현되고 따라서 보다 쉽게 파악될 수 있다"[2]는 루시앙 골드만Lucien Goldmann의 시사를 수용하는 것이다. 예술가는 본질적으로 '사회적 개인'[3]이라는 자네트 울프Janet Woolf의 지적을 염두에 둔다면 해방기 이쾌대에 대한 연구 역시 개인의 층위에서 집단의 층위로 확장될 수 있다. 골드만을 따라 이 논문은 사고가 사회적 조건으로부터 생겨나며, 개인적인 것이 아니라 집단적인 것이고, 일정한 역사적 상황에서 그 사고는 하나의 세계관으로 응집된다는 가정에서 출발한다.

---

1) 정형민, 「한국근대회화의 도상연구－종교적 함의」, 『한국근현대미술사학』 제6집, 1998; 김경아, 「이쾌대의 군상 연구」, 서울대학교 대학원 고고미술사학과 석사논문. 2004

2) Lucien Goldmann, 「La Peinture de Chagall」, 『Structures mentales et création culturelle』, p.416. 홍성호(1995), 『문학사회학 골드만과 그 이후』, 문학과 지성사, 97~98쪽 재인용.

3) Janet Woolf, 송호근 역(1982), 『철학과 예술사회학－지식사회학과 예술사회학의 인식론적 문제에 대한 고찰』, 문학과 지성사, 92쪽.

이하에서 보겠지만 집단과 세계관 개념을 도입함으로써 우리는 해방기 이쾌대 작품에 관한 보다 진전된 이해를 이끌어낼 수 있을 뿐 아니라 사회적 차원에서 해방기 문예를 보다 깊이있게 다룰 단서를 확보할 수 있다. 물론 그 논의는 선행 연구에 대한 면밀한 검토에서 시작해야 한다.

2. <군상> 연작에 대한 기존의 이해

앞서 말했지만 <군상> 연작이 문제적인 것은 이 작품들이 일견 '리얼리스틱하게' 보이지만, 내용면에서 해방기라고 하는 구체적인 현실과 직접 연결시키기가 매우 곤란하다는 점에 있다. 김복기의 표현을 빌면 이쾌대가 해방기에서 그려낸 군상은 "이 시기의 시대적 상황을 반영한 역작"이고 "당시 여론의 초점이 된 정치 사회적인 사건을 주제화한 것이 틀림없지만" 또한 "특정한 현실의 사건을 재현한 것은 분명 아니고" 현실과는 "동떨어진 세계"인 것이다. 그래서 연구자의 입장에서 이 작품들을 '리얼리즘'의 프레임으로 포섭하기가 대단히 어렵다. 가령 김복기는 이 작품들이" 생활, 사회의 불완전성, 그리고 민족의 현실까지를 날카롭게 비판, 고발하는 비판적 리얼리즘에 도달했다고 보기에는 형식과 내용 모두 일정한 한계가"있다고 말한다.[4] 또 김진송에 따르면 <걸인>, <해방고지>를 포함한 <군상> 연작 등 해방기에서 이쾌대가 그린 그림들에서 등장인물들은 '전형성'을 결하고 있으며 따라서 "어느 하나의 미학이론, 예컨대 사회주의적 현실주의 등을 기준으로 일관되게 읽어낸다는 것은 사실상 불가능"하다. 김진송이 보기에 이 작품들은 "이쾌대 자신이 리얼리즘 미

4) 김복기(1992), 「월북 화가 이쾌대의 생애와 작품」, 『근대한국미술논총』, 학고재, 440~441쪽.

학을 어느 정도 받아들이고 있음을 보여주기도 하지만 그가 '혁명의 미학'을 적극적으로 수용하는데 이르지는 않았음"을 보여준다.[5] 이와 유사한 견지에서 김선태는 이 작품들이 "진보적 리얼리즘의 내용성, 다시 말해 해방기에 복잡하게 얽혀있는 민족의 현실을 비판 고발하는 총체적 현실성을 획득하는데는 형식과 내용 모두 일정한 한계가 있다"[6]고 평하고 있다.

위에서 열거한 비판은 모두 <군상>을 포함한 그의 작품 대부분이 "명확한 주제를 확인할 수 없기" 때문에 제기되는 비판들이다. 단 하나의 예외가 있는데 그것은 현재 전하지는 않지만 동시대에 발표된 박고석의 평문을 통해 "독도사건의 약소민족의 비애를 민족적인 충동에서 관심한"[7] 것으로 알려진 <조난>이다. 이렇게 미군의 독도폭격이라고 하는 현실의 '역사적 사건'을 다룬 작품이 존재한다는 점은 이쾌대를 진보적 리얼리스트로 자리매김하고자 하는 논자들에게 매우 유의미한 사건이다. 예컨대 동시대에 한상진은 <조난>이 '모티브의 현실성' 측면에서 전작인 <해방고지>보다 훨씬 완결된 작품이라고 평했고[8] 윤범모는 역사적 사건을 소재로 삼은 <조난>이 "해방기는 물론 우리 미술계의 관례로 볼 때 매우 이례적인 사건에 해당하며" 이렇듯 "정치현실문제도 미술작품화 할 수 있다는, 아니 해야 한다는 의지를 천명한 것"을 주목해야 한다고 역설한다.[9] 하지만 <조난>은 예외적인 경우로 여전히 대부분의 <군상> 작품은 역사적 현실에 대응하는 구체적인 주제를 확인할 수 없다.

---

5) 김진송(1996), 『이쾌대』, 열화당, 131쪽.
6) 김선태(1992), 「이쾌대의 회화연구－해방기의 미술운동을 중심으로」, 홍익대학교 대학원 미술사학과 석사논문, 71쪽.
7) 박고석, 「미술문화전을 보고」, 『경향신문』 1948년 11월 24일, 3쪽.
8) 한상진(1949. 1), 「美術文化協會展概評」, 『새한민보』 제3권 1호, 35쪽.
9) 윤범모(2008), 「이쾌대의 경우 혹은 민족의식과 진보적리얼리즘」, 『미술사학』 제22집, 344쪽. <조난>은 1948년 11월 제3회 조선미술문화협회전에 출품된 작품인데 현재 망실되어 전하지 않는다.

따라서 <군상> 연작들의 의미 연구는 일단 논자들의 경험에 의지하여 (파노프스키의 용어를 빌면) 사실의미나 표현의미를 파악하는 방식으로 진행될 수밖에 없다. 예컨대 김진송의 <군상 4>에 대한 서술을 보자. 김진송에 의하면 이 작품에서 "오른쪽에서 왼쪽으로 배치된 인물들은 좌절에서 희망으로 나아가는, 분노에서 의지로 향해가는 연속된 표정들이 파노라마처럼 이루어져"있다. "화면의 오른쪽에 있는 인물들은 엎드려 있거나 나뒹그러져 있고 가운데에 위치한 인물들은 힘들게 일어서는 자세를 취하고 있으며 왼쪽에 와서는 굳건히 서 있거나 전진하는 포즈로 배열돼 있다"는 것이다. 이렇게 1차적 의미가 파악되면 그것을 사회역사적 맥락과 관련하여 해석하는 것이 가능해진다. 김진송은 앞의 기술에 의지해서 <군상 4>를 "해방이 되어 혼동에서 질서로 나아가는 일련의 사회적 과제를 상징한 것"으로 해석하며 "과거 혹은 현실 속에서 흘러나온 혼란과 좌절 그리고 분노 등을 딛고 일어서야 하는 민족의 과제를 표현하고 있다"고 평한다.[10)]

이것은 <군상> 연작의 의미를 분석/해석하는 전형적인 방식이다. 해석의 뉘앙스는 상이하지만 <군상 4>에 대한 김영나의 다음과 같은 서술, 곧 "화면의 배경에 연기가 자욱하고 폭탄이 터지는 듯한 섬광이 비치고 있으며 죽은 사람들을 부둥켜안고 있는 남자나 젖을 빠는 어린아이들이 등장하는 이 장면은 1948년에 제작되었음을 감안해 보면 일제 식민통치와 연관된 어떤 상징적 도상이거나, 좌익이었던 그가 반미적 주제를 생각하고 그린 것이 아닌가 생각된다"[11)]는 서술 역시 기본 방향(사실의미, 표현의미의 독해→사회역사적 해석)에서 김진송과 유사한 접근 방식을 취하고 있다. <군상 2>에 대한 윤범모의 서술 역시 유사한 접근 방식을 취하고 있다.

---

10) 김진송, 앞의 책, 142~143쪽.
11) 김영나(1998), 『20세기의 한국미술』, 예경, 134~135쪽.

광활한 벌판을 원경으로 잡고 하늘에는 먹구름을 가득 채우면서 비교적 암울한 색조를 기저로 삼았다. 널브러져 있는 인물들을 향하여 역시 커다란 동작을 지으면서 달려오는 두 명의 메신저가 중심을 이룬다. 희소식을 빨리 알리고자 달려오는 그들의 자세는 희망과 전진을 암시한다. 두 명의 한복차림 메신저를 밝게 처리하고 나머지 부분은 어둡게 처리하여 상호 비교되게 설정하였다. 작가는 절망 속에서 희망의 소식을 전하는 '천사'에게 시선을 집중시키려 했다.[12]

위에서 언급한 논자들은 대부분 <군상>의 사실의미와 표현의미를 독해하는 가운데 이 작품들이 감정의 양극단(좌절/희망, 슬픔/기쁨)을 아우르고 있다는 점을 발견한다. 즉 여기에는 현실을 대하는 작가의 주관적, 낭만적 정서가 충만해 있다는 것이다. 이러한 경향을 지칭하기 위해서 평자들은 '혁명적 낭만주의'라는 용어를 사용한다. 이것은 김복기의 말대로 "현실에서 체험한 극적인 장면, 혹은 사건적인 이야깃거리, 역사적인 내용 등을 모티브로 해서 해방된 개성의 극한적 열정을 표현의 대상으로"[13] 한다. 최열에 따르면 그것은 "우리 근대미술사에 보기 드문 '혁명적 낭만주의' 형상"으로서 "살아있는 생물 같은 현실을 담되 꿈을 버리지 않을 수 있는 창작방법"이다.[14] 최열이 보기에 해방기 이쾌대의 군상들은 "해방기의 시대정신을 추상화시킨 하나의 형상이념"이다.

기실 해방기 이쾌대 작품을 '혁명적 리얼리즘'으로 지칭하는 논자들 다수는 해방기에서 좌파 문예의 기본원리로 내세워진 "혁명적 로맨티시즘을 계기로 내포한 진보적 리얼리즘"을 참조하고 있다.[15] 예컨대 조선문학가동맹 서기장 김남천은 1946년 2월 '전국문학자대회'에서 "현실에 만

12) 윤범모, 앞의 글, 340~341쪽.
13) 김복기, 앞의 글, 441쪽.
14) 최열, 「제국과 식민지 그리고 아시아의 낭만-이쾌대(1)」, 『미술세계』 1994년 7월호, 107쪽.
15) 윤범모, 앞의 글, 346쪽.

족하지 않고 명일과 미래에로의 부단한 전진, 다시 말하면 현실적인 몽상, 미래를 위한 의지, 가능을 위한 치열한 꿈"을 아우르는 "혁명적 로맨티시즘을 계기로 내포한 진보적 리얼리즘"을 요청했다.[16] 이런 관점에서 보면 "힘찬 약동감, 필사의 절규와 몸부림침, 극적이고도 격정적인 찰나, 삶과 죽음의 갈림길에 놓인 인간의 모습을 박진감 넘치는 구성과 리얼리스틱한 세부묘사로 표현한"[17] 해방기 이쾌대의 작품은 "혁명적 로맨티시즘을 계기로 내포한 진보적 리얼리즘"에 근접한 유의미한 사례로 보일 수 있다.[18] 하지만 "혁명적 로맨티시즘을 계기로 내포한 진보적 리얼리즘"에서 '로맨티시즘'과 '리얼리즘'의 철저한 균형, 또는 '리얼리즘'에 좀 더 방점을 두는 논자들이 보기에 해방기 이쾌대의 작업은 리얼리즘을 방기하고 로맨티시즘으로 기운 사례로 보일 수 있다. 박문원과 김진송의 비판이 그러하거니와 박문원은 <조난>에 대해서 "주제가 현실적인데도 그 주제를 묘사하는 정신은 그 역사적인 순간의 어부들의 감정, 인민들의 감정을 근본적으로 옳지 못하게 측량하였기 때문에 거기에는 리얼리즘이 있지 않은 것이다"[19]라고 했고, 김진송은 이쾌대의 작품에서 보이는 극적 분위기, 낭만적 과장, 작위적 구성, 모호한 상징성을 '회화적 모순'으로 보아 그것을 곧장 시대적 한계로 해석하고 있는 것이다.[20] 그렇다면 이렇듯 뻔히 예상되는 비판을 감수하면서 이쾌대가 그렇게 모호한 주제를 택한 이유는 무엇일까? 다음과 같은 김영주의 1949년 발언이 나아갈 방향을 알려줄 지침이 될 수 있지 않을까?

---

16) 김남천(1946), 「새로운 창작방법에 관하여」, 『건설기의 조선문학』, 신형기 편(1988), 『해방 3년의 비평문학』, 도서출판 세계, 158쪽.
17) 김복기, 앞의 글, 440쪽.
18) 윤범모, 앞의 글, 346~347쪽.
19) 박문원, 「리얼리즘과 로-맨티시즘의 문제-<창공>과 <조난>을 중심으로」, 『새한민보』 1948년 12월호, 31쪽.
20) 김진송, 앞의 책, 140쪽.

문학이 있고 광망한 바다의 시가 있더라. ……그래도 문학과 씨름 하며 쓰라린 몸매로 빚어낸 이쾌대 형의 군상은 호흡을 토했다. 의욕과 에스쁘리 모델의 딜레랑티스트 이쾌대 형. 회화에서 문학을 물리치지 못하는 형의 심경을 알겠소이다.[21]

인용한 김영주의 발언은 기존의 이쾌대 논자들도 즐겨 인용했다. 하지만 거기서 '문학'은 막연하게 '(회화의)서사적인 구조'(김진송)[22]나 '서사적 내용과 구도'(윤범모)[23] 정도로 이해됐다. 하지만 여기서는 '문학'을 글자 뜻 그대로 받아들여 동시대 문학으로 시선을 확장해보려고 한다. 그 과정에서 어쩌면 우리는 해방기에서 이쾌대와 궤를 함께하는 작가들과 만나게 될지도 모른다. 그리고 만약 그 만남이 실제로 가능하다면 우리는 해방기 이쾌대 작업을 보다 진전된 수준에서 이해할 단서를 찾을 수 있을 것이다.

3. 중간파의 세계관과 <군상> 연작의 의미

앞에서 다루지 못한 또 다른 선행연구로부터 두 번째 장의 논의를 시작해보기로 하자. 또 다른 선행연구란 정현민의 텍스트다. 여기서 정형민은 한국근대회화의 도상을 종교적 함의 수준에서 분석하는 가운데 이쾌대의 작업을 '종교적인 도상을 통한 현실적 알레고리의 창조'로 규정한다. 정형민에 따르면 가령 이쾌대의 <군상>들은 다음과 같은 방식으로 기독교적 도상과 유사하다.

---

21) 김영주, 「상반기의 화단」, 『문예』, 1949년 8월호(창간호), 김진송, 앞의 책, 147쪽. 재인용.
22) 김진송, 앞의 책, 147쪽.
23) 윤범모, 앞의 글, 342쪽.

<군상 1>, <군상 2>, <군상 4>: "무중력의 상태에서 부유하는 듯한 인물과 사방으로 흩어지고 있는 좌상, 반입상, 입상으로 구성된 역동적인 군상, 그리고 심판받은 인물의 도상으로 구성되어 있어 구성과 인물 표현에 있어 시스틴 성화에 비교할 수 있다. 인간의 잔학성의 묘사가 성화 중에서도 심판의 장면과 같은 인간의 극한 상황의 도상이 선택되었다는 것은 단순한 인체 연구의 차원을 넘어서 세기말적인 시대상황을 미술로 표현해야 한다는 당시의 화가들에게 주어진 사명감 의식의 일환이 아닌가 생각된다."[24]

<군상 3>: "중앙의 약간 우편에 서있는 두 인물을 중심으로 화면에 대체적으로 평행으로 군상이 이루어지고 있으며 모종의 설화적인 분위기를 창출하고 있다. 나무 지팡이에 기대어 비스듬이 서있는 인물의 포즈는 왕, 예수, 성자, 혹은 목자, 심판자 등의 정치, 종교적인 지도자를 상징하는 유럽회화의 일정형이다."[25]

이쾌대, <군상 3>, 1948년경, 캔버스에 유채, 130×160

24) 정형민(1998), 「한국근대회화의 도상연구–종교적 함의」, 『한국근현대미술사학』 제6집, 358~363쪽.
25) 정형민, 앞의 글, 368~369쪽.

이러한 관찰에 의거해 정형민은 이쾌대가 "성화의 형식과 도상을 빌려 현실의식에 대한 작가의 투철한 사명감을 현대적인 우화로 조형화했다"고 주장한다.[26] 물론 이렇게 이쾌대의 작업에서 종교적인 특성을 발견한 것은 정형민만이 아니다. 이미 1939년에 정현웅은 이쾌대의 작품에 감도는 '종교미' 내지는 '환상적 감상주의'를 지적한 바[27] 있다. 실제로 이쾌대의 집안이 고향 신동에 교회를 세우기도 했던 기독교 집안이었다는 사실[28]을 염두에 둔다면 이쾌대 작품에서 두드러진 '모호한 상징성'(김진송)이 종교(특히 기독교) 도상과 모종의 관련이 있을 것이라고 추정하는 것도 가능할 것이다. 여하튼 정형민의 주장을 일단 받아들인다면 해방기에서 이쾌대가 제작한 군상은 종교, 특히 기독교의 도상과 밀접한 연관성을 지니며 그는 이 도상을 매개로 현실에 대한 자신의 의식을 우의화하고 있다고 가정할 수 있다.

주목을 요하는 것은 매우 드물기는 하지만 이쾌대 외에도 해방기에서 기독교(성경)의 도상 내지는 모티프를 작품에 가져와 작가 자신의 현실의식의 투영을 위한 매체로 활용한 사례가 발견된다는 점이다. "구약에서나 나올법한 예언자의 목소리가 뒤범벅되어 올라오는"[29] 설정식의 시들이 대표적인 경우다. 특히 그가 1948년 7월 문학가동맹 기관지 『문학』에 발표한 <제신의 분노>는 특히 <군상 4>의 주제와 관련하여 각별한 주목을 요한다. 이 시는 『구약』, 「아모스서」 제5장 제2절: "이스라엘의 처녀는 넘어졌도다/ 넘어진 사람은 다시 일어나지 못하리니 / 조국의 저버림

---

26) 정형민, 앞의 글, 372쪽.

27) 정현웅, 「재동경미협전평」, 『조선일보』 1939년 4월 23일~27일. 『정현웅전집』, 청년사, 2011, 150쪽. 재인용.

28) 김복기, 앞의 글, 429쪽.

29) 김윤식(1996), 「혁명적 낭만주의－설정식론」, 『김윤식 선집 5: 시인, 작가론』, 솔출판사, 207쪽.

을 받은 아름다운 사람이어 / 더러운 조국에 이제 그대를 일으킬 사람이 없도다"를 인용하는 것으로 시작하는데 그 전문은 다음과 같다.

하늘에
소래있어
선지자 예레미야로 하여금 써 기록하였으되
유대왕 제데키아 십년
네브카드레자—자리에 오르자
이방 바빌론군대는 바야흐로
예루살렘을 포위하니
이는 이스라엘의 기둥이 썩고
그 인민이 의롭지못한 까닭이요
그들이 저희의 지도자를 옥에 가둔 소치라

하늘에서
또 하나 다른 소래있어 일렀으되—
일찍이
내 너희를
꿀과 젖이 흐르는
복지에 살게 하고저
애급땅에서 너희를 거느리고 떠나
광야를 헤매기 삼십육 년
이슬에 자고 뿌리를 삼키니
이는 다
아모라잇 기름진 땅을 기약한것이어늘

이제 너희가 권세있는 이방사람앞에 무릎을 꿇고
銀을 받고 정의를 팔며
한켤레 신발을 얻어 신기 위하여
형제를 옥에 넣어 에돔에 내어주니

내 너에게
후하게 쌀을 베풀고
깨끗한 잇발을 주었거늘
어찌하여 너희는 동족의 살을 깨무느냐

동생의 목에 칼을 대는 가자의 무리들
배고파 견디다 못하여 쓰러진
가난한 사람들의 허리를 밟고 지나가는 다마스커스의 무리들아
네가 어질고 착한 천민의
밀과 보리를 빼앗아
대리석 기둥을 세울지라도
너는 거기 三代를 누리지 못하리니

내 밤에
오리온 성좌를 거두고
낮에는 둥근 암흑을 솟게 하리며
보고도 모르는 쓸데없는
너희들 눈을 멀게 하기 위하여
가자城에 불을 지르리라

옳고 또 쉬운 진리를
두려운 사자라 피하여
베델의 제단뒤에 숨어 도리어
거기서 애비와 자식이
한 처녀의 감초인 살에 손을 대고
또 그 처녀를 이방인에게 제물로 공양한다면

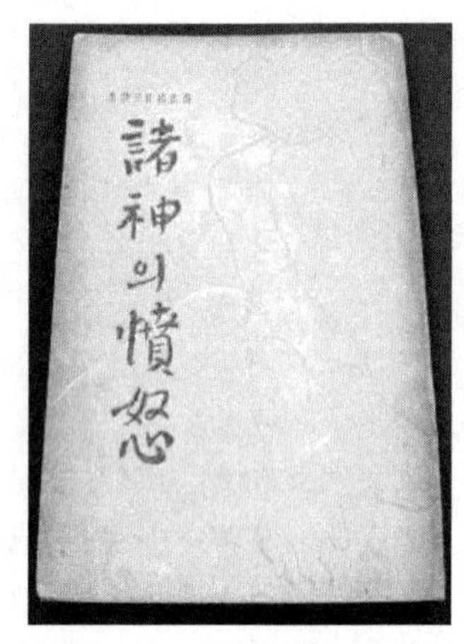

설정식 시집 『제신의 분노』, 신학사, 1948

내 하늘에서 다시
모래비를 내리게 할 것이요
내리게 하지 않아도 나보다 더 큰 진리가

모래비가 되리니
그때에
네 손바닥과 발바닥에 창미가 끼고
네 포도원은 백사지가 되리니

그러므로
헛된 수고로 혀를 간사케 하고 또 돈을 모으랴 하지 말며
이방인이 주는 꿀을 핥지 말고
원래의 머리와 가슴으로 돌아가
그리로 하여 가난하고 또 의로운 인민의 뒤를 따라
사마리아山에 올라 울고 또 뉘우치라

그리하면
비록 허울벗기운 너희 조국엘지라도
이스라엘의 처녀는 다시 일어나리니
이는 다 생산의 어머니인 소치라

–「諸神의 憤怒」(全文, 1948)

구체적으로 두 작품을 비교해보자. 먼저 시의 "이스라엘의 처녀는 넘어졌도다"는 구절과 관련하여 <군상 4>의 화면 중앙에 배치된 쓰러져 부축 받고 있는 여성을 주목할 수 있을 것이다. 시 전반부에는 "이제 그대를 일으킬 사람이 없도다"라고 했으나 후반부에는 다시 (義로운 人民의 뒤를 따라 사마리아山에 올라 울고 또 뉘우치면) "이스라엘의 처녀는 다시 일어나리니" 했으니 시와 회화의 유사성을 언급하는 데는 무리가 없다. 아울러 "가자성에 불을 지르리라"는 구절, "너희는 同族의 살을 깨무느냐"는 구절의 회화적 등가물을 찾는 것도 가능하다. 무엇보다 "죄를 뉘우치고 고난을 참으면 신은 용서해 준다는" 예언자의 서사(설정식)는 회화(이쾌대)에서 –김진송이 묘사한 바– "화면의 오른쪽에 있는 인물들은 엎드

려 있거나 나둥그러져 있고 가운데에 위치한 인물들은 힘들게 일어서는 자세를 취하고 있으며 왼쪽에 와서는 굳건히 서 있거나 전진하는 포즈로 배열돼"있는 구조와 궤를 같이 한다고 할 수 있다. 시에서 제시된 "극히 흥분된 격정적 정신상태에 있는" 예언자의 목소리[30]와 '개성의 극한적 열정'을 드러내는 회화적 양상의 상동성을 논할 수도 있을 것이다.

이쾌대 <군상 4>, 1948년경, 캔버스에 유채, 177×216

<군상 4>와 <제신의 분노>에서 발견되는 유사성의 관점에서 보면 <군상 4>를 '최후의 심판'에 비견되는 어떤(종교적) 심판의 의미로 읽은 정형민의 독해는 새로운 해석에 의해 보완될 필요가 있다. 여기서는 <제신의 분노>와 마찬가지로 '신과의 계약위반에 대한 형벌' 못지않게 '신은 자비롭기에 죄를 뉘우친 민족은 구제될 수 있다'는 믿음[31] 역시 중요해

30) 김윤식(1988), 「소설의 기능과 시의 기능—설정식의 경우」, 『한국현대소설비판』, 일지사, 208쪽.
31) 김윤식, 앞의 글, 211쪽 참조.

보이기 때문이다. 마찬가지로 정형민이 <군상 4>를 '세기말적인 시대상황'의 표현으로 해석한 것 역시 충분히 만족스럽지 않다고 해야 할 것이다. 여기에는 암울한 현실에 대한 분노뿐만이 아니라 참회와 반성에 기초한 새로운 미래에의 기약이 있기 때문이다. 이러한 구조는 1949년 이쾌대가 발표한 「고갈된 정열의 미술계」라는 글에도 나타난다. 여기서 이쾌대는 "우리 민족이 한 번 태양 밑에서 따뜻한 보금자리를 이루게 되면 우리 미술인들이 검푸르게 무성하고 힘차고 씩씩한 미술문화의 드높은 탑을 쌓으리라고 맹서하였던 것이 우리들이었고 보매 오늘의 미술인들이 조로, 은둔, 자기만족, 허영, 이러한 휴식의 생활에서 허덕이는 자화상을 멀그럼이 보고만 있고 싶지 않다"[32]고 말한다. 이 글은 이렇게 마무리된다. "회고한것 보담 화풀이를 한 것 같다. 과거를 그냥 묘사해서 열거만 하기에는 그만치 마음이 너그럽지 못하였다. 멀지않아 남북의 통일이 이루어질 것이매 멋없는 가장행렬에서 벗어나 진정한 미술건설의 대열에로 나서 보조를 맞춰 미술인들의 구호를 몸소 실천하기 바라마지 않는다."[33]

해방기를 묵시론적 공간으로 파악한 설정식과 마찬가지로 1949년의 이쾌대는 동시대 미술을 '야릇한 가장행렬[34]'에 지나지 않는 것으로 생각한다. 여기에는 어떤 허무주의가 맴돌고 있다. 그 허무주의를 극복하기 위해 『구약』 예언자(아모스)의 목소리에 위탁해야 했던 설정식[35]과 마찬가지로 이쾌대는 "아즉 발표를 갖지 못한 젊은 작가들의 군상들"[36]에서 희망을 찾고자 한다. 그래서 해방기의 이쾌대가 '혁명적 낭만주의자'로 지칭되듯 해방기의 설정식 역시 '혁명적 낭만주의자'로 지칭된다. 이들의 작

32) 이쾌대, 「고갈된 정열의 미술계」, 『민성』 1949년 8월호, 83쪽.
33) 이쾌대, 앞의 글, 84쪽.
34) 이쾌대, 앞의 글, 84쪽.
35) 김윤식, 「혁명적 낭만주의-설정식론」, 211쪽.
36) 이쾌대, 앞의 글, 84쪽.

품에는 김윤식이 말한 대로 "(유물변증법에 근거한) 역사의 생성이라든가 민족의 형성발전에 대한 과학적 인식"이 들어설 자리가 없다. 과학 대신에 윤리, "인간성의 영원불멸성이 모든 것의 윗자리에 올라서게 된다"는 것이다.[37] 이러한 현상을 우리는 어떻게 이해해야 할까? 이러한 질문과 관련하여 우리가 주목할 만한 또 한명의 시인이 있다. 일단 아래 시 구절을 보자.

> 식은 화산 밑바닥에서
> 희미하게 나부끼던 작은 불길
> 말발굽 구르는 땅 아래서
> 수은처럼 떨리던 샘물
> 인제는 모란같이 피어나라 어린 공화국이여
>
> 그늘에 감춰온 마음의 재산
> 우리들의 오래인 꿈 어린 공화국이여
> 음산한 "근대"의 장렬(葬列)에서 빼앗은 기적
> 역사의 귀공자 어린 공화국이여
>
> — 김기림, 「어린 공화국이여」(부분, 1946)

이것은 김기림이 1946년 7월에 발표한 시의 일부다. 박연희에 의하면 해방기의 김기림은 "역사적 시원의 시적 형상화"에 주력했다. 위 시에서 '어린 공화국'이 '식은 화산 밑바닥에서' 탄생됐다는 김기림의 시적 상상력은 "신생국이 해방 이전의 제국성이나 근대성 일반이 파괴되고 소멸된 시공간에서 출발한다는 것을 의미한다"[38]는 것이다. 예컨대 <어린 공화국>에서 민족(인민)은 "그늘지고 음산했던 근대의 장례행렬에서 빠져나

---

37) 김윤식, 앞의 글, 211쪽.

38) 박연희, 「해방기 '중간자' 문학의 이념과 표상—김기림의 민족표상을 중심으로」, 『상허학보』 제26집, 2009, 313쪽.

와 새로운 국가건설의 주체가" 된다.[39] 마찬가지로 이 시인은 어떤 시에서 "한낱 벌거숭이로 돌아가 이 나라 지줏돌 고이는 / 다만 쪼악돌이고저 원하던 / 오― 우리들의 팔월(八月)로 돌아가자. // (……) 오― 팔월(八月)로 돌아가자 / 나의 창세기 에워싸던 향기론 계절로―" (우리들의 8월로 돌아가자, 시집『바다와 나비』, 1946)라고 주장하고, 또 어떤 시에서는 "창세기처럼 그 우에 피어날 새로운 산과 들"(전날 밤, 시집『바다와 나비』, 1946)을 노래한다. 이런 김기림의 시들을 염두에 두고 이쾌대의 <군상 4>를 본다면 아비규환(오른쪽)을 비집고 나오는 왼쪽의 어린 소녀(그의 손에는 나뭇가지가 들려있다)의 이미지, 또는 한낱 벌거숭이로 돌아간 이들의 여정 묘사에 주목할 수 있다. 또는 <군상 2>에서 "널브러져 있는 인물들을 향하여 희소식을 빨리 알리고자 커다란 동작을 지으면서 달려오는 두 명의 메신저"(윤범모) 아래에 있는 작은 연못은 다음과 같은 시와 관련지어 볼 수 있다.

> 모―든 빛나는 것 아롱진 것을 빨아 버리고
> 못은 아닌 밤중 지친 동자(瞳子)처럼 눈을 감았다
>
> 못은 수풀 한복판에 뱀처럼 서렸다
> 뭇 호화로운 것 찬란한 것을 녹여 삼키고
>
> 스스로 제 침묵에 놀라 소름친다
> 밑 모를 맑음에 저도 몰래 으슬거린다
>
> 휩쓰는 어둠 속에서 날[刃]처럼 흘김은
> 빛과 빛깔이 녹아 엉키다 못해 식은 때문이다

---

39) 박연희, 앞의 글, 314쪽.

바람에 금이 가고 빗발에 뚫렸다가도
상한 곳 하나 없이 먼동을 바라본다

– 김기림, 「못」(전문, 1946)

인용한 시에서 모든 빛나는 것, 아롱진 것을 빨아 버리고, 녹여 삼킨 맑은 못은 역사의 시원–어린 공화국의 다른 이름일 것이다. <군상 2>에서 이쾌대가 두 메신저 하단에 연못을 그려 넣고, 그 배경에 바람과 먹구름, 먼동을 묘사한 것을 여기에 견줄 수 있을 것이다.

이쾌대 <군상 2> 1948년경, 캔버스에 유채, 130×160

이러한 관찰을 김기림의 시론을 검토하는 방식으로 재고해보기로 하자. 검토할 텍스트는 1946년 2월 '전국문학자대회'에서 김기림이 발표한 「우리 시의 방향」이라는 글이다. 여기서 김기림은 "한 커다란 민족의 통곡을 거쳐 말하자면 한 '카타르시스'를 거쳐 다시 한 번 순화되고 정화되어 낡은 시대의 독소와 악습을 모조리 털어버린 뒤에 새나라의 건설에 나아가지 않으면 안된다"고 주장한다. 시는 "민족의 전통의 신음으로써 심정의 황야의 재건자로서 임무를 짊어져야 한다"는 것이다.40) 이러한 발언은 확실히 우리들의 미술건설이 "일제 36년간 쌓이고 쌓인 모진 독소를 송두리째 뽑아버리고 착실하게 토대부터 닦아 올려야 할 것"41)이라는 이쾌대의 인식과 닮아있다. 주목을 요하는 것은 김기림의 시(론)에서도 이쾌대의 해방기 작품에서도 도래할 새나라의 이미지에 '근대'가 없다는 점이다—이것은 『구약』 예언자의 목소리로 돌아간 설정식도 마찬가지다. 이러한 양상은 김기림의 다음과 같은 발언을 통해 설명할 수 있을 것이다. 즉 1946년의 김기림은 "근대는 한 역사상의 시대로서 끝을 마치고 그것이 속에 깃들인 뭇모순과 불합리 때문에 드디어 파산할 계기라고 보았으며 또 계기를 만들어야 되리라는 견해"를 표명하고 있는 것이다. 이러한 인식은 다음과 같은 선언적 진술로 이어진다.

> 우리는 이 땅에서 실패한 근대의 반복을 보아서는 아니 될 것이다. 새로운 시대가 근대를 부정하는 새로운 시대가 지구상의 어느 지점에 시작되어도 상관이 없을 것이다. 세계사의 한 새로운 시대는 이 땅에서부터 출발하려 한다. 또 출발시켜야 할 것이다. 봉건적 귀족에 대하여 한 근대임임을 선언하는 것은 르네상스인의 한 영예였다. 오늘에 있어서 다시 초근대임임을 선언하는 것이야말로 새 시대인들의 자랑일 것이다.42)

이상에서 살펴본 바 해방기에서 이쾌대가 제작한 <군상> 연작은 여러 면에서 설정식, 김기림의 시 또는 시론과 친연성을 갖는다. 시를 도해

---

40) 김기림(1946), 「우리 시의 방향」, 『건설기의 조선문학』, 신형기 편(1988), 『해방 3년의 비평문학』, 도서출판 세계, 140쪽.
41) 이쾌대, 앞의 글, 84쪽.
42) 김기림, 앞의 글, 142쪽.

한 시화詩畵는 아니라 하더라도 <군상> 연작에서 제시된 모티브와 서사 구조는 설정식, 김기림의 시작詩作과 분리해서 생각할 수 없을 정도다. 이러한 상관성은 어디서 유래하는가? 이하에서는 이 문제를 다뤄 보기로 한다.

4. 해방기 중간파 세계관의 양상

이쾌대(1913~1965)와 설정식(1912~1953), 그리고 김기림(1908~미상)의 개인적 관계를 확인하는 것으로 시작해보기로 하자. 이 세 사람의 관계를 확인할 때 중요한 것은 이쾌대의 형인 이여성(1901~미상)[43]의 존재다. 먼저 이여성과 이쾌대의 관계를 보자. 이미 많은 논자들이 이쾌대의 회화세계에 이여성이 미친 영향을 언급했거니와 여기서는 일단 이여성과 이쾌대의 정치적(사회적)인 위치에 초점을 두어 양자의 관계를 확인하고자 한다. 이 경우 우리는 1946년 11월 조선미술동맹에 참가하여 박영선과 함께 서양화부 위원장을 맡았던 이쾌대가 1947년 8월에 미술동맹을 탈퇴하고 조선미술문화협회를 구성하고 그 위원장에 앉았다는 점에

43) 이쾌대의 형인 이여성은 1901년 경북 칠곡 태생으로 중국 진링대학(金陵大學), 일본 릿쿄대학(立教大學) 경제학과에서 수학했다. 1920년대에 사회주의 단체 북성회(北星會), 일월회(日月會) 창립을 주도했고 1933년 귀국하여 동아일보와 조선일보 편집국에서 일했다. 1945년 8월 건국준비위원회 선전부장이 되었으며 그 해 11월 여운형이 조직한 조선인민당(人民黨) 결성에 참가하여 당무부장에 선출되었다. 1947년 4월 근로인민당 서울시당 준비위원회 선전부장, 5월 근로인민당 중앙상임위원 겸 비서실장에 선임되었다. 1948년 8월 해주에서 열린 남조선인민대표자대회 참가를 전후하여 월북했다. 해방 전후 이여성의 활동에 대해서는 다음 논문 참조. 신용균(2013), 「李如星의 政治思想과 藝術史論」, 고려대학교 대학원 사학과 박사학위논문.

주목할 수 있다.[44] 주지하다시피 조선미술문화협회는 좌익의 미술동맹 노선에 비판적이었으나 우익의 조선미술가협회에도 동조하지 않았다. 즉 이 협회는 친미 우익 노선에 가담하지 않았다. 그래서 심형구는 "근로인민당의 배경을 띈 듯한 소위 중간노선을 표방한 조선미술문화협회"[45]라고 했던 것이다. 당시 이여성이 여운형이 주도하는 근로인민당의 핵심 구성원이었음을 감안하면 해방기에서 이쾌대는 형 이여성과 동일한(적어도 유사한) 노선-중도노선-을 택하고 있다고 해도 무방할 것이다.[46]

이여성과 김기림의 관계를 보자. 이여성과 김기림의 인연은 김기림이 1930년 일본 유학에서 돌아와 조선일보 사회부에 입사하여 당시 조선일보 사회부장으로 있던 이여성과 함께 일한 것으로 시작한다. 당시 김기림은 '이형은 나의 2년 동안의 서울 살림 중에서 얻은 최대의 우정이다'라고 했거니[47]와 이 우정은 일제말에서 해방기까지 이어진 것으로 보인다.[48] 일례로 김기림은 1946년 자유신문에 <이여성 소품전>평을 발표했는데

---

44) 최열(2006), 『한국현대미술의 역사: 한국미술사사전 1945～1961』, 열화당, 166쪽.

45) 심형구, 「미술」, 『민족문화』, 1949년 9월호, 최열, 앞의 책, 166쪽 재인용.

46) 이여성은 1948년 4월 20일 평양에서 열린 남북연석회의 근로인민당 대표로 참석하기 위하여 북으로 가서 돌아오지 않는 방식으로 월북을 감행했다. 최열, 앞의 책, 195쪽. 이여성의 월북이 이여성-이쾌대의 관계에 어떤 영향을 미쳤는가 하는 것은 세밀한 검토를 요하는 것이지만 1948년 단정 수립을 전후로 양자의 직접적인 교류는 중단된 것으로 보인다. 1948년 이쾌대는 보도연맹에 가입했고 조선미술문화협회는 1949년 해산됐다. 최열, 앞의 책, 220쪽.

47) 조영복, 「김기림의 언론활동과 초기 글들의 성격」, 『한국시학연구』 제11집, 2004, 360쪽.

48) 일례로 김기림이 일제 말에 발표한 「분원유기」(『춘추』1942년 7월)는 그가 김용준, 배정국, 이여성, 양재하, 이태준 등과 양수리 근처 분원 마을로 유람간 내용을 담고 있다. 조영복은 서양에 대한 거부(우리가 앞서 살펴본 바 서구적 근대에 대한 해방기 김기림의 강한 거부감과)와 동양정신에의 회귀로 특징지어지는 이후 김기림의 사상적 경향을 이여성과의 관계에서 이해한다. 조영복, 「김기림의 예언자적 인식과 침묵의 수사-일제 말기와 해방기를 중심으로」, 『한국시학연구』제15집, 2006, 24쪽.

여기서 '예술속에 조용히 숨여잇는 예술가의 인간의 광채'를 무시할 수 없다고 하면서 이여성의 소품전이 그러한 감상을 새롭게 한다고 평하고 있는 것이다.[49] 물론 해방기 김기림과 이여성과의 관계는 단순한 인간적인 친분을 넘어서 있다. 해방기 김기림의 행동과 작품 활동은 전반적으로 중도노선(중간파)에 부합하는 것으로 보이기 때문이다. 예컨대 박연희는 해방기 김기림 문학을 '중간자 문학'이라고 명명한다. 박연희가 보기에 당시 김기림은 좌우이념의 헤게모니로부터 벗어나 중도적 지식인 정당을 역설하거나 냉전을 상징하는 두 세계를 부정하고 '하나의 세계'를 갈망하고 있었다.[50] 또 김윤정에 의하면 "타자와의 대등한 대화적 관계 위에서 행해지는 주체적 행위"를 옹호했던 김기림은 문학동맹이 해방기를 부르주아 민주주의 혁명 단계로 설정하여 노동자 계급의 지도성보다는 민중의 단결 및 민중의 민주주의를 중심 과제로 삼았을 때는 문학동맹과 함께 할 수 있었으나 좌우대립의 격화로 문학동맹이 계급독재적 성격을 분명히 하면서 그와 거리를 두게 됐다. 말하자면 해방기 김기림과 프로문학가들의 공통분모는 '민중성'과 '대중성'인데 그 공통분모가 무의미해지는 시점에서 양자의 결별은 필연적이라는 것이다.[51] 이러한 입장은 무산계급의 헤게모니를 부정하고 "반동분자만을 제외한 전인민을 대표한 대중정당", 전민족의 완전해방, 무계급사회의 실현을 천명한 여운형(과 조선인민당-근로인민당)의 노선[52]과 같다고는 할 수 없다 해도 최소한 친연성을 갖는 입장이라 할 것이다. 이런 관점에서 보면 이쾌대가 미술동맹을 탈퇴하며 중도노선의 미술문화협회를 구성한 것과 때를 같이 하여 김기림이 문학

49) 김기림, 「동양화와 근대성: 이여성씨 소품전 인상(上)」, 『자유신문』 1946년 9월 16일, 2쪽.
50) 박연희, 앞의 글, 340쪽.
51) 김윤정(2005), 『김기림과 그의 세계』, 푸른사상, 236~244쪽. 참조,
52) 정병준(2004), 「해방 이후 여운형의 통일, 독립운동과 사상적 지향」, 『한국민족운동사연구』 제39집, 132~134쪽.

동맹과 거리를 두게 된 것은 우연이 아니다.[53]

설정식의 경우는 어떤가? 일단 1947년 설정식 시집 『종』의 출판 축하회에 정지용과 김기림, 그리고 이여성이 참가했다는 신문기사를 참고할 수 있다.[54] 설정식이 김기림 시집 『바다와 나비』에 대해 쓴 평도 남아있다(이것은 그가 쓴 유일한 시집 평이다). 여기서 그는 "십여 년 전 감득할 수 없었던 편석촌의 새로운 체온, 우리가 쳐다본 편석촌은 창공을 흐르는 전류였다. 맥을 짚을 수 있고 또 확실히 무슨 통신인지 부절히 보내왔다"면서 이러한 새로운 체온의 소생으로부터 "냉정하였던 나는 반성하여도 좋을 것이다"라고 말하고 있다. 물론 "우리가 향용 구원이라고 하는 익어 떨어지는 임금林檎을 줍기에 편석촌은 또한 많은 발자국을 떼야 하지 않을까"라는 단서를 달면서 말이다.[55] 또 설정식 시집 가운데서 『종』(1947, 백양당), 『포도』(정음사, 1948)의 삽화를 해방 후 줄곧 이쾌대와 행동을 함께 했던 최재덕이 담당했다는 점도 염두에 둘 수 있을 것이다. 또 설정식이 "분열된 형상과 본질의 합일은 거의 불가능한 상태에 빠진" 상황에서도 "그 매개항에 이를 수 있는 흔적 같은 것, 일종의 실마리에 해당하는 요인"을 붙잡고 있다는 점에서 그를 '좌우합작노선'과 연관짓는 김윤식의

---

53) 김기림은 단정 수립을 전후하여 문학동맹을 탈퇴한 것으로 알려졌다. 1948년 1월에 월남한 시인 김규동은 이때 이미 김기림, 정지용이 문학동맹을 탈퇴한 상태라고 증언하고 있다. 김동석은 1947년에 발표한 책에서 다음과 같이 김기림을 비판하고 있다. "행동가로서 미흡하고 적극적인 비판력이 부족하며…인간으로서는 가장 순수한 사람 중의 한명일 수는 있으되 시인으로서, 행동가로서는 부적격." 김동석(1947), 「금단의 과실—김기림 론」, 『예술과 생활』, 박문출판사, 43쪽. 조영복, 앞의 글, 11쪽. 재인용.

54) 이 축하회에 참여한 다른 인사로는 오장환, 배정국, 안회남 등이 있다. 『자유신문』, 1947년 5월 17일, 2쪽.

55) 설정식, 「김기림 시집—『바다와 나비』에 대하여」, 『자유신문』 1946년 4월 6일, 설희관 편(2012), 『설정식 전집』, 도서출판 산처럼, 510쪽. 김기림 역시 설정식론을 썼다. 김기림, 「분노의 미학—시집 『포도』에 대하여」, 『민성』 1948년 4월호 참조.

평[56]을 참조해야 한다.[57] 실제로 설정식은 여운형의 사망 소식을 듣고 다음과 같은 시를 남겼다.

> 산천이 의구한들 미숙한 포도
> 오늘 밤에 과연 안전할까
>
> 우두커니 앉았음은
> 방막(厖莫)한 땅이냐 슬퍼하는 것이냐
>
> 오호 내일 아침 태양은
> 그여히 암흑의 기원이 되고 마는 것이냐
>
> — 설정식, 「無心—여운형 선생 작고하신 날 밤」(부분, 1947)
> (시집 『포도』, 1948)

이상에서 살펴 본 바 해방기에서 이쾌대와 설정식과 김기림은 긴밀한 관계에 있었다. 이들 모두는 이여성, 여운형, 그리고 '중간파' (또는 중도노선, 좌우합작파)라는 명칭을 매개로 상호연결되어 있다. 이들 모두는 문학동맹, 미술동맹과 깊은 연관을 맺고 있었지만 이들의 작품은 동맹의 지배적 경향과 거리를 두고 있었고 프롤레타리아 독재보다는 민족해방을 보다 중시하는 여운형 노선과 친연성을 갖고 있었다. 이들의 이름이 모두 포함된 선언문이 있다. 1948년 7월 '조국의 위기를 천명함'을 제목으로 발

56) 김윤식, 「혁명적 낭만주의—설정식론」, 214~215쪽.

57) 설정식의 형인 설의식은 『새한민보』의 발행인으로 해방기 대표적인 중간파 언론인으로 분류된다. 『새한민보』는 주로 자주적 통일국가 수립을 주장하는 중간파적 논조의 논평들을 게재했고 이 논평들은 대체로 계급적 대립 문제보다는 당면한 민족문제의 해결이 시급하다는 입장을 견지했다. 하지만 1949년 국가보안법이 공포되고 설의식이 국민보도연맹에 가입하는 일을 겪으면서 종간되었다. 박용규(1992), 「미군정기 중간파 언론—설의식의 『새한민보』를 중심으로」, 『한국언론정보학보』 제2집, 173~187쪽. 참조.

표된 '문화예술인 330명 선언문'이 그것이다. 이 선언문은 단정을 반대하고 자주적통일건설과 좌우이념의 초월을 주장하고 있는데 그 명단에는 김기림, 설정식, 이쾌대가 모두 포함되어 있다.[58] 이봉범에 의하면 이 선언문은 "남한만의 단정수립이 기정사실화된 정치현실에서 극우/극좌의 편향성을 비판하고 남북협상을 통한 민족통일을 일관되게 요구"했고 그런 의미에서 여기 참여한 작가들은 비좌비우의 문화적 중간파로 간주할 수 있다.[59] 여기에 더하여 1948년에서 1950년 간 김기림, 설정식과 이쾌대가 유사한 생의 경로를 밟았다는 점을 강조할 필요가 있다. 이들은 대부분의 좌파 지식인들의 월북 기간 남쪽에 남았고 단정 수립 이후 유진오, 이용악, 그리고 이석호처럼 지하로 숨지도 않았으며 국민보도연맹에 가입하는 방식으로 전향했다.[60] 주지하다시피 국민보도연맹 가입을 통해 전향한 문인들은 대부분 좌파라기보다는 비판적 성향의 문화적 중간파들이다.[61] 그런 의미에서 우리는 이쾌대와 김기림, 설정식을 '중간파'라는 명칭으로 범주화할 수 있고 이들의 작품을 관통하는 일련의 공통점을 '중간파의 세계관'으로 설명할 수 있다.

---

58) 이쾌대 외에 이 명단에 포함된 미술인으로는 길진섭, 정종여, 정현웅 등이 있다.
59) 이봉범(2008), 「단정 수립 후 전향의 문화사적 연구」, 『대동문화연구』 제64집, 233쪽.
60) 이쾌대 외에 보도연맹에 가입한 미술인으로 정현웅, 최재덕, 정종여, 김만형, 오지호 등이 있다. 보도연맹의 가입은 대부분 외형상으로는 자발적 신고를 통해 이뤄졌지만 김만형의 경우는 체포되어 국민보도연맹에 강제 편입된 경우다. 이봉범, 앞의 글, 226~227쪽. 『동아일보』 1949년 6월 7일자는 미술동맹 중앙서기장 김만형의 체포 소식을 전하고 있다.
61) 이봉범, 앞의 글, 227쪽.

5. 결론

이상의 논의를 종합하여 해방기에 김기림과 설정식, 그리고 이쾌대 등이 공유한 중간파 세계관이라는 것의 개요를 그려보면 다음과 같다.

1) 중간파는 '인민'을 형상화하거나 노래한다. 이때 인민이란 프로작가들이 생각하는 프롤레타리아가 아니다. 박문원의 표현을 빌면 이쾌대의 그림에는 인민미술에 대한 열정은 있으되 무산자계급에 대한 열정은 좀처럼 찾아볼 수 없는 것이다. 그 '인민'이란 중간파－여운형－근로인민당이 주장하는 "반동분자만을 제외한 전 인민"또는 민족 전체에 상응한다. 그런 의미에서 중간파는 좌파/프로미술의 일반적 흐름에 편입될 수 없다. 또한 이들이 말하는(구현한) '전 인민', '민족 전체'는 계급을 초월해 있다. 다시 근로인민당의 언어를 빌자면 그것은 '무계급사회'를 추구한다. 따라서 그것은 우파/자본주의적 미술의 일반적 흐름에도 편입될 수 없다.

2) 하지만 '인민'의 세계는 아직 도래하지 않았다. 전 민족, 전 인민은 힘을 합쳐 새 세계를 만들기는커녕 과거나 지금이나 사분오열되어 서로를 배척한다. 그런 의미에서 이 세계는 병들어 있다. 병든 세계를 치유하고 새 세계를 열기 위해서는 어떤 정화－독소의 제거가 필요하다.

3) 하지만 현실에서 그러한 정화는 도무지 가능해 보이지 않는다. 여운형의 죽음과 좌우합작운동의 무력화, 단정수립과 분단의 고착화라는 현실에서 그러한 정화는 일종의 질적 도약을 통해서나 가능하다. 설정식과 이쾌대가 택한 예언자의 목소리, 김기림이 택한 초근대가 모두 여기에 해당하거니와 희망은 현실에서 동떨어진 종교적, 또는 초월적 수준에서나 상정 가능한 것이다.

이렇게 본다면 해방기 이쾌대의 <군상> 연작들은 이쾌대 개인의 사적 내러티브를 펼쳐놓은 것이라기보다는 설정식, 김기림의 동시대 작품들과 마찬가지로 중간파(특히 여운형 노선의 중도 좌파)의 세계관을 드러내 보여주는 것으로 이해할 수 있다. 이런 관점에서 다시 <군상> 연작을 보면 이 작품들은 사분오열된 세계에서 통합과 화해를 염원하는 한 작가의 이상을 보여준다. 통합과 화합을 염원하지만 현실에서 그것이 가능하지 않다는 것을 이 작가는 알고 있다. 그런 이유로 통합은 모티프의 수준에서가 아니라 구성(군상 연작을 관통하는 느슨한 삼각형 구도)이라는 일종의 주관적인 통일체 수준에서 구현될 따름이다. 그가 염원하는 통일체가 현실에서 불가능하고 이렇게 주관, 관념에서만 가능했던 것은 그의 비극이기도 하지만 민족공동체의 비극이기도 했다. 그리고 이후 중간파에 속하는 작가들은 전쟁의 여파 속에서 비극적으로 자신의 생을 마감했다. 김기림은 전쟁 중에 사망했고 설정식은 1953년 북한에서 간첩혐의를 뒤집어쓰고 죽었으며 이쾌대는 북에서 주류 화단에서 밀려나 질적인 면에서 그의 이전 작품에 크게 못 미치는 그림을 그려야 했던 것이다. 그런 의미에서 전쟁의 발발은 중간파 세계관의 소멸을 야기한 사회적 조건이었다고 할 수 있다.

남 · 북한 영산회상 분장구조 비교 고찰

이 형 환* · 최 수 빈**

1. 서론

영산회상(靈山會相)은 석가여래가 설법하던 영산회의 불보살(佛菩薩)을 노래한 악곡이다.[1] 원래 영산회상은 영산회상불보살(靈山會相佛菩薩)의 7자를 부르던 불교성악곡이었으나 점차 세속화되고 기악곡화 됨에 따라 조선 말기에는 상령산 · 중령산 · 세령산 · 가락덜이 · 삼현환입 · 하현환입 · 염불환입 · 타령 · 군악 등 총 9곡의 모음곡 형식으로 발전하여 오늘에 이른다.

이러한 영산회상은 크게 현악기가 중심이 되는 줄풍류와 관악기가 중심을 이루는 대풍류로 구별 할 수 있으며, 또한 거문고회상 · 중광지곡(重光之曲)이라고도 불리는 현악영산회상(絃樂靈山會相), 현악영상회상을 완전4도 이조하여 연주하며 유초신지곡이라고도 불리는 평조회상(平調會相), 표정만방지곡(表正萬方之曲)인 관악영산회상(管樂靈山會相) 등으

* 중앙대학교
** 중앙대학교
1) 장사훈(1984),『국악대사전』, 세광음악출판사, 525쪽.

로 분류하기도 한다. 조선 후기 유행하였던 영산회상 음악은 민간의 풍류음악으로 자연스럽게 유입되어 각 지방별 풍류방을 중심으로 발전하여 왔으며 일반적으로 풍류(風流)음악이라고 하면 영산회상음악을 지칭할 정도로 고유명사화 된 음악들로 민속음악인들의 가락들이 전승되어 오고 있다. 현재는 국가 중요무형문화재 제38 · 가호로 지정된 구례 향제줄풍류와 제38 · 나호로 지정된 이리향제 줄풍류 등이 있으며, 국립국악원을 중심으로 전승되어온 가락과 거문고 명인 신쾌동[2], 가야금 명인 김윤덕[3] 등 몇몇 민속음악 명인들에 의해서 전승되어온 가락들이 있다.

북한의 영산회상에 대한 전승 및 연구 현황에 대한 체계적인 연구는 문헌이나 기록 등이 미비하여 알 수 없는 상황이지만, 1992년 박익수 편곡의 『민족기악합주곡 령산회상』의 기악합주곡 형식의 오선 악보를 통해 북한 영산회상의 윤곽을 그려 볼 수 있으며, 또한 『령산회상』악보에서 "문화와 예술의 전면적으로 개화 발전하는 로동당 시대에 우리의 우수한 민속예술들을 발굴하고 개화 발전시키는 것은 우리의 응당한 의무입니다", "선조들이 창조해놓은 민족음악유산들을 발굴 정리하고 계승 발전시키는 것은 우리의 음악예술을 주체적으로 발전시켜나가기 위한 중요한 요구의 하나이다"[4]라고 밝히고 있듯이 북한에서도 민족예술에 대한 중요성에 대한 인식과 더불어 발굴 · 계승 의지가 있는 것으로 판단할 수 있다.

남한의 영산회상에 관한 연구는 오랜 시간 연구를 통해 많은 양의 선행연구들이 축적되어 있으나 북한 영산회상에 대한 연구는 매우 미흡한 실

---

2) 고 금헌 신쾌동(1909~1978)은 전북 익산 출생으로 중요무형문화재 제16호 거문고 산조 보유자였으며, 거문고병창, 향제풍류, 가야금의 명인.
3) 고 녹야 김윤덕(1918~1978)은 전북 정읍 출생으로 중요무형문화재 제23호 가야금 산조 보유자였으며, 거문고산조, 향제풍류 연주 명인.
4) 박익수편작(1992), 『민족기악합주곡 령산회상』, 예술교육출판사, 1쪽

정이다. 북한 영산회상과 관련한 선행연구는 황준연외 3인 공저『북한의 전통음악』[5] 과 홍세아의『북한 영산회상의 음악구조 연구』[6] 석사논문이 유일하다.『북한의 전통음악』에서는 북한 지역에서의 전통음악의 전승과 그 시대적 변화 양상이 어떠한 지를 분석하고 그 조감도를 그리려는 연구로 남·북한 영산회상비교에서 악곡구조와 분장구조의 출입이 심하고, 음계표기가 남한의 표기와 차이가 있으며, 고악보와 비교 하였을 경우 남한의 영산회상이 고제(古制)를 많이 이어가고 있고 북한의 것은 많은 변화가 있다고 분석하였다. 그러나 분장구조의 출입이 심한 것에 대한 구체적 자료를 통한 분석보다는 사실을 기술하고 있는 한계점을 갖는다.

홍세아의『북한 영산회상의 음악구조 연구』의 경우 가야금가락을 중심으로 남한의 국립국악원 가락과 북한의 영산회상을 상령산부터 군악까지 분석한 연구로 사용장단과 장별구분 및 장단수, 북한 영산회상 가야금 선율을 주요 출현음과 시작음, 종지음 비교 등의 연구방법을 통해 남·북한 영산회상 가야금 선율을 분석하고 있다. 또한 북한영산회상의 뒷풍류에 해당하는 곡들은 연구에서 제외하고 있으며, 남한의 영산회상도 국립국악원 가락에만 한정하여 연구하고 있어 다양한 남한 영산회상 가락과의 비교에 한계를 갖고 있다.

따라서 본 연구에서는 남·북한 영산회상의 온전한 구조파악을 위해 북한『령산회상』에 수록된 12곡과 남한에서 전승이 용이하게 되고 있는 5유파(流派)[7]의 영산회상을 종류구분과 사용악기, 그리고 분장구조에 대

5) 황준연외 3인 공저(2002),『북한의 전통음악』, 서울대학교출판부.

6) 홍세아(2010),『북한영산회상의 음악구조 연구–가야금가락을 중심으로–』, 중앙대학교 석사학위 논문.

7) 분석자료는 남한의 경우 성경린 · 황득주 공저(1980),『정악 거문고보』, 은하출판사, 김영재(1989),『줄풍류 거문고가락의 비교 고찰』,『한국음악사학보 제2집』, 한국음악사학회, 강낙승(1988),『향제줄풍류보』, 이리향제줄풍류보존회, 김윤덕,『현금풍류보』, 국악예술학교, 이보형 · 서인화 · 이주영 공저(2007),『구례향제줄풍류

해 비교 분석하여 남 · 북한 영산회상의 차이점과 유사점을 밝혀보려는 것이 목적이다.

2. 남 · 북한 영산회상의 종류와 사용악기

1) 영산회상의 종류

남한의 영산회상의 종류로는 현악영산회상(絃樂靈山會相), 평조회상(平調會相), 관악영산회상(管樂靈山會相) 등 3가지의 영산회상으로 구분된다. 현악영산회상은 율방을 중심으로 연주되던 소규모의 실내 합주음악이며, 조선조 중인 선비계층 등 음악애호가들이 즐기던 음악이다. 거문고와 가야금 등과 같은 현악기 중심의 악기편성이라 하여 '줄풍류' 혹은 '중광지곡(重光之曲)'라고도 한다. 또한 영산회상의 첫 곡인 상령산의 10박을 거문고의 독주로 시작하기 때문에 '거문고회상'이라고도 칭한다. 현악영산회상의 악곡구성은 상령산 · 중령산 · 세령산 · 가락덜이 · 상현도드리 · 하현도드리 · 염불도드리 · 타령 · 군악 등 총 9곡으로 구성된다.[8)]

'평조회상'은 현악영산회상을 완전 4도 낮게 이조하여 연주하며 '유초신지곡(柳初新之曲)'이라고도 한다. 평조회상은 현악영산회상에 비해 향피리, 아쟁, 좌고 등의 악기로 연주하여 현악영산회상에 비해 음량이 크며 악곡구성은 현악영산회상의 하현도드리를 제외한 총 8곡으로 구성되어 있다. '관악영산회상'은 현악영산회상의 변주곡으로 알려져 있으며, 기

보』, 민속원. 북한의 경우 박익수편작(1992), 『민족기악합주곡 령산회상』, 예술교육출판사 자료를 활용하여 분석하였음.

8) 김해숙외(1995), 『전통음악개론』, 도서출판어울림, 121~127쪽.

악합주곡이나 궁중무용반주 음악으로 많이 사용된다. 관악영산회상은 관악기 중심의 악기편성으로 구성되어 있어 '대풍류' 혹은 삼현육각 편성 중심이라 하여 '삼현영산회상', 아명(雅名)으로 '표정만방지곡(表正萬方之曲)이라고도 말한다. 악곡구성은 평조회상과 동일하게 하현도드리를 제외한 상령산 · 중령산 · 세령산 · 가락덜이 · 상현도드리 · 염불도드리 · 타령 · 군악 등 총 8곡으로 구성되어 있다.

민간풍류는 궁중 중심이 아닌 민간 중심으로 전승되어 온 '영산회상'으로 본풍류(本風流)에 해당하는본령산 · 중령산 · 세령산 · 가락덜이 · 상현도드리 · 잔도드리 · 하현도드리 및 해탄 · 염불도드리 · 타령 · 군악 등 9곡과 뒷풍류에 해당하는 계면가락도드리 · 양청도드리 · 우조가락도드리 · 풍류굿거리 등 4곡을 합쳐서 총14곡으로 구성된 '영산회상'을 말한다. 이들 중 현재 국립국악원 중심으로 전승되는 계면가락도드리 · 양청도드리 · 우조가락도드리는 '천년만세(千年萬歲)'라고 부른다.

북한의 영산회상은 '민간령산', '도시령산', '궁중령산' 등 크게 3가지로 구분된다.[9] '민간령산'은 속악으로 민간에서 널리 연주되어온 영산회상을 의미한다. '민간령산'은 '삼현령산', '탈춤령산', '칼춤령산' 등으로 구분되는데 악곡 구성은 약간의 차이는 있지만 모음곡 형식으로 되어 있다. '민간령산'의 곡 구성은 긴령산 · 중령산 · 잔령산 · 도드리 · 시워 · 타령 · 념불 · 굿거리 · 길군악 등으로 편성되어져 왔고, '칼춤령산'에서는 검춤, 넋두리 등과 같은 독자적인 표제를 갖는 악곡들이 들어 있는 경우도 있다.

'도시령산'은 민간이나 궁중에서 연주된 '령산회상'과 형식적으로 공통성을 갖고 있으며, 무곡(舞曲)적 성격이 강하다. 도시 서민들의 생활감정과 결부되어 밝고 우아한 정서를 표현하고, 틀에 박힌 듯 정형적인 느낌을 갖고 있다. '도시령산'은 '민간령산'보다는 생동적이고 적극적인 생활

9) 박익수(1992), 『민족기악합주곡 령산회상』, 예술교육출판사, 해설부분 참조하여 작성하였음.

감정이 부족하고 따분한 느낌이다. 악곡구성은 상령산 · 중령산 · 세령산 · 가락환입 · 하현 · 념불 · 타령 · 군악 · 계면 · 양청환입 · 우조가락환입 등으로 구성된다. '궁중령산'은 궁중에서 합주나 중주, 독주 등으로 연주되는 독자적인 기악곡 또는 무용음악으로 사용되어 왔다. '궁중령산'으로는 '중광지곡', '평조령산회상', '일승월향지곡', '취태평지곡' 등을 들 수 있다.

이상과 같이 남 · 북한 영산회상의 종류와 악곡 구성비교 중 특이할 만한 사항으로는 첫째, 북한에서는 '민간령산'을 '삼현령산', '탈춤령산', '칼춤령산' 등으로 구분하고, 그 구성 악곡들을 순수 기악곡 연주 때 사용하는 곡들과 탈춤, 검무 등을 반주 할 때 사용하는 음악들을 망라하여 '민간령산'으로 분류하고 있는 것으로 사료된다. 이유는 악곡으로 제시한 타령, 념불, 길군악 등은 남한의 경우 춤 혹은 탈춤 반주음악이나 행진곡 풍의 취타곡으로 사용하고 있으며, 함경도 지역 '칼춤령산'의 검춤과 넋두리 악곡들이 독자적인 표제 음악으로 구성되어 있어 기존의 영산회상의 악곡과는 차이를 보이고 있고 현재 북청사자놀음 연주곡 중 '넋두리'와 '칼춤'이라는 곡을 연주하고 있기 때문이다.

둘째, 북한의 '궁중령산'의 악곡으로 제시한 '중광지곡', '평조령산회상', '일승월향지곡', '취태평지곡'은 남한에서는 하나의 독립된 악곡으로 분류되어 있다. 즉 남한에서 '중광지곡'은 '현악영산회상'으로 부르며, '평조령산회상'은 '유초신지곡'을 말한다. 또한 '일승월향지곡'은 행진곡 중 한 곡으로 '길타령'의 아명(雅名)으로 '일승월항지곡(日昇月恒之曲)이라 부르고 있다. '취태평지곡'은 남한에서는 '평조회상'을 별칭으로 부르고 있어 위의 북한 악곡들은 남한의 풍류음악을 지칭하는 영산회상 음악이 아닌 독립적인 궁중음악 중 하나의 악곡을 말한다.

셋째, 북한의 '도시령산'이 남한에서 말하는 영산회상과 거의 동일한 악곡구성을 갖는다. '도시령산'의 세환입은 남한의 국립국악원의 경우 '웃도드리' 혹은 '송구여지곡(訟九如之曲)이라고도 불리며, 민간풍류의 경우 '잔도드리'라고 부른다.

이상의 남 · 북한 영산회상의 종류와 악곡구성에 대한 비교내용을 요약하면 <표 1>과 같다

<표 1> 남 · 북한 영산회상의 종류

구분	종류	악곡구성	비고
남한	현악 영산회상	상령산 · 중령산 · 세령산 · 가락덜이 · 상현도드리 · 하현도드리 · 염불도드리 · 타령 · 군악	천년만세(계면가락도드리 · 양청도드리 · 우조가락도드리)
	평조회상	상령산 · 중령산 · 세령산 · 가락덜이 · 상현도드리 · 염불도드리 · 타령 · 군악	천년만세(계면가락도드리 · 양청도드리 · 우조가락도드리)
	관악 영산회상	상령산 · 중령산 · 세령산 · 가락덜이 · 상현도드리 · 염불도드리 · 타령 · 군악	천년만세(계면가락도드리 · 양청도드리 · 우조가락도드리)
	민간풍류	본령산 · 중령산 · 세령산 · 가락덜이 · 상현도드리 · 잔도드리 · 하현도드리(해탄) · 염불도드리 · 타령 · 군악 · 계면가락도드리 · 양청도드리 · 우조가락도드리 · 풍류굿거리	본풍류(2곡) 잦풍류(8곡) 뒷풍류(4곡)
북한	민간령산	긴령산 · 중령산 · 잔령산 · 도드리 · 시위 · 타령 · 념불 · 굿거리 · 길군악	함경도'칼춤령산'의 검춤, 넋두리

	도시령산	상령산 · 중령산 · 세령산 · 가락환입 · 상현 · 세환입 · 하현 · 념불 · 타령 · 군악 · 계면 · 양청환입 · 우조가락환입	
	궁중령산	'중광지곡', '평조령산회상', '일승월향지곡', '취태평지곡'	남한의 악곡명

2) 사용악기

남한의 '영산회상' 연주 시 편성악기를 분류해보면 '현악영산회상'의 경우 거문고, 가야금, 세피리, 대금, 해금, 장고 등을 기본 편성으로 하고, 여기에 양금이나 단소와 같은 악기를 첨가하여 연주하기도 한다. 또한 단잽이를 중심으로 편성하여 연주하는 것을 기본으로 하지만 각 악기별로 복수로 편성하여 연주하기도 한다. '평조회상'은 '현악영산회상'과 거의 동일한 악기편성으로 연주하지만 세피리를 대신하여 음량이 큰 향피리로 교체하고, 아쟁과 좌고 등을 편성하여 연주한다. '관악영산회상'의 악기편성은 삼현육각(三絃六角)편성으로 두 대의 향피리와 대금, 해금, 좌고, 장고 등의 편성으로 화려하고 활기 넘치는 연주를 시행한다. 민간풍류의 경우 현악영산회상의 악기편성에 준하여 편성하고 양금과 단소 등을 첨가하여 편성하기도 한다.

북한의 '영산회상'의 경우 '민간령산'은 일반적으로 야외적인 성격을 띠는 '삼현육각' 편성으로 연주하거나 한 두 개의 악기와 타악기를 배하여 연주한다. '궁중령산'의 악기편성은 생황, 단소, 세피리, 저대(대금), 장고, 좌고, 양금, 가야금, 거문고, 비파, 해금, 아쟁 등 북한의 민족악기 전반이 포함 된 편성으로 구성되어 있다. '도시령산'은 민족기악합주곡 『령산회상』 해설부분에 악기편성에 대한 언급은 하고 있지 않지만, 악곡 편성이 남한의 민간풍류와 거의 동일하다. 또한 '민간령산'과 '궁중령산'은 해설집에 소개되어 있으나 '도시령산'은 해설에 제외되어 있는 점으로 유추해보건대 민족기악합주곡『령산회상』의 악기편성과 동일하기에 해설집에서 제외된 것으로 판단 할 수 있겠다. 이와 같이 '도시령산'은 민족기악합주곡『령산회상』 악기편성을 준용하여 볼 때 단소(고음저대) · 저대 · 장새납(피리) · 장고 · 북 · 징 · 바라 · 종 · 양금 · 가야금 · 해금 · 저해금 등으로 편성되어 있다.

이상과 같이 남 · 북한 영산회상의 악기편성을 보면 남한의 '관악영산회상'과 북한의 '민간령산'의 악기편성이 삼현육각 편성으로 유사하다. 이유는 남 · 북한 공히 무용 혹은 탈춤 반주 음악을 중심으로 음악을 사용하고 있기 때문인 것으로 사료된다. 북한의 '도시령산'과 '궁중령산'의 악기편성은 남한의 '현악영산회상', '평조회상', '민간풍류' 등과 악기편성이 유사하나 남한에 비해 타악기의 종류가 많이 포함되어 있고, 남한에서는 사용하고 있지 않는 생황, 고음저대, 장새납, 저해금 등 개량 악기 등을 첨가하여 사용하고 있어 악기편성에 개량악기가 포함되게 된 이유 등은 정확히 알 수는 없으나, 향후 더 많은 자료를 확보하여 연구하여야 할 것이다. 남 · 북한 영산회상의 악기편성을 요약하면 <표 2>와 같다.

<표 2> 남 · 북한 영산회상 악기편성

구분	종류	악기편성	비고
남한	현악영산회상	거문고, 가야금, 세피리, 대금, 해금, 장고	양금, 단소 첨가
	평조회상	거문고, 가야금, 향피리, 대금, 해금, 장고, 아쟁, 좌고	양금, 단소 첨가
	관악영산회상	향피리(2), 대금, 해금, 장고, 좌고	

	민간풍류	거문고, 가야금, 세피리(향피리), 대금, 해금, 장고	양금, 단소 첨가
북한	민간령산	향피리(2), 대금, 해금, 장고, 좌고(삼현육각편성)	1~2개 악기 및 타악기 첨가
	도시령산	단소(고음저대) · 저대 · 장새납(피리) · 장고 · 북 · 징 · 바라 · 종 · 양금 · 가야금 · 해금 · 저해금	민족기악합주곡 『령산회상』 악기편성
	궁중령산	생황, 단소, 세피리, 저대, 장고, 좌고, 양금, 가야금, 거문고, 비파, 해금, 아쟁	

3. 남 · 북한 영산회상의 분장구조 비교

1) 본풍류

(1) 상령산

남 · 북한 영산회상의 본풍류 중 상령산은 북한 및 국립국악원 영산회상은 4장 구조로 되어 있으나 남한의 민간 풍류는 공히 5장구조로 상령산을 편성하고 있다. 남한의 영산회상의 총 장단수와 사용 장단은 모두 17장단과 20박/♩. 1장단을 기준으로 하고 있으나, 북한의 영산회상은 15/♪ 박자를 한 장단으로 35장단으로 구성되어 있다. 북한 영산회상은 1장 7장단, 2장 8장단, 3장 8장단, 4장 12장단으로 구성되며, 국립국악원은 1장 3장단, 2장 4장단, 3장 4장단, 4장 6장단으로 구성된다. 신쾌동, 김윤덕, 이리의 영산회상은 5장 구조로 각 장이 3 · 4 · 4 · 4 · 2장단으로 구성되어 있으며, 구례의 영산회상은 각 장의 장단이 3 · 4 · 4 · 3 · 3장단으로 구성되어 있다. 따라서 장별 구분은 북한과 국립의 영산회상이 동일하며, 신쾌동,김윤덕,구례,이리의 영산회상이 동일하다. 장단 수는 각 장에 따라 불규칙적 이다.

<표 3> 상령산 분장 및 장단 수

곡명	구분	장별 구분	장별합산	장단	비고
상령산	북한	4장	7 · 8 · 8 · 12, 35장단	15/8박	
	국립국악원	4장	3 · 4 · 4 · 6, 17장단	20박1장단	
	신쾌동	5장	3 · 4 · 4 · 4 · 2, 17장단	20박1장단	
	김윤덕	5장	3 · 4 · 4 · 4 · 2, 17장단	20박1장단	
	이리	5장	3 · 4 · 4 · 4 · 2, 17장단	20박1장단	다스름있음
	구례	5장	3 · 4 · 4 · 3 · 3, 17장단	20박1장단	

(2) 중령산

남 · 북한 영산회상의 본풍류 중 중령산은 남한의 영산회상은 모든 악곡들이 5장구조로 되어 있다. 북한의 중령산은 15/♪박자를 한 장단으로 36장단으로 구성되어 있으며 1장 8장단, 2장 8장단, 3장 6장단, 4장 6장단, 5장 8장단으로 구성되어 있다. 남한의 영산회상은 20박/♩. 1장단을 기준으로 국립 · 신쾌동 · 김윤덕 · 이리 · 구례의 영산회상 모두 5장 구조로 각 장의 장단이 4 · 4 · 3 · 3 · 4장단으로 총18장단으로 구성되어 있다. 남한 영산회상의 경우 5장 마지막 장단 20박을 10박 구조로 변경하여 음악의 빠르기에 변화를 준다. 그러나 북한 영산회상에서는 템포 변화에 대한 표기가 없는 것으로 미루어 보아 중령산 빠르기를 유지하는 것으로 판단된다. 또한 남 · 북한이 한 장단을 인식하는 기준과 표기의 차이가 발생하고 있음을 파악할 수 있으며, 실제적인 음악 구조적 연구는 음원의 선율을 비교하여 분석하여야 할 것이다.

<표 4>중령산 분장 및 장단 수

곡명	구분	장별 구분	장별합산	장단	비고
중령산	북한	5장	8 · 8 · 6 · 6 · 8 36장단	15/8박	
	국립국악원	5장	4 · 4 · 3 · 3 · 4 18장단	20박 1장단	5장말 2각에서 2정간 1박(10박형)
	신쾌동	5장	4 · 4 · 3 · 3 · 4 18장단	20박 1장단	5장말 2각에서 2정간1박 (10박형)
	김윤덕	5장	4 · 4 · 3 · 3 · 4 18장단	20박 1장단	오선보채보기록상6/4/4 6으로구분(♩음표1정간)
	이리	5장	4 · 4 · 3 · 3 · 4 18장단	20박 1장단	5장말 2각에서 2정간 1박 (10박형)
	구례	5장	4 · 4 · 3 · 3 · 4 18장단	20박 1장단	5장말2각에서 2정간 1박 (10박형)

2) 잦풍류

(1) 세령산

남 · 북한 영산회상의 잦풍류 중 세령산은 북한과 국립의 영산회상은 4장 구조로 되어 있고, 남한의 영산회상은 모든 악곡들이 5장구조로 되어 있다. 북한의 중령산은 15/♪박자를 한 장단으로 28장단으로 구성되어 있으며 1장 8장단, 2장 6장단, 3장 6장단, 4장 8장단으로 구성되어 있다. 남한의 영산회상은 10박/♩. 1장단을 기준으로 국립의 경우 4장 14장단으로 각 장의 장단이 4 · 3 · 3 · 4 장단, 신쾌동 · 김윤덕 · 이리 · 구례의 영산회상 모두 5장 구조로 각 장의 장단이 4 · 3 · 3 · 4 · 4장단으로 총18장단으로 구성되어 있다. 국립의 세령산의 경우 북한의 세령산과 동일한 장별 구분을 갖지만 장단 수와 박자에서 상이한 점이 나타나고 있다. 신쾌동 · 김윤덕 · 이리 · 구례의 영산회상은 5장 구조로 각 장이 동일한 장단 수로 구성되어 있음을 알 수 있다.

<표 5> 세령산 분장 및 장단 수

곡명	구분	장별 구분	장별합산	장단	비고
세령산	북한	4장	8 · 6 · 6 · 8, 28장단	15/8박	
	국립국악원	4장	4 · 3 · 3 · 4, 14장단	10박1장단	
	신쾌동	5장	4 · 3 · 3 · 4 · 4, 18장단	10박1장단	
	김윤덕	5장	4 · 3 · 3 · 4 · 4, 18장단	10박1장단	
	이리	5장	4 · 3 · 3 · 4 · 4, 18장단	10박1장단	
	구례	5장	4 · 3 · 3 · 4 · 4, 18장단	10박1장단	

(2) 가락덜이

남 · 북한 영산회상의 잦풍류 중 가락덜이는 북한과 구례의 영산회상이 4장 구조로 되어 있고, 남한의 나머지 유파의 분장구조가 3장구조로 되어 있다. 북한의 중령산은 15/♪박자를 한 장단으로 35장단으로 구성되어 있으며 1장 8장단, 2장 6장단, 3장 9장단, 4장 12장단으로 구성되어 있다. 남한의 영산회상은 10박/♩. 1장단을 기준으로 국립의 경우 3장 10장단으로 각 장의 장단이 4 · 3 · 3 장단, 구례는 총장단 수는 15장단으로 각 장이 3 · 3 · 3 · 6 장단으로 구성되어 있어 분장구조는 북한의 가락덜이와 동일하지만 총 장단 수에서 차이를 보인다.

신쾌동 · 김윤덕 · 이리 가락덜이는 모두 3장 구조로 각 장의 장단이 3 · 3 · 9장단으로 총15장단으로 구성되어 있다. 국립의 가락덜이는 장단이나 빠르기의 변화가 발생하지 않지만, 북한과 나머지 남한의 가락덜이는 9/♪와 6/♪으로 변박을 사용하여 음악적 흐름의 변화를 주고 있다.

<표 6> 가락덜이 분장 및 장단 수

<table>
<tr><th>곡명</th><th>구분</th><th>장별 구분</th><th>장별합산</th><th>장단</th><th>비고</th></tr>
<tr><td rowspan="6">가
락
덜
이</td><td>북한</td><td>4장</td><td>8 · 6 · 9 · 12, 35장단</td><td>15/8박 9/8박</td><td>4장에서 변박</td></tr>
<tr><td>국립국악원</td><td>3장</td><td>4 · 3 · 3, 10장단</td><td>10박1장단</td><td></td></tr>
<tr><td>신쾌동</td><td>3장</td><td>3 · 3 · 9, 15장단</td><td>10박1장단,
6박 1장단</td><td>3장 10박1장단
및 6박8장단</td></tr>
<tr><td>김윤덕</td><td>3장</td><td>3 · 3 · 9, 15장단</td><td>10박1장단
6박 1장단</td><td>3장2각에서
6박으로 변화됨</td></tr>
<tr><td>이리</td><td>3장</td><td>3 · 3 · 9, 15장단</td><td>10박1장단
6박 1장단</td><td>3장2각에서
6박으로 변화됨</td></tr>
<tr><td>구례</td><td>4장</td><td>3 · 3 · 3 · 6, 15장단</td><td>10박1장단
6박 1장단</td><td>3장 제2각
6박으로 변화됨</td></tr>
</table>

(3) 상현환입

남 · 북한 영산회상의 잦풍류 중 상현환입은 북한의 경우 2장 26장단으로 18/♪박자를 한 장단으로 하고 있다. 국립의 상현환입은 돌장(10박) 1장단을 포함하여 6/♩ 1장단으로 하는 4장 35장단, 구례는 4장 26장단, 신쾌동 · 김윤덕 · 이리는 3장 26장단으로 구성되어 있다. 북한의 상현환입은 각 장이 16 · 10장단으로 구성되어 있으며, 국립의 경우 돌장1장단과 각 장이 8 · 11 · 6 · 9장단, 구례는 각 장이 7 · 7 · 6 · 6 장단, 신쾌동은 11 · 5 · 10장단, 김윤덕 · 이리의 상현환입 은 9 · 7 · 10 장단으로 구성되어 있어 남한 내의 가락들도 장별 구분은 동일하더라도 각 장의 장단 구성이 상이함을 알 수 있다. 또한 북한의 상현환입은 장별구분에선 차이가 있으나 총 장단 수에서는 국립국악원을 제외한 나머지 민간풍류 유파들과 동일한 장단 수를 갖고 있다.

<표 7> 상현환입 분장 및 장단 수

곡명	구분	장별 구분	장별합산	장단	비고
상현환입	북한	2장	16 · 10, 26장단	18/8장단	
	국립 국악원	돌장, 4장	돌장 1장단, 8 · 11 · 6 · 9, 35장단	6박1장단	돌장 10박1장단
	신쾌동	3장	11 · 5 · 10, 26장단	6박1장단	
	김윤덕	3장	9 · 7 · 10, 26장단	6박1장단	
	이리	3장	9 · 7 · 10, 26장단	6박1장단	
	구례	4장	7 · 7 · 6 · 6, 26장단	6박1장단	

(4) 세환입

남 · 북한 영산회상의 잦풍류 중 세환입은 북한의 경우 6장 70장단으로 18/♪ 박자를 한 장단으로 하고 있으며, 6장 15장단까지 12/♪박 , 제16장단 6/♪, 제17장단부터 끝까지 18/♪ 한 장단으로 변박 형태가 출현한다. 각 장의 장단 수는 4 · 6 · 14 · 4 · 16 · 26 장단이다. 남한의 세환입은 모두 7장 형식으로 분장구조 형식을 나타내며 각 장의 장단의 길이는 6/♩. 을 한 장단으로 국립의 경우 72장단으로 각 장의 장단 수는 4 · 6 · 14 · 4 · 10 · 18 · 16 장단, 신쾌동은 84장단으로 각 장의 장단 수는 4 · 6 · 18 · 13 · 18 · 5 · 20, 김윤덕 · 이리구례의 가락은 공히 85장단으로 각 장의 장단 수는 4 · 6 · 18 · 16 · 15 · 5 · 21구성되어 있다. 구례의 가락은 85장단으로 각 장의 장단 수는4 · 6 · 18 · 16 · 12 · 8 · 21 장단으로 구성되어 있다. 따라서 남한은 동일한 분장구조를 갖지만 북한의 세환입과는 분장구조와 장단의 길이가 모두 상이하다.

<표 8> 세환입 분장 및 장단 수

곡명	구분	장별 구분	장별합산	장단	비고
세환입	북한	6장	4 · 6 · 14 · 4 · 16 · 26, 70장단	18/8박, 6/8박, 12/8박	6장에서 변박
	국립국악원	7장	4 · 6 · 14 · 4 · 10 · 18 · 16, 72장단	6박1장단	
	신쾌동	7장	4 · 6 · 18 · 13 · 18 · 5 · 20, 84장단	6박1장단	7장의 6장단 후 14장단은 느리게 연주
	김윤덕	7장	4 · 6 · 18 · 16 · 15 · 5 · 21, 85장단	6박1장단	

	이리	7장	4 · 6 · 18 · 16 · 15 · 5 · 21, 85장단	6박1장단	
	구례	7장	4 · 6 · 18 · 16 · 12 · 8 · 21, 85장단	6박1장단	7장 제7장단 제4박부터속도가 느려짐

(5) 하현환입

남 · 북한 영산회상의 잦풍류 중 하현환입은 북한의 경우 2장 18장단으로 12/♪ 박자를 한 장단으로 하고 있으며, 1장 8장단, 2장 10장단의 구조를 갖는다. 남한의 하현환입은 6/♩. 을 한 장단으로 한다. 국립의 경우 4장 형식으로 각 장은 7 · 7 · 3 · 9 장단으로 26장단, 신쾌동 · 김윤덕 · 이리 · 구례 모두 3장 형식으로 신쾌동은 각 장의 장단이 9 · 5 · 12 장단이며, 나머지 유파의 장단은 모두 7 · 7 · 12 장단으로 구성되어 있다. 따라서 남북한의 하현환입은 분장구조와 장단의 길이가 모두 상이하다.

<표 9> 하현환입 분장 및 장단 수

곡명	구분	장별 구분	장별합산	장단	비고
하현환입	북한	2장	8 · 10, 18장단	12/8박	
	국립국악원	4장	7 · 7 · 3 · 9, 26장단	6박1장단	
	신쾌동	3장	9 · 5 · 12, 26장단	6박1장단	
	김윤덕	3장	7 · 7 · 12, 26장단	6박1장단	
	이리	3장	7 · 7 · 12, 26장단	6박1장단	
	구례	3장	7 · 7 · 12, 26장단	6박1장단	

(6) 염불환입

남 · 북한 영산회상의 잦풍류 중 염불환입은 북한의 경우 5장 51장단으로 18/♪ 박자를 한 장단으로 하고 있으며, 각 장의 장단은 11 · 9 · 6 · 17 · 8 장단으로 구성되어 있다. 남한의 염불환입은 6/♩. 을 한 장단으로 하며 국립의 경우 4장 형식으로 각 장은 22 · 16 · 6 · 7 장단으로 총51장단, 신쾌동은 5장 형식으로 각 장은 12 · 18 · 8 · 5 · 8 장단으로 총 51장단, 김윤덕 · 이리는 5장 형식으로 각 장은 11 · 9 · 6 · 4 · 21 장단으로 총 51장단, 구례는 6장 형식으로 11 · 11 · 12 · 7 · 6 · 4 장단으로 총 51장단으로 구성되어 있다. 따라서 남 · 북한의 염불환입 분장구조는 구례의 분장구조만 차이를 보일 뿐이며, 외는 동일하고, 그 총 장단 수에서도 51장단으로 남 · 북한의 염불환입 장단 수가 동일하다.

<표 10> 염불환입 분장 및 장단 수

곡명	구분	장별 구분	장별합산	장단	비고
염불환입	북한	5장	11 · 9 · 6 · 17 · 8, 51장단	18/8박	
	국립국악원	4장	22 · 16 · 6 · 7, 51장단	6박1장단	김영재논문 2장26장단
	신쾌동	5장	12 · 18 · 8 · 5 · 8, 51장단	6박1장단	
	김윤덕	5장	11 · 9 · 6 · 4 · 21, 51장단	6박1장단	
	이리	5장	11 · 9 · 6 · 4 · 21, 51장단	6박1장단	
	구례	6장	11 · 11 · 12 · 7 · 6 · 4, 51장단	6박1장단	

(7) 타령

남 · 북한 영산회상의 잦풍류 중 타령은 북한의 경우 4장 32장단으로 12/♪ 박자를 한 장단으로 하고 있으며, 각 장의 장단은 8 · 4 · 9 · 11장단으로 구성되어 있다. 남한의 타령은 12/♩. 을 한 장단으로 하며 국립의 경우 4장 형식으로 각 장은 8 · 13 · 6 · 5 장단으로 총 32장단, 신쾌동은 5장 형식으로 각 장은 7 · 5 · 9 · 6 · 5 장단으로 총 32장단, 김윤덕 · 이리는 5장 형식으로 각 장은 8 · 4 · 9 · 6 · 5 장단으로 총 32장단, 구례는 3장 형식으로 12 · 9 · 11 장단으로 총 32장단으로 구성되어 있다. 따라서 남 · 북한의 타령의 분장구조는 북한과 국립국악원의 분장구조는 동일하게 4장형식으로 되어 있고, 신쾌동 · 김윤덕 · 이리는 5장 형식으로 구성되어 있다. 또한 각 장의 장단 수는 상이하지만 총 장단 수는 32장단으로 동일하게 구성되어져 있다.

<표 11> 타령의 분장 및 장단 수

곡명	구분	장별 구분	장별합산	장단	비고
타령	북한	4장	8 · 4 · 9 · 11, 32장단	12/8박	
	국립 국악원	4장	8 · 13 · 6 · 5, 32장단	12박1장단	
	신쾌동	5장	7 · 5 · 9 · 6 · 5, 32장단	12박1장단	
	김윤덕	5장	8 · 4 · 9 · 6 · 5, 32장단	12박1장단	
	이리	5장	8 · 4 · 9 · 6 · 5, 32장단	12박1장단	
	구례	3장	12 · 9 · 11, 32장단	12박1장단	

(8) 군악

남 · 북한 영산회상의 잦풍류 중 군악은 북한의 경우 3장 48장단으로 12/♪ 박자를 한 장단으로 하고 있으며, 각 장의 장단은 10 · 12 · 26장단으로 구성되어 있다. 남한의 군악은 12/♩. 을 한 장단으로 하며 국립의 경우 4장 형식으로 각 장은 10 · 9 · 22 · 7 장단으로 총 48장단, 신쾌동은 7장 형식으로 각 장은 4 · 6 · 9 · 6 · 6 · 10 · 7 장단으로 총 48장단, 김윤덕 · 이리는 7장 형식으로 각 장은 10 · 9 · 12 · 3 · 3 · 4 · 7 장단으로 총 48장단, 구례는 5장 형식으로 10 · 9 · 10 · 12 · 7 장단으로 총 48장단으로 구성되어 있다. 따라서 남 · 북한 군 악의 분장구조는 상이하며, 신쾌동 김윤덕 이리 유파는(신쾌동 · 김윤덕 · 이리) 7장형식으로 동일한 분장구조를 나타내고 있다. 또한 남북한 군악의 총장단수는 48장단으로 모두 동일한 장단구성이다.

<표 12> 군악의 분장 및 장단 수

곡명	구분	장별구분	장별합산	장단	비고
군악	북한	3장	10 · 12 · 26, 48장단	12/8박	
	국립 국악원	4장	10 · 9 · 22 · 7, 48장단	12박1장단	
	신쾌동	7장	4 · 6 · 9 · 6 · 6 · 10 · 7, 48장단	12박1장단	
	김윤덕	7장	10 · 9 · 12 · 3 · 3 · 4 · 7, 48장단	12박1장단	
	이리	7장	10 · 9 · 12 · 3 · 3 · 4 · 7, 48장단	12박1장단	
	구례	5장	10 · 9 · 10 · 12 · 7, 48장단	12박1장단	

3) 뒷풍류

(1) 계면 환입

남 · 북한 영산회상의 뒷풍류 중 계면환입은 북한의 경우 3장 43장단으로 12/♪ 박자를 한 장단으로 하고 있으며, 각 장의 장단은 15 · 15 · 13장단으로 구성되어 있다. 남한의 계면환입은 12/♩. 을 한 장단으로 하며 국립의 경우 장별 구분 없이 총 42장단으로 구성되어 있고, 신쾌동은 5장 형식으로 각 장은 10 · 8 · 8 · 12 · 5 장단으로 총 43장단, 김윤덕은 7장 형식으로 각 장은 3 · 10 · 4 · 8 · 4 · 2 · 11 장단으로 총 42장단, 이리는 7장 형식으로 각 장은 4 · 10 · 4 · 8 · 4 · 2 · 11 장단으로 총 43장단 구례는 5장 형식으로 7 · 8 · 10 · 10 · 8 장단으로 총 43장단으로 구성되어 있다. 따라서 남 · 북한 계면환입의 분장구조는 북한은 3장 형식, 신쾌동 · 구례는 5장 형식, 김윤덕 · 이리는 7장 형식을 갖고 있어 서로 상이한 분장구조를 갖고 있다. 총 장단 수에서도 북한 · 신쾌동 · 이리 · 구례는 43장단으로 동일한 장단 수를 갖고, 국립 · 김윤덕은 42장단으로 구성되어져 있음을 알 수 있다.

<표 13> 계면환입의 분장 및 장단 수

곡명	구분	장별 구분	장별합산	장단	비고
뒷풍류 계면	북한	3장	15 · 15 · 13, 43장단	12/8박	
	국립국악원	단악장(1장)	42장단	12박1장단	장 구별 없음
	신쾌동	5장	10 · 8 · 8 · 12 · 5, 43장단	12박1장단	
	김윤덕	7장	3 · 10 · 4 · 8 · 4 · 2 · 11, 42장단	12박1장단	

<table>
<tr><td rowspan="2">환
입</td><td>이리</td><td>7장</td><td>4 · 10 · 4 · 8 · 4 · 2 ·
11, 43장단</td><td>12박1장단</td><td></td></tr>
<tr><td>구례</td><td>5장</td><td>7 · 8 · 10 · 10 · 8,
43장단</td><td>12박1장단</td><td></td></tr>
</table>

(2) **양청환입**

남 · 북한 영산회상의 뒷풍류 중 양청환입은 북한의 경우 단악장 구조 총 56장단으로 2/♩ 박자를 한 장단으로 하고 있다. 남한의 양청환입은 4/♩을 한 장단으로 하며 국립의 경우 7장 형식으로 각 장은 4 · 6 · 14 · 4 · 13 · 14 · 9 총 64장단으로 구성되어 있고, 신쾌동은 5장 형식으로 각 장은 5 · 6 · 18 · 12 · 14 장단으로 총 55장단, 김윤덕은 6장 형식으로 각 장은 4 · 6 · 9 · 9 · 13 · 14 장단으로 총 55장단, 이리는 7장 형식으로 각 장은 4 · 6 · 18 · 8 · 5 · 10 · 4 장단으로 총 55장단, 구례는 5장 형식으로 4 · 6 · 18 · 16 · 11 장단으로 총 55장단으로 구성되어 있다.

따라서 남 · 북한 양청환입의 분장구조는 북한은 단악장 형식, 신쾌동 · 구례는 5장 형식, 김윤덕은 6장 형식, 이리는 7장 형식을 갖고 있어 서로 상이한 분장구조를 갖고 있다. 총 장단 수에서도 신쾌동 · 이리 · 구례는 55장단으로 동일한 장단 수를 갖고, 국립의 경우 민간풍류의 우조환입가락을 느리게 연주하여 양청환입에 9장단을 포함시키고 있어 실제적으로 양청환입가락은 55장단으로 보는 것이 정확 할 것이다. 또한 북한의 양청환입의 경우 첫 장단 제1박을 타악기를 중심으로 도입부 역할을 하고 있고, 마지막 56째 장단 제2박을 느리게 연주하여 우조환입 빠르기에 맞추기 위한 선율로 활용하고 있어 처음 1박과 마지막 1박을 제외 하면 한 장단이 축소되기 때문에 총 55장단으로 보는 것이 맞을 것이다. 그러므로 남 · 북한의 양청환입은 분장구조는 상이하더라도 총 장단 수에서는 동일하다.

<표 14> 양청환입의 분장 및 장단 수

곡명	구분	장별 구분	장별합산	장단	비고
양청환입	북한	단악장1장	56(55)장단	2/4박	첫 · 끝장단 1박씩 제외 시 55장단
	국립국악원	7장	4 · 6 · 14 · 4 · 13 · 1 4 · 9, 64장단	4박 1장단	−7장 느리게 9장단 반각 (민속원자료 8.5장단)
	신쾌동	5장	5 · 6 · 18 · 12 · 14, 55장단	4박 1장단	
	김윤덕	6장	4 · 6 · 9 · 9 · 13 · 14, 55장단	4박 1장단	
	이리	7장	4 · 6 · 18 · 8 · 5 · 10 · 4, 55장단	4박 1장단	
	구례	5장	4 · 6 · 18 · 16 · 11, 55장단	4박 1장단	

(3) 우조환입

남 · 북한 영산회상의 뒷풍류 중 우조환입은 북한의 경우 4장 구조로 총 44장단으로 12/♪ 박자를 한 장단으로 하고 있다. 북한의 우조환입은 4장 형식으로 각장의 장단은 11.5 · 11 · 7.5 · 14 총 44장단으로 구성되어 있다. 남한의 우조환입은 12/♩. 을 한 장단으로 하며 국립의 경우 7장 형식으로 각 장은 2 · 3 · 7 · 2 · 5.5 · 9 · 7 장단으로 총 35.5장단으로 구성되어 있고, 신쾌동은 5장 형식으로 각 장은 7 · 7 · 13 · 10 · 8 장단으로 총 45장단, 김윤덕은 7장 형식으로 각 장은9 · 5 · 9 · 6 · 5 · 6 · 5장단으로 총 45장단, 이리는 7장 형식으로 각 장은 8.5 · 5 · 9 · 6 · 5.5 · 6 · 5 장단으로 총 45장단, 구례는 5장 형식으로 9 · 5 · 11 · 12 · 8 장단으로 총 45장단으로 구성되어 있다. 따라서 우조환입의 분장구조는 북한은 4장 형식이고 남한의 경우에는 7장 과 5장 형식이 주를 이루며, 장별구분은 상이하게 나타나고 있다. 또한 전테 장단수에서 국립국악원의 양청환입 뒷부분 9장단을 합산하여 고려한다면, 남 · 북한의 총 장단수는 거의 동일하다고 할 수 있다.

<표 15> 우조환입의 분장 및 장단 수

곡명	구분	장별 구분	장별합산	장단	비고
우조환입	북한	4장	11.5 · 11 · 7.5 · 14, 44장단	12/8, 6/8박	1장 제7장단 6/8, 3장 제4장단 6/8 장단변화
	국립국악원	7장	2 · 3 · 7 · 2 · 5.5 · 9 · 7, 35.5장단	12박 1장단	5장 반각1
	신쾌동	5장	7 · 7 · 13 · 10 · 8, 45장단	12박 1장단	1장 반각1 3장 반각1
	김윤덕	7장	9 · 5 · 9 · 6 · 5 · 6 · 5, 45장단	12박 1장단	
	이리	7장	8.5 · 5 · 9 · 6 · 5.5 · 6 · 5, 45장단	12박1장단	
	구례	5장	9 · 5 · 11 · 12 · 8, 45장단	12박 1장단	

(4) 풍류굿거리

남 · 북한 영산회상의 뒷풍류 중 마지막 곡인 풍류 굿거리는 북한과 국립의 경우 없는 악곡이다. 남한의 신쾌동 · 김윤덕 · 이리 · 구례의 풍류 굿거리는 3장 형식으로 12/♩. 를 한 장단으로 하고 있으며 각 악장의 장단 수는 15 · 16 · 14 장단으로 총 45장단으로 구성되어 있다. 이와 같이 풍류 굿거리 악곡은 북한 영산회상에서는 없는 악곡이며, 남한의 민간풍류 유파에서만 3장 형식으로 연주되고 있음을 알 수 있다.

<표 16> 풍류굿거리의 분장 및 장단 수

곡명	구분	장별 구분	장별합산	장단	비고
풍류굿거리	북한	–	–	–	–
	국립국악원	–	–	–	–
	신쾌동	3장	15 · 16 · 14, 45장단	12박 1장단	
	김윤덕	3장	15 · 16 · 14, 45장단	12박 1장단	
	이리	3장	15 · 16 · 14, 45장단	12박 1장단	
	구례	3장	15 · 16 · 14, 45장단	12박 1장단	

4. 결론

남 · 북한 영산회상의 분장구조에 대하여 영산회상의 종류와 사용악기, 분장구조를 본풍류 · 잦풍류 · 뒷풍류로 구분하여 비교 고찰한 결과를 살펴보면 다음과 같다.

첫째, 남 · 북한 영산회상의 종류는 남한은 '현악영산회상', '평조회상', '관악영산회상','민간풍류' 등 4가지로 구분하고 악곡들은 거의 동일한 곡명을 갖고 있으며 순수 기악합주곡을 중심으로 한다. 반면에 북한의 영산회상은 '민간령산', '도시령산', '궁중령산' 등 3가지로 분류한다. '민간령산'은 속악으로 민간에서 널리 연주되어온 영산회상을 의미하는데, 구성악곡의 명칭으로 볼 때 순수 기악합주곡과 탈춤, 검무, 행진곡 등의 반주음악을 말한다. '도시령산'은 일반적으로 남한에서 연주되고 있는 풍류음악인 영산회상을 의미한다. '궁중령산'은 궁중에서 기악합주, 중주, 독주 등으로 연주되는 기악곡이나 무용반주 음악으로 사용되는 곡들을 말하고 있어 남 · 북한의 영산회상에 대한 의미는 차이점을 갖는다.

둘째, 남 · 북한 영산회상은 사용악기 구성에서 차이점이 발생하는데 남한의 영산회상은 거문고, 가야금, 해금, 대금, 향피리, 세피리, 장고, 좌고, 단소, 양금 등의 악기편성을 갖는다. 이에 반해 북한은 삼현육각 편성과 가야금, 거문고, 단소, 양금 뿐 만 아니라 고음저대, 장새납, 북, 징, 종, 저해금, 비파 등 남한에서 영산회상 연주 시 사용하지 않는 악기들도 편성하여 연주하고 있어 남 · 북한의 악기 구성에서 차이점을 보이고 있다.

셋째, 남 · 북한 영산회상의 본풍류는 상령산과 중령산이 포함된다. 분장구조는 상령산의 경우 남한은 20/♩. 을 한 장단으로 국립국악원은 4장 형식이고 민간풍류 유파들은 5장 형식이다. 북한은 15/♪를 한 장단으로 4장 형식으로 구성하고 있으며 장단 수에서도 차이가 있다. 중령산은 상령산과 동일한 장단 표기를 갖으며 동일한 5장 형식을 갖고 있으나 장단 수에서는 차이점을 나타난다.

넷째, 남 · 북한 영산회상의 잦풍류의 분장구조 중 북한 세령산은 15/♪ 한 장단 4장 28장단, 남한은 10/♩. 한 장단 4장~5장구조 14~18장단, 북한 가락덜이는 15/♪,9/♪ 한 장단 4장 35장단, 남한은 10/♩. 한 장단 3~4

장 구조 10~15장단, 북한 상현환입은 18/♪ 한 장단 2장 26장단, 남한은 6/♩. 한 장단 3~4장 구조 26~35장단, 북한 세환입은 18/♪ ,6/♪, 12/♪ 한 장단 6장 70장단, 남한은 6/♩. 한 장단 7장 구조 72~85장단, 북한 하현환입은 12/♪ 한 장단 2장 18장단, 남한은 6/♩. 한 장단 3~4장 구조 26장단, 북한 염불환입은 18/♪ 한 장단 5장 51장단, 남한은 6/♩. 한 장단 4~6장 구조 51장단, 북한 타령은 12/♪ 한 장단 4장 32장단, 남한은 12/♩. 한 장단 3~5장 구조 32장단, 북한 군악은 12/♪ 한 장단 3장 48장단, 남한은 12/♩. 한 장단 4~7장 구조 48장단으로 구성되어 있다.

다섯째, 남 · 북한 영산회상 뒷풍류의 분장구조 중 북한 계면환입은 12/♪ 한 장단 3장 43장단, 남한은 국립국악원은 단악장 42장단, 민간풍류 유파는 5~7장 42~43장단, 북한 양청환입은 2/♩ 한 장단 단악장 55장단, 남한은 4/♩ 한 장단 5~7장 55~64장단, 북한 우조환입은 12/♪,6/♪ 한 장단 4장 44장단, 남한은 12/♩. 한 장단 5~7장 35.5~45장단, 풍류굿거리 악장은 북한과 국립국악원에는 없는 곡으로 남한 민간풍류에만 있는 곡으로 12/♩. 한 장단 3장 45장단으로 구성되어 있다.

<부록 1>

차 례

<부록 2>

민족기악합주곡

령 산 회 상

[illegible]

[illegible]

[illegible]

[illegible]

[illegible]

인쇄 1992년12월25일 발행 1992년12월30일

[illegible] 1,300 [illegible]

<부록 3>

차 례

<부록 4>

英祖 御製 懸板을 통해 본 慶喜宮 殿閣의 建築工藝

신대현*

1. 들어가는 말

懸板의 가치와 慶喜宮 所藏 英祖 御製 懸板의 내용

현재 조선 왕조의 역대 왕이 짓거나 쓴 御製 御筆의 懸板이 數百餘 점 전하는데, 그 가운데는 역사적인 가치뿐만 아니라 공예건축사적으로도 의미 있는 자료가 되는 경우가 많다. 왕의 주요 생활 및 집무 공간이 궁궐 안이었으므로 그들이 지은 記文에 여러 궁궐 생활에 대한 이야기가 자연스럽게 언급되고 있고 대부분 왕을 중심으로 한 궁중 생활상을 표현하고 있다. 그런데 그 중에는 建築과 工藝에 관련된 언급도 일부 보이고 있어서 공예건축적 관점에서 중요하게 주목해볼 만하다. 이 중에서 특히 필자가 지금 주목하려는 것은 그러한 궁궐 건축에 대한 이야기 속에 담겨 있는 공예적 요소라고 할 수 있는 몇몇 언급들을 통하여 한국적 문화에 토대를 둔 공예관을 찾아내려는 것이다.

* 동국대학교

지금까지 한국 전통미술에 있어서 어쩐 '觀'이라는 게 제대로 연구되고 있었다고 보기 어렵다. 특히 건축과 공예에 한정해서는 그러한 미진함이 더욱 드러난다. 예를 들어 공예를 놓고 보면, 공예에 대한 접근은 크게 두 가지였다고 생각한다. 하나는 공예작품의 제작에 관한 기술적 측면으로의 접근방식이고, 다른 하나는 개별 작품의 樣式 및 形式을 통한 공예미술사적 접근이다. 이 두 방식은 工藝 또는 工藝史 연구와 발전에 있어서 매우 중요한 접근방식인 것은 의심할 나위 없지만, 한편으로는 그 자체가 공예사 성립의 근거라고 할 수 있는 공예관을 표방하고 있지 않는 것 역시 사실이다. 다시 말해서, 전통문화 중 하나로서의 미술사, 그리고 공예미술사를 연구함에 있어서는 우리나라만의 전통문화의식을 담아내는 확고한 공예관이 절대 필요한 것이다. 그리고 이러한 공예관을 定立하기 위해서는 공예사의 연구대상이 되는 작품을 분석하여 거기에서 한국의 공예적 특질을 찾아내는 게 중요하다. 하지만 작품 자체로써 공예관이라는 어찌 보면 불명료한 인식을 발견하는 건 대단히 어려울 수밖에 없다. 작품의 형식과 양식, 그리고 문양에는 은유와 상징은 담겨있어도 그 자체에 명확한 宣言은 없기 때문이다. 공예관이라는 것은 은유와 상징이어서는 안 되고, 설명이 뚜렷하면서도 누구나 이해할 수 있는 認識이 담겨 있어야 함은 당연한 일이다. 다시 말한다면, 공예관이라는 것은 학자들이 창조해 내는 게 아니라, 작품들을 통해서 오랜 전통 속에 암묵적으로 축적되어 온 공예 정신을 찾아내어 그 시대의 정신과 이념에 맞게 形言한 것이어야 한다는 것이다. 지금까지 공예에 한하여 작품 분석과 양식 설정의 기본이 되는 觀이 부족했다고 얘기했지만, 이러한 것은 건축에 있어서도 마찬가지가 아닌가 한다.

이 글은 이러한 조선의 역대 왕이 지은 기문 중에서도 특히 英祖 御製의 현판에서 慶喜宮(慶德宮)에 관련된 懸板에 대한 내용 분석을 목적으로

하고 있다. 여기에서 건축공예관을 찾아내는 건 분명 매우 힘든 일임이 분명하다. 하지만 굳이 필자가 어제 현판문을 통해서 이러한 작업을 수행하려는 것은, 우선 현판이라는 것의 사료적 가치와 의미를 재평가하자는 것이고, 다음으로는 현판문에 주로 보이는 궁궐이라는 존재에는 실상 건축적 요소 및 공예적 요소가 다분하기 때문이다. 현판은 유교현판과 불교현판으로 크게 二分되는데, 어느 것이나 그 진정한 의미에 비해서 忽待받고 있고 그 진정한 가치를 인정받지 못하고 있다고 생각한다. 말하자면 금석문의 한 종류로서 사료적 가치가 대단히 높음에도 불구하고 사학과 미술사학 어느 쪽에서나 외면 받고 있는 것이다. 일단 이러한 왜곡된 인식을 조금이나마 바로잡자는 의도가 크며, 아울러 未盡하나마 영조 어제 현판문에 보이는 건축에 대한 언급에서 조선시대 후기 왕실의 건축공예관을 추출함으로써 우리나라 전체의 전통 공예관 구성에 보탬이 되는 자료를 얻고자 함이다.

이러한 작업을 위해 본고에서는 먼저 영조 어제 현판이 다수 소장되어 있는 경희궁의 建置沿革과 역사를 살펴보았다.

2. 慶喜宮과 慶喜宮 所藏 英祖 御製 懸板의 내용 분석

1) 慶喜宮의 역사

(1) 창건

慶喜宮은 서울특별시 종로구 신문로에 있는 조선시대의 궁으로, 처음 이름은 慶德宮이었다. 창건 때는 유사 시 왕이 본궁을 떠나 避寓하는 離宮

의 용도로 지었으나, 궁의 규모가 크고 여러 임금이 이 궁에서 정사를 보았기 때문에 東闕인 昌德宮과 비교하여 西闕이라 하여 매우 중요시되었다.

창건 연도는 1617년(광해군 9)으로, 당시 광해군은 창덕궁을 凶宮이라고 꺼려 길지에 새 궁을 세우고자 하여 인왕산 아래에 仁慶宮을 창건하였다. 그런데 다시 定遠君의 옛 집에 왕기가 서렸다는 술사의 말을 듣고 그 자리에 궁을 세우고 경덕궁이라고 하였다.

그러나 광해군은 이 궁에 들지 못한 채 仁祖反正으로 왕위에서 물러나고, 결국 왕위는 정원군의 장남인 인조에게 돌아갔다.

인조가 즉위하였을 때 창덕궁과 창경궁은 인조반정과 李适의 난으로 모두 불타 버렸기 때문에, 인조는 즉위 후 이 궁에서 정사를 보았다.

인조 4년에 인조의 생모요 원종(추존) 비인 인헌왕후 具氏가 회상전에서 승하하고 인조 5년에 왕은 청나라 병사를 피하여 일시 강화로 이어 하였다가 和意가 성립된 후 경희궁에 다시 돌아왔다. 효종 10년에 현종은 효종의 위를 승계한 후 창덕궁으로부터 경희궁에 이어 하였고, 현종 15년에 효종비 仁宣王后 張氏가 회상전에서 승하하였다.

창덕궁과 창경궁이 복구된 뒤에도 경덕궁에는 여러 왕들이 머물렀고, 이따금 왕의 즉위식이 거행되기도 하였다. 제19대 肅宗은 이 궁의 會祥殿에서 태어났고, 승하한 것도 역시 이 궁의 隆福殿에서였다. 제20대 경종 또한 경덕궁에서 태어났고, 경종의 계비 宣懿王后 魚氏는 영조 6년에 경희궁 魚藻堂에서 승하하였다. 숙종이 승하한 후 경종은 숭정전에서 즉위하였고, 경종의 아우 영조는 영조 52년에 집경당에서 승하하였다. 1760년(영조 36) 경덕궁이던 궁명을 경희궁으로 고쳤는데, 그것은 원종의 시호가 敬德이므로 避諱한 것이다.

영조를 이은 제22대 正祖는 이 궁의 崇政門에서 즉위하였고, 제23대 순조가 회상전에서 승하하였으며, 순조 29년 10월에 화재가 일어나 회상전 ·

융복전 · 집경당 · 흥정당이 소실되었다가 같은 왕 31년에 중건하였으며, 순조는 34년에 회상전에서 승하하였다. 순조를 이은 헌종은 동년 숭정전에서 즉위하였고, 제24대 憲宗도 숭정문에서 즉위하였다.

고종 26년에 숭정문과 회랑이 소실되었으며, 동 38년 즉 광무5년에 경운궁(덕수궁)과 구름다리로 도로를 건너 연결시켰다.

(2) 연혁

경희궁은 창건 때 정전 · 동궁 · 침전 · 제별당 · 나인 입주처 등 1,500칸에 달하는 건물이 있었다. 그 창건 공역은 1617년에 시작되어 4년 뒤인 1620년에 끝마쳤는데, 이 공사를 위하여 전국에서 수많은 工匠과 자재가 동원되었다.

그 뒤 1693년(숙종 19) 수리가 있었으며, 1829년(순조 29) 큰불이 나 회상전 · 융복전 · 興政堂 · 정시각 · 집경당 · 사현각 등 궁내 주요 전각의 절반가량이 타 버렸다. 이듬해 西闕營建都監을 설치하여 소실된 건물을 재건하였다.

1860년(철종 11) 전각의 부분적인 수리가 있었으며, 마지막으로 1902년(광무 6) 일부 전각의 수리가 있었다. 이렇게 궁궐의 하나로 중요시되던 경희궁은 민족항일기에 건물이 대부분 철거되고, 이곳을 일본인들의 학교로 사용하면서 완전히 궁궐의 자취를 잃고 말았다.

이미 1907년 궁의 서편에 일본 통감부 중학이 들어섰고, 1910년 궁이 국유로 편입되어 1915년 경성중학교가 궁터에 설립되었다.

이러한 과정에서 궁내의 건물은 철거되어 없어지거나 다른 곳에 이전되기도 하였고, 宮域도 주변에 각종 관사 등이 들어서면서 줄어들었다. 대한민국정부 수립 이후 이곳은 서울 중고등학교로 사용되면서 주변 대지 일부가 매각되어 궁터가 더욱 줄어들었다.

1974년 학교를 다른 곳으로 이전하고 전체 부지는 민간기업에 매각하였다가, 1984년 이곳에 시민을 위한 공원을 조성하기로 하여 이듬해 궁터의 일부를 발굴 조사하였으며, 1986년부터 공원으로 개방하고 있다.

이렇듯 경희궁은 창건 이후 역대 왕들이 거처로 이용하였으며, 창덕궁 · 창경궁과 함께 조선 후기의 궁궐로서의 기능을 충분히 해내었다.

(3) 경희궁의 규모와 구성

『宮闕志』에 따르면, 건물의 배치가 외전과 내전이 좌우에 나란히 놓이고 전체적으로 동향을 하고 있어, 正宮인 경복궁과는 매우 다른 양상을 나타냈다.

즉, 경복궁은 남향으로 외전과 내전이 앞뒤에 구성되었는데 그것과 다르며, 또한 궁의 정문이 바른쪽 모퉁이에 있는 점도 특이하다. 이런 점은 처음 이궁으로 지어졌던 창덕궁에서도 보이는 현상으로, 의도적으로 경복궁보다는 격식을 덜 차린 결과로 보인다.

일제강점기 이전까지만 해도 경희궁은 정문인 興化門을 비롯하여 남쪽에 開陽門, 서쪽에 崇義門, 북쪽에 武德門 등 4대문을 갖춘 웅위로운 자태의 궁궐이었다. 궁터 중앙 약간 높은 터에는 정전인 숭정전이 자리 잡고 있었고, 숭전전 북쪽에는 정사를 보는 편전인 資政殿이 위치하고 있었다. 자정전 북동쪽에는 대내 정전인 會祥殿이 있었고, 회상전 남서쪽에 集慶堂이, 남쪽에 興政堂이, 동쪽에 隆福殿이 있었다. 융복전의 남동쪽에 長樂殿이 자리 잡고 있었고, 장락전 서쪽에 魚藻堂이 있었다. 그밖에도 泰寧殿 · 光明殿 · 端明殿 · 親賢閣 · 昌善閣 · 永康閣 등 무수한 전각과 日新軒 · 爲善堂 · 鳳凰亭 · 龍飛樓 등의 軒堂과 樓亭들이 궐내에 즐비하였다. 뿐만 아니라 개양문 밖에는 승정원 · 홍문관 · 도총부 등 官衙 32개소와 芳林

苑 등이 있어 궁궐로서의 규모와 위엄을 모두 갖추고 있었다.

각 건물의 구성을 살펴보면, 우선 외전에 있어서 正殿인 崇政殿은 궁의 서쪽에 동향하였고, 주위는 행각으로 둘러싸고 사방에 문을 두었다.

숭정전 뒤에는 후전인 資政殿이 있고, 주변에 守御所인 泰寧殿이 있다. 숭정전의 오른편, 즉 북쪽으로는 왕이 臣僚들을 접견하고 講筵을 여는 곳인 홍정당이 있고, 주변에 왕이 독서하는 곳으로 尊賢閣 · 惜陰閣이 있다.

이상 外殿을 구성하는 중심 전각들의 오른쪽에 內殿이 있는데, 그 정침이 회상전이다. 그 서쪽에 융복전, 동서에 별실이 있고 주변에 연못과 竹亭이 있다. 융복전의 동쪽에는 대비를 모시는 長樂殿이 있고, 주변에 龍飛 · 鳳翔이라는 누각과 연못이 있으며, 동편에 연회 장소인 光明殿이 있다.

궁의 외부 출입문은 모두 다섯인데, 정문은 동북 모서리에 있는 興化門이다. 결국, 경희궁은 정문이 동북 모서리에 있어서, 정문을 들어서서 내전 앞을 지나 서쪽 끝의 외전 정전 일곽에 도달하게 되는 특수한 배치와 구성을 보여 준다.

2) 영조 어제 현판문의 분석

영조가 지어서 현판으로 작성된 것은 지금까지 170점이 알려져 있다. 영조의 현판이 이렇게 많이 남은 것은 조선시대 역대 왕 가운데 재위 기간이 1724년부터 1776년까지 52년 동안으로 가장 길고 장수하였을 뿐만 아니라, 무엇보다도 글쓰기를 즐긴 군주였기 때문일 것이다. 그 가운데 내용을 통해 慶喜宮에 소장된 것은 전부 27점이고, 그 중에서도 특히 慶喜宮의 역사를 비롯하여 宮室의 건축공예를 이해하는 데 직접적 도움이 되는 현판은 本考에서 예를 든 9점이다(표 참고).

표. 영조 어제 경희궁 소장 현판문 일람표

연번	명칭	연도 및 나이	사진번호	비고
1	揆政閣	1732년(39세)		
2	揆政閣記	〃		
3	慶善堂述懷	1736년(43세)	1	本考 收錄
4	福綏堂	1741년(48세)		
5	特題垂後	1756년(63세)	4	本考 收錄
6	奉審御諱先生案興感	1759년(66세)		御筆
7	題摠府	1760년(67세)		
8	臨玉暑有感	〃	6	本考 收錄
9	西關臨署	〃		御筆
10	長樂殿記	1762년(69세)	7	御筆, 本考 收錄
11	奧昔予年十八			御筆
12	題于尙方	〃		御製
13	記懷	1766년(73세)	5	本考 收錄
14	記懷	〃		
15	瞻長樂坐光明記懷	1767년(74세)	8	本考 收錄
16	昌德慶熙奉安閣記	1769년(76세)	2	本考 收錄
17	題摠府(予年十九歲)	〃		
18	壬辰有感	〃		
19	閣中追懷萬億	1771년(78세)	3	本考 收錄
20	宗府尙衣院隨事興懷	〃		御筆
21	臨摠府記懷	〃		
22	幸摠府有感	〃		
23	集慶堂志喜詩	1772년(79세)	9	本考 收錄
24	旣奉莫重先生案只許曾任入門	1773년(80세)		御筆
25	憶昔年懷千萬	1774년(81세)		
26	暮年堂中書示	1775년(82세)		
27	臨摠府憶昔年	〃		

영조는 昌德宮의 後宮인 寶慶堂에서 태어나 1712년 19세까지 살았고, 1721년 28세에 왕세자로 책봉될 때까지 私邸인 彰義門 안 창의궁에서 생활하였다. 또한 왕세자 책봉 이전 王子의 신분으로 都摠部에 네 차례에 걸쳐 근무하였는데, 도총부는 창덕궁과 慶喜宮에 있었으므로 영조는 경덕궁의 여러 전각과 시설에 대해서 많은 애착을 갖고 있어서 여러 기문에 그에 관련된 언급이 자주 보인다.

그래서 1724년 31세에 창덕궁 인정전에서 즉위한 뒤에도 정궁인 창덕궁 외에 離宮인 경희궁도 자주 이용하였다. 게다가 1764년부터는 경희궁에서만 거처하다가 경희궁의 集慶堂에서 승하하였다. 따라서 경희궁에 전각에 대해서는 누구보다도 많이, 그리고 상세히 알고 있었을 것이므로 영조가 지은 현판 기문을 통해 경희궁 내 여러 건물의 면모를 살펴보는 것은 경희궁 자체의 성격과 기능을 이해하는 데 있어서 여러 모로 요긴한 일이라고 생각된다.

英祖의 현판 중 慶喜宮에 소장된 것은 27점인데 위에서도 말했듯이, 이 중에서 특히 慶喜宮이라는 궁실의 건축과 공예에 직접 관련된 것은 다음에 든 9점 정도이다. 이 9점을 내용에 따라 분류하여 살펴보고, 그것을 통하여 경희궁의 면모를 살펴보기로 한다.

(1) 경희궁 내 諸殿閣의 위치에 관한 현판

① 「**慶善堂述懷**」(사진 1)

이 현판은 1736년(영조 12) 영조가 43세 되던 해에 지은 詩文을 담고 있다. 영조의 현판문 가운데는 비교적 이른 시기에 작성된 것이다.

내용은 1736년에 경희궁 慶善堂에 거둥하여 감회를 적은 시이다. 경선당은 緝熙堂 남쪽에 위치한다. 우선 시문 가운데 '경선당 집희당 앞뒤로 나란하니' 하는 대목으로 볼 때 경선당에서 집희당이 바로 보일만큼 隣近해 있었다는 것을 알 수 있다.

사진 1 「경선당술회」

또한 '옛날 경선당에 있을 때 선왕을 모셨는데 오늘에야 춘저궁에 왔구나' 한 것은 곧 世子가 東宮에 거처하는 것에 비해서 君, 혹은 大君들의 처소로 경선당과 春邸宮이 이용되었음을 알 수 있다.

『宮闕志』의 경선당 설명에 「追慕堂」 편액을 영조가 썼다고 한 점으로 보아 혹시 西闕圖 안에 보이는 추모당이 곧 경선당일 가능성이 있는 것으로 추정하기도 한다. 이 같은 추정이 옳다면 궁실의 연혁 및 배치와 관련해서 매우 중요한 단서가 될 수 있다. 경선당은 지금까지 英祖가 世子로 있을 당시의 거처로만 알려져 있었는데, 追慕堂으로 변한 것은 이 궁실의 성격 자체가 변했기 때문으로 생각할 수 있어서다. 이에 대해서는 좀 더 자세한 연구가 필요할 것 같다.

시문의 내용과 뜻은 다음과 같다.

慶善緝熙在後前　　경선당 집희당 앞뒤로 나란하니
宛然昔日感懷先　　완연히 옛날의 감회가 먼저 떠오른다
延康暎月古門號　　연강 · 영월 옛 문 있었지
追憶向時卄五年　　그때를 생각하니 어언 25년 흘렀다
昔年侍奉此堂中　　옛날 경선당에 있을 때 선왕을 모셨는데
何幸今辰春邸宮[1]　　오늘에야 춘저궁에 왔구나

---

1) 세자가 거처하는 궁

日國重光[2]前牒罕　　나라를 중광함은 옛날에도 드문 일
惟忻邦慶八方仝　　온 나라에 경사 있기를 기원한다
夏五初旬椽吉辰　　오월 초순 좋은 날
乃令堂裏接宮臣　　경선당에 신하를 부르네
正方必也幼冲始　　어린 왕자들은 행동거지 올바르고
左右賢良德日新　　좌우의 어진 신하 덕이 나날이 새롭다

② 「**昌德慶熙奉安閣記**」(사진 2)

사진2 창덕경희봉안각기

이 글은 1769년(영조 45) 76세 때 창덕궁과 경희궁에 각각 黻冕閣과 致美閣을 새로 지으며 영조 자신이 扁額한 내용을 적은 글이다.

경희궁 치미각의 연혁은 이를 통해 자세히 알 수 있다. 이 글을 보면 치미각이라는 이름은 영조 자신이 지었다고 하는데, 이름의 出典에 대해서는 언급이 없지만 아마도 『論語』 「泰伯」편에서 따온 것이 아닌가 한다. 곧, 「태백」편 21에, '子曰 禹吾無間然矣 菲飮食而致孝乎鬼神 惡衣服而致美乎黻冕 卑宮室而盡力乎溝洫 禹吾無間然矣(공자가 말씀하시기를, '우 임금에 대해서는 내가 흠잡을 데가 없다. 자신의 음식은 박하게 하면서, 조상 귀신에게는 효를 다하며, 자신의 의복은 검소하게 하면서도 무릎가

2) 明君이 계속하여 나라를 다스림을 말함

리개와 관은 아름답게 꾸미며, 대궐은 낮게 하면서도 백성이 농사짓는 도랑에는 온 힘을 다하였으니, 우 임금은 내가 흠잡을 데가 없도다.)'라는 말이 있다.

그 밖에 특히 앞부분에서는 경희궁 상의원 설치의 연혁을 말하면서 延光門과 興元門 등의 門名이 나오고, 또한 이전에는 承文院이었다가 宗親府 問安廳, 그리고 상의원이 들어선 연혁도 파악된다는 점이 이 글의 가치라고 할 수 있을 것이다.

경희궁 치미각은 그만큼 왕실의 예도와도 관련 있는 전각인데, 이는 곧 경희궁의 성격을 이해하는 데도 도움이 된다고 할 수 있을 것이다.

이 현판의 내용과 뜻은 다음과 같다.

昌德尙衣院 在進善門之南丹鳳門內 此自古有之者 慶熙尙衣院 在延光門之南興元門之內 此古承文院後爲宗親府問安廳伊後爲尙方 大抵古尙衣院在於金商門西矣 噫 癸未年夏禴後 六年皆闕政 若丙戌年憶昔復講 欲爲重講小學 視昏未能 故仍製小學指南者也 噫 亦若時或晝講 只誦題辭篇者也 今春歲謁 雖服冕服而親禴漠然 欲表予意於兩閣 依指南例兩闕冕服閣親書付焉 慶熙則曰致美閣 昌德則曰黻冕閣 此致美黻冕之義也 究其心懷萬億 未能着此衣於親享 故留其意於二閣 若問此閣何時設即昔慶恩國舅 爲尙方一提擧時 丹靑建閣者 慶熙則途傍雖未能見 昌德則途傍皆見 縹渺彩閣歸然 尊重 今者書揭 豈不異乎 況若覽入高祖圖 慶恩於予其誰 過幾十年之後 國舅爲一提擧 摸揭于此 而若問其奇宜 問昔今提擧之姓貫 於古於今於前於後 其豈偶然也哉 然其筆雖揭於兩閣 禴蒸將行於何日 享有四時 冬蒸壬辰攝事 予年十九歲時 夏禴親享於癸未予年七十歲時 昔今興懷稱此也夫

皇朝崇禎戊辰紀元後三己丑孟秋 吉朔 記 即予踐阼四十五年 年七十六歲也 將此記付諸國舅書揭焉

輔國 崇祿大夫 領敦寧府事 鰲興府院君 臣 金漢耉 奉敎謹書

(창덕궁 尙衣院[3])은 進善門의 남쪽, 丹鳳門의 안에 있는데 옛날부터

있던 것이다. 경희궁 상의원은 延光門의 남쪽 興元門의 안에 있다. 이곳은 옛날에 承文院이었는 나중에 宗親府 問安廳이 되었고, 후에 尙方이 된 것이다. 대체로 옛날의 상의원은 金商門의 서쪽에 있다.

아! 癸未年(1763) 여름에 제사를 지낸 후 6년 동안은 정사를 제대로 보지 못하였다. 丙戌年(1766)에는 옛날에 책 읽던 것이 생각나 『小學』을 다시 읽어보려 하였는데 시력이 나빠져서 읽지 못했다. 그래서 『小學指南』을 지은 것이다.…

금년 봄 歲謁할 때 비록 冕服[4]을 입고서 몸소 제사를 지냈으나 미흡한 듯하여 兩閣에 나의 뜻을 나타내려고 하였다. 指南의 例에 따라서 兩闕을 冕服閣[5]이라 몸소 써서 두었다. 경희는 致美閣이요 창덕은 黻冕閣이라 하였으니 이것은 致美黻冕[6]의 뜻이다. 그 의미를 깊이 따져보니 마음의 감회가 수억이나 되어서 親享 때 이 옷을 입을 수 없었다. 그러므로 二閣에 그 의미를 남겨 두었다. 이 각을 어느 때 지었는가 물어보면 옛날 慶恩君이 國舅로써 상방 提擧[7]로 있을 때 각을 세운 것이다. 경희궁은 길옆에서 보이지 않으나 창덕궁은 길옆에서 모두 보인다. 아득히 높이 솟아 빛나는 각이 장엄하게 보인다. 지금 경희궁 창덕궁의 글을 써서 걸어두는데 어찌 기이하지 않겠는가. 하물며 八高祖圖[8]를 봄에 있어서랴? 경은군은 나에게 있어서 누구인가. 수 십 년 후 국구가 제거가 되어서 여기 경희궁과 창덕궁에 글자를 모사해서 걸어두었다. 그 기이함을 물어본다면 옛날과 지금 제거의 성씨와

---

3) 대궐 안의 재물과 보물을 맡아 관리하던 관아. 尙方이라고도 하였다.

4) 제왕이 나라의 큰 의식에 입는 옷. 곧 면류관과 곤복.

5) 불면각은 왕의 法服을 보관하던 곳으로, 상의원 동쪽에 있었다. 숙종의 계비 인원왕후의 부친 慶恩府院君 金柱臣이 이 각을 세웠다. 1729년(영조 5) 어필로 현판을 썼다. 경희궁 안에는 致美閣이 있는데 기능은 불면각과 마찬가지다.

6) 이 말은 그 자체로 어떤 경전적 근거가 있어서 나온 말이라기보다, 영조가 앞서 말한 『논어』 등의 고사를 인용하여 직접 成句한 말인 듯하다. 그 의미는 '자신이 입는 옷은 나쁘게 하고 의식에 참가할 때의 옷은 아름답게 한다'는 뜻으로 볼 수 있을 듯하다.

7) 提調라고도 한다. 관제 상 우두머리가 아닌 고위 관원으로써 일정한 관아의 일을 다스리게 하는 경우에 그 고위 관원을 都提調라고 한다. 제조는 도제조 다음 가는 벼슬로 도제조를 두지 않는 곳에서는 제조가 으뜸이 된다. 예를 들어 정1품이면 도제조, 종1품 또는 정2품이면 제조가 된다.

8) 역대 왕들의 어진을 그린 그림.

관향을 물어봄이 마땅할 것이다.[9] 옛날과 지금, 앞과 뒤에서 같으니 어찌 우연이라고 하겠는가. 필적이 양각에 걸려 있으나 어느 날에 제사를 지낼 것인가. 제사는 네 계절에 다 지내지만 겨울 제사는 壬辰年(1712) 내 나이 19살 때 攝事[10]하였고, 여름 제사는 癸未年(1763) 내 나이 70살 때 親享하였다. 옛날이나 현재나 감회가 일어나 이곳을 찬양하는 것이다.

己丑年(1769) 맹추 길삭에 쓰다. 왕위에 오른 지 45년, 나이는 76세이다. 이 기록을 국구에게 주어서 써서 걸어두라고 하였다.)

③ 「**閣中追懷萬億**」(사진 3)

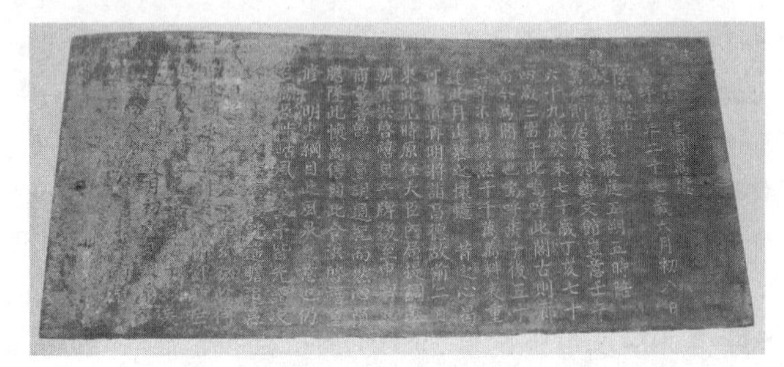

사진3 「각중추회만억」

이 글은 1771년(영조 47) 78세 때 弘文閣을 방문한 뒤 감회를 적은 글이다. 제목에는 단순히 '閣中'이라고만 되어 있으나 본문의 의미 상 홍문관이 확실하다. 홍문각이란 곧 弘文館으로, 경희궁에 자리하고 있었음은 앞서 살펴 본 「慶善堂述懷」에서 이미 지적한 바와 같다. 이는 이 현판이 근래까지 경희궁에 소장되어 있었던 것을 보더라도 알 수 있다.[11]

이 글 서두에는 숙종이 경희궁 隆福殿에서 승하하자 資政殿에서 葬禮

---

9) 이 말은 옛날에는 金柱臣이 제조로 있었고, 현재는 金漢耉가 제조로 있으니 두 사람의 성씨와 관향이 같음을 말한다. 김한구는 정순왕후의 親父로 영조의 丈人이 된다.

10) 임금을 대신해서 제사 지내는 것을 말한다.

11) 궁중유물전시관(2005), 『영정조대의 글씨』

한 뒤 藝文館으로 옮겨갔던 절차가 나와 있다.

또한 홍문관의 관사 자리가 처음에는 廊이었다가 閣이 되었다는 말은, 경희궁의 改築 변화 내용을 알 수 있는 자료가 된다(此閣古則廊而今爲閣者也). 또한 홍문관이 본래부터 이 자리에 있었던 것이 아니라 어느 때인가 경희궁으로 옮겨간 것임도 알 수 있다.

이 현판문에서 건축공예적으로 의미 있는 대목은 '辛卯年(1771) 6월 6일 눈물을 흘리며 기록하고, 입시한 도승지로 하여금 南楣에 써서 걸어두라 하였다.'라는 부분이다. 南楣란 글자 그대로 남쪽으로 향한 '도리처마'의 끝을 말한다. 이를 통해 弘文館 건물이 남향하고 있었다는 것, 그리고 '도리처마'가 부착되어 있었다는 것을 알 수 있다. '도리처마'란 건축에 있어서 工藝的 요소로서, 건축기능적으로 볼 때 반드시 필요한 副材는 아니다. 그런데 이런 '도리처마'가 부착되었다는 것은 건축공예적 意匠을 발휘했던 것이라고 말할 수 있다. 물론 궁실이 아닌 일종의 부속건물에서 이 같은 건축공예적 의장이 발휘된 것은 상당히 예외적인 일이다. 또한 조선시대 후기 궁궐 건축 내에서의 건축공예적 요소를 극명하게 보여주는 事例라고 말할 수 있다.

이 글의 내용과 뜻은 다음과 같다.

> 嗚呼 予年二十七歲 六月 初八日 隆福殿中龍馭莫隨 資政殿庭 五朔五時陪奠 夜則居廬於藝文館 豈意壬午六十九歲 癸未七十歲 丁亥七十四歲三留于此 嗚呼 此閣古則廊而今爲閣者也 嗚呼 庚子後五十二年 不肖冥然 千千萬萬 料表重逢此月追慕之懷 憶昔之心 曷可勝道 再明將詣昌德故前二日來此見時 原任大臣內局提調奉朝賀洪啓禧 自午牌後至申牌 其商量者 卽皇明通紀而然 心隕瞻墜 此懷萬倍 因此令洪啓禧 重修明史綱目 此風泉之意也 仍召儒臣 陟岾風泉章 予皆先讀 次令儒臣 承史讀焉 嗚呼 遙瞻追慕 峴日已向夕 又望西郊 微忱何抑欲籲高高欲訴漠漠俯 仰斯世 此何人哉呼 寫已畢涕沾于衫矣

歲辛卯季夏月初六日飮涕而識令入侍知申書揭于南楣 嘉善大夫 行承政院 都承旨 兼經筵 參贊官 藝文館 直提學 尙瑞院正 臣 閔 奉敎謹書

(슬프다. 내 나이 27살(1720) 되던 6월 8일 隆福殿에서 아버님이 돌아가셨다. 資政殿 정원에서 五朔 五時에 장례를 지내고 밤에는 예문관에서 묵었다. 69세 되던 壬午年(1762), 70세 되던 癸未年(1763), 74세 되던 丁亥年(1767) 세 번이나 이곳에서 머물 줄 생각이나 했으랴. 이 閣은 옛날에는 廊이었는데 지금 각이 된 것이다.

슬프다. 경자년(1720) 이후 52년 동안 슬픔으로 지내다가 천만뜻밖에 이 달을 맞이하니 추모하는 정과 옛날을 생각하는 마음 어찌 이루다 말하겠는가. 모레 창덕궁으로 가기 때문에 이틀 전 미리 이곳에 왔다. 原任大臣 內局提調 奉朝賀 洪啓禧가 午時부터 申時까지 명나라 역사에 골몰해 있는 것을 보니 마음이 찢어지고 쓸개가 떨어지는 듯하여 회포가 만 배나 된다. 그리하여 홍계희로 하여금 『明史綱目』을 重修하게 하니, 이것은 風泉之意[12]이다. 곧이어 儒臣들을 불러 陟岵[13] · 風泉 章을 내가 먼저 읽고 儒臣과 承史[14]로 하여금 계속 읽게 하였다.

멀리 바라보니 해가 이미 서쪽으로 기울었다. 西郊를 바라보며 작은 정성 어떻게 억누를 것인가. 하늘을 우러러 외쳐보아도 높고 높기만 하고, 땅을 보고 하소연해도 막막하기만 하다. 이 세상을 굽어보건대 이 사람이 도대체 누구란 말인가. 쓰기를 마치니 눈물이 옷깃을 적신다.

辛卯年(1771) 6월 6일 눈물을 흘리며 기록하고, 입시한 도승지로 하여금 南楣에 써서 걸어두라 하였다.)

④ 「**特題垂後**」(사진 4)

이 현판문은 1756년(영조 32) 영조 나이 63세 때 지었다.

이 글에서는 경덕궁 외에 養志堂 · 協陽門 · 永禧殿 · 萬壽殿 · 景福堂 ·

12) 『詩經』의 「匪風」 편과 「下泉」 편을 말하는데, 곧. 나라를 잘 다스리고자 하는 뜻을 말한다.

13) 『詩經』의 한 篇名을 말한다.

14) 承旨와 史官을 가리킨다.

景福殿 · 同春門 등의 건물명이 보이고 있어 자료가 된다. 특히 이 가운데 協陽門과 同春門은 그 정확한 위치를 아직 알 수 없으나 명칭만큼은 이 글을 통해 확인할 수가 있다.

사진4 「특제수후」

이 글은 영조가 王子로 있을 적에 父王인 肅宗을 모셨던 일을 추모하며 述懷하는 내용이다. 영조가 世子로 책봉되기 전 관직에 있을 때의 행적의 일단을 알 수 있으며, 특히 '그 때 나는 15세로 禁直[15] 중에 있었는데 協陽門[16] 바깥에서 나와 여기에서 숙직하고 또 그 달에 慶德宮에서 숙직을 하였다. 그 후 경자년(1720)까지 숙직 하였는데(予年時十有五 方在禁直 自協陽門外 乃直于此 卽其月 又直于慶德宮 噫其後何年 卽庚子也)' 하는 말에서 그가 세자로 책봉되기 이전까지 경덕궁을 중심으로 한 그의 활동 공간을 짐작해 볼 수 있다.

지금까지 協陽門의 존재 자체가 거의 알려져 있지 않았으므로 이 현판의 언급은 慶喜宮 건축에 있어서 중요한 자료라고 할 수 있다. 또 여기에서 英祖가 世子시절 숙직을 했었다는 것은 이 건축물의 용도를 짐작하는데 있어서 참고가 되기도 한다. 또 이 글 중, '同春門[17] 오른쪽은 지난날의

15) 대궐 안에서 숙직함.
16) 현재 어느 건물인지 알 수 없다.

관례에 따라서 바깥쪽이 된다면 이 재실은 다시 경복전 수직관의 거처가 되고, 진전의 수직 중관과 더불어 앞뒤에서 진전을 보호하게 된다.'는 대목도 주목해봐야 한다. 동춘문의 坐向과 배치를 짐작할 수 있기 때문이다.

글의 내용과 뜻은 다음과 같다.

噫 奧昔戊戌春二月初七日 御養志堂也 予年時十有五 方在禁直 自協陽門外 乃直于此 卽其月 又直于慶德宮 噫其後何年 卽庚子也 自此以後雖欲復直焉 可得也 此正仲由負米之歎 負米猶思 況直室乎 思其年如昨而倏忽之間 居然爲六十三歲人 是豈攸料 是豈攸料 誠萬萬夢想之外 誠萬萬夢想之外 興感之中 乃有勉後者何則 昔年雖省費 令中官守直 只自內焚香 而眞殿事體無異於永禧殿 何敢以其無參奉 而若視內焉 大抵此室卽萬壽殿守直中官入接處 其後更名景福堂 今爲慈殿中官所住處 噫 慈聖之御景福殿卽追慕 昔年欲爲瞻依之意 而非慈聖 則孰敢居於莫重至近之處乎 以此推之 他日同春門之右 一依昔年例 其將爲外此室 復將爲景福殿守直 與眞殿守直中官 當爲前後護殿 今不定式 他日恐歸褻慢 故興感之中 仍爲定制 翌日焚香 口奏殿中 以堂后所書者 鏤揭廳中 永垂于後 而心有慶祝者 我慈聖寶筭 今至七旬 此實東方莫大之慶 昔年名殿萬壽之意 已驗于徽陵 又驗于今日 猗歟盛哉 今予因此 復以無疆之壽 仰祝我慈聖云爾

皇朝崇禎紀元後三丙子季夏晦題 以此編於御製揭于此室 其意深也哉
權知承文院副正字 臣 尹冕東 奉教謹書

(지난 무술년(1718) 2월 7일에 숙종 임금께서 陽志堂[18]에 오셨다. 그 때 나는 15세로 禁直[19] 중에 있었는데 協陽門[20] 바깥에서 나와 여기에서 숙직하고 또 그 달에 慶德宮에서 숙직을 하였다. 그 후 경자년(1720)까지 숙직 하였는데 앞으로 다시 숙직 하고자 해도 어찌 할 수 있겠는가? 이것이 바로 仲由[21]의 負米之歎이다. 부미도 생각할 수 있

---

17) 현재 어느 건물인지 알 수 없다.
18) 창덕궁 선원전 동쪽에 있던 건물
19) 대궐 안에서 숙직함.
20) 현재 어느 건물인지 알 수 없다.

는데 숙직함에 있어서랴! 숙직하던 몇 해 전을 생각하면 어제 같은데 세월이 흘러 어느덧 63세가 되었다. 어찌 생각이나 했으리요? 어찌 생각이나 했으리요? 참으로 꿈속에서도 생각하지 못한 일이로다. 참으로 꿈속에서도 생각지 못한 일이로다.

감회가 일어나는 가운데 훗날을 위해 경계해 두어야 할 것이 있으니 무엇 때문인가? 지난날에 '경비를 절약하고 中官 守直[22]으로 하여금 궐내에서 焚香하게 하고, 眞殿[23]에 관한 일은 永禧殿[24]과 다를 바가 없이 하라.'는 가르침이 있었으나 參奉 없이 어떻게 일을 제대로 처리하겠는가. 대체로 이 재실은 萬壽殿[25]의 수직 중관이 거처하던 곳인데 후에 景福堂으로 이름이 바뀌었고, 지금은 慈殿[26]의 중관들이 거처하는 곳이다. 慈聖[27]께서는 景福殿[28]에 오시면 지난날을 추모하여 앙모하는 뜻을 나타내려 하는데 자성이 아니면 누가 감히 엄중한 선원전 근처에까지 이르겠는가?

이것으로 미루어서 앞으로 同春門[29] 오른쪽은 지난날의 관례에 따라서 바깥쪽이 된다면 이 재실은 다시 경복전 수직관의 거처가 되고, 진전의 수직 중관과 더불어 앞뒤에서 진전을 보호하게 된다. 지금 定式으로 해두지 않으면 훗날 너무 쉽게 일을 처리했다는 책임이 있을 터이니 감회가 일어나는 김에 定制로 할 것이니, 내일 분향할 때 口奏하도록 하라. 殿 가운데는 堂後[30]가 글을 써서 廳 가운데 새겨 걸고, 후세를 위해 남겨둔 것이 있다.

---

21) 공자의 제자 子路의 字. 그는 부모를 위하여 백리 길에서 쌀을 지고와 부모를 봉양했다. 따라서 負米之歎은 부모를 섬기는 지극한 정성을 말한다.

22) 중관은 내시를 말하고, 수직은 지키면서 당직 선다는 뜻이다. 즉 당직을 서는 내시를 말함.

23) 璿源殿을 말한다.

24) 太祖의 影幀을 봉안한 곳.

25) 인정전 북쪽에 있다. 효종 병신년(1656) 후 인조의 계비인 장렬왕후를 위해 건립하였다.

26) 왕의 어머니가 거처하는 곳

27) 왕의 어머니. 여기서는 영조의 생모 淑嬪 崔氏를 가리킨다.

28) 창덕궁 내 선원전 북쪽에 있었다.

29) 현재 어느 건물인지 알 수 없다.

30) 승정원의 정7품으로 史草를 쓰는 일을 맡음.

그리고 마음에는 경축할 것이 있으니 자성의 연세가 지금 칠순이다. 이것은 참으로 우리나라에서는 굉장히 경사스런 것이다. 옛날에 萬壽殿이라고 명칭한 뜻이 이미 徽陵[31]에서 증명되었고, 또 오늘 증명되니, 아! 성대하도다. 지금 내가 이런 까닭에 다시 자성께서 오래오래 사시라고 앙축하는 것이다.

숭정기원후 삼병자년(1756) 6월 30일 짓는다.

이것을 御製로 엮고 이 재실에 걸어두니 그 의미가 깊다.

權知承文院副正字 臣 尹冕東은 하교를 받들어 삼가 쓴다.)

(2) 先代王 추모에 관한 현판

①) 「記懷」(사진 5)

사진5 「기회」

이 글은 1766년(영조 42) 11월 73세 때 지었다. 先王이자 영조의 형인 景宗의 생일을 지낸 뒤 경종과 경종의 비, 곧 兄嫂에 대한 추억을 적었다.

그런데 이 글에서는 경희궁 德游堂과 그에 부속된 四勿軒에 대한 이야기가 보이고 있어서 주목된다. 사물헌에 대한 명칭이 나오는 것도 그렇거니와, 1730년(영조 6) 先王이자 영조의 형인 景宗의 비가 거처하였다는 말도 있어 경희궁의 성격을 파악할 수 있는 자료가 된다.

---

31) 壯烈王后(1624~1688)의 능. 근 70세 가까이 살았는데 이러한 사실을 말한 것이다.

영조가 이 기문을 지은 직접적 동기는 1747년에 通明殿에 거처하던 경종 비의 회갑을 맞이하여 '賀回甲' 석 자를 써 올렸는데, 그 때가 정묘년이었고 마침 이 글을 지은 날 다음 날이 정묘일이라 옛 일이 떠올라 적었다고 나와 있다.

이 현판문의 내용과 뜻은 다음과 같다.

嗚呼 不肖 今月何月 皇兄皇嫂誕辰 兩日輒過 是豈悌乎 昨日御製 旣論少伸微忱 不過祗迎故也 今日香祗迎隨 至建明門 其步猶勝 是誰之賜 雖然行禮之後 其卽貼身 是豈曰此勝 其尤最悶者視昏也 今日祗迎時 諸宰雖列立 只辨緋衣 莫知何人 其於世間 豈有此等人 餘懷耿耿之中 德游南邊有一軒 命曰四勿 卽昔年命揭者 昔顔淵問仁 子曰克己復禮 請問其目 子復論以四勿 顔淵一聞 卽唯對曰 某雖不敏 請事斯語 千百載之河 孔聖訓論 顔子所對 若是皎然 此誠顔子之爲復聖也 昔年 命軒之義 其豈尋常 予之追慕 亦其止此 此軒庚戌年 爲皇嫂居廬之處也 且明日何日 問其干支 卽丁卯也 嗚呼 日雖此日 追慕昔年 卽丁卯也 其年特上尊號 通明殿東親書六字 其中三字 卽賀回甲也 嗚呼 雖欲復瞻昔日 焉可得也 雖非親祭親祗迎 後此心難耐 今夜欲宿此室 一則追慕昔年 命軒之意 一則憶庚戌 居廬之意 一則覽干支 興懷之意也 吁嗟 一日三懷叢集 悠悠蒼蒼 此何人斯呼 寫其概略述此慕 而仍令入侍相臣 書揭焉 歲丙戌仲冬 初吉前一日識 大臣輔國 崇祿大夫 議政府左議政 兼領經筵事監 春秋館事 世孫傅臣 金致仁 奉敎謹書

(슬프다. 이번 달은 무슨 달인가. 형님과 형수님의 생일이 문득 지나가니 이것이 어찌 동생된 정이라 하겠는가?

어제 몸소 勅諭를 내려 작은 정성을 내 보였지만 祗迎[32]에 불과한 것이다. 오늘 지영하기 위해 建明門에 도착했을 때, 걸음이 오히려 가벼웠는데 이것은 누구의 덕택인가. 그러나 예식을 행한 후 貼身[33]들이 부축한 것이니, 어찌 나아졌다고 하겠는가? 가장 민망한 것은 어두

32) 百官이 임금의 還行을 공경하여 맞이하는 것.
33) 시녀나 잉첩을 말함.

울 때 보는 것이다. 오늘 지영할 때도 여러 신하들이 나열하여 서 있었지만 붉은 옷만 구별할 뿐 어느 사람인지 알 수 없었다. 세상에 어찌 이 같은 사람이 있단 말인가. 가시지 않는 감회가 있다.

德游堂 남쪽 가에 軒이 한 채 있는데 四勿軒[34]이라 부른다. 옛날에 이름 지은 것이다. 옛날 顔淵이 孔子에게 仁을 여쭈니, 공자께서 克己復禮라 하였다. 그 조목에 대해 다시 여쭈었는데, 공자께서 다시 四勿이라고 가르쳐 주셨다. 안연은 하나를 듣고서 대답하기를, "저는 비록 불민하나 가르침을 받들어 실행하겠습니다." 하였다. 오랜 세월이 지난 후에도 공자의 가르침과 안연의 대답은 이같이 밝게 빛난다. 이것이 진실로 안연이 復聖[35]이 된 까닭이다.

옛날 헌에 이름 붙인 것이 어찌 평범한 것이겠는가. 그리고 내가 추모하는 것이 어찌 여기에 그치겠는가.

이 사물헌은 庚戌年에 형수님이 거처하시던 곳이다. 내일이 무슨 날인가? 干支를 물어보니 정묘일이다. 날은 비록 정묘일이나 작년을 생각해보니 바로 丁卯年(1747)이다. 그 해 尊號를 通明殿 동쪽에 몸소 글씨를 6자 썼는데 그 가운데 세 글자가 '賀回甲'이다.

슬프다! 옛날로 다시 돌아가려해도 어찌 그렇게 될 수 있겠는가. 비록 몸소 제사 지내는 것은 아니나 지영 후에는 마음을 억제하기 어려워 오늘 밤에는 齋室에서 자고자 한다. 이는 하나는 옛날 헌이라고 이름 붙인 뜻을 추모하는 것이고, 또 하나는 경술년 형수님이 사셨음을 기억하는 뜻이고, 또 하나는 간지를 보고서 감회가 일어났기 때문이다. 하루에 세 가지 감회가 모두 함께 모였다. 아득한 하늘이여, 이 사람이 도대체 누구란 말입니까.

그 개략을 적고 추모하는 정을 읊어서 入侍한 재상에게 써서 걸어두라 하였다.

병술년(1766) 11월 초하루 하루 전에 적다.

---

34) '四勿'이란 유교의 최고 덕목이라 할 수 있는 克己復禮의 네 조목을 말한다. 非禮勿視, 非禮勿言, 非禮勿動, 非禮勿聽이 그것이다.

35) 顔淵은 孔子의 으뜸 제자 가운데 한 사람. 顔回라고도 한다. 元 文宗 때 안연을 兗國復聖公이라 존칭하였는데, 그러한 故事를 말한 듯하다.

(3) 英祖의 과거 회상에 관한 현판

①「臨玉署有感」(사진 6)

사진6「임옥서유감」

이 글은 영조가 1760년(36) 67세에 옥서, 곧 홍문관에 들른 뒤 자신의 학문 歷程을 술회하며 쓴 글이다. 본래 홍문관은 옥서 외에 玉堂·瀛閣이라고도 하며, 司憲府·司諫院과 더불어 三司에 속하는 중요한 학문·언론 기관이었다.

평소 好學의 군주였던 영조는 세자 책봉 이전부터 학문에 힘썼기 때문에 홍문관에 많은 관심을 기울여왔고, 이 때 그에 대한 감회를 피력한 것이다.

이 글에서는 내용 자체에서 경희궁에 관련된 내용을 찾아볼 수는 없다. 그렇지만 근래에 이 현판을 조사했을 때 경희궁에 걸려 있었다고 한다.[36] 그런데 이 글 말미에는,

> '오늘 國初 밤에 홍문관을 방문했다는 사건을 적어두고 특별히 이곳에 와 사실을 대략 기록해 둔다. 度支로 하여금 새겨서 걸어두게 하고, 또 첩을 인쇄하여 만들어서 여러 신하들과 승지, 시위 가운데서 예전에 홍문관을 거쳐 간 사람에게 나누어주고, 하나는 홍문관에 보관하여 후대에 영원히 남기고자 한다(今日述國初夜臨玉署之事 特臨本館

36) 궁중유물전시관(2005),『영정조대의 글씨』

仍以略記事實 令度支鐫揭又卽作帖 賜諸儒臣及承宣侍衛中曾任玉署之臣 一件藏于本館 永垂于後).'

하여 이 현판을 홍문관에 걸어두었음이 분명히 나와 있다. 따라서 홍문관이 적어도 1760년 무렵에는 경희궁에 있었다는 자료가 되지 않을까 한다.

이 현판문의 내용과 뜻은 다음과 같다.

曾聞 昔年夜 臨玉署豈意 今日晝見本館 昔漢光武講書夜深自以爲樂唐之太宗大興文學十八學士之中 得房杜 豈效漢唐 當法于昔 昔年賜夜饌御詩 所載御製 予於暮年 追慕三講 而本以晩學 書自我自 今日述國初夜臨玉署之事 特臨本館仍以略記事實 令度支鐫揭又卽作帖 賜諸儒臣及承宣侍衛中曾任玉署之臣 一件藏于本館 永垂于後 咨予諸玉堂學士 體予今日慇懃之意 罄竭其蘊 補予淺學焉 皇明崇禎紀元後 三庚辰 予卽阼三十六年 冬十月 旬前三日 書

(일찍이 듣기를 옛날 어느 날 밤 玉署[37]에 들른 적이 있었다고 들었는데 오늘 낮에 이 곳을 방문하였다.

옛날 한나라 광무제는 깊은 밤 책 읽는 것을 즐거움으로 삼았고, 당나라 태종은 문학을 크게 일으킨 18학사 가운데서 房玄齡과 杜如會를 얻었다. 굳이 한나라와 당나라를 본받아서야 되겠는가. 우리나라의 옛일을 본받음이 마땅하다. 옛날 야찬과 御詩를 하사했다는 기록이 어제에 분명히 실려 있다.

나는 늘그막에 三講[38]을 추모하였으나 본래 晩學으로 책에서 배운 그대로 실천하지 못하였다. 오늘 國初 밤에 홍문관을 방문했다는 사건을 적어두고 특별히 이곳에 와 사실을 대략 기록해 둔다.

度支로 하여금 새겨서 걸어두게 하고, 또 첩을 인쇄하여 만들어서 여러 신하들과 승지, 시위 가운데서 예전에 홍문관을 거쳐 간 사람에게 나누어주고, 하나는 홍문관에 보관하여 후대에 영원히 남기고자 한다.

37) 弘文館의 별칭
38) 一日三講으로 하루에 세 번씩 공부하는 것을 말함.

홍문관의 모든 사람들은 오늘 내가 간절히 힘쓰는 뜻을 본받아서 자신의 깊은 실력을 다 드러내어 나의 얕은 학문에 보탬이 되도록 하라.)

② 「**長樂殿記**」(사진 7)

사진7 「장락전기」

이 글은 1762년(영조 38) 69세 때 지었는데, 특히 글씨도 직접 쓴 御筆이다. 따라서 처음부터 현판으로 걸어두기 위해 쓴 것임을 알 수 있다.

내용은 장락전의 유래와 연혁에 대해 말하고, 자신이 이곳에 왕대비를 모시고 왔었던 옛 일을 회상하고 있다. 장락전은 융복전 남동쪽에 자리하였는데, 이 현판문을 통해 인조가 인조반정으로 등극하기 이전에 거처하던 곳이었음을 알 수 있다. 또한 장락전 덕유당 북쪽에 휴상암이라는 전망 좋은 바위가 있어서 肅宗이 어필로 '瑞巖'이라 써서 새기고 자주 이곳에 들렀음을 회상하고 있다(故昔年以瑞巖命名 仍以御筆刻石 而嘗愛體小而通暢 頻御此闕).

영조 역시 특히 이곳에 자주 왔는데, 즉위한 뒤인 1730년(영조 6)에 生母인 숙빈 최씨와 함께 온 이래 1736년 · 1740년 · 1743년 · 1747년에도 함께 왔음을 회상하고 있다. 그 뒤 1760년 그 전해에 貞純王后를 繼妃로 맞은 다음에도 이곳에 와서 拜禮하였다고 한다. 다시 말하면 이 장락전은 여러 궁궐 가운데서도 영조가 어머니에 대한 추억과 관련하여 특히 애착을 보이던 곳임을 알 수 있다. 이 현판의 글씨도 영조가 직접 쓴 것도 그러한 애착과 관련지어 생각할 수 있을 듯하다.

이 현판문의 내용과 뜻은 다음과 같다.

此闕 卽仁廟朝龍潛舊地也 光海時造闕纔成 龍飛九五 豈偶然也 德游堂北有巖 而俗稱二字休祥 故昔年以瑞巖命名 仍以御筆刻石 而嘗愛體小而通暢 頻御此闕 庚子後十年庚戌 奉兩東朝來此 越七年丙辰 及其後庚申癸亥丁卯 又奉慈聖來此 後十三年庚辰 復御此闕 卽己卯嘉禮翌年也 舊殿如昔 而慈顔其何復侍 追慕一倍 今年孟夏下弦後五日 夢拜慈聖 侍遊闕中 步履强健 小子莫能隨 喜切于心 睡覺之後 心懷何抑 昔漢明帝夢拜太后 翌日上陵 而予莫能焉 其日孝乎 待朝整衣 拜於長樂殿 仲夏朔日 又拜景福殿 仍記其槩 書揭於長樂殿中 長樂殿三字 卽予親書者 因此以上壽長樂宮賦命題試士

皇朝崇禎紀元後三壬午孟夏晦日 拜手敬書

(이 궁궐은 仁祖 임금께서 등극하기 전에 거처하던 舊址이다. 광해군 때에 궁궐을 지었는데 완성되자 곧 왕위에 오르셨으니, 어찌 우연이겠는가.

德游堂 북쪽에 바위가 있는데 세상 사람들이 休祥巖이라 불렀다. 그래서 옛날에 瑞巖이라 命名하고, 御筆로 써 바위에 새겼다. 그 모양이 작으면서도 사방으로 통하는 것을 좋아해서 자주 이 궁궐에 臨御하였다.

庚子年 10년 뒤인 庚戌年(1730)에 兩東朝[39]를 모시고 여기에 왔었다. 7년이 지난 丙辰年, 그리고 그 뒤 庚申年 · 癸亥年 · 丁卯年에도 또 慈聖을 모시고 여기에 왔었다. 13년 후 庚辰年에 다시 이 궁궐에 임어하였는데 바로 己卯年(1759)에 嘉禮[40] 한 다음해이다. 옛 궁궐은 옛날

39) 王大妃를 말한다.

40) 가례는 왕의 성혼 · 즉위 및 왕세자 왕세손의 성혼 책봉 때의 예식을 말한다. 이 때의 가례는 곧 영조 자신의 혼례를 말하는 것으로, 金漢耈의 딸, 곧 貞純王后를 맞이하였다.

그대로인데 어머니의 얼굴을 어디서 다시 뵐 수 있으랴. 추모의 마음이 한층 더 심하다.

금년 초여름 下弦[41] 후 5일에 꿈에서 자성을 배알하고 모시고 궁궐 내를 거닐었는데 그 걸음걸이가 강건하여 小子가 따를 수가 없었으니 마음속에 기쁨이 가득 찼다. 잠에서 깨어난 뒤의 心懷를 무엇으로 억누르겠는가.

옛날 漢나라 明帝는 꿈에 太后를 배알하고 다음날 능에 올라가 보았는데 나는 그렇지 못하니 孝라고 할 수 있겠는가.

아침을 기다려 의복을 단정히 하고 長樂殿에 절을 올리고 한 여름 초하룻날 또 景福殿에 절을 올렸다. 그리고 그 대략을 기록하여 써서 장락전에 걸었다.

<장락전 세 글자는 내가 직접 쓴 것이다. 이것으로 인해서 장락궁에 오래 살도록 獻壽하는 賦로서 試題를 삼아 선비들을 시험하였다.>

③ 「瞻長樂坐光明 記懷」(사진 8)

사진8 「첨장락좌광명 기회」

이 글은 1767년(영조 43) 74세 때 지었다. 제목의 뜻은 '장락전을 바라보고 광명전에 앉아 가슴의 회포를 풀어 씀' 정도로 할 수 있을 것이다. 제목에서 알 수 있는 것처럼 이 글의 전체적인 내용은 돌아가신 어머니 숙빈 최씨의 생일을 맞이하여 어머니에 대한 추모의 마음을 적은 것이다.

---

41) 매월 음력 20일에서 23일 무렵의 滿月과 新月 사이

이 글에서는 長樂殿 · 光明殿 · 德游堂 · 集慶堂 등 경희궁에 관한 내용이 여느 현판보다도 비교적 많이 나와 있다.

장락전이라는 이름은 영조가 직접 지었음이 이 글에 나온다. 장락전 이름에 대한 典故는 분명하지 않은데, 중국 漢의 太后의 거처가 長樂宮이어서 혹시 그와 관련된 이름이 아닐까 추측해본다. 영조가 어머니에 대한 사랑이 지극하였던 만큼 그 가능성은 충분해 보인다.

그리고 광명전에서는 1702년에 영조가 9세 때 처음 嘉禮를 행하였고, 1718년(숙종 44) 경종의 혼례도 있었다고 적고 있다. 이로써 본다면 경희궁은 왕실의 嘉禮와 같은 경사스런 행사를 치르는 장소의 성격이 있었다고 볼 수 있을 것이다.

또한 德游堂에도 영조 자신이 1730년(영조 6)에 5개월 동안 거처한 바 있었다고 하였으니(德游堂 亦庚戌五朔 居廬之處也), 왕의 처소로서의 기능도 하였음을 알 수 있다. 실제로 영조는 1764년부터 승하할 때까지 이곳에만 머물렀다고 하니 경희궁의 離宮으로서의 기능은 여기서도 확인할 수 있다.

이 글에는 경희궁 集慶堂에 관한 이야기도 제법 자세하게 나와 있다. 영조는 景宗의 혼례 뒤 집경당에 가서 경종 내외에게 인사 드렸고, 경종과 영조의 어머니 숙빈 최씨가 病中에 이곳에서 療養하여 쾌차한 뒤 集慶堂으로 당호를 바꾸었다고 했다. 그 전의 이름은 後述할 「集慶堂志喜詩」 현판에 따르면 藥淵堂이었다. 뿐만 아니라 영조 자신도 여기에서 요양한 뒤 나았다고 적고 있다. 이 같은 연유로 해서 영조는 경희궁 집경당에 대한 인식이 매우 좋았을 것이며, 이는 나아가 재위 후반에 이곳에서 집무하게 된 까닭이 되었을 것이다.

이 현판의 내용과 뜻은 다음과 같다.

嗚呼 今日是何日乎 卽我慈聖誕彌日也 壬午始拜 丁丑辭顔 今已十一年 長樂殿名 卽予親書 瞻長樂其有意也 坐光明 抑何意也 予懷萬重 何則此殿 卽壬午嘉禮之殿也 予年纔九歲 三日之內始拜 戊戌年 我皇兄嘉禮亦此殿也 而其時予在彰義私邸 而方在心制 故莫瞻盛禮 其後入厥 乃拜皇兄皇嫂於集慶堂中 此堂何堂 亦皇兄曁我慈聖 康復之堂 更名集慶 書揭志喜 今小子差愈亦此堂 其豈偶然也哉 此予所謂 予懷萬重者也 而豈特二殿 德游堂 亦庚戌五朔 居廬之處也 以此言之 可謂二殿二堂矣 且儀鳳門 層階卽昔年乘輦往來者 而予於今日 其亦乘輦往來 七十四歲 寔是料表 甚矣冥然 甚矣冥然 仍坐光明殿外 呼寫亦令禮房承旨 書鐫揭于殿楣云爾 予小子 卽阼四十三年 年七十四歲 丁亥 秋九月 飮涕而識

嗚呼 事重 故不敢竝擧 而壬午我世孫 嘉禮殿亦此殿也 翌日 與內殿守朝見于此殿 其亦異哉 且通陽門內大本 卽予聖祖潛邸時 繫馬者 故今年築臺魚藻堂 前櫻桃樹 卽聖祖於植者 而今年鐫記 嗚呼 暮年微忱小伸 況過魚藻堂 侍湯皇嫂 怳若今日 吁嗟 予懷何以堪抑乎哉 通政大夫 承政院右承旨 兼經筵參贊官 春秋館修贊官 臣 金漢耉 奉敎謹書

(슬프다. 오늘은 무슨 날인가? 어머님의 생신날이다. 임오년(1702)에 이곳에서 내가 가례를 드렸는데, 정축년(1757)에 어머님이 돌아가셨다. 지금 11년이 지났다. 長樂殿이란 이름은 내가 몸소 지은 것이다. 장락전을 쳐다보니 의미가 있다. 光明殿에 앉는 것은 도리어 무슨 의미가 있는가. 나의 감회가 깊은 것은 무엇 때문인가? 이 전은 임오년 嘉禮를 한 전이다. 내 나이 9살 때 가례를 하여 처음 절하였다. 무술년 형님도 또한 이 전에서 가례를 거행하였다. 그때 나는 彰義宮에 있었으면서 心喪[42]을 입었기 때문에 婚禮를 구경하지 못하였다. 그 후 대궐에 들어가 형님과 형수님께 集慶堂에서 인사하였다. 이 堂은 무슨 당인가. 형님과 나의 어머님이 건강을 회복한 곳으로 이름을 고쳐 集慶堂이라 하였으니 기쁨을 새겨두고자 적은 것이다. 지금 나도 조금 차도가 있는 것은 이 당이니, 우연이라 하겠는가. 이것이 이른바 나의 회포가 만 갈래나 된다는 것이다.

42) 居喪이나 服을 입지 않아도 좋은 사람으로, 마치 상제나 服人처럼 근신하는 일. 영조는 당시 世子의 신분이 아니었기 때문에 心喪을 했을 것이다.

어찌 장락전 · 광명전에만 의미가 있겠는가. 德游堂도 경술년에 다섯 달 동안 거처한 곳이다. 이것으로써 말한다면 二殿二堂이라고 할 수 있다.

儀鳳門 계단은 옛날 수레를 타고 왕래하던 곳이다. 그런데 내가 오늘 또 수레를 타고 왕래한다. 74살 먹은 나로서는 참으로 너무나 뜻밖의 일이다. 그리하여 광명전에 앉아서 예방 승지로 하여금 殿楣에 써서 걸어두라고 하였다.

왕위에 오른 지 43년, 74세 되는 丁亥年(1767) 9월에 눈물을 감추고 적는다.

슬프다. 일이 중요하기 때문에 함께 열거하지 못했다. 임오년에 우리 世孫이 가례를 행한 곳도 또한 이 전이다. 다음날 왕비와 함께 이 전에서 조회를 받았으니 이상할 것도 없다.

通陽門 안의 큰 나무는 聖祖께서 왕자로 있을 때 말을 묶어 놓았던 곳이다. 그러므로 금년에 臺를 쌓았다. 魚藻堂 앞의 앵두나무는 성조께서 심으신 것이다. 그 기록을 새겨두었다. 만년에 나의 작은 정성을 보인다. 어조당에서 侍湯하던 형수님의 정성도 오늘처럼 뚜렷하다.

슬프다. 나의 감회를 무엇으로 억누를까?

④ **「集慶堂志喜詩 幷小序」**(사진 9)

이 글은 1772년(영조 48) 79세 때 지었다. 두 王子가 集慶堂에서 쾌차하여 그 기쁨으로 감회를 적고, 또 시를 지어 실었다. 집경당은 「瞻長樂坐光明 記懷」 현판에서도 보았듯이 景宗과 英祖의 어머니 숙빈 최씨, 그리고 영조 자신이 모두 아플 때 요양하던 곳이었고, 또 그때마다 쾌차하여 그에 대한 기억이 좋은 곳이었다. 그런데 이때 다시 두 왕자가 요양하여 나았으므로 그 기쁨은 말로 하기 힘들 정도였을 듯하다. 그래서 이렇게 집경당에 대한 찬문을 지은 것이다.

이 현판의 내용과 뜻은 다음과 같다.

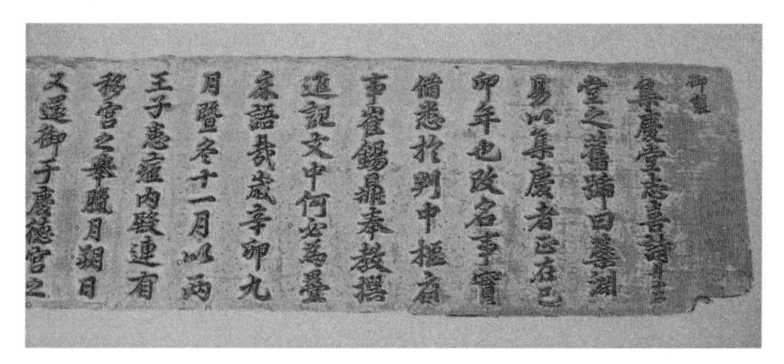

사진9 「집경당지희시」

堂之舊號曰藥淵 易以集慶者 正在己卯年也 改名事實 備悉於判中樞府事崔錫鼎 奉教撰進記文中 何必爲疊床語哉 歲辛卯九月暨冬十一月以兩王子患痘 內殿連有移宮之擧 臘月朔日又還御于慶德宮之隆福殿 翼日偕御于集慶堂 時內殿有患候 只取燠室 調將之便 非有疑於痘疹也 越二日出痘藥餌奏功 旋復天和 向之無心者似若黙相 而集慶之名於是尤驗矣 古者得鼎 猶示不忘 況今日邦慶非常其可無志喜乎 遂成四韻 刻以揭之 詩曰 舊堂雖小新名華

矧在前冬慶愈加 深喜症情多順吉 固知邦運屬亨嘉 廣庭誕誥惟臣庶 霈澤旁流是邇遐 濡筆題詩那偶爾 欲垂來世永無涯 崇禎戊辰 紀元後八十五年 壬辰春二月 甲子 題

(集慶堂의 옛 이름은 藥淵이었는데 集慶으로 바꾼 것은 바로 己卯年(1699)이었다. 이름을 고친 사실은 판중추부사 崔錫鼎이 왕명을 받아서 지어 올린 記文에 자세히 실려 있는데 무슨 말을 더 보탤 필요가 있겠는가.

辛卯年(1771) 9월과 겨울 11월에 두 왕자가 마마[痘]를 앓게 되어 內殿[43]이 잇달아 궁을 옮긴 일이 있었다. 12월 초하룻날에 다시 慶德宮 隆福殿으로 돌아왔다가 다음날 모두 집경당으로 갔다. 이때 내전이 질환의 징후가 있어 구석진 방으로 옮겼는데 병을 조리하기에 편리해서이고 마마라 생각해서가 아니었다. 이틀이 지나자 마마가 나타났는

43) 王妃 혹은 世子妃 · 大君妃를 말한다.

데 약으로 치료를 하여 곧 원기를 회복하였다. 이전에 무심한 것이 마치 말없이 도운 것처럼 되었으니 집경의 이름이 여기에서 더욱 징험되었다. 옛날에 九鼎을 얻으면 그 뜻을 잊지 말자는 것을 보이거늘 하물며 오늘 나라의 경사가 비상하니 기쁨을 기록해 두지 않을 수 있겠는가. 이에 四韻을 지어서 판에 새겨서 걸었다.)

3. 경희궁 소장 영조 어제 현판의 의의와 가치

지금까지 9점의 英祖 御製 懸板을 통하여 慶熙宮의 면모를 살펴보았다. 영조가 지은 경희궁 관련 현판 27점 중 경희궁의 건축과 양식이 가장 잘 드러난 9점의 현판을 통해 다음과 같은 몇 가지 사항을 이해할 수 있었다.

먼저, 경희궁 내 여러 궁실전각들의 위치와 건축년대를 알 수 있다는 점이다. 경복궁과 마찬가지로 경희궁 역시 임진왜란과 병자호란 때 폐허화 되었고, 일제강점기 때는 건축부재의 훼손도 있었다. 따라서 현재로서는 건축의 명칭만 전할뿐 자세한 연혁을 알 수 없는 전각들이 상당수인데 이 현판문들을 통해 어느 정도 관련 정보를 얻을 수 있었다. 예컨대「慶善堂述懷」(1－1)에서는 '慶善緝熙在後前'이라는 詩句를 통하여 경선당과 緝熙堂이 앞뒤로 나란히 위치해 있었음을 알 수 있는데, 이는 문헌을 통해서는 전혀 알려지지 않은 사실이다. 또「昌德慶熙奉安閣記」(1－2)에서는 창덕궁과 경희궁에 각각 黻冕閣과 致美閣을 새로 지으며 영조 자신이 扁額한 내용을 적은 글이다. 이 글을 보면 치미각이라는 이름은 영조 자신이 지었다고 하는데, 아마도『論語』「泰伯」편의 '子曰 禹吾無間然矣 菲飮食而致孝乎鬼神 惡衣服而致美乎黻冕 卑宮室而盡力乎溝洫 禹吾無間然矣에서 지은 듯하다. 여기에서는 특히 경희궁 상의원 설치의 연혁을 말하면서 延光門과 興元門 등의 門名이 나오고, 또한 이전에는 承文院이었다가

宗親府 問安廳, 그리고 상의원이 들어선 연혁도 파악된다는 점이 이 글의 가치라고 할 수 있을 것이다. 또 「特題垂後」(2-1)에서는 경희궁의 전각·문으로 養志堂·協陽門·永禧殿·萬壽殿·景福堂·景福殿·同春門 등의 건물명이 보이고 있다. 특히 이 가운데 協陽門과 同春門은 그 정확한 위치를 아직 알 수 없으나 명칭만큼은 이 글을 통해 확인할 수가 있다.

다음으로 先代王인 肅宗과 景宗에 대한 추모의 글이다. 「記懷」(2-1)에서는 경희궁 德游堂과 그에 부속된 四勿軒에 대한 이야기가 보이고 있다. 사물헌에 명칭의 典據와, 1730년(영조 6) 先王이자 영조의 형인 景宗의 비가 사물헌에 거처하였다는 말도 있어 경희궁의 성격을 파악할 수 있는 자료가 된다.

끝으로 英祖 개인의 추억에 대한 회상의 글이다. 「臨玉署有感」(3-1)과 「長樂殿記」(3-2)는 영조가 글씨도 직접 쓴 御筆이다. 장락전의 유래와 연혁에 대해 자세히 언급되어 있는데, 장락전 德游堂 북쪽에 休祥巖이라는 전망 좋은 바위가 있어서 肅宗이 어필로 '瑞巖'이라 써서 새기고 자주 이곳에 들렀음을 회상하고 있다('故昔年以瑞巖命名 仍以御筆刻石 而嘗愛軆小而通暢 頻御此闕'). 영조 역시 특히 이곳에 자주 왔는데, 즉위한 뒤인 1730년(영조 6) 이후 1736년·1740년·1743년·1747년까지 生母인 숙빈 최씨와 함께 왔으며, 1760년에는 자신의 혼례 뒤에도 이곳에 왔다고 한다.

또 「瞻長樂坐光明 記懷」(3-3)에서는 長樂殿·光明殿·德游堂·集慶堂 등 경희궁에 관한 내용이 여느 현판보다도 비교적 많이 나와 있다. 장락전 이름은 영조가 직접 지었다고 나와 있다. 그리고 광명전에서는 1702년에 영조가 9세 때 嘉禮를 행하였고, 1718년(숙종 44) 경종의 혼례도 있었다고 적고 있다. 또한 德游堂에도 영조 자신이 1730년(영조 6)에 5개월 동안 거처한 바 있었다고 하였으니(德游堂 亦庚戌五朔 居廬之處也), 왕의 처소로서의 기능도 하였음을 알 수 있다. 또한 集慶堂에 관한 이야기도 있다. 영조는 景宗의 혼례 뒤 집경당에 가서 경종 내외에게 인사 드렸고, 경종과 영조의 어머니 숙빈 최씨가 病中에 이곳에서 療養하여 쾌차한 뒤 集慶堂으로 당호를 바꾸었다고 했다.

한편 「閣中追懷萬億」(사진 3) 현판문에서 특히 건축공예적으로 의미를 엿볼 수 있었다. 문장 중, '辛卯年(1771) 6월 6일 눈물을 흘리며 기록하고, 입시한 도승지로 하여금 南楣에 써서 걸어두라 하였다.'라는 부분이 그것이다. 南楣란 글자 그대로 남쪽으로 향한 '도리처마'의 끝을 말한다. 이를 통해 弘文館 건물이 남향하고 있었다는 것, 그리고 '도리처마'가 부착되어 있었다는 것을 알 수 있다. '도리처마'란 건축에 있어서 工藝的 요소로서, 건축기능적으로 볼 때 반드시 필요한 副材는 아닌데도 '도리처마'가 부착되었다는 것은 건축공예적 意匠을 발휘했던 것이라고 말할 수 있어서다. 궁실이 아닌 일종의 부속건물에서 이 같은 건축공예적 의장이 발휘된 것은 보기 드문 것인데, 특히 弘文閣에 그러한 시설을 갖추었다는 것은 조선시대 후기 文을 숭상하는 기풍을 엿보게 한다. 아울러 조선시대 후기 궁궐 건축 내에서의 건축공예적 요소를 극명하게 보여주는 事例라고 말할 수 있다.

푸코의 '철학적 훈련'과 지눌의 '수행적 실천'이 지향하는 실존 양상의 비판적 함축에 대하여

도 승 연*

1. 들어가며

불교는 20세기에 들어오면서부터 특정 종교적 차원을 넘어서 대안적인 정신적 가치로서 서구로부터 주목받아 왔다. 하지만 그들이 동아시아 불교의 핵심을 창시국인 인도의 불교, 혹은 선불교仙佛教의 창시국인 중국의 조사선祖師禪[1]의 불교가 아닌, 일본의 선불교Zen Buddhism로서 수용하고 있다는 사실은 그것의 발생적 역사를 고려했을 때 다소 이례적인 현상이라고 느껴진다.[2] 뿐만 아니라 일본 선불교의 형성에 직접적인 영

* 광운대학교

1) 선은 인도에서 비롯되었지만 선사상은 중국에서 완성된 것이다. 인도에서 전래된 이민족의 종교였던 불교를 중국의 선승들은 단순히 번뇌의 문제를 제거하기 위해 기술적으로 사용된 것이 아니라 선의 깨달음과 실천을 통해 중국적으로 토착화시켰다. 그 대표적인 선승들인 보조달마, 육조혜능, 마조 등을 조사라고 부르며 이들이 이룩한 중국의 선불교를 조사선祖師禪이라고 부른다.

2) 과학문명의 발달이 초래한 현대적 위기와 함께 그 대안적 가치로서 동아시아 불교에 대한 관심이 높아진 것은 사실이지만 서구에서 선사상이 대중적으로 받아들여진 것은 일반적인 불교가 아닌 일본의 선불교Zen Buddhism라는 사실에 주목할 지점이

향을 주었고 부처의 가르침을 '수행적 실천'과 관계시키면서 독자적인 수준에서 발전시킨 한국의 선불교가 현대 서구의 불교 이해에 있어서 상대적으로 주목받고 있지 못한다는 사실은 안타까운 일이 아닐 수 없다.

이러한 맥락에서 본 논문은 지식과 권력의 철학자로 알려진 푸코Foucault의 후기 논의인 윤리적 분석을 방법론적 기반으로 하여 한국의 선불교 전통 중에서도 지눌의 선불교로 집중하여 근대적 주체형성의 역사와는 구별되는 새로운 주체화의 가능성을 타진해 보려고 한다.

지눌의 선불교는 범례적인 도덕적 코드나 경전을 토대로 하기 보다는 '자기 안에 부처의 마음이 있다'는 심즉불心卽佛의 상태를 깨닫고 난 후 그것을 타인에 대한 보리심을 통해 삶 전체로 확산하는 수행적 실천을 강조하고 있다. 이러한 지눌의 불교에 대한 해석은 심즉불이라는 믿음으로부터 출발하고 있다는 점에서 자신이 가진 종교적 맥락을 떠날 수는 없다. 하지만 그러한 믿음을 이후의 수행—증명이라는 삶의 실천을 통해 강조한다는 점에서 오히려 특정한 종교적 맥락을 떠나 보편적인 삶의 양식으로서 적용될 수 있는 풍부한 가능성을 그 내부에 함축하고 있다고 보인다.[3] 특히 이들이 추구하는 수행적 실천은 깨달음을 통해 이전과는 다른

있다. 이것은 1927년부터 1932년 사이에 영문으로 쓰여진 스즈끼 다이세쯔의 『선학논문집 Essays in Zen Buddhism』3권을 세계 각국의 언어로 번역되면서부터 본격적으로 담론화되었기 때문이었다. 특히 그 중에서도 1938년에 영문으로 쓰여진 『선과 일본문화 Zen Buddhism and Its Influence On Japanese Culture』가 서구에 소개되면서 동양의 마음인 선과 선불교의 문화가 선과 정원, 선과 다도, 선과 검도와 같은 문화적 차원으로 연결되면서 일본의 선문화를 중심으로 동양의 선을, 나아가 동아시아의 불교 자체를 표피적으로 이해하게 된 계기가 되었다고 보인다. 정성본, 『仙佛教 概說』, 6쪽.

3) 일반적으로 자각의 종교인 불교의 실천 구조를 신信—해解—행行—증證의 4단계로 나누어서 도식화할 수 있다. 여기에서 믿음이란 일신교에서 주장하는 유일신을 믿도록 하는 것이 아니라 자신의 마음의 역량, 심즉불의 잠재력을 믿는 것이다. 혹은 불법에서 주장하는 가르침과 실천의 방법을 믿는 것이다. 그리하여 이러한 믿음이 바탕이 되어야만 이후의 올바른 이해와 실천, 그것을 증명할 수 있게 된다. 해는 불

방식에서의 삶의 형식을 부여하려고 노력한다는 점, 나아가 그러한 노력을 통해 피안을 지향하는 여타의 종교적 맥락과는 달리 '지금, 여기'에서의 자신에 대한 조절과 수행을 기반으로 한다는 점에서 푸코가 주장하는 철학적 훈련으로서의 실존의 미학과 유사한 점을 발견할 수 있다.

지눌의 이러한 선불교적 입장이야 말로 서구의 규범화된 주체화의 양식에 대한 푸코의 비판, 즉 '철학적 훈련'의 한 양상으로 이해될 수 있다는 점에서 양자의 상호 비교를 통해 이들이 함축하고 있는 비판적 의미를 보다 현실적 맥락으로 확장, 발전시키고자 한다.

즉 지눌의 종교적 입장이 어떠한 방식에서 정치적이며 윤리적 태도의 지향을 가질 수 있는지, 나아가 지눌의 종교관이 척박한 자기 관계의 주체 역사에 있어서 어떠한 대안적 가치를 함의하고 있는지 검토하고자 한다. 이를 위해 본 연구에서는 일차적으로 푸코가 도덕과 구분하여 이해하고 있는 윤리적 분석의 범주들을 소개할 것이며 이후 이러한 분석적 도식 아래 지눌의 종교관을 범주별로 적용, 비교함으로써 한국 선불교가 함의하고 있는 비판 철학적 지향을 드러내고자 한다.

법의 정신과 사상 등을 깨닫는 것이며 행이란 그러한 깨달음의 경지를 연마하기 위해 혹은 깨달음에 도달하기 위해 신체를 참여시켜 구도의 정신으로 절차탁마 노력하는 것이다. 증은 너와 내가 하나이며 너와 내가 모두 우주라는 이 만법을 보리심의 베품을 통해서 실제적으로 증명하는 것이다. 따라서 불교의 깨달음을 위한 수행적 실천은 관념적인 사고나 이해의 차원을 넘어서 철저한 자신의 확신과 일상생활 속의 실존의 방식의 변화를 통해 지속적으로 증명하면서 전개되어야 한다. 같은 책, 89~91쪽.

2. 미셸 푸코의 '철학적 훈련'과 이를 위한 토대로서의 윤리적 분석

1) '주체의 해석학'을 거부하는 윤리적 전환에 이르기까지의 푸코의 사상적 여정

"미셸 푸코야 말로 현대를 가장 성공적으로 넘어선 사상가"라는 들뢰즈의 평가는 근대, 서구라는 특정한 시공간의 맥락에서 한 개인이 지식과 권력, 도덕이라는 진리 게임의 통해 특정한 방식의 주체로 형성되는 주체화의 역사적 한계 지점들을 보여주었던 푸코의 비판적 작업을 염두에 둔 언급이었을 것이다.

이성과 비이성, 참과 거짓이라는 특정한 담론적 규칙을 통해 세계의 모든 것을 지식의 대상으로 간주하는 것이 근대의 인식론적 실천이었다면 급기야 이러한 실천은 인간의 실존마저 정상과 비정상으로 양분화시키는 권력의 효과가 되어 근대라는 역사 속에 확산되어 나갔다. 지식과 연동할 때에만 효과적으로 작동할 수 있는 이 지식-권력의 복합체는 때로는 신체에 각인을 새기고 때로는 정신을 감금하는 기술이 되어 주체라는 특정한 방식의 인간을 생산해 왔던 것이다. 이 복합체는 근대국가의 등장을 통해 때로는 생명관리 권력Bio-power이라는 이름으로 한 개인을 '살게' 하고 '해석'하게 하는 기제가 되는가 하면, 때로는 통치라는 이름의 전방위적 전략이 되어 여전히 우리의 실존 안에서 생생하게 작동하고 있다.

이때 그들을 '살게 한다'는 것은 '죽게 내버려두는' 영주의 권력과는 달리 각각의 생명을 전체적으로 돌본다는 의미이며, 그들을 해석한다는 것은 성적 욕망에 대한 해석과 고백을 통해 스스로를 도덕적 주체로 구성한다는 의미이다. 물론 푸코는 근대적 주체의 형성이 반드시 일면적인 권력의 효과만을 통해 외부적으로 작동하는 것은 아니며 스스로 주체화하는 주관적 과정이 있다는 것에는 분명 동의하고 있지만 이때 그들을 살게 하고 해석하게 하는 주체화 과정이 여전히 성적 욕망이라는 장치를 통해 파악된다는 사실은 매우 중요한 함축을 가진다고 할 수 있다.

근대 국가의 성장에 관계하는 생명과 활기, 건강과 유지를 위해 복지의 차원에서 개인의 생명은 인구를 통해 대상화되며 은밀한 개인의 성적 욕망을 억압되지 않도록 노력하면서 그들의 내적인 비밀을 고백하고 해석을 중심으로 스스로의 정체성을 형성해 가는 주체의 해석학은 이미 그의 계보학을 통해서 널리 논의된 사항들이다. 즉 성적 욕망에 대한 관리는 인구적인 차원에서 전체적으로 작동하고 그것의 해석적 차원에서는 개인적으로 작동하면서 개인을 특정한 방식의 주체로서 구성해 나간다.[4] 이처럼 형식적으로는 기독교적 고해에 기반을 두고서 주체의 욕망을 해석했던 근대적 주체성은 결국 성적 욕망이라는 특정한 담론을 중심으로 구성된 특정한 방식의 주체화 양식이었던 것이다.

하지만 자연적이며 본성적으로 이해되는 성적 욕망 없이는 주체성을 사유하는 것 자체가 불가능한 근대적 주체화 양식을 거부하기 위해서 푸코는 경험으로서의 성적 욕망의 개념이 형성되기 이전의 시대인 고대로 돌아가 아프로디지아Aphrodisia[5]과 관계하는 고대인들의 윤리적 측면에 집중하기 시작한다. 이 과정에서 푸코는 한 개인이 스스로를 도덕적 주체로 형성해 가는데 있어서 '도덕적 코드'와 '실제 행동'은 비교적 안정된 반면 '자기와의 관계'를 설정하는 윤리적 측면은 역사적으로 매우 유동적이라는 점에 착안하여 고대의 윤리적 요소의 어떤 측면이 근대인들의 자기설정 방식과 대비되는가를 분석하기 시작한다. 이때 푸코 후기의 논의라

4) Foucault, 『The History of Sexuality I : Will To Know』, P.139. (이하 WK로 칭함)
5) Foucault, 『The History of Sexuality II : Use of Sexuality』, P.40. (이하 UP로 칭함)

고 지칭되는 윤리학적 전환의 내용적 측면은 윤리를 구성하는 윤리적 실체, 종속의 원리, 자기의 실천, 윤리적 목표로서 범주화된 각각의 구성요소의 역사적 변화의 측면에 집중하는 것이고 그것의 개념적 이해는 궁극적으로 성적 욕망에 대한 의존 없이 도덕적 주체의 형성을 보여주는 실존의 미학Aesthetic of Existence을 통해 구체화될 수 있을 것이다.

2) 고대의 윤리적 양식에 관한 푸코의 분석

푸코의 윤리학적 전환은 『성의 역사 2, 3권』과 그의 1981~1982년 콜레즈 드 프랑스의 강연록인 『주체의 해석학』을 통해 주로 논의되고 있다. 텍스트의 많은 곳에서 그는 고대 그리스와 후기 로마 시대까지의 시기를 고대의 윤리라고 다소 광범위하게 사용하고 있지만 보다 구체적인 차원에서 논의가 진행될 때에는 소크라테스와 플라톤을 중심으로 하는 고대 그리스 시기와 헬레니즘과 로마를 중심으로 하는 후기 로마시대로 구분하여 사용하고 있다. 이것은 푸코가 고대인들의 윤리적 주체의 형성에 있어서 '자기에의 배려'.[6]라는 일관적 주제를 논의할 때에는 두 시대를 구분

6) 고대의 윤리적 주체에 대한 형성이 그리스 로마 시대와 헬레니즘과 후기 로마시대로 구별적인 특징을 가지면서 전개된다고 했을 때 그 구별의 중심은 '자기에의 배려'라는 시대 관통적 주제의 강조점의 변화를 통해 추적할 수 있다고 푸코는 파악한다. 즉 자기를 배려하는 주제의 어떠한 측면이 변화하였는지를 추적하는 과정에서 푸코는 각각의 시대에 있어서 '자기에의 배려'와 '자기 인식'과의 관계가 맺고 있는 관계의 양상에 따라 두 시기가 구별된다고 본다. 그리하여 구도로서의 자기 배려의 특성들이 자기 인식의 상위범주로서 이해되며 엘리트를 위한 주체 형성의 문제가 아니라 보다 대중적인 맥락에서 수용되고 있는 후기로마 시대를 자기 배려의 황금기로 이해하고 있다. (도승연, 「미셸 푸코의 윤리적 문제설정에 대한 반여성주의적 혐의와 그에 대한 논변」, 『한국여성철학』 8, 60쪽) 따라서 본 연구에서 특별한 구별없이 고대인들의 윤리라는 표현을 사용하고 있다면 그것은 헬레니즘 시대와 후기 로마시대 사람들의 주체화의 과정을 일컫는 것임을 밝혀둔다.

없이 사용했지만, 자기 배려라는 동일한 주제 안에서 시대가 보여주는 강조점의 변화에 주목했을 때에는 위에서 언급한 역사적 구별을 통해 논의를 전개하고 있기 때문이다. 본 논의에서는 앞서 밝혀 둔 연구의 목적상 푸코가 탐구했던 고대의 두 시기 중에서 자기 배려의 정신을 보다 현실적 맥락에서 관계하고 있는 헬레니즘과 후기 로마의 시기로 논의를 한정하여 그것의 윤리의 4범주를 분석할 것임을 밝혀두는 바이다.

(1) 윤리적 실체

헬레니즘과 후기 로마인들에게 있어서 윤리적 실체는 욕망과 행위, 쾌락의 삼중체계로 이해될 수 있는 아프로디지아Aphrodisiac라고 불리는 힘이었다. 하지만 그 개념은 근대의 성적 욕망처럼 '비밀스러운 진리 안에 감추어져 있으며 우리의 정체성이 바로 여기에 기반을 두기 때문에 중요한'[7] 것이 아니라 이와 대조적으로 이 힘이 가지고 있는 과도해지기 쉬운 자체의 어떤 성향 때문에 주목받는 것이었다. 그들에게 아프로디지아가 문제가 되는 것은 이 다루기 힘든 성향에 대해 주체가 어떻게 능동적으로 혹은 수동적으로 대처하는가에 대한 자기 관계에 대한 평가적이며 태도적 차원이었을 뿐이지 그것을 육체에 대한 비밀스러운 진리를 담지하는 비밀의 창고로서, 혹은 육체를 저주하는 방식에서 그 힘을 받아들인 것은 아니었기 때문이다. 고대인들의 이러한 힘에 대한 태도 지향적인 태도는 해석학적 담론을 통해 성적 욕망을 윤리적 실체로 파악했던 근대적 방식에 대한 대척점으로 이해될 수 있을 것이다.

---

7) Foucault, WK, P.69.

(2) 종속의 원리

고대인들이 자신들의 아프로디지아의 힘을 조율함으로써 그들의 윤리적 삶에 특정한 형식을 부여했다면 그것을 추동시킨 원리는 각자의 자유로운 선택에 기반하고 있다고 푸코는 지적하고 있다. 욕망과 행위 쾌락에 대한 거센 힘을 적절히 배분하고 활용하는 것은 전적으로 선택의 문제이며 그 선택을 추동시킨 보다 근본적인 원인은 '자신의 삶을 하나의 예술작품으로서 창조하고자 하는 한 개인의 의지의 발현이라는 점에서 이 일련의 과정을 실존의 미학'[8]로서 지칭된다. 이처럼 자신의 윤리적 삶을 예술적 질료로 삼아 특정한 양식을 부여하려 했다는 것은 미학적 측면에서 유한한 인간이 자신의 정체성과 역사를 실존의 조건으로 받아들이고 이것의 변형을 통해 진실에 접근하겠다는 일종의 미적 체험을 의미하는 것이다. 즉 이러한 미적 체험을 가능하게 하는 종속의 원리는 자신을 배려하는 작업을 멈추지 않는 한 어떠한 진실도 존재할 수 없다는 구도로서의 실천적 동기를 강조하고 있다는 점에서 윤리적 분석에 있어서 자기 배려의 원리가 가장 직접적으로 드러나는 측면이기도 하다.

(3) 자기에의 실천

고대인들의 종속의 원리가 자신의 삶의 원칙으로서 내재화시키기 위한 자기에의 실천이라고 했을 때 이 실천의 내용은 오직 신체를 참여시키는 훈련Askesis을 통해서 가능한 것이었다. 이 훈련의 궁극적인 목적은 '자신의 존재의 목적으로 가장 명료하며 강렬하고 계속적인 방식에서 스스로를 조율해 나가기 위함'이며 동시에 '일생을 살면서 닥칠 수 있는 위

---

8) Foucault, "On The Genealogy of Ethics: An Overview of Working In Progress" 『Foucault Reader』, P.341.

험에 대비'[9]하기 위함이다. 따라서 이러한 훈련은 기독교적 맥락이나 근대적 윤리형성에서 볼 수 있듯이 자기 발견을 통한 양심과 순종의 문제로 환원되지 않으며 자기 해석을 통한 진리 확증의 수단으로서 작용하지 않는다. 고대인들의 훈련은 의식적인 주체와 의지적 주체와의 거리를 조망함으로써 미래와 위험에 대비할 수 있는 자력적 태도와 신체를 겸비하기 위한 것이다. 그러한 맥락에서 그들이 행한 자기에의 실천은 매우 구체적이며 치료적인 목적을 가진다. 이것은 삶의 순간들에게 언제 닥칠지 모르는 불행, 예기치 못한 굴욕과 죽음 앞에서 어떻게 대처할 것인가의 해답을 그들의 신체와 태도를 통해 맺는 자기와의 관계를 통해 구하고자 하기 때문이다.

(4) 윤리적 목표로서의 삶의 양식

고대인들의 윤리적 주체의 목표는 이전보다 성숙한 자기 관계의 방식을 신체와 태도에 겸비하고 있는 인간, 그리하여 이전과는 다른 방식으로 자기 자신과, 사물과, 타인과의 관계를 구성하고 파악할 수 있는 인간을 지칭한다. 이러한 윤리적 인간은 근대적 방식에서 그러했듯이 도덕적 코드나 그에 관한 실제 행위, 혹은 성적 욕망의 해석학이라는 인식론적 접근을 통해 이해된 주체는 아니다. 그러므로 만약 고대인과 근대인들의 윤리적 지향에 있어서 결정적 차이점이 있다면 그것은 자신의 존재를 걸고서 진실과 관계하는 구도성의 유무에 의해 구별될 것이다. 따라서 이후의 논의에서는 고대인들의 이러한 구도적인 자기 배려의 전통이 근대에서 탈각화되었을 때 발생하는 문제점을 푸코의 철학적 훈련이 어떻게 포착

9) Foucault, 『The Hermeneutics of The Subject: Lectures in Collége de France』, P.332. (이하 HSL로 표기)

하고 있는가를 밝힘으로서 그의 실존 미학이 가지는 비판의 지점에 주목하고자 한다.

3) '철학적 훈련'으로서의 한 양상으로서의 실존의 미학

푸코는 자신의 윤리학적 전환의 출발점에 대한 이유와 논지를 『성의 역사』 2권의 서문에서 간략하지만 명료하게 밝히고 있다. 그는 한 실존이 자신의 존재 그 자체, 자신의 행위와 현실을 하나의 문제로서 받아들이고 그것을 가능하게 하는 현재의 실천을 분석하는 태도와 분석이 비판 철학의 핵심이라고 했을 때, 이렇게 설정된 문제가 모순임을, 자유에 대한 속박임을 느낄 때 새로운 삶의 양식을 꿈꾸어 볼 수 있는 역량은 '철학적 훈련Philosophical exercise'[10]을 통해서만 가능하다고 보았다. 그것은 일종의 호기심으로부터 가능한 것이지만 이 호기심은 이미 알고 있는 것에 대한 정당성을 부여하는 작업이 아니라 어떻게, 얼마나 다르게 생각하는 것이 가능한가를 알 수 있는 그러한 호기심이라고 보았다.

그러므로 "철학적 훈련의 관건은 그 자신의 역사를 사고하는 작업에 있어서 그 사고가 어느 정도 무언중의 생각을 벗어날 수 있는지, 얼마만큼 다르게 사고할 수 있는지를 아는 것"이라고 말한다. 그렇다면 그의 철학적 훈련이 있었기에 가능했던, 실존의 미학을 통해 상상했던 다른 방식으로서의 윤리적 주체화 형성은 다름 아닌 근대적 주체 형성에서는 소거되어 버린 구도의 정신의 부활이었다. 그는 고대의 자기 배려의 전통을 검토하면서 '주체가 진실과 관계 안에서 치러야 하는 일종의 대가, 정화, 자기 수련, 시선의 변화, 생활의 변화와 탐구, 그리고 실천과 경험의 전반이

10) Foucault, UP, Preface.

주체 자체의 존재를 어느 정도 완결시키는 측면이 있다'[11]고 보았다. 이에 반해 이른바 근대의 도래와 함께 새롭게 형성된 주체화의 방식, 실존의 변형 없이 오직 인식의 행위만을 통해 진실과 관계한다는 이 특정한 주체화의 방식은 비단 근대에서만 발견되는 특정한 역사적 현상이 아니라 현대인들의 자기 관계에 있어서도 상식이 되어 버렸다. 이처럼 주어진 현실태 속에서 다르게 생각할 수 있는 가능성으로서의 푸코가 제안한 철학적 훈련의 비판적 의미를 주체와 진실과의 관계를 구도적으로 설정했던 지눌의 수행적 실천을 통해서도 발견할 수 있을 것이다.

3. 푸코의 윤리적 분석을 기반으로 한 지눌의 수행적 실천론의 검토

1) 한국 선불교 수용의 역사적 배경과 지눌의 위치[12]

중국의 당 왕조시기의 (618~916)의 불교의 수용은 창시국 인도에 비해 그 형식과 내용에 있어서 매우 세련된 방식으로 전개되어 나갔다. 물론 다양한 불교의 종파들이 동시대에 존재했었지만 그중에서도 중국에서 시작된 선불교의 전통은 인도 고유의 불교를 보다 대중적으로 해석하여 수행을 강조하는 종파였다고 할 수 있다. 하지만 중국의 선불교가 가진 이러한 수행적 특성은 경전위주의 기존의 주류 종파와의 갈등적 요소를 함유하고 있었다는 점에서 중국 토착의 종교로서 성공적으로 전개되기에는 그 내부적 한계를 가지고 있었다. 그리고 약 7세기 경 중국 선불교에

11) Foucault, HSL, p.15.
12) Shim jae-ryong, 『Korean Buddhism』, pp.143~145.

영향을 받아 형성된 한국의 선불교 역시 중국의 선불교가 그러했듯이 경전과 수행이라는 방법론적 갈등 요소로부터 자유로운 것은 아니었다.

이러한 역사적 상황 속에서 한국 선불교의 진정한 토착화에 성공했다고 평가되는 고려의 승려 지눌이 당면한 과제는 보다 복합적이었다고 보인다. 그는 경전과 수행을 두고 벌어지는 종교 내부의 갈등 요소뿐 아니라 당시 고려 무신 집권기에 이르러 도덕적으로 해이해질 대로 해이해진 불교 그 자체의 분위기를 비판적 일신을 통해 종교 본연의 기능으로 회복해야 하는 이중의 임무에 당면했기 때문이다. 국가적인 차원에서 무신 집권기라는 비정상적인 정치체제를 유지하고 있었을 뿐 아니라 여러 국가들에 지형학적으로 둘러싸여 있는 정치적 현실을 고려했을 때, 종교적인 갈등까지 추가적으로 감당할 수 있는 상황이 절대로 아니었기 때문이다. 더구나 4세기 중국으로부터 일차적으로 불교가 전파되었을 당시 깨달음을 강조하는 불교 본연의 종교적 가치가 독립적으로 수용된 것이 아니라 한국의 토착 믿음인 샤머니즘과 결합하면서 보다 기복적인 특성으로 전개, 발전하기 시작했다. 이러한 초기 불교가 가지고 있는 특성이 생활적 차원에서 강건하게 존재하는 상황에서 지눌은 샤머니즘으로부터 결합된 초기 불교의 기복적 성격을 존중하면서 동시에 수행적인 실천을 통한 존재론적 조화와 깨달음이라는 불교 일반의 특징을 강조하는 방식을 채택하기로 한다.[13] 이를 위해 구체적으로 그는 경전을 중심으로 하는 교종의 이론적 차원을 버리지 않고 오히려 수행적 깨달음을 더욱 강화시켜줄 수 있는 선종의 보완적 기제라는 독자적인 방식을 취하게 된다. 이러한 회통의 성공적 결합은 어느 나라의 선불교에서는 찾아볼 수 없는 한국 선불교만의 독특하며 위대한 특성이라고 할 수 있을 것이다.

---

13) 심재룡, 『지눌연구: 보조선과 한국 불교』, 2~15쪽.

2) 푸코의 윤리적 분석에 의해 범주화된 지눌의 수행의 불교관

(1) 윤리적 실체

종파를 불문하고 불교의 가르침이 문제로 삼고 있는 윤리적 핵심은 마음의 문제이다. 다양한 방식에서 우리 삶의 고통과 번뇌를 발생시키는 근본적인 동인은 마음이다. 일상에서 경험하는 감정과 정서, 지각, 의지, 의식적 사유 모두 마음의 기능이며 이 다양한 마음의 기능들이 야기시킨 욕망으로 인해 삶은 연속적인 고통에 시달리는 것이다. 따라서 이러한 고통으로부터 멀어지기 위해서는 여러 가지의 구도적 훈련들을 통해 정념과 열정의 폭풍에 휘몰아치지 않도록 마음의 상태를 조절하고 바꾸어야 한다. 그렇지만 욕망 없는 순수한 마음의 상태에 도달한다고 했을 때 이때의 마음은 단지 공空일 뿐이므로 발견되어야 하는 특정한 실체로서의 마음을 지칭하는 것은 아니다.

하지만 선불교에 있어서 마음의 문제는 단순히 위에서 언급했듯이 어떻게 마음의 상태를 조절할 것인지, 어떻게 공의 상태로 이르도록 할 것인지에 대한 방법론인 측면뿐만 아니라 어떻게 부처의 마음과 직접적으로 연결될 수 있는지에 대한 존재론적인 차원을 함께 물어야만 한다. 이 존재론적 차원에 대해 지눌을 포함하여 선불교 승려들은 우리가 이미 잠재적인 형태에서 부처와 같은 마음을 가지고 있다는 의미의 심즉불사상을 강조하고 있다[14].

---

14) 심즉불이란 무엇이며 상태에 도달했다는 것을 우리는 어떻게 알 수 있는가? 자신의 마음이 부처의 마음과 같을 수 있다는 것을 깨닫기 위해서는 우선적으로 마음의 상태가 의식적 사유와 욕망에 의해 요동치지 않도록 고요한 상태를 유지하는 것이 필요하다. 하지만 지눌은 이러한 정신적 훈련이나 금욕적 노력이 반드시 깨달음을 동반하는 것은 아니라고 주장한다. 오히려 이 모든 실천적 시도들이 단순히 우리의 깨달음을 위한 여지와 준비를 가능하게 해줄 뿐 진정한 깨달음은 오히려 매우 단일하며 주관적인 경험으로서 갑자기 엄습할 뿐이라고 본다. 우리는 대부분 자기 자신

(2) 종속의 원리

윤리적 실체를 묻는다는 것은 그것이 어떠한 종속의 원리에 의해 실행할 것인지를 함께 질문했을 때 비로소 구체화될 수 있다. 이때 종속의 원리를 묻는다는 것은 우리로 하여금 "왜 우리는 스스로를 일련의 변형의 작업과 관계를 맺어야 하는가?"에 대한 의문을 말하며 이것을 선불교에 적용할 경우, "왜 우리의 마음을 일체의 무아의 상태, 즉 욕망에 흔들리지 않는 공의 상태로 만들어야 하는가?"라는 질문으로 재구성될 수 있을 것이다.

이 지점에서 선불교의 종속의 원리를 추적했을 때, 아무리 불교가 깨달음을 강조한다 하더라도 여전히 믿음을 토대로 전개된다는 점에서 그것이 가진 종교적 지향을 확인하게 된다. 이것은 선불교가 종속의 원리들을 수행해야 하는 존재론적 출발점으로써 우리의 마음이 부처님의 마음과

의 정체성을 자신이 보여지는 몸과 작용하는 마음의 결합체와 결과물로 생각하지만 어느 순간 갑작스럽게 그동안 자신을 묶어 왔던 이 모든 것들이 허무하다는 것을, 나아가 자신의 개인성뿐만 아니라 자신을 둘러싸고 있던 모든 것들의 현실성이 소멸하는 것을 통각적으로 알게 되는데 이것이 깨달음이라는 것이다. 결국 이러한 깨달음은 자기 자신과 다른 모든 존재자들이 구별될 수 없다는 것을, 심지어 모두 우주와 하나의 존재라는 것을 알려준다. 스스로 심즉불의 존재임을 깨닫는 순간 우리의 실존과 경험들은 우주와 하나가 되는 열반의 상태를 보여주고 이것이 다름 아닌 고통의 부재라는 것을 경험하게 한다. 이러한 상태는 바로 '생각 없음'으로서의 무아의 상태를 지칭하며 이것은 마음이 비었으나 가득함을 말한다. 지눌은 이것을 비로소 깨닫게 되는 것으로서의 돈오(頓悟)라고 부르며 부처가 되기 위한 첫 번째 단계로서 파악하고 있다. 이러한 돈오의 경험은 대부분의 부처의 가르침이 그러한 것처럼 특정한 표현이나 개념화를 통해 설명하기는 매우 힘들며 오히려 돈오 이후 점차적으로 수행한다는 의미의 점수(漸修)를 통해 보다 만개한 형식의 부처의 상태로 진입할 수 있다고 주장하고 있다. 이때 돈오와 점수는 지눌의 사상 체계에서 매우 심오한 각각의 차원에 위치되어 있으며 단순히 인과적 법칙으로 환원될 수 없는 것들이다. 이처럼 심즉불의 내용을 믿고 그 믿음을 깨달은 이후의 실천은 서로 분리될 수 없는 종속의 원리의 각 내용과 실천을 구성하고 있다. 김방룡, 「돈오점수와 삼문체계」, 『보조 지눌의 사상과 영향』, 36~53쪽 참조.

동일한 마음이라는 것을 믿음을 그 내재적 기반으로 가지고 있기 때문이다. 즉 지눌은 마음이 부처라는 것을 단순히 사실적 차원에서 지적으로 이해하는 것이 아니라 마음에 대한 깨달음인 이 돈오(頓悟)적 상황을 진정한 믿음(信)의 확립으로 파악하여 이 믿음이 발동하였을 때에만 수심(修心)으로서의 다음 단계가 가능하다고 주장한다.[15] 따라서 믿음의 토대가 윤리적 수행을 위한 이후의 다양한 수행적 실천과 그로 인해 도달하게 되는 실존의 상태를 가능하게 하는 동기부여로서 작동하기 때문에 불교는 아무리 개인의 자력적인 깨달음을 강조한다고 해도 종교적 양태를 띨 수밖에 없다. 물론 심즉불에 대한 깨달음의 순서는 믿음의 강도에 비례한다든지, 시간적인 법칙과 논리적 연결을 통해 드러나는 것이 아니다. 이것은 자신이 부처의 마음과 동일한 상태에 도달할 수 있다는 마음의 잠재력과 역량을 믿는 그 어느 날, 의식과 감정, 의지와 같은 마음의 작용들이 아무 의미도 없다는 것을, 결국 나와 우주는 하나라는 사실을 경험할 때 심즉불에 대한 믿음은 깨달음의 내용으로 갑작스럽게 전환되는 것이기 때문이다. 이러한 깨달음으로 야기된 실존의 변형이 반드시 외부적 요인의 개입이나 초자연적인 힘을 통해서 현시되는 것은 아니며 오히려 망심의 상태에 이름으로써 주관과 객관 사이에 어떠한 장벽도 없다는 것을 경험하는 것만으로도 가능하다. 이때 무엇보다 중요한 사실은 심즉불에 도달하는 것이 점차적인 수행을 통해서 가능하기 보다는 오히려 통각적으로 어느 순간 찾아온다는 것이며 이때 깨달음 자체는 선불교의 궁극적인 목적이 아니라 오히려 수행을 위한 시작에 불과하다는 점이다. 믿음의 내용에 대한 깨달음의 순간은 이후의 수행적 실천을 통해 진일보하며 보리심菩提心의 양상으로 전개되어야 한다. 즉 일단 모든 것이 공하며 주관과 객관의 경계가 없기에 우주와 내가 하나라는 깨달음을 경험한다는 것은,

---

15) 강건기, 『목우자 지눌』, 31쪽.

이와 동시적으로 나를 둘러싼 다른 존재자들 역시 나와 다르지 않다는 사실의 깨달음을 의미하는 것이다. 이 모든 깨달음의 내용들은 우리의 삶에서 증명하기 위해서는 곧 나와 존재론적으로 구별되지 않는 타인들을 돕는 보리심의 행위와 태도를 통해 드러나게 된다. 즉 선불교에서 주장하는 깨달음이란 사적인 차원에서의 심즉불에 대한 통각적 경험을 통해서 그것을 모든 존재자들에 대한 공감으로 이론적으로, 나아가 실천적으로 증명할 수 있을 때 그 작용과 본체가 동시에 만개하는 것이라고 본다. 깨달음이 수행을 통해 증거되는 이러한 이중적이며 단계적인 전개는 심즉불을 강조하는 개인적인 체험이 단순히 자기 망상으로 전락할 수 있음을 방어해줄 수 있을 뿐만 아니라 보리심의 수행적 실천이라는 것이 단순히 일회적인 경험, 혹은 선택의 문제가 아니라 일생동안 지속되어야 할 실존의 의무적인 조건이라는 강조한다는 점에서 믿음의 차원을 실천의 맥락으로 확장하고 있다.[16]

이러한 맥락에서 심즉불의 깨달음이 보리심의 수행을 가능하게 한다는 것, 곧 수행이 믿음의 수단과 내용에 대한 결정적 역할을 한다는 점은 선불교 체계가 가지고 있는 실천의 강조를 단적으로 보여주는 것이다.

16) 만약 그렇다면 믿음의 내용을 구성하기 위한 목적을 가지고 수행을 가능하게 하는 그 힘은 무엇일까? 자신의 믿음을 현실에서 살아지게 하기 위해서 다른 존재자들에게 공감할 수 있도록 추동시키는 그 힘은 무엇일까? 그 힘은 한 실존의 결단과 열망을 의미한다. 오직 열망을 통해서 자신의 믿음을 실천을 통해 구성낼 수 있고 자신의 믿음을 타인들에 대한 보리심을 통해 증명해 낼 수 있게 해준다. 뿐만 아니라 결단과 열망을 통해 보리심을 행한다는 것은 그것을 추동시킨 믿음이 맹목적, 습관적이 되는 것을 경계하도록 하며 뿐만 아니라 보리심 자체가 하나의 생동으로서 실존 안에서 가능하도록 해준다. 하지만 이때 보리심을 베푼다는 것이 절대로 도덕적 책임감이나 혹은 단순히 선행의 의미가 아니라 너와 내가 다르지 않으므로 곧 너의 고통이 나의 고통이라는 타자에 대한 공감으로부터 시작되는 것이다.

(3) 자기에 대한 실천

불교의 궁극적 목적인 열반에 이르기 위한 길로 여덟 가지의 바른 길인 팔정도(八正道)가 있다. 그리고 각각의 팔정도를 총괄하는 세 개의 상위범주인 계학(戒學, sila)과 선학(禪學 samadhi), 혜학(慧學 prajna)을 총괄하여 삼학(三學)이 있어 팔정도 중에서 정어正語, 정업正業, 정명正命은 그것의 상위범주인 계학에 해당되고 정정진正精進, 정념正念, 정정正定은 선학으로, 정견正見, 정사正思, 정유正惟는 혜학으로 분류된다. 이때의 계는 주로 도덕적 계율로서 그릇되고 어리석은 행위를 금지, 방지하기 위한 도덕적 코드라면 선정을 다루는 선학과 지혜를 다루는 혜학은 그러한 어리석은 마음을 수행하는 실천의 방식들이다. 지눌은 이 삼학의 체계 중에서 계학보다는 선학과 혜학을 통해 닦아질 수 있는 선(samadhi)과 혜(Prajna)를 강조하여 이른바 정혜쌍수(定慧雙修)로 불리는 독자적인 수행의 테크닉들을 자신의 수행적 실천론의 중요한 토대로서 마련한다.17)

앞선 논의에서 지눌에게 닦아져야 할 윤리적 실체로서의 마음은 원래 심즉불이며 그것은 곧 공적영지심(空寂靈知心)이다. 지눌의 사상을 한마디로 돈오점수(頓悟漸修)로 이해할 수 있는 점이 바로 여기에 있다. 사람마다 차이는 있겠지만 윤리적 실체로서의 심즉불에 대한 믿음의 깨달음은 갑작스럽게 이루어질 수 있다. 하지만 그러한 깨달음을 평상적인 마음의 상태로 유지하기 위해서는 지속적인 훈련이 필요하다는 것이다. 아무리 심즉불의 상태를 깨달았다고 해도 평상시의 산란한 마음은 잠시도 쉴 새 없이 갖은 번뇌에 시달리므로 수련 없이는 한시도 공적영지심을 가질 수가 없는 것이 범부의 현실이므로 지눌은 마음이 공적영지심의 상태에 지속적으로 유지하기 위해서는 지속적인 수행이 필요하다고 보았으며 그 방법론으로서 정혜쌍수를 제안하게 된다. 이것은 선정을 통해 공적을, 지혜를 통해 영지를

---

17) Humphrey, Christmas, 『Zen: A Way of life』, pp.15~19.

지속적으로 발휘할 수 있도록 수행의 균형적 기초를 닦는 것이다.

이때 '공적영지심'으로서의 마음이란 즉, 공空하면서도 적寂한 마음의 고요한 상태, 즉 일체의 분별, 감각, 사유가 끊어진 고요한 마음의 상태를 말한다. 영지란 지혜가 어떤 상식이나 도덕적인 개념에 의존한 가치 기준에 따라 판단하는 것이 아니라 지혜가 자각된 불성이 경계나 대상에 집착하지 않고, 일체의 경계나 개념을 초월하여 자신의 근원적인 본래심에서 전개되는 통찰력을 의미한다. 따라서 수행의 테크닉으로서의 선정이란 바로 이처럼 일체의 마음이 작용이 끊어진 고요한 상태, 즉 원래 그러한 마음의 본체를 이르도록 하는 정신 집중의 수행적 실천을 말하는 것이고 지혜란 그러한 마음이 공적 상태가 되었을 때 얻게 되는 통찰력으로 판단하려는 수행적 실천을 말한다.

따라서 정과 혜는 아직은 본연히 드러나지 않았지만 심즉불을 깨달은 후에 자만이 알 수 있는 마음의 본체와 작용을 이루는 진심의 양면이기 때문에 마음의 진성을 유지하는 정과 혜의 실천은 삶의 전반을 걸쳐 진행되어야 하는 수행적 과제가 된다.[18]

(4) 윤리적 목표로서의 삶의 양식

선불교에 있어서 윤리적 실체가 지향하는 궁극적인 목적은 자아의 본연적 상태를 깨닫는 것이다. 이때의 깨달은 자아는 고요하고 망심이 없는

---

18) 지눌은 그의 저서 『수심결修心訣』에서 "법과 이치를 말한다면 이치에 들어가는 천 가지 문이 선정과 지혜 아님이 없다. 그 요점을 들면 자성의 본체와 작용 두 가지 뜻인데, 앞에서 말한 공적영지가 바로 그것이다. 선정은 본체이고 지혜는 작용이다. 본체의 작용이기 때문에 지혜는 선정을 떠나지 않고 작용의 본체이기 때문에 선정은 지혜를 떠나지 않는다. 선정이 곧 지혜이므로 항상 알고, 지혜가 곧 선정이므로 알면서 항상 고요하다"고 말함으로써 선정과 지혜는 부처님의 말씀으로 들어가는 마음의 두면으로 본 것이다. (강건기 지음, 『목우자 지눌연구』, 31쪽 재인용)

상태를 견지하면서, 동시에 자신이 불성을 가지고 있는 존재라는 것을 아는 자일 뿐 아니라 이미 모든 존재자가 하나라는 것을 아는 자이다. 그리하여 나와 다른 존재자들 사이에 어떠한 존재론적 구별이 없음을 알고 실천할 수 있는 자를 의미한다. 따라서 이러한 고통의 세계에서 다른 존재자들을 구하는 것이 자신이 가지고 있는 불성을 갈고 닦는 주요한 내적 요소 중의 하나라는 것을 깨달은 자이므로 그는 여타 존재자와의 향한 수행적 실천을 스스로에게 부여하는 것이다. 이러한 수행적 실천은 정혜의 닦음을 통해 인식과 실천의 괴리를 극복하려는 시도'[19]일 일 뿐 아니라 심즉불에 대한 깨달음이라는 사적인, 자리自利적인 차원에 한정되는 것이 아니라 자신의 마음의 역량을 깨달은 한 인간이 그의 삶 안에서 마치 부처가 그러했듯이 믿음을 현실에서 살아내는 것, 믿음을 보리심으로 현실에서 보여주는 공적인 타리他利적 차원으로서의 확장을 함께 강조하고 있다는 것을 알 수 있다. 보리심을 통한 수행적 실천은 인간이 진실에 도달하기 위해서는 단순히 인식의 차원에 머무는 것이 아니라 실천을 통한 실존의 변화를 통해서 가능하다는 것을 보여준다는 점에서 푸코가 주장하는 구도의 정신과 닮아있다고 보인다.

4. 푸코의 철학적 훈련으로서의 실존의 미학과 지눌의 수행적 실천이 공유하는 비판적 함축과 구별의 지점들

푸코의 윤리적 분석—4개의 구성요소에 기반하여 선불교를 검토한다고 할 때, 두 체계 사이에 보여지는 즉각적인 유사점은 양자 모두 자신들

19) 길희성 지음, 『지눌의 선사상』, 197쪽.

이 처해있는 존재론적 조건을 이전과는 다른 방식으로 변형시키려고 한다는 것, 이를 위해 다양한 기술과 실천을 통해 스스로의 삶을 하나의 예술 작품과 같은 특정한 방식으로 구성으로 요약될 수 있을 것이다.

특히 후자의 과정에서 그들이 의존하는 실천의 양식이 전적으로 인간을 도덕적 코드에 복종하게 한다든지, 혹은 과학적 담론에 의존하여 지식의 대상으로 바라보게 하지 않는다는 점에서 양자가 공유하는 윤리적 특성들은 근대적 방식의 주체화와는 분명 차별적으로 구별된다. 하지만 양자가 공유하는 이러한 특성들이 동일한 노선으로 이해되고 있음에도 불구하고 두 체계가 결정적으로 구분되는 지점은 '윤리적 실체'와 '종속의 원리'를 해석하는 방식의 차이에서 분명하게 드러난다.

1) 윤리적 실체를 해석하는 방식의 차이

선불교의 입장이나 푸코의 윤리에 대한 이해 모두 세계를 이해하는 의미의 기준으로서 근대적 주체를 거부하며 그러한 주체 개념을 단순히 역사적이며 개념적인 형성물로서 받아들인다. 적어도 우리가 지금까지 상식적으로 믿고 있었던 통일적 방식의 주체는 양자의 체계에서는 존재하지 않는다고 보인다. 하지만 주체가 아닌 자아의 관점에서 생각했을 때 양자의 입장은 확연히 구분된다. 우선, 선불교에서 인간의 마음은 기본적으로 5가지의 요소들—형식, 감각, 지각, 의지, 사유—로 구성된다고 본다. 인간은 실체가 아니며 본래적인 자아라는 것도 존재하지 않는다. 오직 이 5가지의 마음의 기능만이 있을 뿐이다. 하지만 이 5가지의 작용은 항상적으로 가변적이고 세상 역시 가변적이기에 역설적으로 인간은 그러한 세계 안에서 어떤 궁극적인 실재를 구하기 위해 노력한다. 하지만 결론적으로 궁극의 실재를 얻기 위한 인간의 노력은 모두 고통과 번뇌를 일으킬 뿐이다. 따라서 불교에서 주장하는 자아는 없는 것이며 그러한 완전히 없음이 곧 완전한 우주와의 합일을 가능하게 한다.

반면 푸코의 경우 주체는 실체가 아닌 형식에 불과하지만 그 형식은 특정한 역사적이고 문화적인 맥락에서 만들어지거나 만들어 나가는 것이다. 그렇다면 실존 미학적 입장에서는 만약 고통스럽고 참을 수 없는 주체의 형식을 가지고 있다면 자신의 실존의 조건을 변형시킴으로써 또 다른 삶의 형식을 창조해야 한다는 것을 의미한다. 종속의 원리가 바뀔 수 있다는 이러한 관점으로부터 푸코는 우리 스스로 자신과 보다 밀도 있는 관계를 맺어야 하며 주체화의 지배적인 방식을 넘어서 자유의 가능성을 추구해야 한다고 주장한다.

이러한 맥락에서 두 입장 모두 자아의 유동적이며 비결정적인 특성을 실존의 변형적 조건으로서 이해한다는 점에서 유사하다고 보인다. 다만 선불교에서는 자아의 공허하고 가변적인 방식이 고통을 초래한다고 파악하는 반면 푸코의 입장에서는 그러한 자아의 가변적인 실존의 조건이야말로 오히려 자유에의 가능성을 추동시키는 역사적이며 문화적인 맥락이 된다는 점에서 양자의 입장은 이후에 전개될 윤리적 목적을 염두에 두었을 때 완전히 구분된다고 할 수 있을 것이다.

2) 종속의 원리를 해석하는 방식의 차이

선불교가 종속의 원리를 받아들이는데 있어서 가장 근본적인 추동적 요인은 바로 믿음의 문제이다. 스스로 부처의 마음을 가졌다는 것에 대한 믿음은 전체의 내재적인 조건이 되어 이후의 믿음의 내용을 깨닫게 하는 힘으로서, 그것을 보리심을 통해 증명해 내는 힘으로서 작동하게 된다. 즉 이 모든 깨달음의 단계들은 심즉불에 대한 믿음의 힘이 없다면 시작조차 되지 않는 과정적 단계에 불과한 것이다. 따라서 선불교가 가진 철학적 훈련으로서의 수행적 실천을 아무리 강조한다 하더라도 그것이 명백한 의미에서 종교일 수 있는 것은 종속의 원리로서 믿음을 전제하기 때문이다. 비록 그 믿음의 대상이 외부에 존재하지 않는 내부의 역량이라 할지라도 어떻게 그러한 역량을 내재적으로 가질 수 있는가에 대한 명백한 설명이 부재하는 상태에서 요청되는 믿음의 문제라는 점에서 선불교가 가진 신비주의적 종교적 경향이 결코 무시할 수는 없을 것이다.

반면 푸코의 실존의 미학에 있어서 종속의 원리는 자신을 변형시키는 한계 상황 속에서 스스로의 자유로운 결단에 관계하고 있다. 이때 자유의 개념은 모든 사람들이 소유하기 원하는, 이미 우주로부터 주어져 있는 어떤 이상적인 상태를 말하는 것이 아니라 '어떻게 바뀔 수 있는가? 와 "무엇이 바뀌어야 하는가:"의 존재론적 공간 안에서 펼쳐낼 수 있는 역량적이며 관계적인 개념이다. 따라서 푸코의 실존의 미학에서의 작동하는 결단의 결과물로서의 자유를 받아들인다는 것은 오직 자신의 현실적 조건을 비판적으로 성찰하고 그것으로부터 존재론적 공간의 확보하려는 노력을 통해서만 획득될 수 있는 것을 의미한다. 동일한 맥락에서 자유의 유지와 관련하여 철학의 역할을 묻는다면 그것은 오직 우리가 이미 알고 있는 것을 정당화하는 작업이 아니라 지금, 여기에서 한 개인을 주체로서 결정짓는 역사적인 존재론을 위반할 수 있는 태도의 문제와 관계하는 것이다. 이것이야말로 칸트 이래 내려오던 비판 철학의 전통이며 그러한 의미에서 현재의 존재론을 탐구하는 푸코의 실존의 미학이야 말로 '철학적 훈련'으로서의 이 비판의 전통을 윤리적 분석의 종속의 원리를 통해 독자적으로 계승하고 있는 셈이다.

이처럼 푸코의 철학적 훈련과 지눌의 수행적 실천은 실존의 변형이라는 동일한 주제와 목적을 가지지만 각각이 전개되는 비판 철학과 종교라는 맥락적 특성으로 인해서 내재적인 구별의 지점들을 명백하게 존재한다. 하지만 그럼에도 불구하고 양자가 공유하는 보다 근본적인 차원에서의 특징은 이들이 주체와 진실과의 관계를 모색하는데 있어서 구도의 정신에 기반하고 있다는 사실이다. 예를 들어 선불교의 경우, 보리심을 베푸는 일상생활의 수행적 실천을 통해서 믿음의 내용을 더욱 발전시키는가 하면 푸코의 경우 궁극적인 목적으로서 자유를 강조함으로서 행위와 조화로운 삶의 형식을 구하고 있다. 이것들은 모두 구도의 정신이다. 바로 이 구도의 정신이야 말로 푸코의 윤리적 분석을 방법론적 기반으로 삼아 지눌의 선불교가 가진 비판적 함축을 읽어내려는 본 연구의 궁극적인 목적이라고 할 수 있을 것이다.

5. 나가며

본 연구의 목적을 상기했을 때 푸코의 윤리적 측면에 대한 기여는 인간을 지식의 대상으로, 지식－권력의 효과를 통해 구성되는 주체화방식에 대한 근대적 테제에 대한 저항이었으며 이를 위해 역사적이며 해석학적인 주체화의 계보를 폭로하고 그와는 다른 방식으로 구성될 수 있는 새로운 삶의 형식을 이른바 실존의 미학을 통해 실험해보려는 것이었다고 볼 수 있다. 이 실험을 위해 푸코는 도덕적 코드의 엄격함이나 성적 욕망을 통해 인간을 해석해내려는 근대적 앎의 의지가 윤리적 주체의 형성에 결코 결정적인 요소가 아니라는 것을 보여주려고 했다. 오히려 그것을 전적으로 거부할 수 있는 철학적 훈련을 통해 성적 욕망에 대한 주체의 해석

없이도 주체화의 과정을 이해할 수 있다는 것을 고대 그리스와 로마의 주체화 과정의 예를 통해 제시하려고 했고, 그 과정 속에서 지금까지 소거되었던 이른바 구도의 정신이야 말로 윤리적 주체의 형성에 가장 중심적인 요소임을 발견한 것이다.

그렇다면 실존의 미학이라는 철학적 훈련에 있어서 푸코의 핵심 개념인 자유의 의미는 이중적인 차원으로 이해될 수 있을 것이다. 첫째, 그것은 실존의 변형이라는 궁극적인 목적을 지향하고 그것을 실행시킬 수 있는 가능성의 조건이 된다. 이 가능성의 조건을 통해 작동하는 실존의 미학은 단계적인 수행을 통해 전개될 것이다. 우선적으로 이 윤리적 실험은 개인의 주체화의 방식에 결정적인 영향을 끼치는 문화적이고 실존적인 맥락을 비판적으로 분석해야 하며 이후 드러난 비판적 모순에 대해 자신을 한계 상황까지 밀어붙여 주어진 모순과 실존 사이의 공간을 최대한 넓힐 수 있는 역량의 문제로서 그 모순을 대면해야 한다. 그리하여 궁극적으로 이러한 자기 변형적 실천에 특정한 형식을 부여함으로써 삶을 하나의 예술 작품으로서 창조해야 한다고 푸코는 주장한다. 이때의 자유는 자신을 변형시키려는 결단, 태도, 실천이 작동할 수 있는 내재적 조건으로서의 이해될 수 있을 것이다.

둘째, 자유는 그러한 작동이 지향하는 목적 자체를 의미한다. 즉, 실존의 미학을 자유를 위한 투쟁이라고 파악할 때 이 자유에의 투쟁은 삶에 대한 예술적 실험으로서 형식을 부여하는 자유를 위한 실존의 미학이 된다. 이때의 실존의 목적으로서의 자유는 자신의 행위가 자신의 삶의 형식이, 혹은 자신의 생Bio과 자신의 의미Logos가 존재론적인 조화를 이루는 상태를 지칭하는 것이다. 푸코가 그리스인들의 윤리적 전통에서 자유의 가능성을 보았다면 그것은 그들이라는 주체가 진리와 맺었던 바로 구도의 정신에 있었다. 오직 자신의 실존의 변형을 통해서만 진실에 접근할 수 있다고 보는 그들의 구도적 태도 안에서 푸코는 오직 앎의 차원으로 한정된, 형식과 자아, 바이오와 로고스의 조화적 측면이 간과된 근대적 주체화 방식의 척박함을 비판하는 것이다. 이러한 비판적 성찰은 푸코로 하여금 실존이 미학 안에 자유의 순간이 있음을, 이때의 자유의 순간은 결코 고정된 자아로는 도달할 수 없는 일생동안 지속되어야 할 투쟁의 과제임을 존재 내부 안에서 부여받게 된다.

이러한 맥락에서 주체의 계보학을 통해 보여주었던 푸코의 '철학적 훈련'과 돈오점수와 보리심의 실천을 통해 보여주었던 지눌의 '수행적 실천'은 그 거대한 물리적이며 맥락적인 이질성에도 불구하고 주체와 진실과의 관계를 바라보는 입장에서는 만큼은 동일한 사상적, 태도적 지반에 놓여있다고 보인다. 그 공유된 지반은 바로 주체가 특정한 진실에 도달하기 위해서는 오직 인식의 행위를 통해서만이 아닌 실존의 변형을 전제해야 한다는 구도의 정신을 지칭하는 것이다. 그러한 의미에서 푸코가 근대적 주체를 비판하고 철학적 훈련을 통해 실존의 미적 주체를 회복하려는 시도는 비단 서구적 주체형성에만 국한된 것이 아닌 동서양을 막론하고 인류가 추구한 오래된 숙제와도 같은 것이었으며 이것은 선불교라는 특정 종교적 형식을 넘어서 구도라는 존재의 영성 안에서 푸코를 실존의 지눌과 조우하게 한다.

그리고 '지금, 여기'에서 잊혀진 구도의 정신, 진실과 관계하는 인간의 수행을 요구했던 푸코와 지눌의 목소리는 그들이 비판했던 당대의 현실보다 더욱 무거운 존재감으로 지금 여기에서 우리의 실존을 흔들고 있다.

한민족 문학 · 문화연구의 동향과 전망 _ 영화 · 문화

초판 1쇄 인쇄일 | 2015년 12월 18일
초판 1쇄 발행일 | 2015년 12월 19일

지은이 | 한민족문화학회
펴낸이 | 정진이
편집장 | 김효은
편집/디자인 | 김진솔 우정민 박재원 김정주
마케팅 | 정찬용 정구형
영업관리 | 한선희 이선건 최재영
책임편집 | 우정민
인쇄처 | 으뜸사
펴낸곳 | 국학자료원 새미 (주)
등록일 2005 03 15 제25100-2005-000008호
서울특별시 강동구 성안로 13 (성내동, 현영빌딩 2층)
Tel 442-4623 Fax 6499-3082
www.kookhak.co.kr
kookhak2001@hanmail.net

ISBN | 979-11-86478-64-6 *94800
979-11-86478-60-8 *94800(set)
가격 | 25,000원